少爷　三四郎

[日] 夏目漱石　著
吴季伦　李孟红　译

九州出版社
JIUZHOUPRESS

图书在版编目（CIP）数据

少爷 三四郎 /（日）夏目漱石著；吴季伦，李孟红译. --北京：九州出版社，2017.4

ISBN 978-7-5108-5275-6

Ⅰ. ①少… Ⅱ. ①夏… ②吴… ③李… Ⅲ. ①自传体小说—小说集—日本—现代 Ⅳ. ①I313.45

中国版本图书馆CIP数据核字（2017）第096907号

本书译文经北京夏和璟天文化传播有限公司代理，《少爷》由野人文化股份有限公司授权使用，《三四郎》由立村文化有限公司授权使用。

少爷 三四郎

作 者 ［日］夏目漱石 著 吴季伦 李孟红 译
出版发行 九州出版社
地 址 北京市西城区阜外大街甲35号（100037）
发行电话 （010）68992190/3/5/6
网 址 www.jiuzhoupress.com
电子信箱 jiuzhou@jiuzhoupress.com
印 刷 北京旭丰源印刷技术有限公司
开 本 700毫米×970毫米 32开
印 张 11.25
字 数 210千字
版 次 2017年6月第1版
印 次 2017年6月第1次印刷
书 号 ISBN 978-7-5108-5275-6
定 价 45.00元

导读

日本国民作家——夏目漱石

提起夏目漱石，本地读者多半会联想到《我是猫》这部脍炙人口的大作，至于未曾读过其作品的人，往往可以在坊间的日本书籍或刊物中发现夏目漱石的大名或是著作被提及，笔者最初就是在日本的推理小说及漫画书中得知夏目漱石的，当时对于日本人信手拈来夏目漱石作品中的文句、思想，引用在日常生活的口语或行文中，曾感到十分好奇，这个问号在脑中盘旋多时，直到阅读《少爷》《三四郎》，沉浸于其魅力，也借机了解夏目漱石的生平及其在日本文坛的地位。

夏目漱石本名夏目金之助，生于一八六七年（庆应三年）二月九日，东京人。夏目家在江户地方有庞大势力，金之助身为家中幺子（排行第八），但由于在他出生前家境已逐渐没落，因此不受期待的幺儿出生后一度寄养在别人家，两岁时便被过继为严原家的养子，此后因养父母情感不睦以及养父的工作变换而经常迁居。十岁时才总算回到亲生父母身边，然而这样幸福的日子极其短暂，父兄一向与他不睦，并对他浓厚的文学志向不以为然；母亲则在他十五岁时因病去世，于是金之助在十九岁时就离家展开外宿生涯。童年的遭遇对于金之助的心境以及日后的创作有很大的影响。从几部带着浓厚自传色彩的著作《少爷》《三四郎》《之后》《道草》等等都可见其端倪。故事里的主人翁多半有着良好的家世，却不受父兄所重视，因此他们的心境往往孤独，很早就意识到要自力更生，但内心则无不渴求亲情的温暖。有人说文学是“苦闷的象征”。作家因自身遭遇或基于悲天悯人的情怀而意识到真实世界的不完满，呕心沥血发而为文，才有感人的作品问世，但这份感动人心的力量往往来自于苦痛与不幸。回顾夏目漱石的生平，便知此言不虚。

青年时期的夏目漱石发奋向学，并洞悉英学为时代潮流，跻身社会精英之所。二十三岁时进入东京帝国大学文科大学英文科，成绩斐然，并不时发表学术论文，因此大学一毕业，他就在校长的推荐下顺利进入东京高等师范任教，此后便一直担任教职，三十三岁奉教育部之命前往英国留学两年。

夏目漱石不以在英文方面的优异表现自满，相较于明治维新之后时人竞以西学为尚的举动，夏目漱石却以他原有的汉学及日文基础，积极创作，发表许多的诗歌、俳句。二十二岁那年，便以汉文来评论正冈子规的《七草集》诗文集，并以汉诗体作游记《木屑录》。就在这年，首次使用“漱石”为笔名。这个颇具汉学意涵的名字据说其典故取自于中国的《晋书·孙楚传》，相传孙楚年少欲隐，与王武子曰：“当枕石漱流”，却误曰：“漱石枕流”，于是王对曰：“流非可枕，石非可漱。”孙辩曰：“所以枕流，欲洗其耳，所以漱石，却砺其齿。”故以“漱石”的典故自喻其坚强的意志。

如果说文学是作家心灵的出口，这无非意味着创作不辍的夏目漱石在生活或心灵上的困顿？不愉快的童年往事，成了他创作灵感的泉源。但反映在他的性情上的，却是近乎神经质的多愁善感；苦读的生涯自然也影响身心健康。

二十七岁罹患肺结核，为了养病，赴镰仓圆觉寺参禅，参禅的生活丰富了他日后创作的题材，但他的病情并未十分好转，再加上神经衰弱，厌世的心情由是萌发。回到东京后没多久与中根镜子结婚并于同年升任教授，但镜子后来因歇斯底里而企图自杀，平静的家庭生活也染上了阴影。

留学时期，夏目漱石体认到所谓的英国文学和他以前所认识的英文有着极大差异，精通英文不足以增强国势，这使夏目漱石赖以生存的理想几乎幻灭，再加上留学经费不足，妻子又因怀孕而极少来信，他的神经衰弱因此更为加剧，一直到回国后他始终为神经衰弱所苦，但也刺激他更专注于写作。

漱石的文学生涯开始甚晚，三十八岁发表的短篇小说《我是猫》为其第一本小说。佳评如潮深受鼓舞的漱石因而有了创作的力量，陆续发表的作品均深获读者喜爱。

夏目漱石借着写作纾解心情，也因为极度的专注和热情，短暂的五十年岁月多为病痛所苦，然而透过对人生的观察、自省与苦痛的升华，他笔下一个个绮想缤纷、充满逸趣的世界孕育而生，不但为日本的国民文学，更获国际文坛的重视，日本研究漱石文学者不胜枚举，其影响力不可言喻，也因此荣获“国民作家”的赞誉。

夏目漱石的写作直到《三四郎》这部著作才开始较具小说风格，描写一些沉重且深刻的题材。一向被自然主义派的文坛主流所轻视的“余裕派”的漱石，开始以现代小说家的身份在文坛急速占有一席之地。对多数读者而言，或许仅知漱石是《我是猫》《少爷》《草枕》的作者。另一派轻视这类单纯读者的人则更加重视夏目漱石后期的小说，他们以“近代小说”为前提，认为其早期作品只是夏目漱石真正展开写作的象征性提示。若是如此看来，夏目漱石的初期作品虽然是扎根于内在的欲求，却是较不成熟的。

夏目漱石在异于小说界的地方创作，提倡“写生文”的写作风格。夏目漱石本人也将小说分成“借由情节的推移，引发读者兴趣”与“撇开情节，借由围绕在事件周边的事物来引起读者兴趣”这两大类，而后者便是夹带着禅意和俳句的意境。换句话说，所谓的“写生文”，并非着重在表现应该要写什么，而是追求在词句本身脉动的瞬间便存在某种禅意和俳句的意境。

尽管处于虚伪的世代，有些东西还是亘古不变的，那就是隐藏在这些不同外衣下的内在情感。

《三四郎》这部作品描写大学时代的青春彷徨和淡淡爱恋，最重要的是引发出那份因潜意识的伪善而造就的人生，在一切追求现实与自圆其说下的实质，却是一切不合逻辑所引起的矛盾，披着合理外衣下的自欺欺人，这或许就是理性与欲望拉锯下所陷入的困境吧！

《三四郎》巧妙地结合了现实的讽刺性与自在的缥渺虚幻。三四郎和广田老师、野野宫、与次郎所关联的世界属于前者，而他与美弥子的世界则属于后者。这些“世界”因书中角色的相互关系而错综，然而对三四郎来说一直被那些未知的“世界”所牵引。在三四郎心中的画像所流露出美弥子瞬间的“悲怜”。那可能是她所说的“迷途的羔羊”，抑或是在她说“吾辈知罪，罪恶常在”的一瞬间。

夏目漱石在《三四郎》后接着开始更正面地探究“无意识的伪善”与“吾罪”的问题，急速地进入“近代小说”的世界。然而，我们不应该将《三四郎》视为夏目漱石终于写出正式小说的萌芽作品。因为无论是从乡下迁至都会的《三四郎》、从都会迁至乡下的《少爷》都是令读者爱不释手的青春小说经典。这类小说构造虽然单纯，却因此更令人感受到其中的魅力，再写实的近代小说也不比这类小说当中单纯而强韧线条所勾勒下的人物群像来得更写实吧！

李孟红

目录

少爷

坊ちゃん

吴季伦 译

第一章

从小，我这来自父母的鲁莽性子，
真害自己吃足了苦头。

从小，我这来自父母的鲁莽性子，真害自己吃足了苦头。记得上小学的时候，有一回，我从二楼的教室往下一跳，摔伤了腰，疼了快一个星期。或许有人要问："为何要做这种傻事？"说来也没什么大不了的理由，只不过是从刚落成的二层楼校舍朝下探看时，班上有个同学促狭地大声嚷嚷，故意激我是个胆小鬼，说是谅我胆子再大，也绝不敢从这里跳下去。后来，校工把我背回家，父亲当即横眉竖目地骂道：

"哪有人从区区二楼跳下来就摔伤腰的？"我回嘴说："那我下次跳一趟漂亮落地的给您看看！"

又有一回，我向朋友们炫耀一把亲戚送的西洋小刀，刀刃在阳光下闪耀着亮晃晃的光泽。其中一个朋友说这小刀虽亮，看起来却不怎么锋利。我拍胸脯说没那回事，尽管拿任何东西来切给你瞧。

那朋友说，那就拿你的手指头来试吧。我当即回他们说，这把小刀用来切根指头简直不费吹灰之力，话还没完，刀子已朝右手拇指的指甲斜着划进去了。幸亏是把小刀，加上拇指的骨头又硬，这根指头才到今天还连在我手上，只是留下来的这道伤疤，怕是跟定我一辈子了。

家里的院子往东走二十步，有一块朝南的小菜圃，地势较高，中央栽有一棵栗树，我把这树上的栗子看得比自己这条命还要紧。每逢栗子成熟的时节，我一起床就溜出后门，捡拾落在地上的栗子带去学校吃。紧挨着这块菜圃西边的是一家当铺的院子。这家当铺的店号是山城屋，有个约莫十三四岁的儿子叫勘太郎，胆小如鼠，却敢翻过方眼篱笆来这边偷栗子。有天傍晚，我躲在折叠门的后面，终于把勘太郎给逮个正着。勘太郎一时无路可逃，竟没命似地往向我飞扑过来。他大我两岁，胆量虽小，力气倒是挺大。他那颗大扁头朝我心窝扎过来，又撞又顶的，不巧滑了一下，脑袋瓜就这么一骨碌地钻进我夹衫的袖筒里了。我这只手一下子被绊住，没法使唤，急得胡乱挥臂，勘太郎的脑袋瓜就这么在袖筒里左甩右荡的。到最后，他终究捱不住了，在袖筒里狠狠咬了我的胳膊，疼得我把勘太郎推到篱笆上，伸脚一勾，撂倒了他，令他往前方摔了出去。山城屋的地面比菜园这边矮了六尺，于是勘太郎一个倒栽葱，“哎唷”一声跌进自家的院子里，还把篱笆压垮了大半。勘太郎跌下去时顺势扯掉了我的袖子，这下我的胳膊总算恢复自如了。当晚，母亲到山城屋赔不是，也把我夹衫的那只袖子一并取了回来。

不单如此，其他的恶作剧我也做过不少。有一回，我领着当木匠的兼公和开饭馆的阿角一起踩坏了茂作的胡萝卜田。田圃里的胡萝卜秧还没长齐，上面铺着一层稻草，我们三个在那里玩了大半天的摔跤游戏，把整片胡萝卜秧全都压坏了；另一次是我把古川家田里的那口井给填了，气得人家找上门来兴师问罪。那口水井是砍下粗大的孟宗竹，挖通竹节，深埋进地底引水给附近的稻田灌溉用的装置。可当时我不晓得那是做什么用途，就把石子、木片等杂物统统塞了进去，直到竹筒不冒水了才回家吃饭。结果一家子正吃着饭时，古川就涨红着脸冲进来骂人了。印象中，后来好像是赔钱了事的。

父亲对我毫不疼爱，母亲同样只喜欢哥哥。我哥哥长得格外白净，又喜欢反串旦角唱戏。父亲每每见到我，总说这家伙不会有出息的，母亲也说我成天闯祸，为我的前途忧心。事实上真让他们料中了，我的确不成材，活着只差没去坐牢了，也难怪他们担忧。

母亲病逝前两三天，我在灶房里翻筋斗玩，一不小心撞上了灶台的边角，胸肋疼得要命。母亲极为恼火地说“再也不想看到你这孩子了”，并且要我去住亲戚家，怎知道后来竟在那里接到了母亲的死讯。我实在没想到母亲那么快就走了，早知她的病情那么严重，自己真该老实一些。一回到家里，哥哥便责怪我不孝，说母亲是被我早早气死的。我气不过，扇了哥哥一个耳刮子，惹来父亲狠狠训了一顿。

母亲过世以后，留下父亲、哥哥和我三个人过日子。父亲成天无所事事，见了面老是数落我样样不行，简直成了他的口头禅。直到现在，我依然不明白究竟自己有什么地方不合他的心意，天底下就有这样莫名其妙的老子。哥哥说什么要当企业家，努力用功学习英文。他的性情本就阴柔，鬼黠狡猾，我们处不来，差不多十天里总要吵上一架。一次下棋时，他卑鄙地埋了一着伏棋，见我左支右绌，便得意洋洋地冷嘲热讽。我一气之下，将手上那只“飞车”棋子朝他眉心扔了过去，棋子划破了皮肤，出了一点血。哥哥向父亲告了状，父亲气得扬言要和我断绝父子关系。

当时我心想，这下只能等着父亲把我逐出家门了，结果一个在我家待了十年的女佣阿清，哭着替我向父亲求情，父亲总算息了怒。不过，我没有因此惧怕父亲，倒是对阿清感到过意不去。听说阿清出身名门，明治维新时期家道中落，只好出来帮佣，现在已是个老婆子了。不知什么缘故，这老婆子对我分外疼惜，真教人猜不透。因为不单母亲在离世前三天对我失望透顶，父亲更是终年拿我无计可施，就连街坊邻居都嫌我是横行霸道的牛魔王，唯独阿清一人当我是个宝。我自知生性不讨人喜欢，所以即使不被人看在眼里，也没当一回事，阿清的百般溺爱反而令我不解缘由。阿清时常趁着灶房里没人时夸奖我："少爷秉性好，做人正直。"可我不懂这话是什么意思。假使我秉性真有那么好，那么除了阿清，其他人应该也会对我好一些才是。因此每逢阿清这样称赞时，我总对她说自己不爱听恭维话，结果这个老婆子又喜上眉梢看着我说："就是因为这样，才说你的秉性好呀。"瞧她的表情，宛如炫耀我是她一手打造出来似的，那感觉让我有些头皮发麻。

自从母亲过世后，阿清更是疼爱我了。我当时年纪小，对于她的格外疼爱十分纳闷，有时觉得她真多事，别来烦我反倒图个轻松；可有时又对自己的想法感到过意不去。尽管我这么想，但是阿清对我的疼爱依然不减，时常自掏腰包送我豆馅煎饼和梅花饼，还会私下买来荞麦粉，在寒冷的夜晚冲一碗荞麦粉热汤悄悄地端到我的枕边，有时甚至会带汤面回来给我吃。阿清不单给我买吃的，还送过我袜子、铅笔，以及笔记簿。在我大了些以后，她甚至曾经借过我三元钱。并不是我开口问阿清借钱的，而是她自己送来我房里，说是知道少爷正愁着没零花钱，让我尽管拿去用。我当然说不要，可她非让我拿着不可，只得当作向她借下了，其实心头喜滋滋的。我把这三元钱收进小钱包揣在怀里，去了趟厕所，一不留神竟掉进茅坑里了，无奈之下只得磨蹭着出来找阿清一五一十讲了经过，她很快找来一根竹竿，说要帮我把小钱包捞上来。不多时，我听见哗啦啦的冲洗声从水井那里传来，走出去一瞧，阿清往挂在竹竿尖上的小钱包不停地泼水。接着她打开钱包察看，只见那些一元钞票全被染得褐黄，上面的图案也看不清楚了。阿清把钞票拿到火盆上烘干后交还给我，说是这样就行了。我凑鼻闻了闻，嫌钞票臭，阿清说那就交给她去换吧。也不晓得她是上哪里去、又用了什么法子的，总之最后她带着三枚银币回来。我已经不记得这三元钱后来拿去做了什么用途，当时只说很快就会还她，但始终没有偿还。时至今日，纵使想给她十倍的金额，却再也没有办法了。

阿清总是趁父亲和哥哥都不在家时给我东西，可我这个人最讨厌的就是暗地里独自占便宜。虽说和哥哥处不好，可我还是不愿意瞒着哥哥收下阿清给的零嘴和彩色铅笔。我曾问过阿清，为什么只给我，不给哥哥呢？阿清不以为意地回答，您哥哥有父亲买给他，不打紧的。但我认为这样不公平，父亲纵然顽固，却不至于偏心，然而在阿清眼里，仍是认定父亲就宠哥哥一个，只能说她太疼我了。这个老婆子虽是世家出身，可惜没读过书，遇上这种情形，就是和她讲理也说不清。阿清的执着不单表现于对我的溺爱，甚至认定我将来肯定出人头地。至于我那用功读书的哥哥，她说瞧那唇红齿白的，往后肯定没出息。对于老婆子的执着，我唯有两手一摊了。她坚信自己喜欢的人未来一定飞黄腾达，而自己讨厌的人必然穷愁潦倒。那个时候的我还没有立定志向，但听着阿清成天说我绝对会扬名立万，不禁起了自命不凡的念头，如今回头想想，简直可笑。有一次问了阿清觉得我会成为什么样的大人物，阿清似乎也说不上来，只说少爷日后必定住在气派的高门大院，且出入皆有人力车相迎。

除此之外，待我成家立业以后，阿清打算随我住在一起。她三番两次央求我届时可得收留她，讲得我也当自己真有了房子似的，满口答应下来。岂料这老婆子很有想象力，径自做起计划来了，逐一问我喜欢住在哪里？曲町还是麻布[1]？在庭院里架个秋千吧？屋子里有一间洋室也就足够喽云云。那时候我根本没想过拥有自己的房子，所以每次都回答阿清："我既不要洋房也不要传统家屋，那些玩意我一件都不想要。"谁知道这样一来，她又夸我清心寡欲、心地善良了。总之，不管我说什么，阿清总少不了称赞一番。

母亲离开人世后的五六年间，我的日子就在遭父亲责骂、和哥哥吵架、吃阿清的零食及听她夸奖之中度过。我无欲无求，已是心满意足。我想，其他孩子应该都是这样的。只不过每每遇上什么事，阿清张口闭口都是我可怜呀、不幸呀，说得我也觉得自己该是可怜和不幸的。除了这些，我倒没有一丝一毫的烦恼。真要说，顶多就是父亲不给零花钱让我叫苦不迭吧。

母亲去世后第六年的正月，父亲也因中风而撒手人寰了。那年四月，我从一所私立中学毕业，六月，哥哥也从商业学校毕业了。哥哥费了番工　夫，在某家公司的九州岛分店谋了个差事，要去外地工作。他说要把房子卖了，将家产处理妥当再去公司报到，但我还得留在东京继续求学，就回答哥哥悉听尊便，反正我也不想给他添麻烦。就算随哥哥一起搬去外地，两人还是要吵架，他在气头上肯定又会对我冷嘲热讽。哥哥想必不会嘘寒问暖，但我毕竟住人屋檐下，不免要低声下气。于是我打定主意自己过活，至多去送牛奶，总可以填饱肚子。之后，哥哥找来一个旧货商，把那些不值钱的家传物什全都贱卖了，而这栋屋子则经人介绍，卖给了一位财主，听说赚到一大笔钱，详情我自是无从得知了。至于我，约莫在一个月前到神田的小川町租屋住下，等决定去向之后另做安排。阿清对于住了十多年的屋子转手让人，感到非常遗憾，可毕竟屋子不是她的，根本无从置喙。阿清向我频频发牢骚，说是少爷如果再大

① 曲町和麻布皆为日本东京的高级住宅区。

上几岁，就可以继承这间屋子喽。倘若真如她所说，年龄大个几岁就可以继承，理应现在就能继承了。这个老婆子什么都不懂，满心以为只要我年纪大一些，就能得到这栋哥哥的屋子[①]了。

哥哥和我就这样分开了，为难的是该怎么安顿阿清。哥哥自然无法带她走，阿清也压根不愿当个跟屁虫，随他远赴九州岛；至于我，连自己都蜗居在四叠半的廉价公寓里，随时都可能搬离此地，眼下的窘境真教人一筹莫展。我问了阿清，有无打算去别人家帮佣？阿清这才下定决心告知，直到我买房子、娶妻之前的这段日子，她只好去投靠侄儿了。阿清的这个侄儿是法院的书记官，日子过得还算滋润，以前曾劝过阿清两三次去他那里享享清福，可阿清没有答应，认为帮佣也无妨，她还是想留在长年住惯了的地方，怎料世事多变，如今与其换到陌生的东家小心伺候，不如去打扰侄儿来得好一些。阿清又叮咛我，早日娶妻买房，她好来帮我打理生活。想必是因为比起亲侄儿，她更喜欢我这个外人吧。

在临去九州岛的两天前，哥哥来到我的住处给了六百元，说这笔钱想拿去做生意或是缴学费读书都好，总之他往后和我无关了。以我哥哥的个性，这么做已算有情有义。尽管觉得不要这区区六百元也不至于没法过日子，可他这种不同于以往的直爽作风甚合我意，于是谢过之后收下了。接着，哥哥又掏出五十元要我顺便转交给阿清，我也答应下来了。两天后，我和哥哥在新桥车站道别，那就是我们兄弟的最后一面了。

我躺着思索这六百元的用途，若拿去做生意呢，一来麻烦，再者我也不是那块料，况且六百元这么点数目更不可能做出什么像样的买卖，即便做得成，以我现在的学历，往后就无法在别人面前抬头挺胸说自己是受过教育的，怎么算都划不来。我看还是别拿去

---

① 根据日本当时的民法规定，所有的遗产皆由长子继承。

做生意，用这笔钱缴学费读书吧。把六百元分成三份，每年缴两百元，可以读三年。若是发奋读书，三年下来总能有些成就。接下来，我开始考虑该进哪一所学校才合适。我从小对任何一门功课都不感兴趣，尤其是语言学啦、文学啦，见了就发愁，更别提什么新体诗，二十行中我连一行都不懂。思前想后，没一样喜欢的，学什么都一样讨厌。所幸，有天经过物理学校①，瞥见张贴在校门前的招生海报，心想这就是缘分吧，于是向校方索取简章，立刻办妥了入学手续。如今回想起来，在决定自己的前途时，我这遗传自父母的鲁莽性子又一次铸下了错误。

在校的三年期间，我虽和同学一样用功，毕竟天资不佳，名次总是倒数来得快。就这样过了三年，我居然顺利毕业了，想想连自己都觉得奇怪，可也没什么好抱怨的，于是老实安分地离开了校门。

毕业后第八天，校长派人叫我返校一趟。还以为什么事找我，去了才知道原来是四国地区的一所中学需要数学教师，月薪四十元，校长问我意下如何。老实说，我虽然读了三年书，既无意愿执教鞭，也不想到乡下去，但也没有其他的打算，所以在听到校长的询问后，当场就答应下来了。想来，这同样是传自父母的鲁莽性子在作怪。

既然答应了人家，那就非去应聘不可了。这三年来，我蜗居在四叠半的房间里，不曾受过半次责备，也用不着和人吵架，算得上是我这辈子较为逍遥的时光。不过，现在这个四叠半的房间也得退租了。从出生以后，我唯一一次离开东京，就是和同学去镰仓远足的那一回。然而，这一次可不是到附近的镰仓，而是必须去非常遥远的地方了。从地图上看，那地方在海边，只有针尖一般大小，想

① 现今的东京理科大学，位于新宿区。

来不是什么像样的地方。我不知道那是个什么样的村镇，也不晓得住着什么样的人们。不知道也无妨，用不着担心，去就是了。只不过远赴异地，多少有些费事。

老家那间房子卖了以后，我仍时常去探望阿清。她这位侄儿还真是个好人。我每次去，只要他在家，总会热情款待一番。阿清还当着我的面，向侄儿炫耀我的种种事情，甚至吹嘘我一毕业就要在曲町买座宅邸、去公家上班。阿清的吹捧羞得我面红耳赤，而且这样的情况发生过很多次。她还把我小时候尿床的事也抖了出来，教人十分难堪，不知道阿清的侄儿听了这些话之后做何感想。不过阿清的想法守旧，似乎依然活在封建时代里，仍当我是她的主子，并且认为自己的主子，当然也是侄儿的主子了。这一来，反让她侄儿觉得丢人现眼了。

就在工作全都谈妥，即将启程的前三天，我去探望了阿清。她染上风寒，躺在一个面北的三叠房间里。见到我来了，她连忙坐起来问少爷几时买房子呢？她以为我只要一毕业，口袋里就会冒出钱来，实在犯傻。倘若我当真如此神通广大，她这个老婆子怎有资格唤我少爷呢？我只轻描淡写地告诉她，我暂时没法买房子，要到乡下去。她听了大失所望，将散乱的花白鬓发抚了又抚。我看她实在可怜，便安慰她："虽然不得不去，但不久就会回来。明年暑假我一定回来。"说完，见她脸色还是不大好，于是又问她："我买些土产回来给你吧，想要什么？"她回答："想吃越后[1]的竹叶糖。"我从来没听说过越后的竹叶糖，况且她根本误解了我赴任地的方位。我告诉她："我去的乡下那边好像没有竹叶糖。"她便反问："那么，您去什么地方？"我说："西边啊。"她又追着问："比箱根远还是近呀？"这一来一往，费了我好一番唇舌。

---

① 现今的日本新泻县一带。

动身的当天，她一早就来帮忙打理。她来这里的路上从杂货店卖了牙刷、牙签和毛巾，全都塞进我的皮革提包里。我说不要这些东西，她仍坚持要我带走。我们一起乘车到火车站，上了月台，她直勾勾地望着我进到车厢，热泪盈眶，细声说道：“说不定再也见不到面了，少爷得多多保重！”我没有哭，只是险些掉下了眼泪。火车开了。好一会儿，我猜她已经走了，怎料从车窗探头朝后望去，阿清仍旧站在原地。那条身影，看起来非常渺小。

第二章

我中学时曾学过"witch"这个名词，
这位房东太太的样貌简直就是个如假包换的witch。
不过反正她是别人家的太太，
就算真是witch也与我无关。

随着"呜——"的一声长鸣，轮船停下来了。舢舨离开岸边，划了过来。船夫全身赤裸，只系上一条红色的兜裆布。这里真是个化外之地。话说回来，这大热天的，难怪衣物穿不住。日头毒辣，照得水面亮晃晃的，直教人眩目。问了工作人员，告诉我该在这地方下船。放眼望去，这座渔村和大森[①]约莫一般大。我心想，这简直是糟蹋人，这种鬼地方谁待得下去？事到如今，懊悔也来不及了，只得强打精神，率先纵身跳下舢舨，跟着又有五六个人一起搭上，另外还载着四只大箱子，由系着红兜裆布的船夫划回了岸边，靠岸后仍是由我打头阵跳上了码头。我一上岸便抓住身边那个拖着鼻涕

① 东京湾沿岸的一座渔村。

的小家伙，问他中学在哪里。小家伙愣了愣，回说不知道。真是呆头笨脑的土包子，这么个巴掌大的村庄，怎会连中学在什么地方都不晓得呢？就在此时，恰巧来了一个身穿窄袖短褂、装束奇怪的男子，喊了声“随我来”。我跟去一看，他把我领到了一家名为港屋的旅舍，有群讨厌的女人齐声招呼我进去。

我哪里愿意，只站在门口打听中学的地址，一听他们说，从这里还得搭火车走上十五六里才到得了中学，就更没心思住下来了。我从那个穿窄袖短褂的男子手里抢回自己的两只提包，慢悠悠地走开了。旅舍的人们都露出了莫名其妙的表情。

我很快就找到车站，顺利买好了车票。上车一看，狭小的车厢简直和火柴盒差不多。左摇右晃了五分钟左右，又得下车了，怪不得车票那么便宜，只花了我三分钱。我雇了辆人力车，去到中学，这时间已经放学，人都走光了。校工告诉我，值班教师外出办事去了，哪有人值班时这么随便的呢？我本想拜见校长，但实在累坏了，于是又上了车，吩咐车夫送我到旅舍去，车夫飞快地把车拉到一家叫作“山城屋”的旅舍门前。这店号居然和勘太郎家的当铺一样，真有意思。

我被领到楼梯下的一间客房，既暗又热。我说不要这间房，旅舍的人答称不巧已经客满了，说着扔下皮革提包就走了。迫不得已，我只好将就这间客房，一进去就大汗淋漓。没多久，有人请我去洗澡。我“噗通”跳进浴槽后，浸一下子就上来了。回房时顺道探看，许多凉爽的房间根本没人住。势利眼的家伙，竟敢撒谎骗我！

随后，女侍送饭来了。这客房虽热，但饭菜比以前租处供应的好吃多了。在一旁伺候的女侍问我打哪里来，我回答从东京来；她又问东京是个好地方吧？我说那当然。女侍撤走饭盘回到厨房后，一阵哄然大笑传了过来。我闲得发慌，很快就躺下，可怎么也睡不着。这里不单闷热，还吵得很，比以前那间公寓还要吵上五倍。迷迷糊糊间，我梦见了阿清。梦里的她大口大口地吃着越后的竹叶糖，连竹叶都吞了下去，我劝她竹叶有毒别吃，她却说这竹叶是药，仍旧吃得香甜。我大感讶异，张嘴哈哈大笑，然后就醒了，看见女侍正在打开木板套窗。又是一个晴空万里的好天气。

我听人说过，出门在外要给小费，若是不给小费，就要受到怠慢。我之所以被塞到这昏暗狭小的客房，或许是因为没给小费，抑或是瞧我一身寒酸、拎着皮革包和棉缎伞的样子。没想到乡巴佬还看不起人，不如给一笔巨额小费，吓唬吓唬他们。别瞧我这模样，离开东京时，怀里可是揣着缴学费余下的三十元，扣去买车票、船票和杂支，还剩十四元左右，即便当小费全付了也无妨，反正日后每个月都有薪水领。乡下人吝啬，给个五元肯定就吓得翻白眼了，等着瞧吧。我不露声色地洗了脸，回到房里等着，结果又是昨晚那个女侍送饭来了，嬉皮笑脸地端着漆盘伺候，真是个不懂规矩的家伙。我脸上又没有热闹好瞧，况且再怎么不济，长相总比这女侍强得多。本想吃完饭再给，可我实在气不过，吃到一半就掏出五元来，交代她回头送账房去，女侍一脸的错愕。我吃完饭立即到学校去了。旅舍的人连皮鞋都没给我擦。

昨天已坐人力车到过学校，所以大致记得方向。拐过两三个十字路口，就到校门前了。从校门到玄关之间是一条花岗岩的碎石子路。昨天人力车打这条路经过时，把石子碾得嘎啦嘎啦响，很是刺耳。我沿途遇到了许多身穿棉布制服的学生，全都穿过这座校门进入，其中有些长得比我高大壮硕。一想到要教这些家伙，心里有些发毛。我递出名片，接着被领进了校长室。校长是个须疏皮黑、一双大眼如貉子一般的男士，貌似狡猾又爱装派头。他勉励我在教学上必须全力以赴，然后把一张盖有大印的教员聘书交给了我。这张聘书后来在回东京的途中，被我揉成一团扔进大海里了。校长说现在要把我介绍给其他教师，叮嘱我要把这张聘书给他们每人过目，简直多此一举。与其这样麻烦，不如把这张聘书张贴在教师办公室里公告三天来得省事。

由于要等第一堂课的下课号声吹响之后，教员们才能到办公室来，还得等上好一段时间。校长掏出怀表来看了一眼之后对我说，原本打算以后慢慢详谈，现在暂且让我了解个大概，接着就滔滔不绝地来了一场精神训话。我当然心不在焉，听着听着，忍不住想自己怎会来到这种要命的地方。校长要求的那一套，我根本办不到。他要我这个冒失鬼做学生的楷模啦、当个全校师表啦、治学之余还得以德化人方能成为教育家啦云云，额外的要求一桩接一桩。区区四十元钱的月薪，真有这般伟大的人物甘愿千里迢迢来到这穷乡僻壤吗？我想，人们的本性大致相去不远，若是生起气来，谁都免不了要吵上一架。真要照校长的说法，我根本不能开口讲话，也没法出外散步了。这份差事的要求那么高，早该在聘雇之前说清楚才是。我这人又不喜欢说假话，不如认了这次是受骗上当，咬牙婉拒这份工作，速速返回东京。无奈的是，我已经付了五元房钱，钱包里现在只剩九元，九元是回不了东京的。我很是懊悔，早前别急着付小费该多好。不过，九元仍可以派上一些用场。即便盘缠不够，总比骗人又骗己来得好。于是我对他说："校长要求的我无法做到，这张聘书奉还给您。"校长眨巴着那双貉子眼瞧了我半晌，过后才笑着解释方才说的只是期许罢了，我很明白你无法全部达成，尽管安心待下来吧。真是的，既然心里明白，打从一开始就不该吓唬人呀。

聊谈间，下课号声响了，教室那边顿时发出一阵喧闹。校长说，教师应该都回到办公室了，我便随着校长走进了办公室。那是一间狭长的大房间，桌子沿着四边摆置，大家围桌而坐。一见到我进来，所有人不约而同盯着我瞧。我心里嘀咕：自己又不是耍猴戏的，有什么好看。接下来只得按照校长的交代，走到每个人面前出示聘书，逐一寒暄问候。他们大多只是站起来略微欠身，礼貌较为周到的人则接过聘书拜读，再毕恭毕敬地返还，简直像唱酬神戏似的。轮到第十五位的体育教师时，我因为相同的动作已经重复好几遍，有些不耐烦了。别人只消一次就罢，我却得来回做上十五趟，多少该体谅一下我的辛苦吧。

相互寒暄的其中一人是某某教务主任，据说是文学士。所谓文学士，自然是从大学毕业的，应当是位了不起的人物，奇怪的是他说起话来细声细气，像个女人似的。更令人惊讶的是，这种大热天他竟穿着法兰绒衬衫，即便料子轻薄，肯定十分闷热。难道只因为身为文学士，就得穿这种活受罪的衣装吗？况且又是红衬衫，看得旁人都嫌热了。后来我才听说，他一年到头只穿这件红衬衫，天底下真有这种怪癖！据他本人解释，红色具有疗效，为了有益健康才特地订制了这件衬衫，简直是杞人忧天。倘若真如他所说的，何不穿全套红色的和服与裤裙呢？

还有一个姓古贺的英文教师，脸上没什么血色。面色苍白的人通常都是瘦子，但是这一位却是苍白而臃肿。记得从前读小学时，有个女同学叫浅井民，她父亲就是这样的气色。浅井是庄稼人家，我曾问过阿清，庄稼人是不是都长这样的？阿清说不是，是因为那个人只吃长在蔓梢上的青南瓜，所以才这样苍白而虚胖。从此以后，凡是见到气色苍白又虚胖的人，我便断定那是吃太多青南瓜的下场，因此这位英文教师肯定也是青南瓜吃多了。话说回来，“长在蔓梢上”究竟是什么意思，我始终不大清楚。这个疑问也拿去问过阿清，但阿清笑而不答，想必她也弄不明白吧。

办公室里有一位堀田老师，和我一样教数学。此人身材壮硕，顶着光头，活脱脱像比叡山上的恶僧。人家彬彬有礼地递上聘书，他看都不看一眼，随口说了几句：“喔，你是新来的？来我家玩吧，哈哈哈！”笑什么笑，这种没礼貌的家伙，谁要去你家！我当下就给这个光头起了个绰号叫豪猪。至于汉学先生不愧知书达礼，像位慈祥的老爷爷对我连声慰问："昨日刚到，想必疲累，今日便要授课，委实勤奋……"另外还有一位图画教师，完全像个唱戏的，身披轻飘飘的薄纱外褂，手中扇子一开一合地啪啪作响，刻意用一口江户腔问我："府上哪儿？哦，东京？太好喽，咱有了同乡，咱也是个江户人[①]哪！……"我心想，这种家伙若也算是江户人，我可不愿意生在江户。至于其他人，如果亦要这样逐一介绍，可就写不完了，就此打住。

寒暄结束后，校长告诉我今天可以回去了，授课的事请和数学主任商量，后天开始上课。我问谁是数学主任，原来就是那个豪猪。真晦气，居然要在这个家伙手下工作，我不禁大失所望。豪猪问我："喂，你住哪里？山城屋啊，唔，回头找你商量。"说完，拿起粉笔就到教室去了。身为主任，却亲自上门商量事情，实在有失身份。不过他没叫我过去，倒令我有些感动。

走出校门，我原先打算立即回旅舍，可回去也无聊，不如上街逛一逛，于是信步转悠。我看了县政府，那是一栋上个世纪的古老建筑；也看了军营，比不上麻布[②]那边的联队威武；还看了大街，但街宽仅只神乐坂[③]的一半，街面亦不若那里热闹。原来，二十五万石俸禄的诸侯都城不过尔尔。想想，住在这种小地方的那些镇民，竟以都城人骄傲自居，令人同情。不知不觉间，我已经走回山城屋了。这地方看起来大，实际上很小，逛个一圈就看遍了，还是回去吃饭吧。坐在账房里的老板娘一见我进门，赶忙奔出来跪在地板伏地问安："您回来了。"我脱鞋进来，女侍说豪华客房空出来了，领我上了二楼的十五叠大客房，不但面街，还带个大壁龛。我生平还不曾住过这般气派的房间，今后也不知何时才能有这样

① 江户为东京的旧称，江户人意指地道的东京人。

② 东京地名。

③ 东京地名。

的机会，于是当即脱去西服，换上浴衣，在房中央躺成了大字形，舒心又惬意。

吃过午饭，我立刻提笔写信给阿清。我作文差，又识字不多，向来最讨厌写信，再说也无处可寄。不过，想必阿清对我十分惦念，要是以为我翻船淹死了，那可不好，于是鼓足精神，写了一封长信给她。信里是这样写的：

昨天到了。这地方很无聊。住在十五铺席的客房里。给了旅舍五元小费。老板娘跪着给我磕了头。昨天晚上没睡好。梦见阿清把竹叶糖连着竹叶一起吃进去了。

明年夏天回去。今天去了学校，给大家起了外号：校长是貉子，教务主任是红衬衫，英文教师是青南瓜，数学教师是豪猪，图画教师是陪酒郎。以后再给你写其他的事。再见。

写完信后，通体舒畅，睡意袭来，于是又像一开始那样，在房中央悠闲地躺成大字形。这回没做梦，睡得十分香甜。忽然间，有人大喊一声："是这个房间吗？"我惊醒过来，只见豪猪进来了。我还没来得及起身，他劈头就说："打扰了，你担任课程是……"这猝不及防的开门见山，使我一时间不知如何响应。听他描述了分派给我的课程后，发现并不太难，于是答应了下来。这种程度的课程别说是后天，就是叫我明天去上课，我也不慌不忙。课程的事谈妥之后，他旋即擅作主张说道：

"你总不能老住在旅舍里，我帮你找个好住处，你搬过去。换作是别人交涉，房东不会答应，我去说一声，马上就成。打铁得趁热，今天看房，明天搬家，后天到学校上课，一切水到渠成。"这话有道理，我总不能一直住在这十五叠的豪华客房里，就算把月薪全拿来付房钱，只怕还不够。才刚大手笔给了五元小费就马上搬走，虽然有些可惜，但既然迟早要搬，不如早点搬家安顿下来才好，于是决定请托豪猪帮忙。豪猪旋即说一起去看看屋子，我便随他去了。那间屋子坐落郊外的半山腰上，环境清幽。房东先生做古董买卖，名叫伊香银，房东太太有了些年纪，比房东还要大上四岁。我中学时曾学过“witch”这个名词，这位房东太太的样貌简直就是个如假包换的witch。不过反正她是别人家的太太，就算真是也与我无关。最后，我们说定了明天搬过去。回来的路上，豪猪在通町请我喝了杯冰水。在学校刚认识时，还以为他是个傲慢无礼的家伙，现下见他对我这般细心关照，似乎不像个坏人，只是和我一样是个急性子，容易发脾气而已。后来听说，他是校内最受学生欢迎的教师。

第三章

我不是小人，也不是懦夫，
只是胆子不够大。

我终于正式到校授课了。第一次走进教室，步上高高的讲台，心里有股说不出来的别扭。我一面讲课，心里一面想着自己真有资格当教师吗？学生们闹得很，不时扯着喉咙大喊老师，我这个老师实在吃不消。过去在物理学校时，我同样成天喊老师，可是喊别人和被人喊，两者真有天壤之别，这一声声听得我脚底发痒。我不是小人，也不是懦夫，只是胆子不够大。每次听到学生大喊一声“老师”，简直像肚子正饿时，在丸之内听到了鸣放的午炮[①]一样。第一堂课好歹应付过去了，所幸没有学生发问难题。一回到办公室，豪猪问我如何，我只随口应了一声“嗯”，豪猪好像便放下心了。

第二节课，我拿着粉笔走出办公室，感觉仿佛即将冲入敌营。

① 丸之内是东京的政府机关与公司企业的集中区域。当时东京与各地城市会在正午时分施放空炮报时。此处形容到了中午用餐时间听到报时的午炮声，感觉愈发催饿。

走进教室一看，这班学生比前一班学生个子还要高大。我是江户人，身形瘦小，即便站在高处仍是不显威严。若是打架，就算对手是相扑力士，我还能露个几招；但面对这四十几个高头大马的学生，单凭一张嘴，我却不知道该怎么镇住他们。继而一想，这时若是向这群野孩子示弱，往后可要被看扁了，于是我扯开嗓门，刻意略带卷舌音，气势十足地讲课。一开始，学生听得如坠五里雾中，一个个面露茫然。我暗自叫好，愈发得意起来，连江户腔里粗鲁的用语都使上了。

这时，一个坐在第一排正中央、看来最强悍的家伙霍然站起来，喊了一声“老师”。我一面开口问他有什么事，一面暗忖他们果然回击了。学生说：“太快了，听不懂，能不能讲慢一点咿？”这地方说话句尾惯用的这声“咿”，听着真让人提不起劲。我告诉他要是嫌快，我可以讲慢一些，不过我是地道的江户人，不会说这里的话，现在听不懂，以后就听懂了。

就这样，第二节课依然比预想来得顺利。只是当我正要回办公室时，一个学生走过来问说：“能不能教我解这一题咿？”他出示了一道我实在解不出来的几何题，吓得我冷汗直淌。逼不得已，我只得回答不知道解题方法，下回再教他，便匆匆离开了教室。学生们“哇”的一声闹腾起来，还听得到身后有人嘲笑：“不会解！不会解！”

这些混账东西，就算是老师，不会解答也不足为奇！不会就说不会，有什么好笑的？要是连这种难题也能解，我何必为了区区四十元钱来到这种乡下地方！一回到办公室，豪猪又过来问我这堂课如何？我再次“嗯”了一声，但单应这一声，还觉得无法解气，便又添了一句“这个学校的学生真不懂事”，听得豪猪一脸摸不着头绪。

第三节、第四节和下午的第一节，情况都大同小异。头一天的几堂课，多多少少都有些失误，原来当教师可不像看起来的那般容易。课虽上完了，还不能走，必须干等到三点才行。听说到了三点，自己担任导师班的学生打扫完教室来报告后，还得去检查，再按照出席簿点名一遍，这才能离校回家。虽说自己受雇于人，但连空堂时间也得被关在学校里望着桌子发呆，这是哪门子规定？无奈其他家伙全都老老实实地遵命照办，自己这个初来乍到的总不能我行我素，只得忍了下来。回家的路上，我向豪猪抱怨不管有没有课，一律要在学校里待到三点，真是愚昧的规定。豪猪先应了句“就是说啊”，哈哈大笑了一阵，接着敛起笑意给了我忠告，提醒我可不能老是抱怨学校，真要讲，只能找他一个说去，因为学校里有好些人相当不牢靠。由于这时我们来到路口道别了，因此细节没来得及问他。

回到住处，房东先生走进来说：“沏壶茶吧。”既是他说要沏茶，我原以为是要请我喝，怎料竟是毫不客气地用我的茶叶沏了独自品茗。如此看来，我不在家时，他大概也常像这样径自进来偷茶喝吧。房东先生说他向来喜欢书画古董，把玩多年终于也兼做起这门生意来了。他还说，我看来是位风雅之士，邀我也玩一玩古董。

他可真是找错人了。两年前，我去帝国饭店替人办点事，被误当成修锁匠；又有一次去参观镰仓大佛时身上披了件毯子，竟被车夫错唤为工头。时至今日，我仍经常遭人误认，但从不曾有人称赞是风雅之士。一般说来，从衣着举止即可辨识出真正的风雅之士，在图画里也能看到这种人大都头戴方巾，手执诗笺。房东先生竟然一本正经说我是风雅之士，可见居心叵测。我说那是享清福的老太爷们的消遣，我不喜欢。房东先生嘿嘿笑了几声说：“谁也不是打从一开始就喜欢此道，可一旦迷上了，就再也没法放手喽。”说着，他又径自沏了茶，以一种奇特的动作端起来喝。

这茶叶其实是昨晚我托他买的，既苦且浓，我不喜欢，喝上一杯胃就难受。我告诉他下回改买不苦的，他答应着遵命照办，又喝了一杯。这家伙贪图别人的茶叶不用钱，拼命似地往肚里灌。房东先生走了之后，我备妥明天的课程，很快就睡了。

接下来的日子，我天天到学校按照进度授课，天天一回到住处房东先生便进来沏茶。就这么过了一个星期左右，已经大致了解学校的情况，也差不多明白房东夫妻的为人行事了。听其他教师说，他们在收到聘书后的一星期至一个月内，非常担忧别人对自己的评价好坏，我却丝毫没把这事放在心上。尽管我时常在课堂里出些差错，当下心里有点不舒服，可过个三十分钟也就抛诸脑后了。我这人不管对任何事，纵使想久久挂心也办不到。在课堂上没把课教好，这究竟会给学生造成什么样的影响，而这事传到校长和教务主任那里又会引发什么样的反应，我完全不在意。稍早曾经提过，我胆量不大，却颇为豁达，因此早已打定主意，若在这个学校待不下去，大可立刻换到其他地方去，所以管他貉子也好，红衬衫也罢，压根没放在眼里，遑论教室里的那些臭小子们，更没必要巴结和讨好。

不过，这种作风可以用在学校里，回到租处却是行不通。假如房东先生只是过来喝喝茶，我还能勉强忍受，可他总拿来各式各样的东西推销。最初拿来的是印石，在我面前摆出十来个，说是每个只便宜卖三元，让我买下。我拒绝了他，说自己又不是走江湖卖艺的差劲画家，用不上那种东西，结果下一回他又拿来了叫什么华山的人画的花鸟挂轴，然后亲手挂上壁龛，大表赞叹画得好。我不得不随口敷衍了一句，他便唠唠叨叨地讲解起来，说是名叫华山的画家有两人，一个叫某某华山，另一个则叫某某华山[①]，而这幅画就是

---

① 两位均为江户末期的画家，一位是渡边华山（1793~1841），另一位是横山华山（1784 ~1837）。

其中一个某某华山画的，若是我想要，算我十五元钱就好，催着我快些买下。我回绝说自己没钱，他仍纠缠不休地说日后再慢慢支付就成。这下子我只得撂话说就算有钱也不买，好歹把他给撵走了。接下来，他又扛来了一块和鬼面大瓦一般大小的砚台，直嚷着："这可是端溪[①]呀、这可是端溪呀。"我半开玩笑地反问端溪是什么？他当即讲解起来，说端溪石分为上、中、下三层，如今市面上流通的全是上层石材，这一块可是千真万确的中层石材，还要我仔细瞧砚上的眼[②]，说是三眼的极为罕见，发墨极佳，不信让我试试，说着就将那方砚台推到我的面前。我问他多少钱，他说砚主是从中国带回来的，赶着脱手，便宜算我三十元钱，真不知这家伙哪来的异想天开。学校那边我还能见招拆招应付过去，可这个古董贩子连日兜售逼买，此处恐怕不是久留之地了。

没多久，学校同样让人生厌了。一天晚上，我到大町那地方散步，看到邮局隔壁挂着一面招牌，上方写着"荞麦面"，下面还加注了"东京"的字样。我最喜欢吃荞麦面了。在东京时，只要经过荞麦面馆，一闻到调味料的香气，就非得掀开店帘进去吃上一碗。自从来到这里以后，成天忙着对付数学和古董，根本无暇想起荞麦面，眼下既然瞧见招牌，自然不能视而不见，盘算着顺道吃上一碗。怎料入内一看，根本名不符实。招牌上既然标注了"东京"二字，整家店应当打理得干净美观一些，可不晓得店主是没去过东京，还是不够钱装修，店里脏兮兮的，榻榻米都褪了色，而且满是沙尘，墙壁被煤烟熏得一片乌黑，天花板不但被油灯冒出的油烟熏得脏黑，又十分低矮，走在下面不由得缩起脖颈来。唯独贴在墙上的那张菜单是簇新的，上面冠冕堂皇地写着各种面点的价目。这家

① 中国广东省端溪出产的高级砚石。

② 端溪砚石表面有眼状纹理，眼数愈多愈罕见昂贵。

店想必是买来旧屋整理，才刚开业两三天吧。价目表上头一个写的是炸虾荞麦面。

我大声吩咐："喂，来一碗炸虾荞麦面！"话声方落，围坐在角落里滋噜滋噜吸着面食的三个人，一齐朝我这边望了过来。店里昏暗，我方才没有留意到，这一照面，才发现他们都是本校的学生。他们先向我问安，我于是也回了礼。这天晚上，因为很久没吃到荞麦面，又格外合胃口，于是一连吃了四碗炸虾面。

隔天，我和平常一样进到教室，黑板上居然写了"炸虾面老师"几个斗大的字。学生们一看到我，倏然爆出了哄堂大笑。我心里很不是滋味，问他们吃炸虾面有什么可笑的？结果一个学生回答："可是连吃四碗总是太多了咿！"我当即反驳："不管吃四碗还是五碗，我自己掏钱自己吃，关你们什么事？"我草草上完这堂课，回到了办公室。

十分钟后，我去另一间教室，这回黑板上写的是"炸虾面总计四碗也，然不许发笑"。方才我没怎么发怒，可这次却气得七窍生烟了。玩笑开得过头，就成了胡闹。这就如同烤得焦黑的年糕，谁都不会说它好吃一样，乡下人见识浅薄，不懂得拿捏分寸。住在这种小地方，逛上一小时即可逛遍全村，也没有什么好消遣的，所以才会拿炸虾面事件当成日俄战争一般大肆宣扬，真是一群可怜虫。就因为他们从小受到这种环境的潜移默化，于是造就出像枫树小盆栽那般歪七扭八的刁钻个性来。倘若是天真无邪的淘气，我还能由着他们一笑置之，可这委实太过分了。小小年纪，心地却这般恶毒。

我闷不作声，擦去黑板上炸虾面那些字迹，训斥道："这样胡闹很有趣吗？这是卑劣的玩笑！你们懂得卑劣这个词汇的意思吗？"其中一个家伙回答："自己做的事受到取笑就生气，这才叫卑劣咿！"可恨的家伙！一想到自己从东京大老远来到这里，竟是为了教这种家伙，实在心有不甘。我呵斥道："少说歪理，上课了！"便开始讲课了。

后来再去下一班的教室，黑板上写的居然是"炸虾面入肚，歪理从口出也"。看来，这件事已经不可收拾了。我气得火冒三丈，扔下一句"我不教这种顽劣份子！"便大步流星地回去了。后来听说学生平白捡到自由时间，开心得很。如此看来，古董贩子还比学校的学生好应付一些。

回到家里睡了一夜醒来，不再为"炸虾面事件"恼火了。到学校一看，学生都来上课了，真让人哭笑不得。此后的三天，双方相安无事。到了第四天的晚上，我去一个叫作住田的地方吃了糯米丸子。住田是一座有温泉的小镇，从城里搭火车约莫十分钟，若是步行前往则是三十分钟。那地方有饭馆、有温泉旅舍、有公园，还有青楼。我去的这家糯米丸铺子位于花街的街口上，听说相当美味，因此泡完温泉的回程顺道尝了尝。这次没有遇到学生，我心想不会有人知道了。

怎料隔天到了学校，进去第一堂课的教室后，黑板上居然写着"两碟糯米丸子七分钱"。我的确吃了两碟付了七分钱。真是棘手的家伙们！我暗忖，第二堂课肯定还要消遣我，进教室一看，果然写着"妓院的糯米丸子真好吃"。这些家伙真不像话！

好不容易糯米丸子的风波过去了，这回又换成"红毛巾事件"来了。

起初还以为是什么大事，说穿了根本不值一哂。自从我来到这里以后，每天总要去一回住田温泉。在我眼中，这里样样比不上东京，唯独温泉值得称扬。我想，既然来到这地方了，不如每天去上一趟，权充晚饭前舒活一下筋骨。只是我每次去时，总是拎着一条西式的大浴巾，这条浴巾经过热水一泡，面料上的红条纹愈发显色，看上去像是整片红。去程和返途，不论是乘车或步行，我总是拎着它，于是学生们给我起了个红毛巾的诨名。住在这样的小地方，简直动辄得咎。受气的还不单这一桩。我去的温泉澡堂是一栋新落成的三层楼建筑，若是选择高级浴池，不但给顾客备妥浴衣，还外带搓背，这样只要八分钱。除此之外，还有女侍端着天目茶碗奉茶，因此我每次去都是泡高级浴池。谁知道如此一来，又有人说不过领四十元钱的月薪，竟每天都上高级浴池，太阔绰了。真是多管闲事！不只这样，浴池是以花岗岩砌成的，有十五铺席那么大，通常有十三四人同时浸泡，偶尔空无一人。这里水深齐胸，在热水里游一游当运动，格外惬意。我每每趁着四下无人的时候，在这个十五铺席大的浴池里游来游去，乐不可支。没想到有一天，我从三楼兴冲冲地奔下来，正想着今天不知道游不游得成，结果朝浴池里面一望，赫然映入眼帘的是一块大牌子上贴着一张龙飞凤舞的告示“浴池内禁止游泳”。在浴池里游泳的人并不多，这块告示八成是专门贴给我看的。我从此放弃了游泳的念头。尽管死了这条心，可到学校一看，又和前几回一样，黑板上写着“浴池内禁止游泳”，使我大吃一惊。

全校的学生似乎都在跟踪监视我，真让人心烦意乱。依我原本的个性，绝不会因为学生的几句揶揄就打消了主意，一想到自己无端来到这种憋屈得教人喘不过气来小地方，便觉得可悲，更不消提一回到住处，还得被逼着买古董。

第四章

要恶作剧，必得受惩罚，
就因为知道会挨罚，恶作剧起来才有意思。

学校有值班制度，由教员轮流负责，但貉子和红衬衫例外。我问了其他教师，为何他们得以免除这项应尽的义务，原因是这两人的职等是奏任[①]，真是岂有此理。薪饷领得多，授课时间少，又不必值班，天底下怎有这般不公平的事！他们任意制订规章，然后摆出一副理当如此的嘴脸，简直厚颜无耻。我对此大表不满，可是豪猪说，单你一个发牢骚也无济于事。按说，一人也好，两人也罢，只要言之有理，就该依理施行。这时豪猪引用一句英语“might is right”予以佐证，我不懂他的用意，问他什么意思，他说“强权即是公理”。“强权即是公理”这句话我早就知道，用不着豪猪拿来对我说教。不过，“强权即是公理”和值班根本是两回事，谁说貉子和红衬衫就是强者来着？话虽这么说，可终究轮到我值班了。我

① 相当于由内阁总理推荐任命的三等以下的高级官吏。

有洁癖，得躺在自己的被褥里才能睡得着，甚至自小几乎未曾在朋友家里过夜。连朋友家都睡不惯，更甭提在学校值班了。然而纵使百般不愿，既然这包含在四十元钱月薪的工作范围之内，就得依约履行，只得硬着头皮照办了。

教师和学生都放学回去了以后，只剩我一个人愣着发呆，活脱脱像个傻子。值班室是宿舍西侧走廊底的一个房间，位于校舍的后方。我进去看一看，屋里日照西晒，热得待不住。这里果真是乡下地方，时序都入秋了，仍是酷热依旧。我订了一份寄宿学生的团膳当晚饭，根本难以下咽，真难为他们吃了这种伙食，还有体力调皮捣蛋。而且才下午四点半，已经早早解决了晚饭，真服了这些学生。饭吃完了，日头却还挂得老高，总不能现在就睡觉，忍不住想去温泉洗个澡。我不知道值班时究竟能否外出，不过这样茫然地待在屋里，宛如坐牢似的，我可捱不住。第一次到学校那天，我曾问过校工值班的人在哪里，校工回答说出去办点事了，当时我觉得奇怪，如今轮到自己，就觉得情有可原了——外出乃是人之常情。我告诉校工要出去一下，他问要出去办什么事，我说不是去办事，是去温泉洗个澡，说完便急匆匆地走了。遗憾的是，那条红毛巾忘在住处了，今天在那里租用一条吧。随后到了温泉，我在浴池里浸泡一会儿、起身休息一会儿，总算消磨到向晚时分，这才搭火车回到了古町站。这里距离学校约莫四百多米，眨眼工夫就到了。

我才迈开步伐，貉子正巧迎面而来，大抵是想赶这班火车去温泉吧。他大步流星急急走着，快要错身而过的时候和我对上了眼，我于是和他打了招呼。结果貉子一本正经地问道："今天不是你值班吗？"还问什么是不是的，就在两小时前，不是才慰劳我说今天第一次值班，辛苦了云云。当了校长，说起话就得这样拐弯抹角的吗？我一肚子火，愤恨不平地回道："是啊，是我值班。就因为轮我值班，所以这就要回校，今晚一定会睡在校内。"说完便径自离去了。走到竖町的十字路口，这回又碰到了豪猪。这种小地方，一出门总会要碰见几个认识的。

豪猪问道："喂，不是你值班吗？"

"嗯，是我值班。"

"值班时间在外头闲晃，不大妥当吧？"

我神气十足地反击："有什么不妥当的？不准出来走走才不妥当哩！"

豪猪换上不同寻常的严肃口气告诫我："你这样吊儿郎当可不好，万一遇上校长还是教务主任就麻烦啦！"

"刚才已经遇过校长了。校长还夸我出来散步是对的呢。他说这种热天，值班时不出门散个步，想必吃不消吧。"我懒得再和他说下去，赶紧回学校去了。

不久，太阳下山了。天黑以后，我把校工唤来值班室聊了两个多小时，聊到腻了，心想即使睡不着也先钻进被窝里躺，便换上睡衣，揭起蚊帐，掀开红毛毯，咚的一声，一屁股仰面倒下去。这个上床时一屁股仰躺的动作，是我自小养成的习惯，可以说是个坏毛病。早前租住于小川町公寓的时候，楼下法律学校的一个学生曾经上楼来向我抗议。这个学法律的学生看起来瘦弱，一张嘴倒是能言善道，滔滔不绝，尽是蠢话连篇。我于是提出反驳，说自己睡觉前发出咚咚声响，不是我这屁股惹的祸，而是这栋公寓盖得太简陋了，要抗议请找房东去。所幸这间值班室不在二楼，任凭我尽情把自己往床上扔都不碍事，假如睡前不摔个痛快，可没法睡得香甜。啊，真舒服——！

我刚伸直了脚，陡然感觉有什么东西跳到两条腿上了，刺扎扎地，又不像跳蚤，把我吓了一大跳，两条腿在毛毯里蹬了几下。怎料这些刺扎扎的东西霍然多了起来，单是小腿上就有五六处，大腿上有两三处，然后屁股下"噗吱"压碎了一个，还有一个蹦到肚脐眼上了，吓得我魂飞魄散。我一骨碌爬起来，把毛毯使劲往后一甩，竟从被窝里跳出了五六十只蚱蜢来。不晓得爬在脚上的是什么鬼东西时，心里多少有些发毛，一发现是蚱蜢，旋即怒火中烧起来——区区蚱蜢竟敢来吓唬我，看我如何收拾你们！我一把抡起圆筒枕，狠狠地捶了又捶，无奈对手个头太小，即便使劲砸也不奏效，逼不得已，只得坐在被子上，如同大扫除时卷起草席拍打榻榻米那样，往前后左右胡乱拍打了一阵。蚱蜢受了惊吓，随着枕头的拍打纷纷弹跳上来，朝我肩上、头上、鼻上或扑或冲。扑到脸上的不能拿枕头抡打，只能用手抓起来使劲甩掷出去。令人恼火的是只能甩到蚊帐上，因此不管我使出多大的力气，也只见蚊帐微微晃了晃，根本毫不见效，而被扔掷过去的蚱蜢则顺势攀住蚊帐，根本毫发无伤。我耗费了半个钟头，总算把蚱蜢消灭殆尽，再拿来扫帚，把蚱蜢的尸骸扫了出去。校工来问怎么回事，我气得大骂："还好意思问怎么回事，世上有哪个地方的人是把蚱蜢养在被窝里的吗？混账！"他辩解说毫不知情。我又愤恨啐了一句："别想用这句话来脱罪！"说完，把扫帚往檐廊一扔，校工战战兢兢地扛起扫帚回去了。

我立即叫了三个寄宿生作代表来问话，结果来了六个。六个还是十个都行，尽管放马过来！我没换下睡衣，就这么卷起袖子，和他们算起账来了。

"你们为什么把蚱蜢藏进我的被窝里？"

"蚱蜢是什么咿？"站在最前面的学生问说。还挺沉得住气的。这间学校不单是校长，连学生说起话来都拐弯抹角的呢。

"不知道蚱蜢吗？要是不知道，就让你认识认识。"正想拿，不巧全扫光了，连一只都不剩。我又唤来校工："把刚才的蚱蜢拿过来。"

校工回答："已经倒进垃圾桶里了，要不要去捡回来？"

“唔，现在就去捡！”

校工撒腿就跑，不一会儿便用怀纸盛了十多只回来，并且解释：“真对不起，晚上看不清楚，只捡到这么一点，明天天亮以后再给您多捡些过来。”这间学校连工友都是笨蛋。我拿起一只蚱蜢给学生看：“这就是蚱蜢。亏你们长那么大个子，连蚱蜢都不认识，像话吗？”站在最左边的一个圆脸家伙说：“哦，那玩意叫蚂蚱咿。”这小子神气地顶了我一句，我立刻反击：“蠢货！蚱蜢和蚂蚱不都一样！这且不提，你们对老师说话总是左一个‘咿’、右一个‘咿’，又不是大花脸在唱戏，成天‘咿’来‘咿’去，成何体统！”怎料这小子竟说：“好像是小旦唱戏时比较常‘咿’来‘咿’去……咿？”真是，这些小子只要张嘴讲话，就非得用上“咿”字不可。

“蚂蚱也罢，蚱蜢也罢，为什么要藏进我的被窝里？我几时要你们把蚱蜢放进来了？”

“应该不是我们放的咿……”

“没人放，怎会出现在床上？”

“蚂蚱喜欢暖和的地方，大概是自己大驾光临的咿。”

“胡说！竟敢说是蚱蜢自己大驾光临的？蚱蜢光临，谁受得起！为什么要这样恶作剧？快说！”

“要说什么咿？我们又没放，到底要我们说什么咿？”

一群胆小鬼！假使自己闯的祸却不敢承认，干脆一开始就别做。看来，如不拿出证据，他们是打算装傻到底了。就拿我来说吧，读中学时也捣蛋过，但若有人问起是谁做的，我没有一次是卑鄙地畏罪逃遁。做了就勇于承担，没做更是理直气壮。即便再怎么调皮，我向来光明磊落。如果怕受罚而撒谎，当初就不该恶作剧。要恶作剧，必得受惩罚，就因为知道会挨罚，恶作剧起来才有意思。光想捣蛋而不愿受处分，这种劣根性不管上哪里都行不通的。那些借钱不还的家伙们，肯定从前上学时就和我眼前的这几个小子一样。这些人来中学究竟是为了什么？他们进了学校，撒谎、蒙骗，背地里专干些小鼻子小眼睛的恶作剧还自鸣得意，最后大模大样地毕了业，就以为称得上是个读过书的，根本是群没见识的小喽啰！

再继续和这种满肚子坏水的家伙交涉下去，只会让自己心烦意乱，我于是告诉他们："既然不肯说，我就不再问下去。都上了中学，连高尚和低劣都不懂区分，真悲哀。"语毕，就把这六个学生撵出去了。我深信自己的言行举止虽算不得高尚，但心胸绝对远比这群小子要高尚得多。瞧这六个学生扬长而去的架势，表面上看来比我这个当教师的更显神气，然而这份镇定自若，愈发突显出他们的可恶之处。我怎样都没法像他们那般厚颜无耻。

我再度躺进了被褥里。经过方才的一番折腾，蚊帐里的蚊子嗡嗡直响。我懒得端起烛台一只只烧死，干脆摘下蚊帐，叠成长条，在房间里上下左右甩了甩，蚊帐挂环还好几次狠狠地打到了手背上。直到我第三次上床时，总算比较平心静气了，却迟迟无法入睡。看看表，已经十点半了。想来想去，真不该跑到这个鬼地方来。假如当个中学教师，不管到哪里教书都得和这种小子们打交道，未免太悲哀了。意外的是，居然还有人前仆后继地愿意来当教师，想必都是些坚忍不拔的木头人吧。无论如何，我都没法和他们一样装聋作哑。想到这里，实在佩服阿清。她虽是个一没读过书、二没身份地位的老太婆，却有着高贵的情操。从前受她无微不至的照顾时，觉得是理所当然的，如今只身远赴异乡，这才感受到受她恩惠良多。如果她真想吃越后的竹叶糖，纵使我特地跑一趟去买来送她吃，也是值得的。阿清总夸我清心寡欲，做人正直，其实她自己远远比我更伟大。想着想着，忽然十分思念她。

正当我想着阿清、辗转反侧之际，头顶上突然传来了"咚咚咚"有节奏的跺脚噪音，简直要把二楼地板踩塌似的，感觉上约莫有三四十人之谱，紧接着猛然爆出了震天价响的喧闹，把我吓得跳了起来，不晓得发生什么事了。可就在跳起来的刹那，我赫然灵光一闪：呵呵，想必是学生们为了方才的那件事，故意这样胡闹来向我报复。自己做了坏事不来认错，那罪过是不会消失的，至于做了什么坏事，你们心里有数。按理说，学生们应当在上床后深切反省，明天一大早来向我道歉；即使不来赔礼，也该心怀惭愧，安安静静地睡觉才是，瞧瞧现下这场胡闹算什么？学校盖宿舍，可不是用来养猪的！嚣张的行径也得适可而止！等着看我怎么治你们！我顾不得换下睡衣就冲出值班室，三步并两步沿楼梯奔上了二楼。说也奇怪，方才还在我头顶上砰砰大闹，眼下倏然变得一片阒寂，别说是人声，连脚步声也杳然无踪了，看来事有蹊跷。油灯已经灭了，黑暗中看不清哪里摆着什么东西，但至少还可以察觉到人的动静。这条东西向的长廊，连一只老鼠都无处藏身。走廊的尽头，月光映洒而入，远远望去，分外澄亮，这情景有些古怪。我从小常做梦，多次在睡梦中弹跳起来、说些莫名其妙的呓语，受过不少取笑。记得是十六七岁时的某天夜里，我忽然梦见捡到了一颗钻石，陡然站起来大声急问身旁的哥哥刚才那颗钻石在哪里，此事被家人当成笑料足足讲了三天，害我尴尬极了。由此推论，或许此刻我同样身在梦中，但方才可是千真万确听到了吵闹声……

正当我在走廊上百思不解的时候，月光照进的走廊那端，骤然响起三四十人齐声大喊："一、二、三、哇！"紧接着又传来和刚刚一样，有节奏的用力跺脚。看吧，这果然不是梦，是现实！我不甘示弱，同样放声大吼："安静点，都三更半夜了！"并且朝走廊的那一头跑去。我只能凭借着尽头的月光，在这条漆黑的走廊向前奔去。我才跑了三四米远，小腿猛然撞上走廊中间一个坚硬的庞大物体，随着一阵剧痛，身躯不由得向前扑倒在地。我咒骂一句"混账"并且爬起来，却跑不动了。我心里发急，但腿脚怎么也不听使唤，气急败坏之下，干脆用单脚跳过去。这时候，跺脚声和喧闹声都消失了，静悄悄的。再卑鄙的人也不至于下流到这种地步，简直是猪！既然如此，我决心非把那些躲起来的家伙拖出来认错不可，便试着打开其中一间寝室打算进去搜索，门却推不开，也许他们从里面反锁了，或者搬桌子顶住了。我推了又推，就是推不开。于是我再转往对面朝北的寝室，仍然徒劳无功。就在我急着开门想把里面的人拖出来时，东侧那边又开始哄闹和跺脚了。我心里暗忖，这群混账早就商量好了，来个东西呼应故意捉弄我，使我一筹莫展。

老实说，我这人有勇无谋，遇上这种时刻该如何与对手过招，根本束手无策。不过，虽然束手无策，但我绝不认输。事关颜面，不能就此作罢，要是被当成江户人没出息，怎不教我怄气？值班时遭到一群乳臭未干小子的愚弄，又拿他们一点办法都没有，只能忍气吞声，这要是让人知道了，将是我一生的耻辱。我好歹出身旗本[①]世家，祖上清和源氏[②]更是多田满仲[③]的后裔，天生就和这些乡下百姓大不相同，唯独不够聪敏这一点有些可惜、遇事手足无措这一点有点无奈罢了。不过，纵使无奈，我也绝不认输！因为我为人正直，所以才不晓得该如何处理。但不妨想想，人世间的争战，还有比正直更为强大的利器吗？今晚未及取胜，明日得胜；明日不能得胜，后天战胜；后天还无法战胜，我就从住处带饭盒来跟你们耗下去，直到大获全胜的那天为止。

我抱定决心，盘腿坐在走廊中央等待天明。尽管蚊子在耳边嗡嗡飞绕，我也毫不在意。伸手摸向方才碰伤的小腿，黏糊糊的，该是流血了。即便真是流血，也任它流吧。这时，一股疲惫之意突然

---

① 江户时代直隶于将军家的武士阶级。

② 得到清和天皇（第五十六代日本天皇，850~881）赐姓源氏的氏族。

③ 源满仲（913~997），日本平安时代的著名将领，因领地位于摄津国多田，于是有多田满仲故的别名。

袭上身，我不由得昏昏沉沉地打起盹来。不知过了多久，忽然传来一阵吵嚷，睁眼看去，不禁暗自连声咒骂："啊，可恶，糟啦！"我登时跳了起来，位在右手边的房门半掩着，有两个学生正站在面前。我顿时清醒过来，心头一凛，一把抓住靠近我鼻尖那个学生的腿，使劲一拽，那家伙顺势仰面跌了下去，活该！趁着另一个人惊慌失措的当口，我飞扑过去，按住他的肩头重重推了两三下，把他给吓傻了，直眨巴眼睛。我抓起他喝令："过来，到我房间！"这胆小鬼不敢吭声，乖乖跟上了。这时候，天早已亮了。

我把学生带到值班室后开始审问，但毕竟猪就是猪，任凭打骂还是一头猪，自始至终只答一句"不知道"试图搪塞过去，死活不肯坦承实情。不久之后，来了一个，然后再一个，学生们三三两两下楼来到值班室里聚集，一个个看起来两眼浮肿，一副窝囊样。区区一晚上没睡觉就成了这德行，称得上是男子汉吗？我要他们先去洗把脸再来解释，可他们谁也没去洗脸。

我便这么和这五十多个人一问一答，谈了一个小时左右。忽然间，貉子来了。后来才晓得，是校工专程去向他报告，说是学校里出乱子了。连这种芝麻小事也要去请校长来，太胆小了，莫怪他只能在中学里当杂工。

校长听我大致转述一遍，也听了一下学生们的辩白，然后宣布："这件事以后再处分，今天照常上课，赶快洗脸、吃早饭，否则要迟到了。"就这样，校长让所有的寄宿生轻易脱身了，简直是姑息养奸。换作我是校长，一定当即勒令寄宿生全部退学。再这样纵容下去，学生根本不会把值班教师放在眼里。接着，校长对我说："想必您担忧了一整晚，已经十分疲倦了，今日就停课一天吧。"我回答校长："不，我一点都没担忧！这种事就算每晚来上一趟，只要我还有一口气在，绝不会为这种事情担忧。今天我照常授课。如果只因为一个晚上没睡觉就无法授课，就该扣除这天的薪俸还给学校。”校长若有所思，端详我好半晌，这才提醒我的脸肿得厉害。

原来如此，难怪觉得整张脸有些发麻，而且痒得很，肯定被蚊子叮出了满脸包。我伸手往脸上抓个不停，一面回答即使脸部肿得厉害，至少嘴巴还可以讲话，不影响上课的，校长笑着赞许我真是活力充沛。老实说，这不像是夸奖，而是在挖苦我吧。

第五章

社会上绝大多数的人
仿佛都在鼓励学坏，他们似乎相信，
不学坏就无法在社会上成功。

“你要不要去钓鱼？”红衬衫问了我。他说话柔声细气的，分不清是男是女，听着很不舒服。男人讲话应当像个男子汉，亏他是堂堂大学毕业生，讲起话来还不如我这个读物理学校的有气魄，一介文学士扭扭捏捏的，实在有失体面。

“这个嘛……”我给了个不置可否的回应，他随即问了一句无礼的话：“你钓过鱼吗？”我告诉他，自己的经验不太多，只有儿时曾在小梅那一带的鱼池钓过三条鲫鱼，还有一次去神乐坂的昆沙门堂参加祭典时钓到了八寸长的鲤鱼，正欣喜时竟又让它“噗通”一声溜回水里了，这事直到现在回想起来仍觉得扼腕。红衬衫扬起下巴呵呵笑了几声。我心想，何必笑得这般作态呢。“如此看来，你还没有尝过钓鱼的乐趣呢。假使愿意，我可以教你。”红衬衫显得颇为得意。

谁稀罕你教来着！那些喜欢钓鱼和打猎的家伙们，尽是一些毫无人性之徒；若非欠缺人性，怎会以杀生为乐呢？举凡鱼虾禽鸟，肯定希望活着而不愿遭到捕杀。必须倚仗钓鱼打猎来维持生计的人们自是例外，可那些生活不虞匮乏，却非得享受杀生之乐的人，显然是贪得无厌。

我心里虽这么想，但对方是能言善道的文学士，根本辩不过他，只得闭口不谈了。岂料这位先生误以为讲赢了我，得意地邀约："现在就教你钓鱼吧！如果今天有空，那就一道去。只有我和吉川君两个单独去，太没意思了，你也一起来吧！"

他说的吉川君就是图画教师那个陪酒郎。那个陪酒郎不晓得打的什么盘算，一天到晚在红衬衫家进进出出的，成天跟在红衬衫的身后，那关系根本不是同事，而是主人和仆役。但凡红衬衫所到之处，陪酒郎必定如影随形，所以听闻红衬衫和陪酒郎一同钓鱼，也没什么好大惊小怪的，问题是他们两人结伴前去就好，为何还要邀上我这个不善交际的人呢？他大概认为钓鱼是一种高尚的雅兴，想向我炫耀自己精湛的钓技，才会百般相邀吧。我才不会被这种雕虫小技给吓倒，就算钓到了两三条鲔鱼，也无须看在眼里。我也是人，即便技术不佳，只要垂下钓线，好歹总能钓上几尾。倘若我不去，红衬衫必然以小人之心揣度我是因为怕出丑才不敢去，而不会认为我是对钓鱼没兴趣才不想去的。思索片刻之后，便回答他那就去吧。

放学之后，我回住处打理了一下，再到车站与红衬衫、陪酒郎会合，一起去了海边。船夫仅一人，小船窄长，我在东京那边从没见过这种船。上船后，我看遍了每一个角落，连一支钓竿也没瞧见。我问陪酒郎这是怎么回事，没有钓竿怎么钓鱼呢？他摩挲着下巴，一派行家口吻解释出海钓鱼只用钓线就行，鱼竿派不上用场。

早知会挨他一顿抢白，我就不问了。

船夫看似慢慢地摇着桨，在纯熟的技术下其实已驶得老远，回头一看，岸边的景物愈来愈小了。高柏寺的五重塔从那片树梢上探了出来，宛如针一样尖细。朝前方望去，一座绿色的岛屿浮在海面上，据说是个无人岛，定睛一瞧，岛上尽是岩石和松树。原来如此，全是岩石和松树，自是无法住人。

红衬衫频频眺望远方，赞赏风光优美，陪酒郎也说是绝妙景致。且不说眼前这片风景称不称得上绝妙，的确让人心旷神怡。在一望无际的海面上，享受着海风的吹拂，格外神清气爽，我忽然饿了起来。

红衬衫对陪酒郎说："看看那棵松树，树干直挺，枝梢开展如伞，就像透纳[①]画作中的景物哪。"陪酒郎心领神会地答腔："确实和透纳的画一样呀！瞧树枝弯曲的样态，真的和透纳的画一模一样！"我不知道透纳是谁，反正不晓得也不碍事，便没有作声。

船沿着小岛由左往右绕了一圈，波平浪静，难以想象我们正在海上。托红衬衫的福，这趟出游十分惬意。如果可行，我真想到岛上看看，于是询问这艘船能不能在那块岩石处靠岸。红衬衫反对，说船虽能靠岸，但要钓鱼就不能离岸太近，我于是闭口不说了。

这时，陪酒郎又多嘴奉承："教务主任，依咱看，把那座小岛命名为透纳岛吧！"红衬衫当即赞成，还说真是妙极了，我们往后就这样叫吧。我可不希望红衬衫话里的"我们"把我也算在内，真要命名，这座小岛至多唤作"青岛"也就行了。

陪酒郎又接着说："依咱看，若是把拉斐尔[②]的圣母玛利亚摆

---

① Joseph Mallord William Turner（1775~1851），英国浪漫主义画家，擅长风景水彩画与版画。

② Santi Raffaello（1483~1520），意大利文艺复兴时期的画家与建筑家，擅长圣母像的宗教画。

到那块岩石的上面，一定可以画出一幅杰作的！”红衬衫面带奸邪地呵呵笑着，要陪酒郎别提起玛利亚。陪酒郎看了我一眼，答称：“哎呀，这里反正没旁人，不打紧的……”说完还刻意别过头去，咧嘴而笑。一股难以名状的厌恶，瞬时涌上了我的胸口。玛利亚也好，以利亚也罢，总之都与我无关，你们想摆什么、放什么，悉听尊便。净说些别人不懂的事，还装出一副反正你不懂、听去了也没关系的态度，真是下流的举止！他还好意思说自己是江户人！我想，这位玛利亚多半是平时和红衬衫相好的艺伎的代称。想让相好的艺伎站在无人岛的松树下，欣赏这幅佳人倚树的美景，倒也不费事，顶好还叫上陪酒郎绘成油画，拿到展览会上去呢。

“这里应该可以吧。”船夫停了船，下了锚。红衬衫问这里有多深？船夫说大约十来米。红衬衫叨念着十多米深恐怕不容易钓到鲷鱼，一面把钓线抛进海里。这位仁兄竟有豪情壮志想钓鲷鱼呀。陪酒郎谄媚地说：“哎呀，凭教务主任的本事，一定钓得到的，况且现在风平浪静。”说着，陪酒郎也松开钓线，抛到海里了。钓线的尾端只系着一个秤锤似的铅坠，没有浮标。不用浮标要钓到鱼，简直就像是没有温度计却想测温度一样。我在一旁看着，心想，这可怎么钓得到呢？

此时，忽然听到红衬衫喊了我，要我也开始下钩，还问我有没有钓线。我说钓线倒很多，只是没有浮标。红衬衫又说，非得用浮标才能钓鱼的是外行人，要我学他那样，等到钓线沉入海底以后，将食指贴住船舷，静待钓线的动静，当鱼上钩时，手指会有感觉的。说着说着，红衬衫突然大喊一声“上钩啦”，并且急忙收线，还以为他钓到了什么，结果啥也没有，只是鱼饵被吃了。真是活该！陪酒郎赶紧劝慰说：“教务主任，太遗憾了，刚才肯定是条大鱼，连教务主任这样的高手都让它给逃了，看来今天可不能大意呢。话说回来，就算让鱼逃了，总比那些盯着浮标干瞪眼的家伙要强得多。那些家伙要是没了刹车，可就骑不了自行车喽。”这番没头没脑的奇怪言论，听得我直想狠狠揍他一顿。我也是人，这片大海又不是教务主任包下来的，地方大得很，好歹也给个面子，让我钓上一尾鲣鱼什么的嘛。我把钓线连同铅坠抛进海里，随便勾在指尖上。

不消片刻，我觉得好像有东西一下一下地碰着钓线。我想，这一定是鱼，只有活的东西会这样抖动，好极了，上钩啦！于是我赶紧收回了钓线。陪酒郎嘲讽说：“唷，钓到了？真是后生可畏呀！”就在陪酒郎说风凉话的时候，我的钓线已经收回了大半，仅余五尺左右还浸在水里。从船舷往下探，一尾貌似金鱼的条纹鱼勾在钓线上，左摇右摆的，随着我的拉势浮了上来，真有意思。这尾鱼一离开水面就猛力挣扎，溅了我满脸的海水。我好不容易才将鱼抓住，想把钓钩卸下来，却怎么都摘不掉。抓着鱼的手既黏又滑，令人十分作呕。我嫌麻烦，揪起钓线一甩，鱼身顺势撞到船腹中央，当下就摔死了，红衬衫和陪酒郎讶异地望着我。我两手浸到海里哗啦啦地搓洗了好一阵，伸回鼻前一闻，鱼腥味还是没能洗掉。我受够了！以后不管钓上来的是什么，我再也不想徒手抓鱼了，想必鱼也不愿意被人抓在手里吧。我三两下卷回了钓线。

“第一个立下战功虽然可喜可贺，可惜是一尾谷儿其[①]。”陪酒郎又在说大话了。

红衬衫听了打趣道：“谷儿其这名称，倒很像俄国文豪的名字哪。”

“就是呀，听起来就像那个俄国的文豪呢。”陪酒郎立刻附和。

是啊，高尔基是俄国文豪，丸木[②]是东京芝区的摄影师，产米

① 学名为花鰭海猪鱼，俗名红点龙，属于隆头鱼科。

② “丸木”的日语发音和“高尔基”为谐音。丸木利阳（1854~1923），日本摄影家。

的植物[1]是生命的泉源。红衬衫这人有个坏毛病，讲话时总喜欢搬出一些用片假名拼音的洋人名字。人人各有其专业，冲着我这个数学教师大谈高尔基还是拉板车的[2]，太不客气了。真想卖弄学问，至少该讲些我也晓得的《富兰克林自传》啦，或者《奋勇向前》[3]之类的。红衬衫经常带着一本叫作什么《帝国文学》[4]的大红封面杂志到学校来，读得津津有味。我问了豪猪才知道，红衬衫引用的那些片假名拼音的洋人名字，据说全都出自这本杂志。《帝国文学》真是一本造孽的杂志呀。

之后，红衬衫和陪酒郎拼了命地钓鱼，两人耗费了一个多钟头，总共钓起了十五六尾。可笑的是，他们钓了一尾又一尾，全都是谷儿其，连条鲷鱼的影子也没瞧见。红衬衫告诉陪酒郎，今天是俄国文学大丰收的日子。陪酒郎赶紧赔笑脸说，凭您的本领都只钓到谷儿其，我就更甭提，这也不足为怪喽。我问了船夫，据说这种小鱼多刺又难吃，实在无法入口，只能拿去堆肥。原来红衬衫和陪酒郎拼了老半天，只钓到了一堆肥料呢，可怜呀可怜。我钓了一尾就受够了，一直仰躺在船腹眺望着天空，这可比钓鱼来得风雅多了。

这时，他们两个又开始交头接耳起来。我听不分明，也不想去听。我望着天空，惦念着阿清。假如我有钱，带阿清到这种风景优美的地方游览，该有多开心。再美的景色，身边的是陪酒郎这等人，只是煞风景。阿清虽是个满脸皱纹的老婆子，但是不论带她上哪里，都不会失颜面；若是陪酒郎之流，不管是乘马车、搭船、登

---

① “产米的植物”的日语发音和“高尔基”为谐音。

② “拉板车的”的日语发音和“高尔基”为谐音。

③ Pushing to the Front，奥里森·马登著。和《富兰克林自传》都是当时日本中学教科书经常摘选的美国励志读物。

④ 由东京帝国大学文科学生与毕业校友为主组成的“帝国文学会”于1895年创刊的学术文艺杂志。

凌云阁[1]，统统不想和他在一起。假如今天换作我是教务主任、而红衬衫是我，陪酒郎必定对我百般阿谀，对红衬衫不屑一顾的。人们都说江户人轻佻，原来该怪这批人周游异乡时自诩为江户人，使得乡下人把“轻佻”和“江户人”划上了等号。正当我琢磨这些事的时候，他们两个忽然窃笑起来，在笑声中断断续续地传来的只字片语，教人丝毫摸不着头绪。“嗄？怎么一回事？……”

“……就是说嘛……就是因为不知道呀……真是坏心呀……”

“不会吧……”

“居然把蚱蜢……是千真万确的喔……”

其他的话我一概左耳进右耳出，唯独陪酒郎提到蚱蜢这个字眼时，不禁心头一凛。陪酒郎似乎有意特别强调“蚱蜢”这一个词，让我能够听得仔细分明，而后面的话语又故意讲得模糊不清。我一动不动地注意聆听。

“又是那个堀田啊……”

“有可能是……”

“炸虾面……哈哈哈哈……”

“……煽动……”

“连糯米丸子也一样？……”

他们的谈话虽是断断续续的，但从交谈中提到的蚱蜢啦、炸虾面啦、糯米丸子啦这几个字眼来推测，必定是在背后议论我。你们真要讲，就大声讲出来，既是怕人听见，又何必邀我同行呢？这两个家伙真惹人厌！不管是蚱蜢还是跳蚤，总之这事错不在我。是因为校长说留待日后处置，我才给貉子留个面子，一直忍到了现在，你这什么都不懂的陪酒郎竟说些闲言闲语，最好还是叼着你的画笔

① 座落于当时东京浅草阁区的一栋红砖及木造混合建筑，楼高十二层，1890年竣工，于1923年的关东大地震崩塌。

一边风凉去吧。

我的事，早晚会亲自解决，用不着你们假意关切。不过，他们提到的“又是那个堀田啊”还有“煽动”这几句话，倒是让我耿耿于怀。这意思究竟是指堀田煽动我闹事，还是说堀田煽动学生来捉弄我，教人茫无头绪。我仰望青空，阳光热力渐减，凉风徐徐。缕缕白云宛如线香的烟气，在清澄的天边缓缓舒展，不知不觉间又飘散开来，给天空披上一片淡淡的薄雾。

“该回去了吧？”红衬衫忽然想起什么事似地说道。“是呀，差不多该走了。您今晚要和玛利亚小姐相会吗？”陪酒郎问道。红衬衫斥了一句：“别瞎说！这话会遭人误解的！”懒懒地倚在船舷边的陪酒郎闻言，稍稍坐直了身子辩解：“嘿嘿嘿，不打紧的，就算让他听见也……”说着，陪酒郎转过头来，不偏不倚接到了我双眼圆瞪，朝他射去的凌厉目光。陪酒郎招架不住似地回过身去，缩脖子搔脑袋地说：“唉，我认输喽。”真是不知天高地厚的家伙！

船在悠静的海上划回岸边。红衬衫问我：“你看起来似乎不大喜欢钓鱼？”我回答：“是呀，躺在船上仰望天空比较有意思。”说完，把刚吸几口的卷烟扔进海里。卷烟“滋”的一声，在船橹激起的水花之间随波飘荡。

“你来任教，学生都非常喜欢，你得认真教书才行。”红衬衫忽然谈起了和钓鱼毫不相关的话题。

“学生恐怕不怎么喜欢我吧？”

“不，这不是恭维，学生真的很喜欢上你的课。吉川君，你说对吧？”

“他们岂止喜欢，简直爱死喽。”陪酒郎抿嘴笑着说。说也奇怪，这家伙一开口讲话，必定会惹我恼火。

说到这里，红衬衫话锋一转：“不过，假如你不留意，小心惹祸上身喔。”

我反嘴回应：“反正动辄得咎，就等着遭殃好了。”横竖我早已打定了主意，结果只有二选一，不是我被免职，就是全体寄宿生向我道歉。

“你这一说，不就把话说死了吗？我身为教务主任，也是为你着想才出言相劝，你可千万别误会。”

“教务主任完全是一片好意。咱虽人微力薄，既然同为江户人，总是希望你能一直待下来教书，咱们也好有个照应，所以暗地里可没少为你出力呢。”没想到陪酒郎也会说几句人话。

但是，真要我接受陪酒郎的帮助，还不如投缳自尽来得爽快。

“我想说的是，虽然学生非常喜欢你来上课，不过学校里有种种复杂的情况，想来有些时候会惹你生气，总之你得忍耐一些，坚持下去，我绝不会让你吃亏的。”

“您说种种复杂的情况，是什么样的情况？”

“说来话长，你待久了就会明白，即便我不说，也会自然知道的。吉川君，你说是吧？”

“是呀，确实不是三言两语可以讲得清楚，也不是一朝一夕就能弄得明白。不过，日子久了就懂，就算咱不说，你自然也会知道的。”陪酒郎说的和红衬衫一模一样。

“既然是那么麻烦的状况，我不问也未尝不可。是因为您先提起这个话题，我才请教的。”

“你说得很有道理。我先开了头，又没把话说完，的确不负责任。那么，就透露一些吧。说来别见怪，你才刚刚踏出校门，从前也没有教学经验，要知道学校这种地方讲究的是人情义理，老是像个书生一样全凭是非论断、不套交情，可是行不通的呢。”

“如果不套交情就行不通，那该怎样才行呢？”

“瞧，你就是这般直率，这就是我说的还缺乏经验呢……”

“我本来就缺乏经验啊。在履历表上也写了，年龄是二十三岁又四个月大。”

“嗯，所以才说，你没留神时会受人暗算。”

“只要行得正坐得端，不怕受人暗算。”

“当然不必怕，可虽说不必怕，人家还是要来放冷箭的。比方你前任的那一位就吃过亏，所以我才劝你得留神才行。”

我忽然想起好半晌没听到陪酒郎吭声了，回头一看，不知何时他和船夫在船尾那边聊起钓鱼了。没有陪酒郎在一旁帮腔，谈话容易多了。

“在我之前的那位教师，受到谁的暗算了？”

“事关个人名誉，我不便指名道姓，况且没凭没据的，不好讲出来。总而言之，你大老远来到这里，若是有个差池，也就枉费我们特地聘请你的苦心了，还是请你多多留神为佳。”

“您要我留神，我也不晓得该留神些什么。不做坏事就成了吧？”红衬衫“呵呵”笑了起来。我不觉得自己说了什么好笑的话，况且直到此时此刻，我始终坚信自己的处世之道。细想起来，社会上绝大多数的人仿佛都在鼓励学坏，他们似乎相信，不学坏就无法在社会上成功。偶尔发现一些正直而纯洁的人，就对其吹毛求疵，还蔑称人家“哥儿”或“少爷”。倘若如此，不如别让小学和中学的生活伦理教师再继续教“不可说谎”“为人应正直”之类的课程了，甚至干脆教学生“撒谎高招”“疑人妙法”以及“设局诀窍”，这样不但利己又有益社会。红衬衫的呵呵发笑，是在嘲笑我的单纯。拿别人的单纯和直率来取笑，这样的社会已经没指望了。换作是阿清，这种时候她绝不会笑，而是十分佩服地聆听。阿清可比红衬衫高尚多了。

“能够不做坏事当然很好，但就算自己不做坏事，如果不知道其他人如何使坏，还是要吃大亏的。社会上有的人看起来光明磊落、不求名利，还热心地为人家寻找住处，事实上对他却绝对不能掉以轻心……转凉了。毕竟入秋了哪，岸边笼罩在深褐色的暮霭之中，这景色真美，嗯，果真是绝妙风光哪！喂，吉川君，你瞧瞧，海边的景致多么……”红衬衫大声唤着陪酒郎。“喔，果然是绝妙的风光呢！假如时间还够，真想写生呀，好可惜，只能用眼睛欣赏……”陪酒郎跟着大敲边鼓。

就在港屋旅舍的二楼亮起了一盏灯、火车的汽笛鸣了一声的时刻，我们的船划回了岸边，船头插进沙滩后不再动了。“您们回来得真早！”老板娘站在海边向红衬衫寒暄。我“嘿”的一声跳下船舷，回到了沙滩上。

第六章

**这种家伙应当给他绑上一块腌酱菜用的大石头，
沉到海底去，好为日本除害。**

我真讨厌陪酒郎。这种家伙应当给他绑上一块腌酱菜用的大石头，沉到海底去，好为日本除害。我也不喜欢红衬衫的声音。他刻意运用天生阴柔的嗓音，装出和蔼亲切的模样来，可任凭他装模作样，那副尊容仍是令人退避三舍，顶多只有玛利亚会青睐他吧。然而他毕竟是教务主任，谈吐比陪酒郎来得深奥。

回去以后，我想了想这家伙的那番话，似乎不无道理。尽管他没把话说清楚，难以参透，不过好像在暗示豪猪不是个好家伙，要我当心。假如是这样，明说就是了，真没男子气概。而且，若是那般恶劣的教师，应当尽早免职才妥当。教务主任身为堂堂文学士，个性却软弱得很，就连在私底下讲话都不敢指名道姓，肯定是个胆小鬼。通常胆小鬼待人亲善，可见那位红衬衫也像女子一般亲善吧。不过亲善是一回事，嗓音又是另一回事，不能因为讨厌他的嗓音，就无视于他的亲善，这样有失公允。话说回来，人世间还真奇妙，瞧着厌恶的家伙其实和善亲切，意气相投的朋友反倒是坏蛋，真教人莫名其妙。大抵是因为这里是乡下地方，诸事都和东京颠倒过来吧。这里真让人没法定心安居，保不准还会发生烈火冻成冰、石头变豆腐的怪事呢。不过，那位豪猪总不至于会做出鼓动学生来捉弄我的恶作剧。听说他在学生中最有威望，想要学生做什么，多半都会听他的话；可再想想，他根本不必这样大费周章，直截了当找我吵上一架，岂不来得省事？倘使我碍着了他，他大可告诉我前因后果，要我主动辞职，这样不是更好？什么事都好商量呀。假如对方言之有理，我明天就辞职也行。反正又不是只能在这里糊口，我有信心，即便沦落天涯海角，也绝不会饿死路旁。豪猪这家伙真不开窍。

我来这里之后，第一个请我喝冰水的人，就是这个豪猪。让这种表里不一的家伙请喝冰水，简直有损我的颜面。我喝了一杯，所以只让他付了一分五厘钱，但就算只有一分或是五厘，欠这种骗子人情，我到死也觉得别扭。明天一到学校，就还他一分五厘吧。我曾向阿清借了三元，五年过去，那三元到现在仍然没还。不是我还不起，而是没想还她。阿清不会把这事搁在心上，指望我快些归还，而我也不打算当她是个外人似的，中规中矩地双手奉还。如果我一直记挂此事，等于不相信阿清，玷污了她的一番美意。我不还钱，并非要糟蹋她，而是把她当自家人看待。阿清和豪猪二者虽不能相提并论，但哪怕是一杯冰水或一碗甜茶，默默接受人家的恩惠，代表敬重对方是个人物，向他表达好感。其实本来仅需掏出自己那杯冰水钱，即可双方互不相欠，却心怀感激地由着对方做东道，这是一种有钱也买不到的答谢方式。纵使我不是高官显爵，却具有独立的人格。要知道，一个拥有独立人格者，愿意躬身答谢，这可是比黄金万两更为珍贵的致敬呢。

我认为自己愿意让豪猪破费一分五厘钱，可说是比黄金万两还要贵重的谢礼了，豪猪感激都来不及，岂料他竟还在背后做出那种卑鄙的勾当，实在太不像话了！我明天去学校就还他一分五厘钱，从此不再欠他人情，然后再和他吵上一架。

想到这里，我感到困意袭来，于是沉沉睡去了。第二天，由于心头揣着事情想解决，便比平时更早到学校等待豪猪，却迟迟不见他来。青南瓜来了，汉学先生来了，陪酒郎来了。最后，连红衬衫都来了，唯独豪猪的办公桌上孤伶伶地竖着一支粉笔，悄无声息。我本来打算一进办公室就还他，因此像上澡堂时一样，从出门起就把一分五厘钱攥在手里，一路带到了学校。我手心容易出汗，到校张开手掌一看，那一分五厘钱上已是汗津津的，如果拿这种汗津津的钱币还给他，不知道会被豪猪说什么风凉话，于是我把钱摆在桌上吹了又吹，然后重新攥在手里。这时候，红衬衫走过来向我道歉，说昨天劳我陪着跑一趟了。我回答别客气，托他的福，晚上胃口大开。接着，红衬衫把手肘支在豪猪的桌子上，把他那张大饼脸凑到我鼻子旁，本来还以为他要做什么，下一瞬就听他开口，叮嘱我昨天在船上谈的事要保密，还问我应该没告诉其他人吧？看来，他不但讲话像女人，还胆小怕事。

我的确尚未把那些事说出去，不过现在正打算要说，而且已经准备好一分五厘钱攥在手里了，这时才被红衬衫封了口，让我有些为难。红衬衫真是的，就算他没明讲是豪猪，却出了一道一猜即中的简单谜面，事到如今又不希望我一语道破，这种反复的作风太不负责了，实在有失教务主任的威信。按理说，他应该等我和豪猪正式开战以后，理直气壮地为我助阵，这才够资格当学校的教务主任，不愧对他身上那件红衬衫呀。

我回答他，这事还没和任何人提起，不过我等一下准备和豪猪谈判。红衬衫听了大为惊慌，说我这样胡来会给他添麻烦，又说他从来没有向我明确数落过堀田君，要是我在学校闹事，会造成他极大的困扰，最后还问我该不会是专程来这地方出乱子的吧？对于红衬衫这句欠缺常识的质问，我告诉他当然不是，若是右手领月俸、左手闹乱子，想必校方也难以处理。于是红衬衫再次叮咛我，既是如此，昨天的话仅供参考，可别向旁人说去。见他急得直冒汗，我只得答应下来，说自己虽然心有不甘，但如果会给他增加麻烦，这事就作罢了。红衬衫又不放心地追问了一次，要我千万不准变卦。真不明白他怎会那般娘娘腔，如果文学士个个都是这副德行，可真令人失望。他竟能神色自若地提出这种颠三倒四、缺乏逻辑的要求，还不信任我。我可是个顶天立地的大丈夫，亲口答应的事，怎么可能无耻地翻脸不认账呢？

谈到这里，我邻桌的教师都到了，红衬衫便匆匆回去自己的座位上。他走起路来同样忸怩作态，在屋里走动时总是轻踮鞋底，蹑手蹑脚的，并以不发出半点声响自豪。我还是头一遭知道，原来走路不出声是一项值得炫耀的长处呢。又不是练习当贼，还是正常走路才好。没多久，第一堂课的上课号声吹起，豪猪依然没有现身。我没办法，只得把一分五厘钱搁在桌上，到教室去了。

第一堂我多讲了些才下课，回到办公室时，其他教师都已经坐在桌前聊天了。不知道豪猪是什么时候到的。我以为他请假，原来只是迟到。他一看到我就说，都怪我害他今天来不及出勤，要我掏钱代他赔迟到的罚金。我拿起桌上的一分五厘钱，摆到豪猪的面前要他收下，告知这是上次在通町请喝冰水的钱。他笑着问我在讲啥，但看我满脸的严肃，便把钱推回了我的桌上，还要我别开这种无聊的玩笑。唷，没想到这个豪猪是真心打算请客呢。

“我没跟你开玩笑，是真的。我不能平白无故让你请喝冰水，我自己出钱，你一定要收回去。”

“区区一分五厘钱也让你这么介意，那么我收下也行，不过你怎会心血来潮，到现在才突然想要还？”

“不管是现在或是以后，总之我一定要还的。我不想让你请客，钱还你。”

豪猪冷冷地望着我，哼了一声。若不是红衬衫央我别说，我绝对会立刻揭发豪猪的恶形恶状，和他吵上一架不可，无奈自己已经答应人家不对外声张，只得忍了下来。没见我都气得涨红了脸，他竟以“哼”的一声作回应，简直岂有此理！

“冰水钱我收下，你也得给我搬出去！”

“你只管收回这一分五厘，搬不搬家是我的自由！”

“这事可不容你做主。昨天你房东先生来找我，希望你搬走。我问了缘由，他说得很有道理。不过我为了再次确认，今天早上又去那里听他仔细讲了一遍。”

我完全听不懂豪猪在讲什么。

“不论房东先生对你说过什么，统统不关我的事！哪有人这样擅作主张的呢？要是有什么不妥，也得先把情况讲清楚了再决定，怎可一口咬定房东先生说的就是实情，太不尊重我了！”

“唔，那我就照实说了。你在那里胡来，房东家已经受不了了。房东太太只是把屋子租给你，可不是你的下女，怎么可以伸出腿来指使人家帮你擦脚？太嚣张了！”

“我什么时候要房东太太帮我擦脚了？”

“我是不知道你有没有让人家帮你擦脚，总之对方不知道拿你怎么办才好。他们说了，房租也才十元、十五元的，只消卖一幅挂轴就赚到啦！”

“只会耍嘴皮的混账家伙！既然如此，当初为何答应租给我？”

“我不知道他为什么要租你，大概是出租了以后，跟你合不来，所以叫你搬走吧。要你搬，你就搬。”

“用不着你来赶人！他就是磕头求我住，我也不住！说来都怪你，谁让你介绍这种无端找碴的地方给我！”

“天晓得是我不对，还是你不老实哩！”豪猪的火爆脾气不亚于我，同样不甘示弱地扯起嗓门大喊。办公室里的人不知道发生什么事了，一个个愣愣地探头望向我和豪猪。我自认问心无愧，昂然起身，目光朝整个办公室扫了一圈。大家都呆若木鸡，唯有陪酒郎露出了幸灾乐祸的笑意。直到我瞪着大眼，向陪酒郎那张干葫芦脸射去犀利的眼神，宛如逼问他是否也想找我吵架，陪酒郎倏然换上一副老实面孔，乖巧得很，看起来有些害怕。这时，上课号声响了，豪猪和我同时闭口，分别去教室上课了。

下午开会，讨论前天夜里冒犯我的寄宿生该如何处分。这是我有生以来第一次参加会议，不晓得会议流程如何进行，推测大概是教职员们凑在一起，各自发表看法，最后由校长随便做个结论就算结束了吧。所谓结论这个词汇，应该是用于探讨难以辨明对错的情况之中。至于现在这起事件，任谁来看都会认定错在学生，结果还要开会讨论，根本是浪费时间。不论交给谁从任何角度来剖析，都不可能得到不同的结论。像这样事证明确，其实由校长当场做出惩戒就可以，竟还得开会决议，未免太犹豫不决了。直白地说，身为一校之长如果这样举棋不定，形同优柔寡断温吞佬的代名词。

会议室是一个狭长的房间，位于校长室隔壁，平时是用餐室。室内有二十几张黑色的皮椅沿着长桌四周摆放，有点类似神田的西餐小馆。校长坐在长桌的一端，紧邻在旁的是红衬衫。听说其他位置可以随意就座，只有体育教师总是客气地选择末座。我没把握该坐哪里好，便在自然教师和汉学先生中间坐下了。向对面望去，豪猪和陪酒郎挨肩而坐。陪酒郎那张脸，怎么看都觉得丑陋无比。真要找人吵架，还是拿豪猪当对手来得有格调多了。我在为父亲举行葬礼的小日向养源寺里，曾在厢房看到一幅人物画，豪猪的相貌就和画中的人物十分神似。当时我问方丈那怪物叫什么，他说是韦驮天神[1]。豪猪今天气冲冲的，眼珠子转个不停，不时盯着我看；我也不肯示弱，同样张大眼睛，凶狠狠地回瞪了豪猪，心想难道怕你不成？我的眼睛虽然长得不好看，但形状大小不输一般人。阿清甚至常夸我眼睛大，肯定适合上台唱戏。校长问说差不多都到齐了吧？川村秘书逐一清点人数，告知还少一位。我暗忖着谁还没来，继而想起当然还缺一个——那位“还没成熟”的青南瓜君尚未出席呢。

我和青南瓜君宛如前世缘分未尽，自从见过他以后，便在我脑海挥之不去，每天一进办公室，总要先寻找青南瓜君的身影。即使走在路上，他的样貌亦不时浮上心头。我去温泉时，也经常看到白胖胖的青南瓜君，面色苍白地泡在浴池里。平常和他打个招呼，他总是诚惶诚恐地应声，并且躬身回礼，那可怜的模样教人瞧着同情。来到这所学校后，再没有遇见比青南瓜君更老实的人了。他难得一笑，谨言慎行。我在书上读到“君子”一词时心想，这个词汇只存在于词典里，世上根本没这种人，可自从认识青南瓜君以后，我才深刻体会到，世间真有人配得上这个词呢。

由于我和青南瓜君的关系不同于其他人，所以一进会议室，立刻发现了他还没来。事实上，我原先盘算着坐在他旁边，所以进门后特别留意他坐在什么位置上。校长说：“那位老师应该一会儿就到了吧”，接着解开摆在面前的一只紫色绸布包，取出看似胶版印刷的文件读了起来。红衬衫拿绢丝手帕开始擦拭琥珀烟斗，这是他的癖好，如同他喜欢穿红色的衬衫一样。其他人有的和邻座的教师交头接耳，也有闲得发慌的手持铅笔尾端的橡皮擦，在桌面不停地划记着。陪酒郎频频找豪猪搭话，可豪猪没怎么理睬他，只嗯嗯喔喔地应付几声，并且屡次向我投来凶狠的目光，我也不服输地回瞪他。

---

① 佛法的护法天神，大多以身穿甲胄的武将之姿呈现，相传脚程极快，能日行千里。

就在这时，等候多时的青南瓜君满面歉疚地进来了，并向貉子解释自己是去办点要事，以至于耽搁了时间。“那么，现在宣布开会。”貉子先要川村秘书把胶印的文件分发给大家。我接过一看，第一案是关于学生的处分，其次是学生管理事项，其他还有两三个案子需要讨论。貉子照样端出官架子，俨然一派教育家的口吻，发表了以下的谈话：

“学校教师和学生所犯下的一切过错，全都该归咎于本人寡德所致。每当发生问题时，我内心总是深感惭愧，谴责自身有失校长之职。不幸的是，此次竟又出现暴动事件，我必须向诸君深深谢罪。然而既然事情已经发生了，就得思索做出何种处分才行。这起事件的来龙去脉谅各位均已知晓，请诸位开诚布公地提供意见，以供后续参考。”

听完校长冠冕堂皇的发言，我由衷钦佩，心想不愧是校长，不枉我给他安上这个貉子的别名。既然校长愿意一肩挑起所有责任，把过错全都归罪于自己的仁德未至，干脆不必处罚学生，主动办理去职就好了。如此一来，也没有必要召集这种麻烦的会议了。且不说别的，单由常识判断，整件事已经不言自明。我循规蹈矩地值班，闹事的是学生。犯错的既不是校长，也不是我，就是那群学生。假如真是豪猪在背后煽动的，那么只要惩罚学生和豪猪就够了。天底下哪有别人捅了娄子，自己偏要抢着去擦屁股善后，还口口声声说一切都是自己的错？这种花枪只有貉子耍得出来。他发表完这番毫无逻辑可言的意见之后，洋洋得意地朝众人的脸上逐一看去，但是没有任何一个人开口。自然教师正在观察歇在第一教室屋脊上的乌鸦，汉学先生将那份胶印的文件折了又揭开，豪猪仍旧瞪着我看。早知道开会这么没有意义，不如请假去睡个午觉才不浪费时间。

我再也按捺不住，准备率先慷慨辩解一番，刚抬起半边屁股，红衬衫忽然讲话了，我只得坐了回去。只见他已经收起烟斗，拿着那条纹绢丝手帕，一边揩脸一边讲话。那条手帕一定是从玛利亚那里强行要来的。是男人，就该用白色的麻纱手帕呀。

“在听到寄宿生暴动的消息后，同样觉得我这个教务主任有失职守，并且对自己平时未能以仁德化育少年而深感懊悔。我之所以会这么认为，乃是基于事出必有因的道理。当我检视这整起事件之后想过，也许过错不尽然在于学生；倘若再进一步追究真相，或许会发现，应该是由校方负起责任。所以，如果只根据表面上看到的状况就严惩学生，反而对他们的未来成长有害。况且少年人血气方刚，精力充沛，又缺乏判别是非的能力，说不定是在不自觉的情况下，做出了这种顽皮的行为。话说回来，对学生的处置仍然恭请校长定夺，不容吾人擅加置喙，只是恳请校长体察学生思虑未周，予以从轻发落。”

实在高招！貉子有他的一套，没想到红衬衫也不遑多让。他竟然公然声称，学生闹事，过错不在学生身上，而应该怪罪教师。这就好比一个疯子殴了别人的头，都怪被打的人不好，疯子才会动手打人，亏得他竟能掰出这种理论来。假如学生的精力多得无处发泄，大可到操场上去练一练相扑，岂能因为这样就不自觉地把蚱蜢塞进被褥里。依此推论，即便在睡梦中脖子挨上一刀，也能以“不自觉”的理由而无罪开脱吧？想到这里，我打算出面说几句，但要讲就得口若悬河，石破天惊，否则就没效果了。可惜我有个毛病——在生气的时候讲话，总是讲不到几句就说不下去了。貉子和红衬衫这两号人物，论人品都不及我，却都能说善辩，假使我话中露了破绽，被他们掐住痛脚，可就自讨没趣了。我于是在心里打起腹稿来，琢磨妥当了再说。就在这个时候，和我隔桌而坐的陪酒郎突然站起来，把我吓了一跳。不想想自己不过是个陪酒郎，竟也敢来凑热闹，实在不知天高地厚。陪酒郎用那一贯废话连篇的语气说道："这回的'蚱蜢事件'以及'喧闹事件'两起罕见的状况，使得咱们这些致力作育英才的教职员，不仅对本校前途感到忧心忡忡，并且提醒咱们身为教职员，必须借此机会深切自省，力图整饬全校风纪。因此，方才校长及教务主任所言，实乃中肯剀切，咱彻头彻尾表示赞成。恳请并持宽大为怀，给予处分。"陪酒郎这段话仅仅是文字的堆砌，内容空乏，不知所云。我听得懂的只有"彻头彻尾表示赞成"这一句。

尽管我不懂陪酒郎说了些什么，仍然非常气愤，没等打好底稿就起身发言："我彻头彻尾表示反对……"说完这句，后面的话一时接不上了，只能再加一句："……我最讨厌这种没头没脑的处理方式了！"教职员们一听，顿时哄堂大笑。"说到底，过错全在学生。假如绝对不让学生来向我道歉，他们以后会食髓知味。就算勒令他们退学也不为过。……太不懂得尊师重道了，以为新来的教师好欺负……"说完这段话，我便坐下了。这时，坐在我右侧的自然教师怯懦地说："说起来，学生的确坏，不过，不能处罚太重，否则恐怕会导致反效果吧。我还是赞成教导主任说的，从宽处理。"

在我左手边的汉学先生也说他赞成温和解决，而历史教师同样赞同教务主任的意见。可恨至极，这里的家伙大都是红衬衫那一派的！倘若学校是由这批狐群狗党把持的，敢情倒让人省心啦。我心意已决，不是命令学生来赔罪，就是我辞职走人，两种挑一个。万一红衬衫的意见赢了，我马上回住处去收拾包袱。横竖我没本事辩得过这帮乌合之众，纵使这回说服了他们，还求我待下来和他们共事，我也不情愿。既然不打算继续留在学校，我才不管他们要怎么处理这件事呢。反正一说话，他们肯定又要笑我了。我一脸不在乎，决心闭上嘴巴。

就在这个时候，始终保持沉默的豪猪霍然站了起来。我心想，这家伙又要表示赞成红衬衫了，反正我们彼此正在冷战，随你讲去吧。

豪猪一开口，声如洪钟，几乎要撼动玻璃窗了："我完全不同意教导主任以及其他诸位先生的发言。我之所以这样说，是因为不论从哪一个角度看，这起事件都是五十个寄宿生看不起新来的某教师，于是刻意捉弄的行为。教导主任似乎企图将这件事的起因，归结于该教师的人品上，请恕冒犯，我认为这是失言。某先生这次轮值，距离他到任并不久，与学生接触尚不满二十天。在这短短的二十天里，学生根本无从对这位先生的学问和人品作出正确的评价。假如学生是基于某些情有可原的理由，而忍不住对教师恶作剧，尚可斟酌从宽处理；若是毫无因由就捉弄了新来的教师，校方竟还要宽恕这些轻率的学生，我认为这将有损学校的威信。教育的目的不单单是传授学问，与此同时，亦要培养学生高尚及正直的武士情操，摒除其鄙俗、浮躁、粗暴的恶劣习气。假如害怕引发反效果、害怕把事态闹大而选择姑息养奸，那么，这种歪风不知要到何时才能够矫正过来。我们在学校供职，正是为了杜绝这样的恶习，要是对此放任不管，何必来任教？根据上述理由，我认为最适当的处理办法是除了严惩全体寄宿生，还必须要求他们向该教师公开致歉。"说罢，豪猪重重坐下了。

全场静默无言。红衬衫又开始揩起了他的烟斗。我感到喜不自胜，想说的话差不多都由豪猪替我讲完了。我这人就是单纯，方才和他发生的争执几乎忘得一干二净。我朝已经落坐的豪猪投去了万分感激的目光，豪猪却对我视若无睹。

片刻过后，豪猪再次站起来讲话："刚才疏忽，有件事忘记说了，现在补充。听说当天晚上值班的那位教员中途外出，去了温泉一趟，我认为那样非常不应该。既然接下了留守校园的任务，就不能心存侥幸，利用没人监督的机会擅自离校，况且是去温泉那种地方洗澡，实在有失体统。学生闹事，应当另案处理，关于这一桩过失，希望校长提醒当事人注意。”

真是个怪家伙。才刚帮我讲了好话，不到眨眼工夫又严词揭短。我没想太多，只是知道之前的值班人员曾经外出，以为这已经是惯例，所以去了温泉。现在听他这番指责，这件事确实是我错了，受到批评也是应该的。于是我起身说道：“我确实于值班时去温泉洗澡了，这完完全全是不对的，我向诸位认错。”讲完后刚坐下，众人又是一阵大笑。我每一次开口，必定招来取笑，真是一群无聊的家伙。你们这群家伙根本没勇气像这样公开承认自己犯了错吧？就是因为不敢，所以总想笑话别人吧？

校长接着说，各位似乎都已经表达意见了，他会仔细考虑之后再作出处分。在此顺带提一下这件事的后续结果：寄宿生被罚禁止外出一星期，并且还要当面向我道歉。话说，假如学生当时不道歉，我就会辞职离开，问题是他们勉强照我的要求做了，后来竟闹出更大的风波来，这是后话。除此之外，校长又宣布还有一事必须在会议上提出来。他说学生的纪律，应该由教师以身作则，其中一项就是希望教师尽量不上餐饮店。当然，举行欢送会之类的情况是例外。总之，希望教师不要单独出入不太高尚的场所，譬如荞麦面馆、糯米丸子铺等等。校长说到这里，大家又笑起来了。陪酒郎对着豪猪挤眉弄眼，还说了“炸虾面”之类的字，豪猪没有理睬他，活该！

我的脑袋不灵光，不怎么明白貉子的话中之意，只在心里寻思：若是当了中学教师就不能上面馆或糯米丸子铺，那么像我这般嘴馋的人可就做不来了。设若真有这项要求，那也无妨，只是当初应当声明不聘任喜欢吃面条和糯米丸子的人。没有事先说明就给了聘书，然后才发布不准吃面、不准吃糯米丸子这种令人错愕的禁令，对我这个没有其他嗜好的人，是一项非常严重的打击。这时候，红衬衫再度开口了：

“按理说，中学教师属于上流阶级，不应当只追求物质上的享受。一旦沉迷其中，就会对品德造成不良的影响。不过我们毕竟是人，来到这种乡下小地方，倘若没什么消遣，大抵日子会过得很难受。因此，我们追求的消遣，应当属于高尚的精神层面，比方钓鱼、读文学书，或者写些新体诗和俳句等等……”

见众人静静聆听，红衬衫愈说愈兴奋了。如果出海去钓“肥料”啦、谷儿其是俄国的文豪啦，让相好的艺伎站在松树下啦，这些都和“青蛙跳古池[①]”同属精神层面的消遣，那么吃炸虾面、吞糯米丸子，同样算是精神层面的消遣了。与其在这里传授无聊的消遣，还不如回家去洗你的红衬衫吧！

我实在太生气了，忍不住脱口问他：“难道和玛利亚见面，也算是一种精神层面的消遣吗？”

没想这回谁也没有发笑，只神色怪异地面面相觑，红衬衫自己也难堪地低下头了。我心想：怎么样，踩到你的痛脚了吧？唯一值得同情的是青南瓜君。我问完这段话之后，他本就苍白的气色，显得愈发苍白了。

---

① 出自松尾芭蕉的知名代表作——“幽然古池寂，忽闻蛙跃荡水镜，余音尚飘空”。松尾芭蕉（1644～1694）江户前期俳人，生于伊贺上野，出身武士家族，主君过世后勤勉向学，远赴江户后成为俳坛的中心人物。死前曾至各地游历，留下了许多咏景俳句。

第七章

假如事态已经严重到了非得去当扒手才有三餐糊口，
恐怕得仔细想想该不该活下去。

那天晚上我就从租处搬出来了。我回去整理行李的时候，房东太太走过来问是否有什么不周之处，万一是他们惹我生气，请我直说无妨，他们会改进。这话让人听着错愕，人世间怎会有这么多奇怪透顶的家伙呢？真不明白他们究竟是要赶我走，还是希望我留下来。这些人跟疯子没两样，和这种人吵架，有损我江户人的名声，因此我唤来车夫就走人。

搬是搬出来了，问题是无处可去。车夫问我要到哪里，我脚步飞快，一面要他别问那么多，跟着来就知道了。我心想，不如再回去山城屋来得省事，但日后还得再搬一趟，更麻烦。说不定边走边看，可以瞥见吉屋出租的广告牌呢。要真让我给瞧见了，肯定是老天爷的旨意，命令我在那里落脚了。就这样，我领着车夫在清静又合意的地带转了转，最后来到了打铁街。这里是士族[①]公馆，不会有公寓出租。正准备绕回比较热闹的地方时，我脑中灵光一现：我所敬爱的青南瓜君，就住在这条街上。青南瓜君是这地方的人，世居本地，必定谙熟这一带的消息。向他打听打听，或许会帮我物色一处好居所。所幸我曾上他家拜访过一次，知道位置，用不着四处探寻。我凭着依稀的记忆，找到了一间宅邸，喊了两声："有人在吗？有人在吗？"一位年约五十的老妇人手持传统纸烛，从屋里走了出来。我并不讨厌年轻女子，但见到老年妇女更是倍感亲切。大概是因为我喜欢阿清，所以遇到老太婆都当成了阿清一般。这一位妇女应该就是青南瓜君的母亲，她蓄着守寡人的及颈短发，风韵不俗，青南瓜君和她样貌神似。老妇人请我进去坐，我说有点事情找青南瓜君，等他来到门口之后，向他一五一十地讲了原委，问他有没有合适的住处？他同情地安慰我，寻思片刻后，告知后街有一对姓萩野的老夫妻独自过日子，以前曾提过屋子空着可惜，托他代寻可靠的房客住进去，只是不晓得现在还有没有出租的打算，他愿意陪我一道去问问，并且热心地带我去了。

那天晚上，我就成了萩野家的房客。可是，在我离开伊香银的租屋以后，陪酒郎隔天就大模大样地搬了进去，占据了我住过的房间，实在令人瞠目结舌，叹为观止。或许人世间全是些骗子，靠着相互欺骗度日吧。真让人厌烦。

倘若世道如此，我也不服输，就依样学着世人的做法，否则总要成天吃亏的。假如事态已经严重到了非得去当扒手才有三餐糊口，恐怕得仔细想想该不该活下去。话说回来，一个四肢健全的人要是投缳自尽，既对不起祖宗，传出去也不好听。如此想来，当初不该读物理学校习些毫无用处的数学，应当用六百元的本金开一个

① 明治维新时期的旧武士身分，其位阶介于华族和平民之间。

牛奶铺才对。开了店，阿清不必离开我，我也用不着天天挂念远方的她。以前住在一起的时候，并不觉得阿清特别，来到这乡下地方之后，才明白阿清真是个好人。像阿清这般性情温顺的女子，怕是全日本也找不出几个来。我动身时老婆子有些伤风，不知现在痊愈了没。收到我上次捎去的信，想必她非常高兴。算算日子，也该接到她的来信了——这两三天里，我翻来覆去地想的都是这些事。

我急着收信，频频询问房东婆婆东京来信了没？可每一次她总是面露遗憾地回答没有。这对夫妻不愧是士族出身，两位都很文雅，和伊香银大不相同。虽然一到晚上，房东爷爷总要怪声怪气地唱起谣曲[①]，让我有些吃不消，不过，他不像伊香银那样，每晚厚着脸皮进房来沏茶，所以住这里轻松多了。房东婆婆倒是常来我房里闲聊，还问我为何不带着夫人一起来咿？我反问她，自己看上去像个有妻室的人吗？天可怜见，我才二十四岁呢！房东婆婆当即反驳，说是二十四岁当然应该有夫人了咿！接着她唠唠叨叨地举出足足半打例子，先说某某人年方二十就讨了一房妻室啦、又说某某人二十二岁已经生了两个娃儿啦云云，听得我不知该如何回应，只得学着当地人的口吻，央她帮我这个已上了二十四的人做媒，房东婆婆一本正经地问道：此话当真咿？

“当真、当真！我想讨媳妇想得紧呢！”

“我猜也是咿。年轻时，谁都是这样的。”这句话简直让人诚惶诚恐呀，我一时无话可答。

“不过，先生肯定已经有夫人了，这我早看在眼里咿。”

“哦，可真是好眼力。您是怎么看出来的？”

“您问我怎么看出来的……您不是等信等得望眼欲穿，天天问我：‘收到东京捎来的信没？收到东京捎来的信没？’”

---

① 日本传统戏剧“能乐”的词章。

“佩服、佩服！您的眼力真是不同凡响！”

“给我说中了咿？”

“这个嘛，或许说中了喔。”

“不过，现如今的姑娘不比从前，大意不得，您可得当心咿。”

“您这话的意思，莫非是指我妻子在东京有了情夫？”

“不不不，尊夫人必定谨守妇道，但是……”

“这样我就放心了。既然如此，您担心的是什么呢？”

“尊夫人肯定没问题，尊夫人倒是不会有问题……”

“难道是哪个地方有谁不守妇道吗？”

“这地方就有不少。老师，您认识远山家的小姐咿？”

“不，我不认识。”

“您还不认识咿？她可是这一带出了名的美人。由于长得太漂亮，学校的老师们都管她叫玛利亚，您没听说过咿？”

“哦，原来是玛利亚啊？我还以为那是艺伎的名字呢。”

“不是的，您听我说，‘玛利亚’是个洋名字，也就是美人的意思咿。”

“您说的也许对。我真没想到会是这样。”

“大概是那个图画教师起的名字咿。”

“原来是陪酒郎起的啊。”

“不是的，是那位吉川先生起的名字咿。”

“那个玛利亚，不守妇道吗？”

“那位玛利亚小姐，可不是个守妇道的玛利亚小姐咿。”

“真麻烦。自古以来，被起了绰号的女人都不是什么好东西，这一位大抵也是这样的。”

“您说得一点没错咿。就像那些‘鬼神阿松[①]’啦、‘妲妃阿

① 江户时代后期的女贼，日本的小说、戏曲、说书皆曾以她作为故事题材，其中以歌舞伎狂言《新版越白波》最为知名。

百[①]'啦，不都是可恶的女人咿？"

"玛利亚也属于那种坏女人吗？"

"说起那位玛利亚小姐，您听我说，她已经和古贺先生订下婚约了，就是介绍您来这里的那一位古贺先生咿。"

"哦？真令人想象不到，没想到那位青南瓜君居然有这种艳福！正所谓人不可貌相，以后不能再这样瞧不起人了。"

"可惜他府上的老太爷去年过世了。从前他府上有钱，还有银行股票，诸事顺当如意，自从老太爷走了以后，不知怎的，日子愈来愈过不下去了，我的意思是，古贺先生太过忠厚老实，受骗上当了咿。对方想尽办法找理由，迟迟不肯嫁过门，就在这个节骨眼上，那位教务主任出现了，说是非娶那位小姐不可咿。"

"就是那个红衬衫吗？太过分了！我早觉得红衬衫那家伙可不是个泛泛之辈。后来呢？"

"他托人去说媒，可远山家已经把小姐许配给古贺先生，因此不好马上回复，只说考虑考虑咿。结果红衬衫先生找到了门路，得以经常上远山家走动，终于让他得手了。红衬衫先生不够光明磊落，可那位小姐也有失妇道，大家都讲他们的坏话咿。既然已经答应要嫁入古贺家了，瞧见学士先生出现了，就想换个夫君，您说说，这可怎么对得起老天爷咿？"

"您说得一点不错，岂止对不起老天爷，连城隍爷、土地公……全都对不住呢！"

"所以，古贺先生的朋友堀田先生见他可怜，帮他去向教务主任求情。红衬衫先生说已有婚配的姑娘，他无意横刀夺爱，除非婚

---

① 江户时代中期的女子，原先是京都祇园的妓女，水性杨花，后被秋田藩的家臣长老那河忠左卫门纳为妾，其阴险恶毒引发了藩属家族内部的纷争，日本的说书与戏曲皆曾以她作为故事题材，其中以歌舞伎《善恶两面儿手柏》（俗称《妲妃阿百》）最为知名。

约解除，才有可能娶她为妻，但目前他只是和远山家有往来罢了，和远山家往来，总不至于对不起古贺先生。堀田先生听了他这番辩解，也只得打道回府了。听说从那之后，红衬衫先生和堀田先生就处不好了咿。”

“您知道的还真多呀。为什么能够知道得这么详细呢？真佩服。”

“小地方，什么事都瞒不住人咿。”房东婆婆大小事情都晓得，反倒令我担心起来。看情形，或许连我的“炸虾面”和“糯米丸子”那些事迹她都知道了。住在这种地方真麻烦。话说回来，多亏了她，我总算明白玛利亚指的是什么，也弄懂豪猪和红衬衫的关系了，可以说获益良多。伤脑筋的是，我无法判断他们谁是坏人。像我这样单纯的人，如果不清清楚楚分辨出孰是孰非，实在不知道该帮谁才对。

“红衬衫和豪猪，这两个谁是好人呢？”

“谁是豪猪咿？”

“豪猪就是堀田呀。”

“要说强壮，自然是堀田先生比较强，不过红衬衫先生是学士，挺有本事的咿。还有，论温文儒雅，也是红衬衫先生来得好，只是听说学生们都称赞堀田先生好咿。”

“那么，到底谁比较好呢？”

“当然是薪俸高的了不起咿！”看来，再问下去，也问不出个结果来，我不得不到此打住了。又过了两三天，我从学校回来，只见房东婆婆满面笑容地说：久等了，您等的终于来了咿！说着，她送上一封信，让我慢慢看，接着就离开了。我拿起来一看，是阿清寄来的。信封上贴着两三张字条，细瞧之下，原来是先从山城屋转到伊香银，再从伊香银转到萩野这里的，而且还在山城屋那里摆了一个星期左右。难道因为那里是旅舍，所以连信都留下来睡了几天吗？我开信来看，信文相当长，开头处是这样的：

接到了少爷的信，本想马上回信，不巧患上伤风，躺了一个星期，所以拖到现在，真对不起。再加上我不像现今的小姐们能读会写，就连这么丑的字，也费了我好一番折腾。原先打算央侄儿代笔，又觉得难得捎信，不亲自写，可就对不起少爷了，于是特地打了一遍草稿，然后再誊到信上。誊写花了两天，起草则耗了整整四天。这字读来也许不容易懂，却已是我拼了命写出来的，望请看到最后。

阿清就这么絮絮叨叨的，足足写了四尺长。这封信确实读来费力，不光字迹难以辨识，而且多数使用平假名书写，单是要分辨句子的结束和开始，就相当辛苦。我个性急躁，换作是平时，即便有人拿五元钱请我读这种冗长又难认的信，我也必定拒绝，唯独这一次，我却从头到尾读过一遍。由于读来十分费劲，意思不大明白，只得又从头读了一回。这时，房里的光线渐渐暗了下来，比方才更不容易读信了，我不得不走到檐廊的最前面，坐下来拜读了。摇曳着芭蕉叶的初秋凉风，迎面拂来又卷去，把我读到一半的信纸吹向院子，在空中飘扬飞舞，把这四尺多长的和纸吹得哗啦啦作响，仿佛只要一松手，就要飞到对面的树篱去了。可我连这些也顾不上，只管往下读：

少爷是直筒子脾气，我只担心您动不动就发怒。——给人取诨名，会得罪人的，不可随意乱取名。如果已经取了，只可在信中告诉阿清我一个。——听说乡下人坏心肠，你得留意，免得受人欺负。——那里的天气肯定不如东京舒服，当心睡觉时着凉，受了风寒。少爷的来信太短，没法让我知道那边的详情，下回捎信，至少得写这封信一半长才好。——给了旅舍五元小费倒是无妨，就怕往后手头不宽裕了。去到乡下，凡事都得用钱，要尽量节俭，以备不时之需。——也许少爷缺零花钱不方便，现汇去十元钱。——上回少爷给的五十元我存进邮局了，预备等少爷回东京找房子时拿来贴补，眼下扣除十元，也还剩余四十，不要紧的。

毕竟是女人心细。

我坐在檐廊上，由着阿清的来信随风翻飞，陷入了沉思。这时，萩野婆婆推开房间的隔扇，送来晚饭了。“您还在看信咿？这封信还真长咿。”“是啊，这封信很重要，所以边吹风边看、边吹风边看……”我不知所云地应答，准备吃饭了。定睛一看，今晚又是煮甘薯。

这家人比伊香银来得客气亲切，又有教养，可惜伙食太差。昨天吃甘薯，前天也吃甘薯，今晚又吃甘薯。我的确曾经明白讲过自己喜欢吃甘薯，可照这样连着几天光给甘薯吃，只怕这条小命不保。我早前还笑话过青南瓜君，看来要不了多久，我自己同样要变成青甘薯喽。这时候要是阿清在，肯定会让我吃上最喜欢的鲔鱼生鱼片，或是酱烧鱼糕，无奈住进这种吝啬的穷士族家里，也只能给什么吞什么了。

我左思右想，看来非得和阿清住在一起才行。万一会在这所学校久待下去，就把阿清从东京叫来吧。这地方一不准我吃炸虾面，二不许我吃糯米丸子，回到租处天天只给甘薯，吃得面黄肌瘦，当教师也未免太辛苦了。即便是禅宗僧人，也比这样来得有口福。我吃完一盘甘薯后，从抽屉取出两只生鸡蛋，往碗边敲开了吃下肚，算是打发了这顿饭。不吃颗生鸡蛋补充营养，哪有体力应付每星期的二十一堂课呢。

今天花了些工夫读阿清的信，耽误了去温泉的时间，但已经习惯每天都去，少一天都觉得不舒坦，盘算着还是搭火车去吧，于是照旧拎着那条红毛巾，到车站一看，两三分钟前刚走了一班，只得再等上一会儿。我往长椅一坐，抽起敷岛牌香烟，这时，青南瓜君凑巧也来了。自从听过房东婆婆叙述那件事以后，我就对他深感同情。他平时总是谨小慎微，宛如屈居于天地之间的食客一般，看上去已经够可怜的，但今晚的他岂止可怜呢？倘若我有能力，真想给他加上一倍薪俸，好让他明天就可以和远山小姐成婚，携手前往东京旅游整整一个月。想到这里，我连忙起身让座，和他打了招呼："哦，去温泉洗澡吗？来来来，请这边坐！"

青南瓜君露出万分惶恐的表情推辞："不不不，请别客气。"

不晓得他是客套或是其他原因，仍是站在一旁。

我又劝他："下一班还得再等上一些时候，站着累人，还是坐着等吧。"

老实说，我对他相当同情，希望把他留在身边多加关照。

他总算接受了我的好意，说句："那就恭敬不如从命了。"才落了坐。

人世间，有像陪酒郎那样，狂妄自大、喜欢露脸的家伙；有像豪猪那样，以救世主自居，仿佛日本没了他就要糟糕的家伙；也有像红衬衫那样，抹上一头发蜡、以美男子自居的家伙；还有像貉子那样，自以为是教育至尊的家伙。这些人各自端出盛气凌人的架势，唯独这位青南瓜教师活得本分规矩，宛如遭到囚禁的人偶似的，几乎没人察觉到他的存在，我从未遇到过这样的人。他的相貌尽管有些虚胖，但对这般品格高尚的人不予青睐，反而投入红衬衫那家伙的怀抱，可见玛利亚是个轻浮的女子。任凭数十打红衬衫加在一起，也抵不上这样一位优秀的好丈夫。

"您是不是身体欠安？看起来好像相当疲惫……"

"不，我没什么宿疾……"

“那就好，失去健康，整个人就不行了呢。”

“您看起来挺结实的。”

“是啊，别瞧我瘦，可不闹病，我最讨厌生病啦！”青南瓜君听了我的话，微微一笑。这时，车站入口处传来年轻姑娘的笑声。我不自觉地循声回过头一看，不得了喽！一位肤色白皙、发式时髦、身形颀长的貌美女子，和一位年约四十五六的太太，一同站在售票亭的前面。我这人向来不擅形容美人，不知道该怎么描述，可她真真切切是一个标致的姑娘。见到她的刹那，感觉就像把一颗浸在香水里烘暖了的水晶球，捧握在手掌心里一样。那位岁数较长的太太身材矮小，但二人面貌十分神似，应该是母女。自从这两位女子令人惊艳地现身之后，我就把青南瓜君忘得一干二净，只顾打量那位年轻姑娘了。就在这个时候，青南瓜君从我身旁霍然起身，缓步朝那两位女子走去。我有些讶异，她该不会就是玛利亚吧？三人在售票亭前略作寒暄，可惜离得远，听不清他们说些什么。

我望着车站的钟，再过五分钟就要发车了。没人陪我聊谈，我闲得发慌，一心巴望着火车快些进站。这时候，又有一个人急匆匆地冲进火车站，我一看，原来是红衬衫。他穿着一件轻飘飘的和服，腰间松垮垮地系着一条绉绸带子，身上照旧挂着那条金表链。红衬衫以为没人知道那条金链子是假货，成天戴着到处炫耀，可早已让我识破了。

红衬衫一冲进站里就四下张望，接着走向售票亭，对正在交谈的三人殷勤地欠身问候，说了两三句话后，又突然像猫一样蹑手蹑脚地靠近我问道：“哎，你也去温泉浴池吗？我担心搭不到车，急忙赶来，原来还有三四分钟。那只钟的时间准吗？”说着，他掏出自己的金表看着嘟囔：“差两分钟。”边说边往我旁边落坐，下巴搁在手杖上，目不斜视，完全没看向那两位女子。那位较为年长的妇人不时朝红衬衫瞥来一眼，但年轻姑娘的视线始终望着侧旁。我愈来愈肯定她就是玛利亚了。

不一会儿，汽笛长鸣，火车进站了。候车的旅客争先恐后地挤进车厢。红衬衫一马当先，冲上了头等车厢。搭头等车厢，其实没什么了不起的。到住田的头等票是五分钱，普通票是三分钱，仅仅差距两分钱，就连我手里也阔气地攥着一张白色车票[①]呢。不过，乡下人小气，区区两分钱也大惊小怪，多半只搭普通车厢。玛利亚和她的母亲跟在红衬衫后面，上了头等车厢。青南瓜君向来只搭普通车厢，这习惯简直和铅版印出来的一样，分毫不差。这位教师站在普通车厢的车门前犹豫了一下，一看到我，就毅然跳上车了。我对此时此刻的他深感同情，于是立即随着青南瓜君进了普通车厢。持头等票搭普通车厢，总不至于有什么问题吧。

到达温泉，我换上浴衣，从三楼下到浴池，又在这里遇见青南瓜君了。每当我在开会之类的重要场合里不得不发言时，总觉得喉头像是被什么堵住似的，话都讲不好，平时倒是口若悬河。一见到青南瓜君，实在于心不忍，于是在浴池里找他搭话。在这样的时候，多多少少要给他一点安慰，算是身为江户人的义务。无奈青南瓜君没能体会到我的这番苦心，不管我说什么，他只回答“是”或“不是”，而且就连那一两个字，也应得不情不愿地，最后我只得闭上嘴巴，打消主意了。

我没在澡堂里见到红衬衫。话说回来，这里有好几处澡堂，即使搭同一班火车抵达，也未必能在同一家澡堂里碰上，这倒没什么奇怪的。我洗好澡走出来，望见月色皎洁，柳树夹道，枝条在街心映着圆影。我想散步一下，便爬上北坡，走向郊外。我的左手边有一座大山门，向门内看去，尽头是一间寺院，左右两侧则是成排的青楼。妓院竟开在寺院里，这简直是千古奇闻。我虽很想进去开

---

① 日本当时的车票颜色分两种，白色的是头等车厢，红色的是普通车厢。

开眼界，又担心会在开会时遭到貉子的刁难，只得作罢，过门不入了。山门旁边有一间带有格子小窗的平房，门上挂着黑色的店帘，我就是在那地方吃了糯米丸子，才会备受批评的。悬在门前的圆灯笼上写着红豆年糕汤、菜肉年糕汤等字样，灯火映着屋檐不远处的一棵柳树。我很想驻足品尝，终究还是忍下食欲，从门前走了过去。

没办法吃到喜欢的糯米丸子已够怄气，万一是自己的未婚妻移情别恋，真不知有多么沮丧呢。一想到青南瓜君受的气，甭说是糯米丸子，就是让我三天吃不上饭，也没什么好抱怨的。世上最靠不住的就是人了。瞧瞧那张面孔，怎么也想象不到会做出那般无情的事情来——漂亮的女人薄情寡义，肿得像冬瓜的古贺先生却是位善良的君子。世风日下，大意不得。原以为直率的豪猪，传闻是他煽动学生闹事的；可就在我以为是他煽动学生的时候，他又逼迫校长必须处罚学生才行。那个令人厌恶到极点的红衬衫，反倒分外亲切和蔼；正当觉得红衬衫对我这个异乡客费心叮咛的时候，他却去对玛利亚花言巧语；可要说红衬衫花言巧语拐骗玛利亚，他又宣称除非古贺退婚，才会娶她过门。还有，伊香银刻意刁难，把我赶出来，怎料陪酒郎居然立即搬了进去。我左思右想，人终究是靠不住的。若是把这些事写进阿清的信里，她肯定吓一跳，或许还会说：这一切都是因为我到了比箱根更远的荒野之地，难怪会遇上一大群牛鬼蛇神。

我从小就不把事情往心上搁，乐天知命地活到了今天，可是来到这里只怕还没满一个月，就感到事事都得提防当心。尽管我没碰上什么严重的事故，却仿佛一下子老了五六岁。看来，还是早早收拾行囊回返东京，才是上上之策。就在脑中转着这些念头之际，不知不觉已经过了石桥，来到野芹川的河堤上。说是河川，听起来像是条大河，其实宽度只有两米左右，水流潺潺。沿着河堤向下流出一公里多，就会到达相生村，村里供奉着观音菩萨。

我回头望向温泉小镇，月光下亮着红色灯火，至于鼓声肯定是来自青楼了。河水虽浅，但流得既急又快，仿佛有些神经质似地闪动着粼粼波光。我在河堤上悠然而行，走了约莫三百多米远，看到前方出现了人影，就着月光可以看出是两道人影，大概是洗完温泉澡后要回去村里的年轻人。但奇怪的是，那两人既不哼也不唱，静默得很。我继续向前走去，发现自己的脚程比他们快，那两道人影愈来愈清晰，其中一个像是女子。当我们双方相距二十米左右时，另一位男士可能是听到了我的脚步声，霍然回过头来，月光从我背后洒落，我看见了那个男士的长相，顿时又惊又疑。

那对男女旋即按方才的方向，迈开了步伐。我心中有了打算，立刻以最快的速度追了上去。对方没有觉察任何异状，依然悠缓地漫步堤上。我和他们之间的距离，已经近得能清楚地听见交谈声了。这座河堤宽约两米，勉强容纳三人并肩而行。我毫不费力地追上他们，与男士擦身而过，向前冲出两步后猛然转身，直视着那位男士的面孔。月光迎面映来，把我从平头到下巴照得一清二楚。男士低低地惊呼一声，赶紧侧过脸催着女子该回去了，两人于是转身，朝温泉小镇的方向走了回去。

这红衬衫究竟是打算厚着脸皮佯装没看到，还是因为心虚而不敢和我打招呼呢？看来，住在小地方感到有所不便的，不单是我一个了。

第八章

就算要吵架，
和一个正直的人吵起来也痛快。

自从红衬衫那次邀我一起去钓鱼，回来后我开始对豪猪起了疑心。再加上他不讲道理地要我搬出租处，更觉得这家伙简直太可恶了。但是，他在会议上主张严惩学生的慷慨陈词，委实出人意表，令人摸不着头绪。当我听到萩野婆婆提到豪猪为青南瓜君仗义执言，找红衬衫谈判的时候，又忍不住拍手叫好。按此看来，豪猪不会是坏人，红衬衫才是邪魔外道。正当我怀疑红衬衫似乎把无中生有的事说得绘声绘影，还拐弯抹角地塞进我的脑袋瓜里时，碰巧让我撞见了他带着玛利亚在野芹川的河堤上散步，从那之后，我就认定红衬衫是个不好惹的角色了。当然了，他究竟好不好惹，我一时还说不准，总之不是个好人，而且是表里不一的家伙。人，就得和竹子一样正直，否则是不牢靠的。就算要吵架，和一个正直的人吵起来也痛快。千万不能小看像红衬衫那样貌似温文儒雅、和蔼亲切、品格高尚、喜欢摆弄琥珀烟斗的人，这种人不会轻易给别人找到借口和他争吵。纵使真吵起来了，恐怕也不能像回向院[①]的相扑那样，斗个痛痛快快。相较之下，那个为了一分五厘钱和我僵持不下、闹得全办公室为之侧目的豪猪，反倒有人情味多了。在会议上，他用那双铜铃大眼凶狠地瞪着我时，曾把我气得牙痒痒的，等到事过境迁，我才发觉总比红衬衫那种娇柔的撒娇声要来得好多了。老实说，在那次会议结束后，我原本打算和他言归于好，试着主动攀谈了几句，可这家伙不理不睬，依旧瞪着我看，惹得我十分懊恼，不想再搭理他了。

从那件事以后，豪猪不再和我说话了。还给他的那一分五厘钱，到现在还搁在他桌上，落着一层灰。我自然不会去动它，可豪猪也绝不拿走。这一分五厘钱成了我们两人之间的一堵墙，我想找他说话却开不了口，而豪猪也顽固地不肯打破僵局，结果这一分五厘使我和豪猪同样如鲠在喉。到后来，我一到学校瞧见这一分五厘钱，就浑身不对劲。

豪猪和我绝交了，相对地，红衬衫却依然和我维持原本的往来。在野芹川撞见红衬衫的隔天，我一到学校，他就立刻蹭过来寒暄，问我这回的租处如何，又邀我下回再一起去钓“俄国文学”云云。我对红衬衫有些不满，于是对他说昨天晚上见过两次面呢。他回答：“是呀，在车站遇到的，……你通常都挑那个时间出门吗？未免太晚了吧！”我不让他装傻，当面拆穿我们在野芹川的河堤上也碰见了。他又答称：“不，我没到那里，去过澡堂以后就马上回来了。”这家伙真会睁眼说瞎话！他到底在隐瞒什么呢，我分明见到他了呀！假如这种人可以当中学的教务主任，那我岂不也能胜任大学校长了。从这一刻起，我再也不相信红衬衫了。我和不信任的

---

① 位于目前东京都墨田区的净土宗寺院，明治时期是比赛相扑的重要场所，1920年国技馆正式落成启用，成为相扑比赛的专用场地。

红衬衫可以交谈，却不和我所钦佩的豪猪讲话，天底下居然有这种怪事。

有一天，红衬衫要我去他家一趟，说是有话告诉我。我有些遗憾去不成温泉了，在四点左右出门到他那里。红衬衫虽是单身，毕竟是教务主任，早就搬出了寄宿公寓，住进一户门面气派的宅院，听说房租是九元五角。来到乡下，花上区区九元五角钱，就能住在这般门面气派的屋宅里，那么我也想挥霍一下，把阿清从东京叫来，给她个惊喜。我在屋前叫了门，出来接待的是红衬衫的弟弟。他这个弟弟是本校的学生，我教他代数和算术，成绩极差，还是个外地人，比土生土长的乡下人更是坏心眼。

我见到红衬衫，问他什么事找我，这老兄仍是衔着那只琥珀烟斗，呼出焦臭的烟气，这样说道："自从你来了之后，学生的成绩比上一位任教时更有起色。能够找到这样一位人才，校长也相当欣喜。学校对你颇为器重，期盼你要多加努力。"

"哦，这样吗？可是我现在已经尽全力了……"

"像现在这样就行了。还有，请别忘了我日前和你提过的那件事。"

"您的意思是，要我当心那个帮忙找住处的人吗？"

"这么露骨，事情就让你给讲白了……也罢，你懂我的意思就好。校方全看在眼里，只要继续这样卖力教学，过些日子，等有了机会，应该多多少少会帮你调薪的。"

"哦，您是说薪水吗？薪水多寡倒是无所谓，若是可以加薪，多一些自然来得好些。"

"所幸这回恰巧有人调迁，……当然，这事现在不能向你拍胸脯保证，得先和校长商量才行。我打算帮你去和校长说一说，也许可以从新到任教师的薪俸里挪出一些给你呢。"

"非常感谢。是谁要调任呢？"

“反正就快公告了，告诉你也没关系吧。要调迁的是古贺君。”

“古贺先生，他不是本地人吗？”

“是本地人没错，这事有些因由，有一半是他本人的要求。”

“要调去什么地方？”

“日向的延冈[1]。那地方偏僻，所以薪俸升了一级。”

“有人来接任吗？”

“接任的教师差不多定下来了。就是因为这次的人事异动，才得以帮你调薪。”

“哦，这样好，但是不必勉强帮我加薪。”

“总之，我会去向校长报告，校长应该也会同意。今后恐怕得请你多多担待，希望你先做好心理准备。”

“要增加授课时数吗？”

“不，说不定比现在还少……”

“授课时数减少，又必须比现在卖力，我不懂。”

“乍听之下确实不解，可我现在又不好对你明讲……哎，意思是可能会让你承担更重大的责任。”

我愈听愈糊涂了。说说比现在更重大的责任，那就是数学主任了；但主任目前是豪猪，他那家伙可是不会轻易辞职的。再说，他在学生当中颇具威信，将他调任或免职，对学校都没好处。红衬衫说话总是像打哑谜。虽说猜不出谜底，总之正事算是谈完了，接下来就随意聊谈。红衬衫琐琐碎碎地提到要为青南瓜教师办欢送会啦，问我酒量如何啦，又说青南瓜教师是正人君子值得钦佩云云，最后他话题一转，问我平时作不作俳句？我暗叫一声糟，连忙说不会，便匆匆告辞离去了。俳句这玩意是松尾芭蕉或剃头师傅的消遣

---

① 现今日本九州岛宫崎县的延冈市。

哩，连个数学教师也得吟上一句“牵牛绕水井[①]”的，谁受得了！

回家后，我陷入了沉思——世上怎有这种莫名其妙的人？对任教的学校没有不满，偏把自家老宅放着不住，离乡背井，远去外地受苦。倘若那是有电车运行的繁华都市也就罢了，为何要去日向的延冈那种地方呢？我连来到这个船运通畅的村镇，都不到一个月就想回去了。据说延冈是一处深山老林、人烟罕至的僻境。听红衬衫说，那地方从搭船上岸了以后，还要坐一整天马车到宫崎，再从宫崎搭一整天人力车，才到得了。单听地名，就不像个有文明的地方，恐怕人猴数量各占一半。纵使青南瓜君是圣人，总不会甘愿与猴子为伍吧，真是个怪家伙。

这时，房东婆婆按时送晚饭来了。我问今天还是吃甘薯吗？她回答不是，今天是豆腐咿。这两种东西根本没什么分别。

“婆婆，听说古贺先生要去日向呢。”

“实在可怜咿……”

“您同情他，可那地方是他自己想去的，没办法呀。”

“自己想去的？谁想去咿？”

“您问谁想去咿……他本人啊！不就是古贺先生这个怪人自己要去的吗？”

“哎，您完全误会了咿！”

“我误会了？但这是方才红衬衫告诉我的呀！那若是误会，红衬衫不就成了吹牛大王？”

“教务主任先生说得在理，可古贺先生不愿去也没错咿。”

“婆婆这么说，两边统统对，谁都不偏袒呢。究竟是怎么回事？”

---

① 语出江户时代加贺千代女（1703 ~ 1775）的知名俳句“娇艳牵牛花，紫露晶莹萦清井，惜花借水去”。

“今天早上古贺家的老太太来了，把隐情一五一十全说了咿。”

“她说了什么隐情？”

“自从她家老太爷过世以后，日子不如我们认为的宽裕，不大好过。老太太向校长求情，说古贺已经教了四年，能不能把每个月的俸禄加一些些咿。”

“有这事呀？”

“校长说他会好好考虑。老太太也就放了心，一天天盼着这个月还是下个月能多领些回来。有一天，校长把古贺先生叫了去，到那里以后，校长告诉他：‘很遗憾，学校经费不足，没办法帮你加薪，不过延冈那边恰好有个空缺，每个月可以多领五元，我想那正是你要的，已经给你办妥手续，去就行了。……’”

“那哪里是商量，根本是命令呀！”

“是哪。古贺先生说，他不想去外地教书多领薪，希望继续待在这里，领现在的俸禄就好。这里有屋宅，还能奉养母亲，求校长让他留下。可是校长说这事已经决定了，而且接替古贺先生的人选也找好了，没办法改了咿。”

“哼，岂有此理，欺人太甚！这么说，古贺先生根本不想去喽？难怪我想不通。世上哪有才加薪五元，就愿意到深山老林里和猴子住一块的糊涂虫呀！”

“糊涂虫？先生，这话是什么意思咿？”

“啥意思都好！可恶，这一定是红衬衫的诡计，太不磊落，简直是乘虚而入！居然还敢说要给我加薪，这算什么！就算要给我加薪，谁要收这种臭钱！”

“先生要加薪了咿？”

“他说要给我加薪，可我打算回绝。”

“为什么要回绝咿？”

“说什么都得回绝！婆婆，那红衬衫是混账、是小人！”

“就算是小人，我说，要给您加薪，还是老老实实收下为好咿。年轻时动不动就发火，等到上了岁数回头想想，总会后悔当初要能忍一忍该多好，都怪生气才会吃了亏。您还是听我这老婆子的话，红衬衫先生既然要给您加薪，您道谢收下便是咿。”

“您这把年纪就甭多管闲事了！薪水是增是减，那是我的钱！”房东婆婆闭上嘴巴离开了。房东爷爷又在悠然自得地唱起了谣曲。谣曲就是把原先一读就通的文句，谱上艰深的曲调，存心让人听不明白的玩意。真不懂这种玩意房东爷爷为何能天天不厌其烦地唱了又唱。眼下我可没闲情逸致欣赏谣曲。红衬衫说要给我加薪，我并不是非要不可，但既然有多出来的钱，不拿白不拿，这才答应了下来；但是，这笔钱的来源竟是把不愿意离开的人强迫调走，从他的月薪里掏出一部分给我，这种缺德钱我怎能收呢？他本人都说照现在这样就行了，为什么非把他发配到延冈那种地方去呢？就连太宰权帅[①]也只是沦落到博德一带，而河合又五郎[②]至多是躲到相良逃命罢了。总而言之，我一定要去找红衬衫一口回绝，否则良心不安。

我穿上小仓织布的裤裙，再次出去了。到了那个气派的大门前一叫门，同样又是红衬衫的那个弟弟来应门。他一看是我，便露出“怎么又来了”的表情。就是有事才登三宝殿，没谈妥前哪怕多跑几趟我都要来，就算是半夜三更也要把你揪出被窝呢！红衬衫的弟弟误会大了，以为我是上教务主任家来阿谀奉承的，我可是来告诉红衬衫“大

---

① 此处指醍醐天皇时代因藤原时平的谗言，而遭贬谪为太宰权帅的菅原道真（845～903）。太宰府设于筑前国（现今九州岛福冈县），负责治理九州岛以及和大陆之间的外交事宜，长官为太宰帅，若任命亲王担任，则由权帅代行职务。

② 河合又五郎（1615～1634），江户时代备前冈山藩（现今冈山县）的藩士，因杀死同为藩士渡边数马之弟渡边源太郎，引发藩属与将军直属武士之间的纠纷，先逃至九州岛相良，其后被一路追到伊贺国（现今三重县）遭到了诛杀。

爷我不稀罕加薪”的。红衬衫的弟弟说家里现在有客人，我告诉他在玄关说句话就行，他便进去传话了。等候时低头一看，地上搁着一双带着蔺草面的薄板斜齿木屐。这时，屋里传来“这下就万事大吉了”的说话声，我当下明白了来客就是陪酒郎，只有陪酒郎才会发出那般尖细的嗓音，也才敢穿这种戏子用的木屐。

过了一会儿，红衬衫手持油灯，亲自来到玄关邀我进去，说屋里的不是外人，是吉川君。我推辞在这里讲几句就走，还瞧见红衬衫满脸通红，想必正和陪酒郎喝上几杯。

“方才您说要给我加薪，我现在改变了主意，特地来回绝的。”

红衬衫把油灯凑向前打量我的脸，他对这突如其来显得有些茫然，一时无话可说。不晓得他究竟是因为天底下居然跑出一个家伙回绝加薪而大感不解，抑或觉得纵使要拒绝也犯不着刚回家就立刻折返而难以置信，或者是上述二者兼而有之呢？总之他神情古怪地愣在原地。

“刚刚之所以答应，是因为听说古贺先生是自己愿意调任的……”

“古贺君完全是出于自己的意愿，在学期中调迁的。”

“不是那样的，他想待在这里，照原本的薪水也没关系，他想待在家乡。”

“你是听古贺君亲自这样说的吗？”

“这么嘛，我倒不是听他本人说的。”

“那么是从哪里听来的呢？”

“是房东婆婆今天告诉我的，她从古贺先生的母亲那里听来的。”

“这么说，是租处的房东婆婆说的喽？”

“唔，没错。”

“恕我直说，这样讲就没道理了。按你的意思，听起来像是相信房东婆婆的话，却不相信教务主任的话——我这样解释没错吧？”

这下我有些困窘了。红衬衫毕竟是文学士，嘴上乾坤的功力实在不凡，掐住破绽，步步进逼。父亲常数落我冒失鬼、没出息，看来我果真处事莽撞呀。听房东婆婆这一说，我立刻火冒三丈地冲来这里，期间并没有去向青南瓜君或他母亲证实整件事的来龙去脉，以至于当这位文学士来上一记迎头棒喝时，有些招架不住。

尽管表面上招架不住，我心里早就不信任红衬衫了。房东婆婆虽是贪心的吝啬鬼，但绝对不是个会撒谎的女子，不像红衬衫那样表里不一。无奈之下，我只好这样回答："您说的也许是事实，总之我婉拒加薪。"

"那就更说不通了，你现在专程跑来，看来是由于发现了无法接受加薪的理由，我已经解释过那个理由不成立了，可你仍是拒绝加薪，让人有些难以理解呢。"

"或许难以理解，反正我就是拒绝！"

"既然你坚持不要，我自然不会勉强。只是才过了短短的两三个小时，没有特殊的理由就突然变卦，这将影响到你日后的信用啊。"

"就算会影响信用，我也不在乎。"

"话别说太早，一个人的信用是至关重要的。退一步来讲，那位房东先生……"

"不是房东先生，是房东婆婆！"

"是哪一个说的都无妨。即便房东婆婆告诉你的是事实，可你的加薪并不是从古贺君的薪俸挪过来的。古贺君会去延冈，有位接任教师要来递补，接任教师的薪俸比古贺君的少一些，之间的差额就拨给你了，所以你不必觉得对不起谁。古贺君去延冈任教是高升，新来的教师也早已谈妥了较低的薪俸，这一来刚好给你加薪，我认为没有比这样更周到的方案了。你不要也行，不过，要不要回去再仔细考虑一下呢？"

我脑袋不灵光，换作是以前，对方这一番天花乱坠，我就以为是自己理亏，惶恐地认错退下，可今天晚上绝不能退却。打从我刚到这个村镇时，便对红衬衫没有好感，期间一度认为他只是和女人一样待人，但后来发现那根本不是出于善意，于是愈发觉得厌恶。所以，不论他方才讲得多么有理有条，还摆出教务主任的官架子来恫吓我，我都不会屈服。能言善道的未必是好人，拙于辩驳的未必是坏人。表面上看来，红衬衫振振有词，可纵使貌似冠冕堂皇，却无法令人由衷敬佩。假使能以金钱、权势和诡辩来收买人心，那么放高利贷的、警察和大学教授，就该是最受欢迎的人物了。单凭一个中学教务主任程度的浅薄论述，岂能让我改变心意呢？人的行动是依循自己的好恶，而不是根据理论阐述。

“您说得固然有理，但我就是不愿意加薪，所以还是要拒绝，再让我回去考虑答案还是一样。再见。”我扔下这段话便走出大门。仰望天际，一道银河横跨苍穹。

第九章

假使能以金钱、权势和诡辩来收买人心，
那么放高利贷的、警察和大学教授，
就该是最受欢迎的人物了。

为青南瓜君举行欢送会的那天早晨，我一到学校，豪猪忽然说了一大段话向我道歉："前阵子伊香银来抱怨，受不了你不讲理，请我告诉你搬走，我信以为真，要你搬出去，后来才听说那家伙很坏，经常在假画上伪造落款，强迫推销，所以你的事肯定也是捏造出来的。他原本打的算盘是想强迫你买挂轴和古董，捞上一笔，结果你没理会，他见无利可图，于是编造谎言来骗人。我不了解他的为人，实在对不起你，请原谅。"

我一言不发，拿起豪猪桌上的一分五厘，收进了自己的钱包里。豪猪一脸不解地问我怎么拿回去了，我向他解释："唔，我早前不想让你请客，因此坚持还你，后来想了又想，还是接受这份心意为好，所以才收回来的。"豪猪纵声大笑，问我既然如此，为何不早点拿走呢？我说一直想着要收回去，可又怪不好意思的，就这么搁着了，但是最近一到学校，看到这一分五厘钱就浑身不对劲。他说我的脾气真倔强。接着，我们两个就聊起来了。

“你到底是哪里人？”

“我是江户人。”

“唔，江户人啊，怪不得老是不服输。”

“你是哪里的？”

“会津[①]。”

“原来是会津汉子啊，难怪这样固执。今天的欢送会，去吗？”

“当然去，你呢？”

“我当然会去！古贺先生启程的时候，我还打算送他到码头呢。”

“欢送会有意思得很，你去瞧瞧就知道。我今天可喝个痛快！”

“你要喝就喝吧，我吃了菜就马上回去。喝酒的家伙都是混账！”

“你这人动不动就要跟人吵起来，果真是江户人的急性子显露无遗。”

“随你说吧。去欢送会前，顺路到我家一趟，有话跟你讲。”

豪猪依约来到了我的租处。这些日子以来，我每一次见到青南瓜君，总对他寄予无限的同情，到了开欢送会的这天，更是觉得不忍心，甚至想过如果可以，我真希望代替他去。因此，我想在这场欢送会上慷慨陈词一番，以壮其行色，可惜自己这一口句句带脏字的粗鲁江户腔，实在登不了大雅之堂，于是心生一计，不如央托声如洪钟的豪猪，挫一挫红衬衫的锐气，这才特地请他来一趟的。

我首先从玛利亚的事件谈起。当然，玛利亚的事，豪猪比我了解得更透彻。我告诉他野芹川河堤上的那一幕，还啐了声混账，豪猪提出异议，说我冲着谁都叫混账，今天在学校不也叫过他混账吗？豪猪强调，假如他是混账，那么红衬衫就不是混账，因为他和

---

① 江户时代的旧称，位于现今日本福岛县。会津人以性格刚强著称。

红衬衫不是同路人。我从善如流地改了口，称红衬衫是没脑袋的窝囊废，豪猪大表赞同，认为我说得挺传神的。豪猪尽管强悍，但骂人的话知道的远不如我多，会津汉子大概都和他一样吧。

接着，我提起红衬衫要给我加薪，以及将来会重用我的事。豪猪从鼻子喷出一声哼，说道："这么说，他准备把我革职啦。"我问豪猪："他打算革你的职，你愿意被开除吗？""谁愿意啊？要是我被开除了，非得让红衬衫陪我同归于尽不可！"豪猪说得威风凛凛。我又反问他："你有什么法子让他一起被开除呢？"豪猪答道："这个我还没想到。"豪猪尽管强悍，但似乎有勇无谋。我告诉他回绝加薪的事，这老兄高兴得很，直夸我："好样的！不愧是江户人！"

我问豪猪："既然青南瓜根本不想走，为什么不帮他想办法争取留下来呢？"他满怀遗憾地说道："当我从青南瓜口中知道这件事的时候，已经是定局了，我虽去跟校长及红衬衫各交涉了两次和一次，还是无法改变他们的决定。再加上古贺是个老好人，旁人实在施不上力。其实在红衬衫一跟他开口时，他就该断然拒绝，或者敷衍地回答考虑一下，怎料他没能招架住红衬衫的三寸不烂之舌，当场就答应下来了，以至于他母亲之后再去哭要求情，还有我去帮忙交涉，全都无济于事了。"

我说这件事想必全是红衬衫的阴谋，把青南瓜赶走，才好把玛利亚弄到手。"一定是这样的。那家伙一副道貌岸然，背地里却坏事做尽。即便事迹即将败露，他也早已准备好一套说辞了，实在老奸巨猾。对这种家伙，只有赏他几记铁拳才管用。"说着，豪猪捋起衣袖，亮出了精实的胳膊。

我顺道问他："你的手臂真壮，有练柔道吗？"这老兄当即握拳使劲，在两条胳膊上挤出了隆起的肌肉，让我抓抓看。我伸出指尖按了按，硬得像澡堂里用来搓脚皮的浮石一样。我佩服得五体投地，于是问道：“凭你这两条胳膊，就算五六个红衬衫一起冲上来，也能一口气把他们摔飞出去吧？”“那还用说！”说着，他把弯着的胳膊伸了又屈、屈了又伸，那块隆起的肌肉就在皮肤下面来回滑动，瞧着很是痛快。豪猪亲口证实，自己曾把两根纸绳捻在一起，绑在这块隆起的肌肉上，把胳膊用力一屈，纸绳啪的应声绷断了。我说：“若是纸绳，我也办得到。”“你行吗？那就来试试吧！”我担心纸绳断不成，传出去没面子，决定作罢。

“如何？今晚的欢送会，你要不要喝个痛快以后，把红衬衫和陪酒郎揍一顿？”我半开玩笑地建议。“这个嘛……”豪猪沉吟片刻，“今天晚上暂且放他们一马吧。”我问他为什么，他说：“今晚要是动粗，对古贺过意不去。再说反正迟早要揍，就得趁那两个家伙干坏事时当场抓住揍人才行，否则倒成了我们理亏。”没想到豪猪的思虑比我来得周延。

“既然如此，你就来一场演说，极力赞扬古贺。我这口江户腔显得轻浮，不够一本正经，况且我一到正式场合，胃里就翻江倒海，一路涌上喉咙像鲠着个大丸子，连话都说不出来，还是交由你来讲吧。”听我这般描述，豪猪问道：“你这毛病可真怪，这么说，你在一群人面前就开不了口喽？挺麻烦的吧？”我答道：“没的事，没什么不方便的。”

两人这么聊了一阵，赴约的时间到了。我和豪猪联袂前往会场。地点订在花晨亭，是当地数一数二的餐厅，可我一次也没光顾过。据说那里原是昔日诸侯重臣的府邸，买下以后便开张做起了生意，外观的确宏伟堂皇。重臣的府邸成了餐厅，好比把武士作战时的披肩外罩重新缝制，改成了穿在外衣下的内棉袄似的。

我们两人抵达的时候，人数差不多到齐了。来客三两扎堆，坐在五十叠大的宴会厅里。毕竟是五十叠，格外宽敞，我住在山城屋的那个十五叠客房，根本不能相提并论。这里丈量起来，约莫有三四十米宽，厅里的右侧摆着一只红色纹饰的濑户[1]瓶，里面插着大松枝。我不晓得插上松枝有何用意，大概是可以维持好几个月不会凋落，经济实惠吧。我问自然教师，那只濑户瓶是来自哪个地方的？自然教师回答，那不是濑户瓶，是伊万里[2]瓶。我反问他，伊万里和濑户不都一样吗？自然教师嘿嘿嘿地笑了起来。后来我才知道，只有在濑户生产的陶器，才会冠上濑户的地名。我是江户人，一直以为濑户是陶瓷器的通称。壁龛正中挂着一幅中堂，书有二十八个字，字字都足有我脸盘大，笔法拙劣。我觉得太糟糕了，便请教汉学先生为何把这么难看的东西挂在如此显眼的位置？汉学先生告诉我，那是一位名为海屋[3]的知名书法家挥毫的。管他海屋是哪一号人物，反正我到现在还是觉得那字写得真丑。

不多时，川村秘书请大家就座，我找了一处有柱子可倚背的位置坐了下来。貉子穿上外褂与裤裙的传统礼服，端坐在那幅海屋的中堂前方；红衬衫也穿着传统礼服，随侍左侧；而右手边则是今天的主宾青南瓜教师，同样是一身和服。我穿的是西装，不方便跪坐，没多久便改为盘腿了。在我旁边的体育教师毕竟训练有素，一样穿着黑西裤，却能正身端跪。不久之后就上菜了，酒壶也一起送了上来。欢送会的干事站起来，致了简短开场词，接着是貉子起身、红衬衫起身，依序致词欢送。这三人不约而同地称赞青南瓜君是好教师啦、大好人啦，离开本校实在令人遗憾，不论是校方或是个人，无不深感惋惜，无奈他基于私人理由而极度盼望调任，不得不答应他的要求云云。这群人竟然胆敢在欢送会上连篇谎言，面不改色，其中尤以红衬衫对青南瓜君更是赞誉有加，说什么“失去如此良友，实令人痛心疾首”，而且口吻煞有介事，本就听似真切的

---

① 位于日本中部的爱知县，自古以出产陶器著称，在日文中有时用于泛指陶瓷器。

② 位于日本九州岛佐贺县，自古以出产瓷器著称，纹饰鲜艳多彩。

③ 贯名海屋（1788 ~ 1863），日本江户时代的文人书法家。

语调愈发不舍，但凡初次听他讲话的人，任谁都要信以为真。他或许就是凭着这一招，勾引到玛利亚的吧。正当红衬衫发表送别感言时，坐我对面的豪猪朝我使了一个眼色，我也以食指扒开下眼睑[1]，当作回应。

红衬衫才刚坐下，豪猪便迫不及待地霍然起身，我过于欣喜，不禁使劲鼓掌。结果貉子和在座的人齐齐朝我看来，顿时有些尴尬。我全神贯注聆听豪猪接下来的演说，他是这样说的："方才从校长到教务主任，无不对古贺君的调任表示深感遗憾；但我和他们想法不同，希望古贺君尽快离开此地。延冈位处边陲，比起这里，食衣住行想必诸多不便。不过，听说那里民风极为纯朴，教职员和学生都还保有古朴的遗风。我相信在那样的地方，像那种口蜜腹剑、面善心恶、陷害好人、爱赶时髦的家伙，连一个也不会有。如同古贺君这样温良敦厚之士，肯定会大受当地居民的欢迎，我衷心祝贺古贺君调任成功。最后，我希望古贺君赴任延冈之后，在当地择选一位君子好逑的淑女，尽早建立一个圆满的家庭，用实际行动让那个不守妇道的野女人羞愧而死！"语毕，豪猪还用力咳了两声，这才归了位。

我原本又想鼓掌，但讨厌大家盯着我瞧的眼神，只得作罢。豪猪刚坐下，换青南瓜教师站了起来。他恭谨地离开座位，走到末席，毕恭毕敬地向众人欠身致意，接着开口说道："此次基于个人原因，决定前往九州岛，承蒙诸位先生为在下举行如此盛大的欢送会，委实铭感五内。尤其方才得到了校长、教务主任以及其他先生的临别赠言，感激不尽，永志难忘。我虽即将远行，仍盼望诸位先生如常关照，幸勿见弃。"说罢，他伏地致谢，这才回到了座席。真不知道该用什么言语来形容青南瓜君的忠厚善良了。都已经受到

① 做鬼脸表示轻蔑、不齿。

了这样的欺负，还对校长和教务主任恭敬有礼地致谢。假如只是形式上客套客套就算了，可从他那态度、措辞和神情看来，似乎是由衷表达谢意。让这样一位圣人君子认真地道谢，任谁都要愧疚脸红，然而貉子和红衬衫却只是面容严肃地拜听而已。

一番致辞结束之后，只听得席间到处传来“滋噜滋噜”的喝汤声。我也学着喝了一口，味道很差。前菜里有鱼糕，看来是烤焦了的轮状鱼糕。盘里还搁有生鱼片，却是切得太厚，简直像生啃着鲔鱼块一样。尽管如此，坐在我左右的家伙却大快朵颐，我想他们都不曾品尝过江户美馔吧。

不久，席间觥筹交错，顿时热闹了起来。陪酒郎走到校长面前，恭敬地领了赐酒，真是个讨厌的家伙。青南瓜君依次敬酒，看来要向每人敬上一杯，辛苦得很。青南瓜君来到我的面前，正襟端坐时利索地理了裤裙的衣褶[①]，央请我互敬一杯。穿着西裤的我，只得忍着不适，换成跪坐，敬了他一杯，对他说自己才来不久，就要和他道别，实在遗憾，并且问他几时动身，一定要让我送他到码头。青南瓜君辞让，说百忙之中千万别拨冗前去。但不管青南瓜君说什么，我都决定要请假为他送行。

过了一个小时以后，宴会已经相当闹腾了，语无伦次的人开始一个、两个地出现了“哎，喝一杯嘛……”“咦，我是让你喝呀……”之类的对话。我觉得有些无聊，离席走向厕所，途中就着星光欣赏传统庭院的景致时，豪猪也出来了，一脸得意地问说他刚才的演说还行吧？我表示不满，说是通篇都好，只有一处不喜欢。他问我不喜欢哪一句。

“你说，延冈没有那种口蜜腹剑、面善心恶、陷害好人、爱赶

---

① 日本传统男士礼服的裤裙为百褶型式，且布料硬挺，因此在正身跪坐时，必须双手比手刀姿势，顺势滑至身后将裤裙的后片塞进膝腿间夹坐，坐姿才显得有精神。

时髦的家伙，对吧？”

“唔。”

“只讲他是爱赶时髦的家伙还不够啦！”

“那要怎么说？”

“应该说‘你这个爱赶时髦的家伙、骗子、老千、伪君子、奸商、飞鼠、狗腿子，要是会汪汪叫，就是跟条狗一样的东西！’”

“我的舌头可没你那么灵光，好厉害，单是骂人的话就知道那么多！有这功夫却没法演说，真奇怪。”

“没什么，这些是特地备来吵架用的，要我上台演说，可没办法讲得那么顺溜。”

“是哦，听你这一串讲得挺顺口的呀？再来一遍试试。”

“要听几遍都没问题，听好了——你这个爱赶时髦的家伙、骗子、老千……”

我才说到一半，檐廊传来了啪嗒啪嗒的脚步声，有两个人步履蹒跚地跑过来了。

“两位太过分了，莫非想逃酒不成？有我在，绝不让你们轻易躲开！来啊，喝吧！”“老千？有意思！真是太有意思啦！来来来，快喝啊！”

他们不由分说地把我和豪猪使劲拽走。其实这两人都是来解手的，但是已经醉了，忘了自己要上厕所，只管拉着我们回去。喝醉的人大概只顾得上眼前看到的，先前要做的事全都忘个干净。

“各位请注意，我们把老千抓过来了。来啊，灌酒！灌他们个不醉不归！你们休想逃！”

说着，把根本没打算逃的我压到了墙上。我往四下打量，每一张食案上都仅余残羹剩肴了，还有人把自己那份吃得精光以后，跑去远到十米外的食案上索讨吃食。校长已经不见人影，不知道什么时候走了。

“请问是这个宴会厅吗？”三四个艺伎问着走了进来。我虽有些讶异，但由于仍被压制在墙面上，只能拿眼盯着她们瞧。这时，原本倚坐在壁龛柱子上，得意地衔着那支琥珀烟斗的红衬衫，倏然站起身子打算离开宴会厅，迎面而来的一位艺伎与他擦身而过时，笑着向他问了安。那是这群艺伎当中最年轻漂亮的一位。由于距离太远，听不清说些什么，大概是“是您呀，您好”之类的寒暄。红衬衫佯装不认识，走出去之后就再没进来，大抵是随着校长回去了。

艺伎一来，宴会厅里顿时热闹起来，众人欢声雷动，迎接她们的到来，嘈杂得很。有的家伙在玩猜数目的游戏[1]，吼声之大简直像在练习刀法；这一头则在划拳，边划边嚷，双手猛挥，比起达克剧团[2]的线控木偶还来得技巧纯熟；对面角落则晃着酒壶大喊“喂，斟酒！”旋即又改口叫唤“酒啊！酒啊！”，闹得天翻地覆。唯独青南瓜君一人无事可做，低头沉思——众人为自己举行这场欢送会，并不是要帮即将调任的自己惜别，只是借机饮酒作乐而已，就自己一个与这场面格格不入，十分苦恼。这样的欢送会，不如别办来得好。

一阵子过后，大家开始此起彼落地拉起破锣嗓子，纷纷唱起歌来了。一个艺伎抱着三弦琴来到我跟前，要我随意来上一曲。我说不会唱，要她唱，她于是开口唱道：“敲起锣来打起鼓，迷路的三太郎回来吧，咚咚锵、咚咚隆咚锵，若是敲锣打鼓能找回，奴家也要敲起锣来打起鼓，咚咚锵、咚咚隆咚锵，去寻那思念的心上人呀……”这一大段唱词，她中间只换了一口气就唱完，接着娇嗔了声：“把我累坏了哪。”那么累的话，何不换支容易些的小调呢？

这时候，不知何时坐到了我旁边的陪酒郎，又操起他那口说书人的语气说道：

---

① 将豆子、石头或木片等物握在手里，相互猜测数目的游戏。

② 英国木偶剧团“D'ARC”，成立于1869年，最早于1894年赴日公演，此后频繁造访日本演出。

“小铃和朝思暮想的人才见上一面就走了，可怜呀可怜！”那艺伎一脸傲然地反驳：“您说什么呀？”

陪酒郎又不知趣地用令人生厌的声音，学起义太夫[1]小调来了：“久别又重逢，谁知……”“少贫嘴！”艺伎朝陪酒郎膝头拍了一掌，却见陪酒郎笑得心花怒放。她便是方才与红衬衫打招呼的那位艺伎。被艺伎打了一下还笑得那般开心，只能说陪酒郎是个活宝。“小铃，咱要跳《纪伊之国》[2]，你来帮忙弹弹三弦吧。”陪酒郎兴致大发，居然还想跳舞。

坐在对面的汉学老先生，咧着那张没牙的嘴大唱：“传兵卫相公，奴家可未听闻，我俩情意……”唱到这里还顺利，可惜老人家忘性大，忽然忘了词，问艺伎：“接下来哩？”另一位艺伎缠着自然教师说：“近来流行的是这支曲子，我来弹一段，您可得好生听着哪！”说到这里，艺伎便唱了起来：“花月发髻美，系上白缎带显时髦，骑的是自行车，弹的是小提琴，半吊子英语叽哩咕噜讲：‘I am glad to see you!’自然教师大赞这首歌挺有意思，还掺了英语呢。豪猪突然拉开嗓门，连声叫唤艺伎发号施令：“我要舞剑，快给我弹三弦琴！”

几位艺伎被这粗暴的声音吓得没能答腔。豪猪径自抄起手杖，来到宴会厅中央，一边以杖代剑，一边吟诵诗句，表演起他的独门绝活来：“踏破千山万岳烟[3]……”这时，陪酒郎已经跳完了《纪伊之国》，再跳完了《滑稽小调》，又跳完了《架上的不倒翁》，全身上下仅余一条越中式样的兜裆布，腋下夹着棕榈帚，在宴会厅里来回踱步，嘴里唱起“日清交涉告吹了……”，跟个疯子没两样。

打方才起，我便对始终拘束地穿着裤裙正襟危坐的青南瓜君，

---

① 竹本义太夫（1651～1714）于江户时代创始的一种净瑠璃小调。

② 明治时期流行曲的名字，因开头一句“纪伊之国在音无川的水上”而得名。

③ 语出斋藤一德《题儿岛高德书樱树图》上的第一句。

感到无限的怜悯。纵使这是为他举办的欢送会，也没必要穿上全身礼服，忍受眼前这一幕缠兜裆布跳裸体舞的情景，于是走到他身边劝他离席：“古贺先生，该回去啦。”结果青南瓜君一动不动地说：“今天大家来欢送我，我先回去的话太失礼了。您别客气，请先回吧。”

“您跟这些人客气什么，要真是办欢送会，就得有个欢送会的样子，您瞧瞧这场面，根本是疯人大会。我们走吧。”

他无意离去，我勉强带他走，正要踏出宴会厅，却被陪酒郎挥着扫帚，杀过来叫嚷着：“喂！身为主宾怎么可以先走啊！现在可正在日清交涉，不许走！”并且将扫帚打横握着，阻挡了我们的去路。

我从刚才起满肚子火，忍不住冲着他大吼：“真要是日清交涉，你就是清国奴！”不由分说就朝陪酒郎的脑袋瓜赏了一拳。

陪酒郎吓傻了，愣了两三秒后才回过神来喊道：“哎呀，不得了啦，您怎么打人啦！咱这吉川承蒙赏打，真是愧不敢当哪！这下日清更得深入交涉了呢！”

就在陪酒郎这番胡言乱语之际，豪猪瞥见出了乱子，停下舞剑飞奔过来，一见状便猛然揪住陪酒郎的颈子拖走。

“日清……疼死人啦！这可是动粗呀！……”他想挣扎，身子却被豪猪往旁一扭，“砰”的一声摔到地上了。后来事态如何发展，我就不晓得了。

我和青南瓜君在归程的途中道别，回到租处时已是十一点多了。

第十章

信这玩意，只有在出了事的时候，
比方通报死讯或病讯时，才会派上用场的。

今天是战役大捷庆祝日，学校放假。由于庆祝典礼要在操场举行，貉子必须率领学生参加，我身为教员亦需随队前往。到街上一看，到处都是太阳旗，几乎眼花缭乱。本校有多达八百名学生，因此由体育教师整队，班与班之间留些间距，安插一两名教员督导秩序。这种安排看似周到，却很不实际。学生都是些自以为是的孩子，认为不违反纪律面子就挂不住，即便安排再多的教员都派不上用场。这些学生不等下达命令就唱起军歌，一唱完又胡乱欢呼，简直像一群流浪武士招摇过街似的；不唱军歌也不欢呼的时候，便叽叽喳喳讲个不停。按说，不讲话也能行走无碍，可日本人偏是个饶舌的民族，纵使对他们再三训诫，仍是自顾自地说个没完。况且他们并非日常闲聊，全在讲教师的坏话，真不入流。我上次那起值班事件发生之后，学生来赔过罪，心想就原谅他们吧，没想到完全不是那么回事。这情况若由房东婆婆来说，简直是“错到天边去喽”。学生并非由衷后悔才来道歉的，而是校长有令，不得不佯装认错罢了。这就好比商人成天鞠躬哈腰，依旧花招百出一样，学生道歉归道歉，调皮捣蛋照样一桩不落。仔细想想，这世间或许就是由学生这类人群聚而成的。人们的道歉和赔罪若是全盘信以为真，予以宽恕，那就是个不折不扣的大傻瓜了。道歉只是嘴上说说，宽恕也只是随口敷衍——要这样想，才不会处处上当受骗。假如要对方真心悔过，就得严厉惩罚，直到他真心悔过才行。

我一走进班与班的间距位置，“炸虾面”“糯米丸子”等揶揄声就不绝于耳。问题是学生众多，无法分辨是谁说的；即使发现了，他们肯定会狡辩说“炸虾面”和“糯米丸子”都不是在讽刺老师，是老师精神过敏又多心，才会这样疑神疑鬼。这种劣根性，是本地人早从封建时代养成的习气，任凭规劝、教育，依然无法导正。若在这里待上一年，保不准连纯真无瑕的我，也会被迫跟着同流合污。我可不是个傻子，遭到对方用指桑骂槐的手法抹黑，却只一笑置之。他们是人，我也是人。他们虽是学生、是孩子，个头却比我高大，怎能不以惩罚来回敬他们呢？然而，如果我用寻常手段回敬，他们就会反抗报复。若是指责他们不对，他们也早准备了一套说辞反驳。他们透过辩解，把自己说得合情合理，继而攻击我的不是。既是要给他们一个教训，我在说明时势必要罗列罪状，否则形同无理取闹了。如果不这样做，情况就会变成分明是对方先动手，但看在世人眼里，却以为是我设局挑衅的，这于我十分不利。可若是因此就姑息养奸，放纵这些散漫的无用之人，他们只会愈发胡作非为，说得夸大一些，未来将会危及社会大众。迫于无奈，我只得以其人之道还治其人之身，采取滴水不漏的手段回敬。但是如此一来，我这江户人也就跟着玉石俱焚了。尽管会玉石俱焚，可我毕竟是人，要是饱受整整一年的窝囊气，哪里还顾得了那么多，只能选择同归于尽这一条路了。看来，我还是早早回返东京和阿清住一起，方为上策，待在这荒郊野地，简直是自甘堕落，就算回东京当个送报的，也比在这里继续沉沦来得强。

正当我反复寻思、百般不愿地随着队伍前进之际，突然间，前方传来一阵闹腾，队伍也跟着停下了脚步。我觉得事有蹊跷，便从右方走出队伍，朝前望去，只见先头队伍被堵在大手町和药师町的交叉口，和另一支队伍相互推过来挤回去，发生了争执。体育教师从前面走来，沿路声嘶力竭地喝令："安静！安静！"我问他出了什么事，他说中学和师范两校的学生在街口起冲突了。

据说中学和师范学校的学生，不论在哪个县里都一样水火不容，确切的原因不明，总之校风不同，双方时有争执。大抵是乡下地方小，闲得发慌，当作消遣来打发时间吧。我生性好斗，一听到发生了冲突，立刻过去凑热闹了。愈接近前方，听见队伍前面的学生频频叫骂："靠地方税[1]养的家伙，滚！"后面的人则大喊："冲啊！冲啊！"我在学生堆里左钻右闪，眼看着就要到街口时，忽然听到一声高亢的号令："齐步——走！"只见师范学校的队伍重又庄严肃穆地前进了。显然两校的冲突已经有了结果，也就是中学让步了。据说，按阶级而言，师范学校在中学之上。

战役大捷的庆祝典礼非常简单：旅长致词，县知事致词，与会者高呼万岁，这样就结束了。余兴节目于下午表演，期间的空档时间我先回到住处，给惦念已久的阿清回信。她叮嘱我这次要写得详细些，所以我必须尽力用心回复。可是等到摊开信纸，准备下笔时，想说的事却是千头万绪，不知该从何写起才好——写这一件呢，解释起来麻烦，写那一桩呢，似乎乏味无趣。我寻思再三，有没有写来轻松又不费劲、又能让阿清觉得有意思的事呢？结果连一件都

---

① 师范学校的费用是从地方税中支取的。

想不出来。我研墨，蘸笔，盯着信纸……半晌过后，我仍是盯着信纸，再蘸笔，又研墨……就这样来回重复相同的动作好几趟，最后终于放弃，明白自己根本不是写信的那块料，阖上了砚盖。写信实在麻烦，不如回东京见面畅聊来得省事。我也知道阿清的心情，可真要按照她的要求回信，简直比要我三星期不吃饭还来得难捱。

我扔开纸笔，朝后躺倒，枕着手臂望着院子，对阿清的挂念依然挥之不去。我心想，即便与阿清相隔遥远，只要惦记着她，她一定能感受到我的心意，而既然能传情达意，又何需捎信去呢？阿清应该知道，没收到信就代表我平安度日。信这玩意，只有在出了事的时候，比方通报死讯或病讯时，才会派上用场的。

这块院子约莫十坪大，地面平整，没特意种植珍贵的花木，只有一棵橘树高出了围篱，从外面一眼就能瞧见，我每天返家以后，总是时刻望着这棵橘树。一个从未离开过东京的人，看着橘子的生长过程，很是新奇。青绿色的果实逐渐成熟，当转成黄橙色的时候，该有多么漂亮。现在已经有半数的橘子颜色变了。听房东婆婆说，这橘子汁多味美，还说等橘子熟了，让我尽量多吃。我打算每天吃上几颗。再过三个星期，应该就能吃了。我总不至于在这三周之内就会离开这里吧。正当我盘算着几时能吃橘子时，豪猪忽然造访，他说今天是战役大捷庆祝日，因此买来牛肉和我一起打打牙祭，说着就从衣袖里掏出一只竹叶小包，扔到房内榻榻米的正中央。我每天在租处只能吃甘薯和豆腐，又被禁止上面馆和糯米丸子铺，一见到牛肉喜出望外，马上向房东婆婆借来锅子和糖，动手烹煮起来。

豪猪大口大口地嚼着牛肉，问我知不知道红衬衫有相好的艺伎？我说当然知道，不就是前些天为青南瓜举行欢送会时，到场的其中一个艺伎吗？豪猪说就是那姑娘没错，还说他自己是直到这阵子才发觉到，对我的机灵相当称许。

“那家伙三句话不离‘道德品性’‘心灵飨宴’，背地里却和艺伎在一起，太不像话啦！假如他同样宽以待人，倒也罢了，可你连上荞麦面馆和糯米丸子铺，他都批评是形同违反校规，还透过校长开口警告，不是吗？”

“嗯，按那家伙的想法，嫖妓属于心灵飨宴，而吃炸虾面和糯米丸子则是享受物质吧。若真是心灵飨宴，尽管可以大大方方，但瞧瞧那副鬼鬼祟祟的德行！相好的艺伎一来，他就立刻离座，逃之夭夭，设法掩人耳目，真让人看不下去。一旦别人质问他，他就说不知道，还扯上什么俄国文学啦、俳句和新体诗犹如手足啦，教人雾里看花，摸不清真相。像他这样的懦夫，根本不配当男人，简直是宫女投胎的，说不定他的老子是汤岛的相公[①]呢！”

“汤岛的相公，什么意思？”

“这个嘛，横竖说的是没有男子气概的家伙吧。……哎，那边的还没煮熟呢！吃了要长绦虫的！”

“是吗？应该不打紧吧。对了，听说红衬衫常私下到温泉镇的角屋，和艺伎幽会呢。”

“角屋？是那家旅舍吗？”

“旅舍兼饭馆。所以要狠狠教训他一顿的话，最好掐准他带艺伎进那家旅舍时来个活逮，当面质问。”

“你说要掐准时间，不就得值夜班监视喽？”

“唔，角屋前面不是有家叫‘枡屋’的旅舍吗？去租个面街的二楼客房，在纸窗上捅个洞来监视他。”

“他会在我们监视的期间来吗？”

“应该会来吧。反正不能只守一个晚上，得下定决心，守上两个星期才成！”

---

① 江户时代以男妓为职业的美少年。

“那太累啦。我啊，在父亲临终时曾彻夜照顾了一个星期左右，之后就整个人昏昏沉沉的，难受得很。”

“身体有些疲惫也无妨，要是放任那种恶棍继续为非作歹，可是会危害国家社会的，我要替天行道！”

“好极！既是如此，我也来助阵。那么，从今晚就开始值夜班吗？”

“还没和枡屋旅舍谈妥，今天晚上是不成了。”

“那，你打算从什么时候开始呢？”

“最近就会准备就绪。反正我会通知你，到时候你得来帮忙。”

“好，我随传随到。动脑子我不行，打起架来可不含糊。”我和豪猪正在讨论惩治红衬衫的计划，房东婆婆进来说，来了一个学生想见堀田老师一面，他刚才到先生府上没找到人，猜测在这里，就找来了咿。房东婆婆跪在门坎前，等候豪猪的回复。豪猪应了声“是哦？”就去了玄关，不一会儿又回来说：“哎，学生来请我去看下午的余兴节目，说是今天从高知县特地来了一大群人表演舞蹈，难得一见，邀我务必观赏，你也一块去吧。”豪猪兴致勃勃地劝我同行。论舞蹈，我在东京看得多了。每年举行八幡大神的祭典时，我住的地方也会搭起露天戏棚表演，所以《挑海水女》之类的舞剧我全都看过，像土佐[1]那种乱跳一通的乡下舞，我实在没兴趣，可是豪猪热情相邀，我也来了兴致。出了大门一看，前来邀请豪猪的学生，居然是红衬衫的弟弟，这家伙怎会来邀我们呢？

走进会场，简直就像回向院的相扑比赛场地，抑或东京本门寺的法会一般，整个会场布置着数不清的五彩长旗，不但插满地面的每个角落，甚至悬挂在纵横交错的绳索上，仿佛借来了全世界的国旗似的，使得偌大的天空顿时热闹起来。东边一隅有一座连夜赶搭

---

① 日本高知县的旧名。

的舞台，听说那个高知的什么舞蹈就是要在那上面表演的。距离舞台右方约莫五十米处，以芦苇帘围了一块地方，展示着花艺作品，众人在里面看得聚精会神，可说穿了全是些没意义的东西。假使单是把竹条和草叶扭来弯去，便足以乐在其中，还不如去炫耀自己有个驼背的情夫或跛腿的丈夫呢。

舞台的正对面不停地施放烟火，从烟火当中出现了气球，上面写着“帝国万岁”。气球缓缓地飘过了松林间的瞭望台上空，落进了军营里。紧接着是砰的一声，一团黑色的东西咻的划破了秋空，在我头顶上爆裂开来，青烟迸散如伞骨，一条条融入了苍穹。然后，又有气球升上来了，这回是红底留白的字，写着“陆海军万岁”。气球随风翻飞，从温泉小镇飘去了相生村，大抵会落在那间观音寺的院内吧。

上午举行典礼时人还不多，现在却是一片万头攒动，闹腾得很。我实在没想到乡下地方竟然住着这么多人。虽然鲜少瞥见貌似聪颖的面孔，但数量上却完全不容小觑。不久之后，那个颇有名气的什么高知舞蹈开始了。听说是舞蹈，我满心以为像是藤间流派那样的，结果根本不是那么回事。

只见舞台上一群汉子雄赳赳地扎着头巾，穿着上宽下窄的裤裙，十人一列，排成三列，每列十人。这三十人个个手握出鞘的刀，望之胆寒。前后列之间仅留约莫半米，与左右两方的距离恐怕更近。其中只有一人离开队伍，站在舞台边。这位落单的汉子虽也穿着裤裙，但既没有扎头巾，也没有握刀，而是在胸前挂上一面大鼓，就是伴奏杂技用的那种鼓。这名汉子旋即“咿——啊——”地以悠长的声调唱起奇特的曲子，还随着歌声咚咚击鼓，但是曲调十分古怪，我从没听过。若把它想作是三河万岁[①]加上普陀洛[②]，也就

---

① 流传于日本三河地区（现今的爱知县）的喜庆歌舞表演。

② 印度灵山的名称，此处为颂赞曲里的词句。

相去不远了。这支曲子分外冗长，就像夏季的麦芽糖一样，黏稠稠的，那咚咚敲击的鼓声便是用来断句的，所以乍听虽是连绵不绝，仍算得上节奏分明。三十名汉子手中的刀子随着节拍迅速挥舞，闪动着白森森的亮光，看得我胆战心惊。每名汉子前后左右的半米以内，都站着另一个活人，而对方也和自己一样手握利刃，同步挥舞，这时若是稍有差池，便会砍伤队友。倘使原地立定，仅是上下前后挥刀，倒也安全，可这三十人有时还要一齐跨步侧身，时而旋转，时而弓步，假如身旁的队友快一秒或慢一秒，只怕自己的鼻子会被割掉，或是旁边那颗脑袋要被砍下来。手中的刀看似恣意挥舞，实在局限于在半米见方的柱状范围里，并且所有动作的方向、速度，都必须和前后左右的队友如出一辙才行，怎不教人惊奇。诸如《挑海水女》或《关户》那类舞蹈，根本难望项背。打听之下，才知道若非极度熟练的功夫，根本无法达到这样浑然一体的境地。尤其难得的是那个伴奏万岁小调的打鼓师傅，三十名汉子的走步、扬臂、下腰，无一不是听令他的鼓点指挥。表面看来，这位老兄一派悠闲，只是“咿——啊——”地轻松哼唱，实则责任重大，格外劳心，想来真是奇妙。

我和豪猪叹为观止，正看得入神之际，忽然间，约莫五十米远的地方传来喧闹声，原本在各处惬意观览的人群倏然躁动起来，开始四处探看。这时，有人嚷着：“打架啦！打架啦！”不一会儿，红衬衫的弟弟弯着腰钻过了人群，来到我们面前报告：“老师，他们又打起来了！中学的学生为了早上的事要报仇，又和师范学校的开战了！请赶快过来！”话音未落，他再度钻进人群之中，不知上哪里去了。

豪猪抱怨这些小子又添乱了，做啥非得报仇不可哩，就这么嘟囔着穿过避逃的人群，拼了命地往前冲。他大概是觉得不能袖手旁观，打算过去劝架吧。我当然没想过要溜，便随着豪猪赶赴现场。到了一看，两边正打得不可开交，师范学校那边有五六十人，中学这边约莫再多上三成。师范生穿着制服，中学生多数在典礼结束后就换回和服，因此是敌是我，一目了然。问题是现下双方已经扭打成一团，实在不知道该怎么把两批人马拉开来才好。豪猪面露为难地打量着眼前的混乱，看向我说道："不出手不行了，等警察来就麻烦啦！冲进去把他们分开吧！"我没回话，纵身扑向战况最激烈的地方，声嘶力竭地大喊："住手！住手！这样动粗有损学校的名声！还不快住手！"并且试图冲破敌我交战的最前线，却迟迟没能成功。才勉强挤进两三米，便陷入了进退不得的窘境。一个身形较为高壮的师范生，就在我的面前和一个十五六岁的中学生相互揪打。"住手！还不住手！"我抓住师范生的肩头，硬要把他们两人拉开来，这时不知道是谁，突然在下面绊了我一脚。我猝不及防，松开抓住师范生肩膀的手，摔到了地面。一个穿着坚硬皮鞋的家伙踩住了我的背脊。我两手双膝猛力撑地，陡然翻身，踩着背脊的家伙从我右侧滚了下去，起身一瞧，前方五六米处，豪猪那庞大的身躯被夹在一大群学生里面，只管嚷着："住手！住手！别打啦！别打啦！"我朝他大叫："喂！没用啊！"他大概是没听见，没有回应。

咻的一声，一颗石子飞了过来，正中我的面颊，与此同时，有个家伙也从后面往我的背脊招呼了一棍。一个声音大喊："老师也好意思来揍人！打他啊！打他啊！"还有人嚷着："老师有两个！一个高的、一个矮的！拿石头扔他们！"我骂道："乡下小子，胡说什么！"并朝身旁那个师范生的脑袋给了一拳。石子又咻的一声飞来，这回掠过我的平头，飞去后面了。我看不见豪猪现在情况如何。事已至此，我决定豁出去了。我原是来劝架的，岂料挨了顿打，又遭了石击，天底下哪有傻瓜受了这般欺侮还夹着尾巴逃的？你们当我是谁？别瞧我个子矮，本大爷可是从小打到大的打架高手！我气得左右开弓，见人就揍，自己也被殴了好几拳。没多久便听到人喊："警察来啦！警察来啦！快逃啊！快逃啊！"片刻之前，我还像在烂泥塘里游泳似的，动弹不得，一下子手脚皆可施展开来。定睛一看，敌我双方全撤得精光了。没想到这些乡下人逃跑时身手倒是矫健，比库罗帕特金[①]溜得还快。

我忖度着豪猪不知怎么样了。抬眼看去，他身上披着几乎成了碎布条的家徽薄外褂，站在不远处抹着鼻子。看来鼻梁吃了一拳，淌的血还真不少，那鼻子红红肿肿的，难看极了。我身上的是碎白纹饰的衬里和服，尽管一身泥泞，倒没像豪猪的外褂那么破烂，不过面颊的阵阵刺痛让人吃不消。豪猪说我流了不少血呢。

尽管来了十五六名警察，由于学生们往反方向逃跑了，受逮的只有我和豪猪两个而已。我们报上姓名，讲了事情的原委，他们还是要我们去警察局。到了那里，我们又对局长说了一遍，然后才回家去。

① Aleksei Nikolaevich Kuropatkin（1848～1925），沙皇俄国时代的将军，于日俄战争时担任俄军总司令。

第十一章

全世界的谎话连篇第一名
就是报纸!

翌日，一觉醒来，浑身上下痛楚难捱。大概是太久没打架了，才会疼得这样厉害吧。我躺在被窝里琢磨着，往后再也不好拿擅长打架来说嘴了。这时，房东婆婆拿来《四国新闻》，搁到了我的枕畔。老实说，此时的我连看报都很吃力，但堂堂男子汉，岂可屈服于这点皮肉之伤，于是咬牙翻身趴在床上，揭开报纸的第二版一看，顿时心头一凛，昨天打架那件事真的上报了！我讶异的并非刊出了打架的消息，而是记者是这样报导的：“某位姓堀田的中学教师，伙同来自东京的某姓狂妄新任教师，唆使恭顺学子聚众滋事，两教师甚至亲赴现场指挥学生对师范生施暴。”接着还附记了这段论述：“本县中学温顺善良之学风，向为全国钦羡，然而我校光荣却毁于二名肤浅小子手中，致使全市蒙羞，本报自当奋起究责。相信于本报采取相关行动之前，有关当局必定会对此二无赖给予应有的处分，令二人于教育界再无立足之地。”这部分还整段逐字标上重点记号，简直像针灸似的。我从被窝里跳起来，咒骂一句：“去吃大便！”说也奇怪，方才全身的关节还疼痛难当，现下跳起来后，简直像什么都没发生过似的，轻快不少。

我把报纸揉成一团扔到院子去，还是余怒未消，又特地捡拾起来丢进粪坑里。这报道根本颠倒是非！全世界的谎话连篇第一名就是报纸！我想讲的话，他们倒抢着恶人先告状了。还有，什么叫“来自东京的某姓狂妄新任教师”？天底下有人姓“某”的吗？也不想想，我可是有名有姓的人物，假如想看家谱，可以让你们向多田满仲之后的历代祖先一一膜拜个够！

洗脸时，面颊一阵刺痛。我向房东婆婆借镜子，她问我早上的报纸看了没有，我说看完扔去粪坑里了，想看自己去捡！她吓了一跳，退出房间了。我对着镜子一照，脸上和昨天一样挂着彩。毕竟是重要的门面，如今不但伤了脸，还被冠上“某姓狂妄教师”的封号，真是愈想愈来气；可今天若是请假，被说是上了报羞于见人，岂不有损名誉？因此我吃过饭，头一个赶去了学校。结果陆陆续续到校的教师，一个个看到我的脸就笑。有什么好笑的！这张脸又不是你们这些家伙给弄成这副德行的！不久之后，陪酒郎来了。他大抵想为欢送会那天的挨打报一箭之仇，于是冷嘲热讽地嚷嚷着您立大功喽，这可是光荣负伤呢。我要他少啰唆，舔他的画笔去！他又说失敬失敬，不过想必很疼吧？我又大声呵斥脸长我身上，疼不疼不干他何事！他这才回到对面自己的座位上，仍旧盯着我的脸，和邻座的历史教师窃窃私语，边说边笑。

接着，豪猪也到了。他那鼻子肿成了青紫色，仿佛一捅就要流出脓来。或许他昨天逞了能，比我的脸还要伤得厉害。我和豪猪是并桌而坐的好同事，不幸座位又正对着办公室门口，结果两张花脸就这么凑到一块去了。其他教师只要闲了下来，总是往我们这边瞧。

他们虽然嘴上安慰这是无妄之灾，可心里肯定笑我们俩是傻瓜，否则不会那样窃窃私语，噗嗤发笑。我一走进教室，学生立刻鼓掌欢迎，甚至有两三个高喊“老师万岁”。我不知道他们是真心叫好，还是有意调侃。

我和豪猪成了全校注目的焦点，唯独红衬衫仍和往常一样凑到我身边，语带歉疚地说道：“真是飞来横祸哪，我深表同情。关于那篇报道，我和校长商量后，已经去函要求报社予以更正，不必担心。都怪舍弟邀请堀田君前去，这才闹出了这等事情，委实万分抱歉。这件事我一定会尽心尽力处理，恳请多多包涵。”

到了第三节课，校长走出了校长室，面露几分忧心说道：“这回见报的不是什么好事，只求不要闹大了。”我可一点也没把这事放在心上，如果要开除我，在被开除之前我先送上辞职书就是了；然而又觉得自己并未犯错，若是主动辞职，反倒助长了报社颠倒是非的气焰，不如要求报社刊出更正启事，我继续坚守岗位，这才合情合理。我本想回去时顺道去报馆交涉，既然校方已经去函抗议，那就算了。

看准了校长和教务主任的空档时间，我和豪猪向他们把真相如实叙述了一遍。校长和教务主任都说他们也猜想是这么回事，恐怕是报社对学校心怀宿怨，才会故意报导了这则新闻。红衬衫在办公室里来回踱步，一面为我们辩护，尤其自责是他弟弟邀请了豪猪前往。众人也纷纷跟着说这一切完全是报社不对，胡诌瞎扯，两位老师实在是祸从天降。

回家的路上，豪猪提醒我红衬衫居心叵测，若不小心就要上当。我回说，反正这人阴险狡诈，也不是一天两天的事了。豪猪反问我还没看出来吗？昨天特地把我们诱去，害我们卷进群架之中，这正是他的计谋哩。原来如此，我的确没有想到这一层，不禁佩服豪猪。他虽看似粗鲁，却比我有智慧多了。

“他把我们诱去打架，然后马上怂恿报社写出了那则报导，真是个恶毒小人！”

“连那篇报导也是红衬衫搞的鬼？真教人难以想象。可是报社为什么要对红衬衫言听计从呢？”

“当然听他的！他不可能没朋友待在报社嘛。”

“有朋友在里面吗？”

“就算没有也不碍事。编些假话，说事情的经过是这样的，记者立刻就写。”

“太可恶了！若真是红衬衫的诡计，我们很可能因为这起事件被开除呢。”

“要是处理得不好，恐怕真要中他的招。”

“既然如此，我明天就提辞呈，立即回东京去。这种鬼地方，留我也不干！”

“就算你提了辞呈，红衬衫也不痛不痒。”

“有道理。那要怎样给他苦头吃呢？”

“那种恶毒的小人，每下一着棋之前总是再三推敲，绝不留下任何把柄，要抓他的小辫子实在不容易。”

“那就棘手了。这么说，我们的冤屈不就没法平反，只能受窝囊气了？倘所谓天道，是耶？非耶？[①]”

“别急，先观望几天再说。真要把我们逼到绝境，只好去温泉小镇来个当场活捉了。”

“你意思是以眼还眼，我们被打了，就打他报仇？”

“正是！我们自己想办法，掐住他的七寸要害。”

“这么做也好。不过我不善谋略，这事全得仰仗你了。若有需要的地方，我愿意赴汤蹈火！”

谈妥后，我和豪猪各自回去了。假如真如豪猪所推测的，这事

---

① 语出《史记·伯夷叔齐列传》。

是由红衬衫在背后一手筹划出来的，可就太恶毒了，谁也比不过他的心机智谋，只能诉诸武力了。莫怪世上的战争，永无休兵之日。即便是个人，最终也不得不抡起拳头，分出高下。

隔天，终于等来了望眼欲穿的报纸。打开一看，既没找到更正启事，也没瞧见撤回报导的声明。到学校催问貉子怎么还没刊出来，他说应该明天就会登了吧。等到第二天，报上出现了以六号小字刊载的撤回声明，却没有修正报导内容的错误。我又去向校长抗议，他答称校方已经束手无策了。身为一校之长，面孔像貉子，喜欢装腔做派，没想到根本毫无权势，连要求一家刊载假新闻的报社道歉都办不到。我气得七窍生烟，告诉校长既然如此，由我单独去和主编交涉。校长立刻拦阻，还像和尚讲道似地开导我，说要是我去交涉，报社反而会写更多报导来丑化校方，但凡报上写的，无论是真是假，谁也奈何不了他们，吃了亏也只能摸摸鼻子作罢。假如真如校长所说，报纸这玩意不如早日摧毁，才是为民除害。今天听貉子这番说明，我总算领教到：一旦被报社盯上了，就和被乌龟咬住不放一样，永无挣脱之日。

三天后的一个下午，豪猪忿忿不平地来找我，说是时机终于到了，他决定执行那个计划。“好，算我一份！”我当场和他结盟了。可是豪猪想了想，要我别蹚这浑水。我问他为什么，他问我有没有被校长找去要求辞职？我说没有，顺口反问他是否被唤去了。他说今天被叫到了校长室，说是迫于无奈，请他自行离开。

“这是什么道理？貉子大概是自个儿的大肚腩拍得太用力，五脏六腑全错位了吧[①]。你是和我一起去参加战役大捷庆祝典礼、一起去看高知人的耍刀舞、一起去劝架的不是吗？如果要求辞职，应该

① 日本传统戏曲狂言的剧目之一。某位猎人出门猎貉，有只雌貉化身为比丘尼，向猎人开释不可杀生，猎人听道后心生悔改，决定离开，就在此时一旁的狗朝着这位假比丘尼狂吠，雌貉的真面目因而被识破，受骗的猎人要射杀它，雌貉拍着圆滚滚的肚子佯称怀了孩子，请求饶命，然后借机脱逃了。

要我们两个一同辞职，这才公平公正呀！为什么乡下学校这样不明是非呢？真急死人喽！”

“那一定是红衬衫的馊主意啦！我和红衬衫宿怨已深，已经势不两立，至于你，他觉得让你继续待下来也不会坏了他的事。”

“我和红衬衫也一样势不两立呀？他居然以为我没办法坏了他的事，这未免太狂妄了！”

“他觉得你太单纯了，就算让你待下来，随便几句话就能把你应付过去。”

“那就更可恶啦！谁要和他待在一块！”

“再说，古贺前些时候走了，接任的人因故还没来报到吧？万一把我们两个一起赶走，就没人帮学生上课了，校方可安排不来。”

“这么说，把我留下来只是用来暂时凑数的？我才不上当呢，混账！”

翌日，我到学校找校长谈判了。

“为什么不叫我辞职呢？”

“什么？”貉子一时摸不着头绪。

“你怎么可以只叫堀田辞职，却不叫我辞职呢？”

“这是基于校方的考虑……”

“这种考虑是不正确的。假如我不必辞职，堀田也没有辞职的必要吧？”

“我不便对你解释个中原因。其实堀田君辞职是不得已的，而你却没有辞职的必要。”

果真是狡猾的貉子，泰然自若地说了一通，可细听之下全是不着边际。出于无奈，我只好说道：

“既然如此，我也提出辞呈吧。您或许以为在堀田辞职以后，我还能若无其事地留任，可惜这种薄情寡义的事，我可办不到。”

“那怎么成！堀田君离开，你也要离开，本校的数学课不就没人教了？”

“就算没人教也与我无关。”

“别说这种孩子话了，你多少总得为学校着想啊。况且才来短短一个月就辞职，会在履历上留下污点的，你自己也得好好琢磨琢磨吧。”

“我才不管什么履历，义气比履历来得重要！”

“说得极是！不错，你讲得句句在理，可也请替我想一想。你若是非辞职不可，就照你的意思吧，但至少等到后续教师到任了以后再走。总之，希望你回去再考虑一下。”

有什么好考虑的，道理不是清清楚楚地摆在那里吗？看着貉子脸上一阵青一阵白的，挺可怜的，我于是嘴上答应回去考虑考虑，便退出了校长室。我没和红衬衫交谈半句，反正已经决定要给他一顿教训，到时候再给他颜色瞧瞧。

我把和貉子谈判的过程讲给豪猪听，他说早就猜到会是这么回事了。他让我把辞职的事暂且搁下，必要时再提出也不迟，我就听他的了。既然豪猪比较精明，我决定凡事都按他说的去做。

豪猪终于提出辞呈，向全校教职员辞行后，搬去码头边的港屋了。不过他又悄悄回来，住进温泉小镇旅舍枡屋二楼面街的一个客房，在纸窗上戳了个洞，监视路上的动静。知道这件事的，应该只有我一个吧。我们忖度红衬衫只敢在夜里偷偷来，因为天色方暗，恐怕会被学生和其他人等撞见，所以他至少得等到九点以后才敢露面。头两晚，我一直守到了十一点，始终不见红衬衫的身影；第三天从九点监视到了十点半，还是没有斩获。再没有比带着一无所获的空虚，于深夜时分才回到住处，更令人沮丧的了。就这么过了四五天，房东婆婆开始担心起来，告诫我已经为人夫，夜里还是别出门找乐子。真冤枉，我摸黑出门，可不是去寻欢享乐；这夜以继日的辛劳，全是为了替天行道呀！无奈整整一个星期的舟车往返，天天都是空手而回，我开始耐不住性子了。我天生急躁，一头热时可以通宵达旦，但从来没办法持之以恒。即便这次是替天行道，终究本性难改，难以坚持下去。到了第六天，我已经提不起劲，第七天甚至盘算过不如在家休息。但去到旅舍一看，豪猪的毅力依旧，每天从傍晚到午夜十二点多，他的眼睛不曾离开过窗上的窥孔，一直盯着经过角屋那盏玻璃圆罩煤气灯下的来往行人。我一进到房里，他就告诉我今天有多少客人、住宿的有几个、女客有几个，计算详尽，令我讶异。我若说看样子不会来了，他便抱着胳膊叹道应该会来才对，那模样让人同情。万一红衬衫一次也不来，豪猪替天行道的愿望，这辈子就都无法实现了。

到了第八天，我七点左右就离开租处，先舒舒服服地泡了个澡，再上街买了八只鸡蛋。这是用来解决房东婆婆每天给甘薯吃的折磨。我在左右两边的袖筒里各摆进四只蛋，那条惯用的红毛巾照旧搭在肩上，就这么袖着手，爬上了枡屋的楼梯。一拉开豪猪客房的纸门，只见他如韦驮天神般凶恶的面容绽放着光彩，冲着我连声直呼："有眉目啦！有眉目啦！"直到昨天夜里，他一直闷闷不乐，几近死气沉沉，现下见他如此雀跃，我也跟着感到高兴，不待问清状况便随声附和："太好了！太好了！"

"今晚约莫七点半，那个叫小铃的艺伎进了角屋。"

"和红衬衫一起吗？"

"不是。"

"那还是没戏唱。"

"两个艺伎一块来的。我看这下有谱了。"

"为什么？"

"这还用问？那么狡猾的家伙，大抵是嘱咐艺伎先来，自己再随后偷溜进去。"

"有可能。已经九点了吧？"

“差不多九点十二分。”他从腰带里掏出镍壳怀表看着回答，“喂，把灯熄了！纸窗上映出两颗光头可不对劲，那老狐狸瞧见了肯定起疑。”

我呼的一声吹灭了漆桌上的煤油灯。月亮还没出来，房里只余映在窗上的星光隐隐。我和豪猪大气不敢喘一个，全神贯注地紧贴着窗纸上的孔洞朝外探瞧。不久，挂钟当的一声，九点半报时。

“喂，来不来啊？今晚他再不来，我可不干啦！”

“只要钱还够，我会一直守下去。”

“你还有多少钱？”

“到今天为止，付了八天房费，总共五元六分钱。我每晚都结一次账，以备随时走人。”

“你想得真周到。旅舍的老板不觉得奇怪吗？”

“旅舍那边倒无所谓，只是我一直提心吊胆的，不好受。”

“但是白天可以补眠吧？”

“午觉是睡了，可是不能出门，闷坏了。”

“想替天行道还真辛苦。要是这样还天网恢恢，疏而‘有’漏，可就白费工夫喽。”

“别担心，今晚他来定了！……喂，快看快看！”他压低了嗓门喊我，我不禁心头一惊。只见一个戴黑帽的男士抬着头经过了角屋的煤气灯，再次隐入了漆黑之中。不是红衬衫。我在心里暗叫一声可惜。时间流逝，账房的挂钟无情地敲鸣十点整的报时。今天晚上恐怕又等不到人了。

四周静了下来，花街柳巷的太鼓声格外清晰。月亮从温泉小镇的山后升起，把街面照得一片银白。忽然间，楼下传来了交谈声。我们不好探出窗外细看，没法确认来者何人，却可以从薄板斜齿木屐发出的声响判断出对方愈走愈近。我斜着看去，好不容易才望见两条人影往这里走来。

“眼中钉已经拔掉，总算可以放心了吧。”果真是陪酒郎的声音！“谁让他有勇无谋，哪里斗得过我呢。”这是红衬衫的声音！“那家伙和另一个蠢货还真像。说起那个蠢少爷，总爱打抱不平，其实还算讨人喜欢哪。”“他先是拒绝加薪，又后来又闹辞职，肯定脑筋不正常。”听到这里，我恨不得开窗从二楼跳下去，把他们狠揍一顿，好不容易才忍住了这把怒火。这两人嘻嘻哈哈，从煤气灯下走进了角屋。

“看到没？”

“看到没？”

“来啦！”

“终于来啦！”

“总算可以放心了。”

“陪酒郎这混账，竟敢叫我蠢少爷？”

“所谓的‘眼中钉’说的是我，把我当成啥啦？”我和豪猪必须在他们回去的路上埋伏袭击，却丝毫没把握这两人什么时候会离开。豪猪下楼向旅舍的人打招呼，说是今天晚上可能有事得出去，请他们别锁上大门。现在回想起来，这家旅舍居然答应了这种要求。按理来说，即便拿我们当小偷看，也不足为奇。

费了好一番工夫才把红衬衫给盼来了，眼下还得等他出来，实在煎熬。这节骨眼总不能睡觉，可老贴着窗纸上的洞监看又实在累人，心里七上八下的，这辈子我还没度过这般痛苦的时光。我提议干脆闯进角屋，当场来个活捉，但豪猪一番话打消了我的主意。他说，我们要是现在闯进去，人家会当我们是去闹事的，还没找着他们就会被抓住了；假如说明来意要求见面，不是佯称里头没这样的客官，就是把我们领去别的房间；纵使果真趁其不备，成功闯入，问题是里面有几十间客房，根本不晓得他们在哪一间，所以唯一的办法就是守在这里苦苦等候了。既然豪猪如此分析，我也只得忍下来，就这么捱到了清晨五点。

一看到两条人影从角屋走了出来，我和豪猪立刻尾随在后。头班火车还没发车，他们势必得走回城里。走出温泉小镇后就是一片稻田，田里有一条约莫百米长的路，左右两旁均为杉树夹道，过了这一段路，映入眼帘的是四散分布的茅屋，循着路走就会来到一处土堤，再继续走下去就会回到城里了。只要离开温泉小镇，在哪里追上他们都无妨，不过我们认为在远离家户的杉树林道那边抓住他们为佳，于是遮遮掩掩地一路跟踪。一走出镇外，我们立刻发足狂奔，如疾风般追上了他们。两家伙吃了一惊，回过身探看是怎么回事，恰好被我们一把抓住了肩头斥令站住。陪酒郎一脸狼狈地想逃，我当即绕到前方拦住了去路。

"你贵为教务主任，为何去角屋过夜？"豪猪劈头就问。

"请问有哪一条校规载明教务主任不得住宿于角屋吗？"红衬衫的措辞依然客气，但面色有些发白了。

"你以前说过，学生的纪律应该由教师以身作则，就连到荞麦面馆和糯米丸子铺都有失身份。如此严谨的人，为什么会和艺伎一起在旅舍过夜呢？"

这时，陪酒郎想趁机溜，我立即挡在他面前大骂："说，谁是蠢少爷？"

"不不不，绝不是说你，这是天大的误会！"他厚着脸皮狡辩。

直到此时，我才发觉自己攥着两边的袖筒。因为在追踪的过程中，生怕袖里的鸡蛋给碰碎了，双手始终紧紧抓住衣袖。我猛然伸进袖筒掏出两只蛋来，大喝一声，朝陪酒郎的脸使劲扔了过去，鸡蛋应声而裂，蛋黄黏呼呼地从鼻尖淌了下去。陪酒郎吓得魂飞魄散，"哇"地放声大叫，一屁股跌坐在地，还直嚷着"饶命呀"。我买这鸡蛋原是给自己吃的，摆进袖筒里也不是为了拿来扔人的，只因一时气急败坏，想都没想就丢出去了，直到目睹陪酒郎腿软摔下，才发现这一招奏了效，于是一边咆哮“你这混账！你这混账！”一边把剩余的六只蛋全朝他扔了过去，把陪酒郎砸得满脸黄糊。在我拼命扔蛋的时候，豪猪和红衬衫还在继续激辩。

“你凭什么说我带艺伎上旅舍留宿？”

“昨天傍晚，我亲眼看见那个和你相好的艺伎进了角屋，这样还想耍赖吗？”

“我何需狡辩？我是和吉川君两人一同去住宿的。艺伎傍晚有没有进去，根本与我无关！”

“闭嘴！”豪猪赏了红衬衫一拳，打得他踉跄了几步。

“你太野蛮了，居然动粗！不讲道理而诉诸暴力，简直无法无天！”

“无法无天又怎样！”豪猪说着又挥了一拳。“像你这种恶人，就得打了才懂得学乖！”语毕又是一顿痛殴。与此同时，我也对着陪酒郎饱以老拳。最后，他们两个都蜷缩在树根旁无法动弹，只能眼睛直眨，连逃都没气力了。

“够了没？不够继续揍！”我们又抡起了拳头一阵猛打。红衬衫嚷着：“够了够了！”我问陪酒郎：“你呢？够了没？”陪酒郎赶紧回答：“当然够了！”

“你们两个都是恶人，我们这是替天行道。经过这次教训，往后可得安分过日。哪怕你们舌粲莲花把自己的劣行颠倒黑白，迟早天理昭彰，报应不爽！”豪猪这番话讲完，两人都哑然以对。只怕这时他们连张开嘴都没办法了。

“我不躲不逃，今天五点以前都在码头边的那家港屋，不服气的话，找警察还是谁来都行！”我一听，也学着说：“我同样不躲不逃，和堀田在同一个地方等你们，想报警就去吧！”撂完了话，我们一同扬长而去。

我回到租处时还不到七点，一进房便开始整理行囊。房东婆婆讶异问我这是在做什么咿？我告诉房东婆婆，这就回东京把夫人接来，并且结了租金。办妥后，我立即搭火车去码头，再到港屋，豪猪正在二楼睡觉。我想赶快写辞呈，却不晓得该怎么写，于是只写了："职因个人原因辞任并回返东京，请鉴查。"然后就邮寄给校长了。

轮船将于傍晚六点启航。豪猪和我都很疲累，倒在房里呼呼大睡，醒来一看，已是下午两点了。找来女侍问问警察来过没，答案是没有。"看来，红衬衫和陪酒郎都没敢报警呢！"我们两个说得捧腹大笑。

当天晚上，我和豪猪相偕离开了这块龌龊之地。随着船只远离海岸，我们的心情愈发快活。驶抵神户后，我们换搭直达火车前往东京，列车到达新桥车站的那一刻，顿感恍如隔世。我和豪猪当即告别了，迄今尚未有缘重逢。对了，忘记说阿清的事了。我回到东京后，连落脚处也没去找，拎着皮革提包就一路飞奔到了她的跟前："阿清，我回来啦！""哎呀，少爷，太好了！您这么快就回来了呀！"阿清激动得泪眼婆娑，我也欢天喜地说道："我再也不去乡下了，就在东京找个屋子和你一起住！"

后来经人介绍，我在东京的铁路公司谋得了技术员的差事，月薪二十五元，房租六元。这房子虽然没有玄关，阿清仍是心满意足。遗憾的是，今年二月她不幸染上肺炎死了。临走的前一天，她向我央求："少爷，我死了以后，求求您把我葬进您的家祠，我会在墓里等着少爷以后来做伴。"

因此，阿清就葬在小日向的养源寺里。

三四郎

さんしろう

李孟红 译

第一章

当三四郎听到这句话时，
才觉得他的确已离开了熊本，
并且领悟到待在熊本时的自己是多么地懦弱。

三四郎睡眼惺忪地醒来时，那女人已经和身旁的老爷爷聊起来了。

这位老爷爷就是刚才从上上一站上车的乡下人。就在火车即将驶离站时，他疯狂地叫嚣冲入车内，光着上身的背部，到处是针灸留下的印子，所以三四郎有印象。三四郎仔细观察他拭汗、穿上衣服，直到他在那女人身旁坐了下来。

那女人从京都开始就与三四郎同车。从她一上车，三四郎就开始注意她。首先是因为她肤色黝黑。三四郎从九州岛换乘山阳线，渐近京都、大阪，上车的女人们的肤色便随之愈显白皙，这使得三四郎不知不觉涌现远离故乡的寂寥感。因此，当那女人上车后，三四郎不自觉地有种和她同一国的感觉。她的肤色正是九州岛人的肤色。

她与三轮田阿光的肤色一样。离乡前，三四郎总觉得阿光是个啰嗦的女人，能远离她真是谢天谢地。但现在这么一看，像阿光那种女人，也没什么不好的。只是论姿色的话，这个女人是强多了。她的嘴巴有棱有角、眼睛黑白分明、额头不像阿光那么宽，是一张看起来舒服的脸。于是三四郎大概每隔五分钟就会抬头看看那女人。有时候她的眼睛会和自己四目交会。尤其是当老爷爷在她身旁坐下来时，三四郎特别留意，他注视了那女人好长一段时间。那时候，她微微一笑地对老爷爷说："来，请坐。"后来三四郎困了，便睡着了。

看来在三四郎睡觉之时，她和老爷爷已经混熟开始聊起天来了。那女人如此说道：

"京都卖的小孩玩具比广岛来得便宜又好。我去京都办点事，顺便在蛸药师附近买了玩具。隔了好一阵子才回乡看孩子，心里好高兴。但因丈夫没寄生活费回来，没办法我只好回娘家了。

"我丈夫现在在中国，以前在海军部队里当职工，战争时去了旅顺。战争结束后他曾回来过，但不久他说中国有赚钱的门路，于是又到大连谋生去了。刚开始他还会写信回来，生活费也按月寄回，可是从半年前开始，就没再来信也没寄钱回来了。他是个老实的人，应该没事，只是我总不能坐吃山空，在还没有他的音信以前，我只好先回乡等待消息了。"

看得出来老爷爷既不知道蛸药师，对玩具的事也没兴趣。刚开始他只是喔、喔地应声而已，直到她提及旅顺，才突然牵动了他恻隐之心说："那可真是难为你了。""战争时我儿子也被征召当兵，最后战死他乡。我真搞不懂到底为何而战？虽然战后景气好转，但宝贝儿子死了，物价也上涨了，还会有什么事比这更愚蠢的！没有人会想在太平盛世时离乡讨生活，一切都是战争害的。不管怎么说，抱着一丝希望很重要，他一定好端端地在异地工作，你再等一等，他一定会回来的。”老爷爷说道，并且不断地安慰那女人。终于火车靠站，“请你多多保重了。”老爷爷向那女人告辞后，精神抖擞地下了车。

尾随老爷爷下车的还有四人，接着只有一人上车。本来就不拥挤的车厢，这下子就更显冷清了，也许是因为天色暗了的缘故吧！站务员站在屋顶上一盏盏地插上点燃的油灯。三四郎像想起了什么似的，开始吃起在前一站买的便当。

当火车驶离站，约莫过了两分钟后，刚才那个女人悄悄地站起身，经过三四郎的座位走向车厢外。这时候三四郎才注意到那女人和服的腰带。三四郎咬着香鱼头，目送她离开的背影。大概是去上厕所吧？三四郎心里一面想着，一面埋头吃着便当。

那女人终于回来了，这回可以看到她的正面。三四郎便当吃得差不多了，他低着头，拼命地把饭往嘴里送，一张嘴撑了两三口的饭菜。可是她好像还没有意思要回座的样子。“不会吧？”三四郎心想，悄悄地抬起头瞄了一眼，她果然站在前方。不过，当三四郎移开目光的同时，她便走了过来，走过三四郎身旁，回到自己座位，将头伸出窗外，静静地眺望远方。三四郎看到那女人的鬓发因强风吹拂而飘散。这时三四郎使劲地将空便当盒丢出窗外。那女人靠的窗和三四郎的座位相邻。当三四郎看到白色便当盒盖因逆风而飞回时，他才惊觉做了件不该做的事，于是倏地看了那女人一眼。不巧，她的脸正好探在车窗外。不过这时候，女人静静地将头缩进车内，拿起印花手帕轻轻地在额头上擦拭。三四郎心想，还是道个歉比较保险，于是开口道：“对不起。”

“没关系。”女人答道。她仍旧擦拭着脸。

三四郎无可奈何只好沉默以对，那女人也沉默，随后她又将头探出车窗了。昏暗的灯光下，三四位乘客睡眼惺忪，没人说话。只有火车发出惊人的声响，一路奔驰前进。于是三四郎也睡着了。

片刻传来那女人的声音：“名古屋是不是快到了？”她慌张地凑过脸来，吓了三四郎一跳。

“是啊……”三四郎虽然这么说，不过这也是他第一次去东京，所以根本搞不清楚。

“你看火车会不会误点啊？”

“可能会吧！”

“你也在名古屋下车吗？”

“呃，对。”

这列火车在名古屋停站。他们的对话再普通不过了。只是女人在三四郎的斜对面坐了下来，接着好一阵子又只剩火车声响而已。

当火车停靠到下一站之时，女人终于对三四郎开口了。“这也许会造成您的困扰，不过还是麻烦您到了名古屋之后，请带我去找旅馆。因为独自一人，挺可怕的。”她又说，然后拜托了好几次。三四郎心想她说的也有道理，不过他却无意太早允诺，再怎么说她都是个陌生女子，所以三四郎很犹豫，可是又没勇气断然拒绝，于是随便敷衍了她几句。不久，火车便驶抵名古屋了。

三四郎的大行李已托运到新桥，所以他只带了一只普通大小的帆布袋与一把伞走出检票口。三四郎头上戴着高中的夏季校帽，为了表示自己已经毕业，他拿掉上头的校徽。大白天看的话，会发现只有钉着校徽处的颜色是崭新的。那女人尾随在后。三四郎对自己帽子感到些许难为情，不过她既然跟过来，那也没办法。那女人当然只认为这是顶脏帽子罢了。

火车原定九点半应抵达，但迟了四十分钟，所以现在已经过了十点。由于天热，街头巷尾还像黄昏时分一样热闹。眼前有两三家旅馆，不过三四郎似乎觉得那些旅馆都太豪华了。他若无其事地走过亮着灯光的三层楼建筑，漫无目的地向前走去。因为是陌生的地方，所以三四郎根本不知道会走到哪里，只是一个劲儿地往暗处走去。她不发一语地跟着走来。后来三四郎在比较冷清的巷子转角第二户人家发现一块写着“旅馆”的招牌。这是一块与三四郎和那女人相匹配的脏招牌。三四郎转头询问她说：“你觉得如何？”女人答道：“可以。”于是他直直地走了进去。正当三四郎站在入口处要声明两人并非是同伴时，“欢迎光临！请进，我带两位到梅花四号房。”侍者滔滔不绝地说道，于是这两人不得已，只好沉默地一起跟着进到梅花四号房了。

当女侍出去端茶时，两人呆板地对坐着。等到女侍端茶来，请他们去洗澡的时候，三四郎已没有勇气对女侍说她不是自己的同伴了。他对女人说了声：“我先去洗了。”之后，便拎了一条毛巾到浴场。浴场位在走廊尽头处，旁边是厕所。昏昏暗暗的，好像很不干净的样子。三四郎脱下衣服，跳进浴池中。稀哩哗啦地洗着，心想：“这家伙还真麻烦。”这时候走廊传来脚步声。好像有人去上厕所。终于出来了，洗手完了之后，“叽！”的一声，有人将浴场的门拉开一半，那女人站在门口，说道：“我来帮你擦擦背吧！”

“不，够了！”三四郎大声地拒绝。然而女人非但不离开，倒是走了进来。接着她将腰带解开，看样子她想和三四郎一起洗澡，且不觉得有什么难为情的。三四郎于是一溜烟地跳出浴池，匆匆忙忙地擦完身体，回到房间坐下来，没多久女侍拿来住宿登记簿。

三四郎拿过登记簿，老实地在上头写下“福冈县京都郡真崎村，小川三四郎，二十三岁，学生”。可是，那女人的事让他很困扰。原本他想等她洗完澡回来后再写，但没办法，女侍就在一旁等着。于是三四郎不得已只好胡乱在登记簿上写下“同县同郡同村同姓，名花，二十三岁”，然后交还给女侍。之后，他拿起扇子不断地扇风。

女人总算回来了。“刚才真的很抱歉……”她说。

三四郎回道："没关系。"

三四郎从包包里取出笔记本写日记。没什么好写的，要是那女人不在的话，应该会有很多事情可写。不久，那女人说要出去一下，便走出了房间。这下三四郎的日记反而更写不出来了，他开始想……她到底去哪里了？

这时女侍进来铺床。她只搬来了一床大棉被，于是三四郎对她说："要铺两床棉被才行。"结果女侍尽是推托房间小啦、蚊帐小啦等，一副怕麻烦的样子。最后她说："现在老板人不在，等他回来后我问他，再把棉被拿来换。"就这样，她固执地铺好一床棉被，并架妥蚊帐后就离去了。

过了一会儿她才回来。"不好意思，回来晚了。"不知道她在蚊帐外做些什么？这时传来匡啷匡啷的声响，一定是带给小孩的玩具在响。三四郎看到她将包袱绑回原来的样子。她在蚊帐那头对三四郎说："我先进去睡了。三四郎应了声，仍旧坐在门坎上摇着扇子，心想干脆就这样待到天亮算了，可是蚊子嗡嗡袭来，蚊帐外面根本待不住。于是三四郎猛地站起身，从帆布袋里掏出棉衬衫和衬裤穿上，并在上头系上深蓝色的和式腰带，另外还拿了两条毛巾进到蚊帐内。她还在棉被另一头扇着风。

"很抱歉，我很敏感，不喜欢用别人的棉被……不好意思，我要赶一下跳蚤。"三四郎说完后，便抓起刚才铺好的床单边边处开始往她的方向卷了起来。就这样床铺中央筑起一道细长的白色界线。她朝外翻了个身。三四郎将两条毛巾摊开，接在一起，造了一片细长的地盘后，躺了下来。那一夜，三四郎的手脚一点也没有逾越那片窄小的毛巾。他和她一句话也没说，她一样面向墙壁动也不动。

天终于亮了。那女人洗完脸，准备吃早餐时，微微笑道："昨晚有没有跳蚤啊？""嗯，谢谢你的关心，托你的福，没事。"

三四郎一面认真地答道，一面低下头抓起小碟子里的葡萄干拼命地塞进嘴里。

结完账，离开旅馆到车站后，女人才告诉三四郎说她要搭关西线前往四日市。三四郎要搭的火车不一会儿便进站了，由于火车时刻的关系，她要稍作等候。那女人送三四郎到检票口，恭敬地行了个礼对他说："给您添了许多麻烦……请多保重。"三四郎一手拿着帆布袋和伞，另一手摘下那顶旧帽子，只说了一句："再见。"女人一直凝视着那张脸，不过最后她以沉稳的口气笑着对他说："你真是个胆小到家的人！"这时候三四郎有种像是被弹出站台的感觉。进入车厢后，他的耳朵愈是发烫了起来，好一会儿，三四郎觉得自己无地自容。终于，站务员的鸣笛声响彻了长长的列车，火车启程了。三四郎悄悄地将头探出窗外，她早就离开了，映入三四郎眼里的只有一座大大的时钟而已。三四郎又默然回到座位。同车乘客不少，然而没有人注意到三四郎的举动，坐在他斜对面的男人也只是稍微瞥了回座的三四郎一眼而已。

三四郎被这男子看了一眼时，不禁觉得尴尬。三四郎心想，干脆看点书转变一下心情好了，当他打开帆布袋一看，昨晚的毛巾还紧紧地塞在上方。三四郎将毛巾挤到一旁，从底部胡乱一抓，拿出一本看也看不懂的《培根论文集》。那是本薄薄的、粗糙的、简直是对不起培根的简陋装订书。当初三四郎忘了将这本原来不打算在火车上看的书放进大行李，整理行李时顺便连同另外两三本书一起放进了帆布袋底，这会儿运气真差，正巧抓到这一本。三四郎打开二十三页。即使是其他的书他都看不下去了，更何况是《培根论文集》。不过，三四郎还是乖乖地翻开二十三页，一字不漏地看完一遍，他似乎是盯着二十三页回想昨夜的事情。

那女人到底是谁？世界上真有那种女人存在吗？女人真能如此沉着不在乎吗？是她没常识还是太大胆了？或是太纯真了？因为

没有追根究底，所以也弄不清楚。当初要是鼓起勇气追究下去就好了，可是三四郎却很害怕。道别时，还被她那句“你真是个胆小到家的人”给吓了一跳。三四郎二十三年来的弱点仿佛在这次全暴露出来，就算父母也没办法一语道破……

三四郎想到这里就更灰心了。他有一种被乱棒打得抬不起头的感觉。三四郎直觉得对不起《培根论文集》的二十三页。

总之，那么狼狈是不对的。那不是学问，也不是大学生所应具备的东西，而是与人格有关。应该还有一点办法的啊！只不过对手如果老是像那样出现的话，受过教育的自己也只能那样接招罢了。结果就会变成叫自己无法亲近女人了。真是没自尊，太死板了。简直生来就是残废似的，可是……

三四郎突然转变心情，想起别的世界的事情——即将前往东京就读大学。接触有名的学者、认识兴趣品味相投的同学。在图书馆做研究、写作，赢得世俗的喝彩，让母亲高兴。三四郎胡乱地想着这样的未来，心情变得好多了。也因此他已经没必要埋头于二十三页了。这时候他抬起头来，发现刚才坐在斜对面的男人又朝这边看，这次三四郎也回看了男人。

那男人长着浓密的胡须，脸长而瘦骨嶙峋，气质有点像寺庙的祭祀神官，只有笔直的鼻梁带点洋味。长期接受学校教育的三四郎，一看到这样的男人就会认为他是教师。男人身穿碎白道花纹的和服，里面并端正地套着一件白色衬里，脚上穿的是深蓝色的布袜。从男人这一身的打扮，三四郎判断他是位中学教师。在对自己未来怀抱着远大理想的三四郎眼里，只觉得这男人的存在毫无意义。他约有四十岁了吧？看不出来今后他还会有什么发展。

男人不停地抽着烟。缭长的烟从鼻孔吐出来，他交抱着双手的模样看起来很悠闲。就在这时候，男人好像要去上厕所什么的。当他站起身的时候，伸了个懒腰。看来他似乎也觉得很无聊，连刚才坐在旁边的乘客所留下的报纸也无意拿过来翻翻。三四郎灵机一动，于是将《培根论文集》收起来，本想再拿其他小说认真地读一读，可又觉得太麻烦，因此作罢。与其看小说，三四郎比较想借前面乘客的报纸来看。不巧，那人正呼呼地睡着。三四郎伸手去拿报纸时，刻意对蓄着胡须的男人问道："可以拿来看吗？"男人一脸不在乎地应道："可以吧！请看。"反倒是拿了报纸的三四郎有点不知所措。

打开报纸一看，没有什么大不了的消息。不消一两分钟，便浏览完了。三四郎将报纸规规矩矩地叠好，归还原位，并微微地向男人点了点头。对方也轻轻地回了个招呼，问道："你是高中生吗？"

三四郎很高兴男人注意到自己头上戴的旧帽子上头的徽章痕迹。

"是的。"

"是东京高中吗？"

"不，是熊本的高中。不过……"他闭上了嘴。

虽然三四郎很想说他是大学生，但又觉得没有必要说出来，所以就没讲了。对方也应了句："喔，是吗！"然后又抽起烟来。他并没有问"为什么熊本的学生会来东京"，看来他对熊本的学生并没有兴趣。这时坐在三四郎前面睡觉的男人开口道："嗯，原来如此。"可是他确实在睡觉啊！既不是自言自语，也没什么意思。

胡子男人看着三四郎，窃窃地笑。三四郎趁机问他："你要去哪里？"

他慢条斯理地回答："东京。"听他这么一说，似乎就不像是中学老师了。不过既然他坐的是三等车厢，可见他并不是什么大人物。三四郎不再和那男人搭话了。胡子男人交抱着双手，偶尔用木屐前端在地板上打拍子，看起来相当地无聊。可是那男人的无聊是一种不想开口和人聊天的无聊。

当火车驶抵丰桥时，熟睡的男人兀自醒来，边揉眼睛边下车。三四郎心想，他醒来的时间抓得还真准。说不定他是睡过头下错车站，因此三四郎稍微注意了一下，然后往窗外一看，原来他根本就没坐过头。那男人顺利地通过剪票口，清醒地走了出去。

三四郎松了口气，移到对面的座位。如此便和胡子男人并肩而坐了，胡子男人换坐到靠窗的位子，他正把头探出车窗外买水蜜桃。男人将水果放在座位中间，问道："要不要吃？"

三四郎道了谢，吃掉一个。胡子男人似乎很喜欢水蜜桃，拼命地吃着。他对三四郎说："再吃嘛！"于是三四郎又吃了一个。两个人吃着吃着，拉近了不少距离，也聊了开来。

据那男人所说的，桃子是所有水果中最富仙人气息的。味道带点傻气，种子的外观很笨拙，而且上面尽是一个个小洞，长得可真滑稽。三四郎第一次听到这种说法，心想这男人说的话还真无聊。

接着男人又说了。子规最爱吃水果了，而且他是个不管多少都吃得下的男人。曾经有一回他吃掉了十六个大柿子，却若无其事。我才没有子规那般的本事。——三四郎笑着听他说。不过他觉得那男人好像对子规特别有兴趣，三四郎心想，他应该还会再说说关于子规的事吧！

"对于喜欢的东西很自然就会伸出手，没办法，像猪之类的动物虽然不会伸手，但也会凑上它的鼻子。据说如果把猪绑起来让它动弹不得，并在它的鼻端放些吃的东西的话，它的鼻尖就会慢慢地变长，长到可以够着食物为止，没有什么是比心中的意念更可怕的了。"男人说完后便嗤嗤地笑了起来。他说话的方式让人无法区别清楚到底是认真，还是在开玩笑。

"还好我们都不是猪，要是像那样鼻子会朝想要的东西伸长的话，我们的鼻子早就长得搭不了火车了，那铁定很伤脑筋。"三四郎噗嗤一笑，然而男人却出奇地安静。

“真的很危险。有一个叫作莱昂纳多·达·芬奇的人曾经在桃树干上注射砒霜，想实验看看长出来的果实是否也有毒，结果有人吃了那棵桃树上的果实便死了。真危险！不小心一点，可危险了。”男人一面说，一面将吃过的果核果皮用报纸包起来，丢向窗外。

这回没有引起三四郎的笑意。

他听了莱昂纳多·达·芬奇这名字后觉得有点退却，再加上想起昨天那女人的事情，使他突然变得不太高兴，于是静默不语，但对方似乎没有察觉到，又问：“你要去东京的哪里啊？”

“其实我是第一次去，所以也不太清楚……我想暂时先住进公营的宿舍。”

“那熊本呢？”

“我已经毕业了。”

“喔，这样啊！”男人的口气既非恭喜也非不置可否，只说：“那接着应该要上大学了吧？”他用相当平淡的口气问道。

三四郎觉得有点落寞，于是他用“嗯……”回应。

“什么系？”男人又问。

“第一类组。”

“是法学院吗？”

“不，是文学院。”

“喔，这样啊！”他又说。三四郎每当听到这句“喔，这样啊！”心里就觉得很怪。那男人如果不是太伟大，老是把人踩在脚下，就是与大学毫无渊源。但由于弄不清楚他到底是哪一种，所以三四郎对他的态度也很暧昧不明。

两人像约定好似的，在滨松站同时吃了便当。便当吃完了，火车还不启程。从窗户看去，有四五个洋人在车厢前走来走去。其中一对看起来应该是夫妇，大热天的竟然勾着手。女人全身上下穿着纯白衣服，很美。三四郎活到现在只见过五六个洋人，其中两人是熊本高中的老师，当中一位很不幸是个驼背。洋女人方面，则认识一位传教士，脸尖尖的，长得像蟢鱼、鰤鱼之类。也因此，像这么花俏美丽的洋女人令三四郎惊为天人，女人显得相当有气质。三四郎拼命盯着她看，心想难怪洋人会逞威风。三四郎甚至想，要是自己到西洋去，站在这些人之中，一定很没面子吧？当那两个人经过车窗时，三四郎竖起耳朵仔细地听了，结果却一点也听不懂。他们的发音和熊本的老师好像完全不同。

就在这时候，那男人从后面探出头来："火车好像还不走呀？"他边说边看着刚才经过眼前的洋人夫妇，小声地说："啊，真美。"然后打了个哈欠。三四郎留意到自己真是个土包子，于是赶紧将头缩回来坐好。男人也跟着回座，并说了句："洋人还真漂亮！"

三四郎没什么话好回，只是默许地笑笑。这会儿胡子男人又开口了："我们可真悲哀呀！生的这张脸，这么地贫弱，就算日俄战争打赢，成了第一等的国家也没用。看看建筑物，看看庭园，虽然都和这张脸很相称，可是……你是第一次到东京的，所以应该还没看过富士山吧？等一下就看得到了，你去瞧瞧。那是日本第一的名景，除此之外就没什么值得骄傲的东西了。然而那座富士山是从前就存在的自然景物，并不是我们造就而成的。"男人说毕又嗤嗤地笑了起来。三四郎压根儿没想到在日俄战争之后会遇到这样的人，感觉上他好像不是日本人。

"可是日本今后应该也会日渐发展的。"三四郎辩驳道。

结果那男人却若无其事地说："会灭亡吧！"

要是在熊本讲这种话，马上就会挨揍。再惨一点的话，可会被当作叛国贼。三四郎生长的环境是没有任何余地可以让他的脑袋容纳这类思想的。也因此，三四郎怀疑那男人是看上他年纪轻而愚弄他的。男人又窃窃地笑了。然而他的措辞又那么沉稳从容，三四郎摸不透那男人，于是默不作声，不再和他交谈了。这时候男人又说：“东京比熊本大，日本又比东京大……”他停顿了一下，看看三四郎，他正侧耳倾听着。

“脑袋比日本大吧？“男人说：“不可以被限制住，就算你再怎么替日本想，也只是害了日本罢了。”

当三四郎听到这句话时，才觉得他的确已离开了熊本，并且领悟到待在熊本时的自己是多么地懦弱。

那晚三四郎抵达东京，胡子男人直到道别时都没有说出自己的姓名。三四郎相信，只要到了东京，像这样的男人到处都是，所以也就没有问他的名字。

第二章

就算望远镜里的刻度再怎么转动，
很明显的，那和现实世界并没有交集。

三四郎在东京遇到许多惊讶的事。

首先是电车发出的铃铃声响，然后是当电车铃铃作响时，有很多人上下车。接着是在丸之内吓了一跳。而最让他感到讶异的是，不管走到哪里都是在东京。非但如此，走到任何地方都有木材、石头成堆积放着。新盖的房子退到马路外几尺处，老旧的仓库被挖空了一大半，剩下前段危急地留在原地，看起来好像所有事物都持续地受到破坏。然而又好像所有事物都同时在建设中，很不得了的运作方式。

三四郎彻彻底底地吓坏了。总之他就像一般乡下人第一次站在首都的中央所受的惊吓一样，他吓坏了。以前所学得的学问，对预防这样的惊吓一点效用也没有。三四郎的自信心随着这份震撼而减退了大一半，简直不舒服到了极点。

若这样剧烈的活动就是现实世界的话，那么直至今日，自己的生活岂不是和现实世界毫无接触吗？那和场外观战有何不同呢？可是，如果从今天起不再观望，决定去参与，那又很困难。现在自己站在变动的中心位置，只不过是被换到一个不得不看见前后左右都在变动的位置上而已。一个学生的生活是不会异于从前的。世界如此地动荡，自己看着这场动荡，却无法加入。自己的世界和现实的世界在同一平面，却没有任何交集。现实的世界如此动荡，就要舍自己而远去了，三四郎因此感到非常不安。

三四郎站在东京，看着电车、火车、穿着白衣的人、穿着黑衣的人的活动，如此觉得，但他却丝毫没有感觉到在学生生活背后存在的思想界跃动。——明治的思想在四十年内重演了西洋历史里三百年的活动。

三四郎被困在动摇的东京，独自闷闷不乐。就在这时候，故乡母亲捎来一封信。那是在东京收到的第一件东西。打开一看，写的东西林林总总。首先是以今年作物丰收，可喜可贺作为信的开头。又提醒三四郎要注意身体健康，还写道：“东京的人都很精、很坏，要小心。学费会按月在月底寄到，不用担心。”结尾写道：“胜田家的阿政他表哥毕业了，现在在理学院就读，你可以去找他，有什么事可以请他帮忙。”看来母亲原本好像是忘了将那个人的名字写上去，后来才在格式外写上“野野宫宗八先生”。此外又附带写了两三件事，像是农耕用的青马因急病死了，对农耕影响很大；三轮田的阿光送来香鱼，要是寄到东京给你，半途就会臭掉了，所以我们把鱼全吃完了等等的事。

三四郎看了这封信，有种好像从陈旧的往昔寄来的感觉。这么说很对不起母亲，可是三四郎甚至认为他没空看这种东西。不过他却反复读了两遍。也就是说，如果要自己和现实世界接触，现在除了母亲，别无选择了吧！母亲是个老旧的人，住在老旧的乡下。除此之外，还有一起搭火车的女人，那也是现实世界的一道闪电。说接触过，又太短暂且太锐利了。三四郎按照母亲吩咐的，决定去找野野宫宗八。

翌日，是个比平常还热的大热天。因为还在假期中，三四郎心想虽然这时候到理学院找野野宫可能找不到人，不过母亲又没有告知他住宿的地方，于是三四郎便兴起去学校探听看看的念头。

下午四点左右，他经过高中，从弥生町的门进入。马路上的尘土约莫两寸厚，上头清清楚楚地留着木屐、皮鞋、草鞋的印子。数不清有几道汽车、脚踏车的轮胎痕迹。真是一条令人受不了的马路。不过一进校园内，满园葱郁的树木让他心情舒畅多了。三四郎试探了第一间房舍，门上了锁，绕到后面也没用，最后他从旁边出来。为了谨慎起见，他推了推门一试，竟意外地开了。走廊角落有个小仆正在打瞌睡。三四郎向他说明来意。小仆回过神来，凝望了上野森林片刻后，才突然开口说："他可能出去了。"然后便跑到里头去了。一片静默之后，他又出来了。

"他没出去，请进。"他像朋友般地告诉三四郎。

三四郎跟着小仆走到转角一弯来到水泥地的走廊。突然整个世界变暗了，就像在烈阳下，眼前突然一片晕眩似的。过了一会儿，三四郎的眼睛逐渐适应，才看得见四周。由于在地下室，所以蛮凉快的。左侧有一道门，那道门敞开着。

一张脸从里头探了出来，是宽额、大眼和有佛缘的面相。他皱皱的衬衫上套着西装，不过那件西装却沾满污垢。他的个子相当高，瘦长的身材和炎热的天气很配，他的头和背脊成一直线往前一倾，行了一个礼。

"这边请。"说完，他便将头伸回屋子里。三四郎走到门口，瞧瞧屋内。这时野野宫已经坐在椅子上了。

"这边请。"他又重复了一次。

他所谓的“这边”是一个座台。那是用四支方形柱固定，上面铺上一张板子而成的东西。三四郎坐上去，向他行了一个礼，然后说些麻烦对方今后多关照的客套话。野野宫只是嗯、嗯地应声听着。那神情和在火车上吃水蜜桃的男人有几分相似。一口气说完话的三四郎似乎已经没什么话题可说，而野野宫也不再嗯、嗯地回应了。

三四郎浏览了一下室内，正中央放着一张大而长的木桌，上头摆着一堆粗粗的铁丝，旁边还有一只大大的、装着水的玻璃容器。此外，里面放有一把锉刀、一把小刀和一枚别针。再往另一头看，约三尺长的花岗石台上，放着一个像酱菜罐头般复杂的机器。三四郎注意到这只罐子的罐身开着两个洞，小洞就像蟒蛇的眼珠一样发亮着。

野野宫笑着说：“很亮吧？”然后开始向三四郎说明。“趁白天先做好那样的准备，入夜之后，当交通及其他的活动变少了之后，我就在这个安静的地下室里，从望远镜中观察那个像眼珠的东西，用来测验光线的压力。从今年年初我就开始着手了，不过由于装置挺麻烦的，一直没得到预期的结果。夏天还比较好过，一到冬夜，可就难捱了。就算穿上大衣，裹上围巾，还是冷得受不了。”三四郎非常惊讶，更苦于完全不知道光线有什么压力，而那压力到底有什么作用。

这时，野野宫邀三四郎：“你瞧瞧看……”三四郎带着好奇走到放着望远镜的石台前，将右眼凑上去，但什么也没看到。

野野宫问：“怎么样，有没有看见？”

“什么也没看到。”

“啊，盖子还没取下来。”他边说边站起身将覆盖在望远镜前的东西拿掉。三四郎一看，只看到朦胧的亮光中有尺的刻度。下面出现数字 2 。

野野宫又问："怎么样？"

"我看到数字2。"三四郎答道。

"现在我要动了。"野野宫边说边绕到另一头，不知道在做什么。

终于，刻度在亮光中动了。2消失了。接着3出现，然后是4，还有5，最后连10都出来了。接下来刻度又逆转回来。10消失，9消失，8变7，7变6，依序回到1。

野野宫又问："怎么样？"三四郎惊讶地将眼睛移开望远镜，连问刻度的意义为何都没劲儿了。

三四郎恭敬地道了谢，离开地下室，走出人来人往的地方一看，这世界依然炙热难耐。虽然很热，但三四郎还是深深地吸了一口气。西倾的太阳斜照在宽广的坡道上，坡道两侧工学院建筑的玻璃窗着火似地放着光芒。天空深邃而澄澈，从遥远的西方延烧而来的火焰，倒刮一阵浅红，斜射的阳光照着三四郎半边的背，他走进左侧的森林里。

那座森林同样被夕阳罩住半边。墨绿色叶片间，像染了色似地通红。粗大的榉木树干上，夏蝉正鸣唱着。三四郎来到池塘边蹲下。

安静得连电车的声响也没有。三四郎在故乡的时候，曾在报上看到本来电车要经过赤门，但由于大学的抗议而绕道到小石川的报导。三四郎蹲在池塘边，突然想起这件事。连电车都没经过的大学，还真是远离尘嚣。

偶然走进里头一看，还有像野野宫那样在地窖做了半年多光线压力的人。野野宫穿着朴素，如果在外面相遇时，他的样子就好像是个电力公司的技工般的，以地窖为根据地，欣然且孜孜不倦地专注于研究的精神实在了不起。可是，就算望远镜里的刻度再怎么转动，很明显的，那和现实世界并没有交集。也许野野宫这一辈子都不想和现实世界接触也说不定。或许是因为他呼吸这里寂静的空气，所以自己也变成那样的心态了吧？我不如也集中精神，过过和这世界毫无交集的日子看看。

三四郎凝望着池塘，水面映着无数的大树，底下可以看见蓝天。三四郎此时的心境比电车、东京、日本还高，还遥远。然而过了一会儿，寂寥的心情却像一片薄云般地笼罩其上，然后他感觉到自己进入野野宫的地窖，一个人独自坐在里头的寂寞。在念熊本高中的时候，自己也曾爬上比这里寂静的龙田山，躺在蔓生着月见草的运动场上睡觉，有几回完全忘了世俗繁琐，然而涌上这种孤独的感觉，今天还是第一次。

是因为见识了变动剧烈的东京之故吗？还是……这时，三四郎的脸红了。因为他想起和自己搭同一班火车的女人。似乎这个现实世界还是需要我的。可是现实世界却危险得令人不敢靠近。三四郎心想，还是早点回宿舍写信给母亲吧！

三四郎一抬起头，正好看到左边丘陵上站着两个女子。女人的正下方是池塘，池塘的另一头是高耸的崖壁树丛，在那之后则是华丽的尖顶式红砖建筑。即将落下的夕阳，从彼方横向照射过来。女人面向夕照站着。从三四郎蹲着的低处看过去，丘陵上非常明亮。其中一个女人似乎觉得刺眼，用扇子遮着前额，三四郎看不清楚女人的脸，不过看得出和服的颜色及腰带的颜色很鲜艳。三四郎还注意到女人的白布袜，从夹脚带的颜色看来，至少知道女人脚上穿的是草鞋。另一个女人则是全身上下清一色的白，手上没有扇子也没有任何东西，她稍微皱着眉，眺望着彼端从高处往池面伸展的古木。手持扇子的女人站得比较前面，全白的女人退在堤缘后。从三四郎的角度看来，两个女子成斜角站着。

这时候三四郎所感觉到的只有美丽的色彩而已。不过，他只是个乡下人，这样的色彩到底哪里美丽，他说不出口，也写不出来。只觉得全白的那女人像护士一样而已。

三四郎又看得出神了。这时候，全白的女人动了。她移动的样子不像有什么要紧事，看起来应该是不自觉的移动。再看看手持扇子的女人，不知何时她也走动了。两人有默契地踩着悠闲的步伐缓缓下坡，三四郎依然看着她们。

坡道下有一座石桥。如果不过桥的话，直走便通往理学院。过桥的话，沿着河畔走就通向这里。那两个女人过了桥。

女人已不再拿着扇子遮阳了，她左手拈着白色小花，边闻边走了过来。由于她将花朵凑在鼻下边闻边看，因此眼睛低垂着，在她走到距离三四郎数米远的地方，突然停下脚步。

“这是什么？”女人抬起头来问道。头上高大的椎树茂盛得几乎连阳光也穿不透，宽圆的树荫延伸到河畔。

“这是椎树。”像护士的女子说，那口气仿佛在教小孩似的。

“是吗？没长果实耶。”她说着也收回仰望着大树的头，在这瞬间她看了三四郎一眼。三四郎的确意识到那女人眼珠转动的那一刹那。那时他对色彩的感觉完全消失，仿佛邂逅了某种无以言语的事物。那种感觉就跟他被火车上的女人说“你真是个胆小到家的人！”时有些雷同，三四郎开始感到惶恐。

这两个女人从三四郎面前走过，比较年轻的那一位将刚才闻过的白花丢在三四郎跟前走了。三四郎定睛凝视两人的背影。像护士的女人走在前面，年轻的女人跟在后头。鲜艳的腰带上，白色芒草的挑染很显眼，女人头上还插着一朵雪白的蔷薇。那朵蔷薇在椎木荫下的黑发中显得格外亮丽。三四郎看得出神。终于他小声地说了句：“矛盾！”但究竟是大学的空气和那女人矛盾，还是那色彩和那眼神矛盾，抑或是看到那女人，因此想起火车上的女人而感到矛盾，或者是自己对未来的方向有所矛盾，还是非常愉快的心情和惶恐的心态矛盾？这个从乡下来的青年完全无法理解。只是一个劲地觉得矛盾。

三四郎拾起女人丢掉的花，闻一闻。不过并没有什么特别的味道，他将这朵花丢到池塘里，花朵浮在水面。这时候对面突然有人喊叫三四郎的名字。

三四郎将视线从花朵移开。一看，是野野宫挺拔地站在石桥的另一头。

“你还在啊？”他说。

三四郎回话前先站起身，慢条斯理地走到石桥上应道：“是啊！”显得有些愚蠢。然而野野宫却一点也不讶异。

“凉快吗？”他又问。

三四郎又应道：“嗯……”

野野宫眺望了池水片刻，将右手放进口袋掏东西。一只信封露出袋口，上头的字好像是女人的笔迹。看起来野野宫似乎没找到他要的东西，因此他又将手伸了出来。接着他说：“今天装置出了点问题，所以晚上的实验不做了。我现在要散步回本乡，你要不要一起走走？”

三四郎爽快地答应了。他们两人爬上坡，走到丘陵上。野野宫在刚才女人站立的附近稍作停留，望着对面露出于葱郁树丛间的红色建筑，与高崖下的池塘，说道：“这景致还不错吧！只有那座建筑的边角从树丛间稍微露出来。是不是，很棒吧？你注意到了吗？那座建筑实在盖得非常好，工学院也盖得不错，不过这边的还是比较棒。”

三四郎对野野宫的鉴赏力感到有些惊讶。说实在的，自己根本分辨不出哪一边比较好。因此这次换成三四郎“是啊、是啊！”地应声。

“还有，这里的树和水的效果啊……虽然没什么了不起，不过，在东京这样的地方……很闲静吧！如果没有这样的地方，是做不成学问的。近来东京变得太嘈杂了，很令人受不了。这里可算是豪华宫殿呢！”野野宫边走边指着左手边的建筑物说。

“那是开教授会议的地方。像我根本不需要去，只消在地窖生活就够了。现在学问的发展非常快速，所以一个不留意就会被淘汰。在别人看来，我在地窖好像是在闹着玩似的，不过我可是在那里绞尽脑汁地做学问呢！说不定我的脑力激荡比电车的运行还激烈喔，所以连夏天我都舍不得去旅行。”野野宫边说边抬头仰望宽广的天空。天空的亮光已转弱。鸦雀无声的蓝天里，白色的云像刷子扫过后留下的痕迹般拖曳着。

“那是什么你知道吗？”三四郎仰望着半透明的云说道。

“那些全是雪的粉末喔！像这样从下面看上去，根本一动也不动。可是那些粉末可是以陆地上刮台风的速度移动着。……你读过罗斯金[①]吗？”三四郎落寞地回他说没读过。野野宫只应了一声：“这样啊！”过了一会儿，他又开口：“把这片天空画下来一定很有意思。……我看去通知原口好了。”三四郎当然不晓得那位叫作原口的是个画匠。

他们两人从贝鲁兹铜像前走到枳壳寺旁，来到电车通行的区域。

在铜像前，当三四郎被问到“你觉得这座铜像如何”时，又难倒他了。街上热闹非凡，电车不断地来往奔驰。

“你不觉得电车很吵吗？”三四郎又被问了。与其说是吵，三四郎觉得简直吓人。不过他只应了声“嗯！”了事。

于是野野宫又说：“我也觉得很吵。”然而却一点也看不出他觉得吵。

“我要是不问乘务员，自己是不会换车的。这两三年来，电车路线多了许多，变得方便了没错，不过却让人感到困扰。和我的学问一样。”他说完后，笑了笑。

---

① John Ruskin（1819～1900），英国美术评论家。拥护拉斐尔前派的运动，主张描绘自然美的必要性与方法。晚年时热衷于关心社会，批判资本主义体制下的不合理与矛盾。

由于刚开学，附近有不少戴着新的高中校帽的学生经过。野野宫很愉快地看着这些学生。

“来了不少新生喔！”他说，“年轻人充满活力，真好。你今年几岁了？”三四郎照着住宿登记簿上写的年龄回答。

“那你整整比我小了七岁。人在七年内是可以做不少事的，不过时间过得太快了，七年一晃眼就过了喔！”野野宫说。三四郎不懂到底哪个说法才是正确。

一来到十字路口，左右两侧有许多书店和卖杂志的店。其中有两三家书店挤满了黑压压的人群。他们就这样看着杂志，没买半本即离开了。“大家好狡猾喔！”野野宫说完，笑了。其实他自己也翻了《太阳》[①]那本杂志。

离开十字路口，左手这边有间西洋百货店，而对面则有间日本百货店。路面电车就在其间以相当快的速度绕行通过，电车通过时会发出当当当的声响，此时几乎难以过马路。

野野宫指着对面的百货店说：“我到那边买个东西。”他趁着电车通过后跑了过去。

三四郎也跟在后头，跑到对面。野野宫马上进到店里，在店外等候的三四郎这时发现玻璃橱窗里摆着梳子、发簪之类的东西。

他觉得很奇怪心想：“野野宫到底在买什么东西啊？”三四郎起了疑，到店里瞧了个究竟。结果野野宫拿了一条蝉翼般的缎带问他：“怎么样？”这时候三四郎也想买点什么回送给三轮田的阿光，可是他一考虑到阿光一定不会认为那是香鱼的回礼，而径自想东想西的，因此便作罢。

之后，野野宫请他在真砂町吃西餐。据野野宫所说的，这是本

---

① 由博文社创刊于明治二十八年一月的综合月刊杂志。虽然在政治、经济、社会方面的评论是其重点，不过到明治三十年中期为止，高山樗牛、长谷川天溪等人的文艺评论颇受瞩目。

乡地区最好吃的一家餐厅。对三四郎而言，那只是带着西餐的味道而已，不过他倒是吃得精光。

三四郎在西餐厅和野野宫道别后，回到岔路口，再走回原来的十字路口，转向左边。他本想买双木屐，于是在木屐店左瞧右探，这时候他看到一位满脸涂得苍白的女孩像石膏妖怪似地坐在白色路灯下，突然心生厌恶便作罢离去。

回家的路上，他尽是想着在大学池塘边邂逅的女人脸庞的颜色。那颜色像是稍微烤焦的浅褐色年糕，还有她的肌肤纹理非常地细致。三四郎认为女人的肤色一定得是那种颜色才行。

第三章

脑海里映现女人发上缎带的颜色，
他想起那缎带的颜色、质地
与野野宫在兼安买的一模一样时，
脚步突然重了起来。

新学期于九月十一日开始。

三四郎老老实实地在早上十点半左右到学校，结果大门的公布栏上是贴了课表，却连一个学生的影子也没有。三四郎在记事本上记下自己该上的课程后，去了一趟办公室。果然只有办事员在。他询问什么时候开始上课，办事员一副若无其事地说："从九月十一日开始。"

"可是，我看了每间教室，好像都没有在上课……"三四郎问。

"因为老师不在。"办事员答道。

"原来如此。"

三四郎离开了办公室，绕到后面，从高大的榉木下仰望辽阔的天空，天空看起来比平常更为澄澈。他又来到上回椎木的地方蹲了下来，心想如果那个女人再经过一次就好了。于是三四郎频频眺望丘陵上，然而连一个人影也没有。他知道那是理所当然的，却仍然蹲在那里。后来被午间的鸣炮吓了一跳，便回家去了。

三四郎隔天早上八点到学校。一进到大门，便注意到大通道的两侧种着银杏树。银杏树从彼端渐次随坡而下，站在正门的三四郎只看得到坡道那头理学院二楼的一部分。在那座屋顶后方的上野森林因旭日的照射而闪闪发亮，太阳似乎就在眼前。三四郎面对这片有深度的景色感到很愉快。

银杏树尽头的右手边是法文系，左手边稍微退后的地方是博物教室。两方的建筑都是细长的窗上有尖尖的三角形屋顶突出。而三角边缘的红砖与黑色屋顶，则是以细石所构成的直线连接。石子颜色泛青，为下方鲜艳的红砖增添了另一种味道。长窗和高耸的三角延绵横贯。三四郎自从上回听了野野宫所说的话之后，突然对这栋建筑物怀抱起感谢之意。今天早上的这番感觉并不是野野宫的意见，而是自己第一次的论调，尤其是博物教室和法文系没成一直线而稍微凹进所呈现的不规则之处，更让三四郎觉得很特别。他心想，下次见到野野宫的时候，一定要把这个想法当作自己的新发现告诉他。

三四郎对于法文系右侧，距离约五十米处，凸出于前方的图书馆也很佩服。虽不太懂，但他觉得每一座建筑物似乎都是一样的。他喜欢那片红色的墙边种着五六棵高大的棕榈树。左手边深处的工学院看起来好像是从封建时代西洋城堡所分割出来的一样。方方正正的，窗户也是方形的，只有四个角落和入口是圆的。那大概是用橹做成形的吧？不愧是城堡，很坚固，不像法文系一样摇摇欲坠，看起来像个矮子相扑选手。

三四郎尽可能地远眺眼前的一切，他知道除此之外还有许多尚未映入眼帘的建筑，于是心中涌起一股雄伟的感觉。“学府一定要像这样才行，有这样的格局才能做研究。真宏伟！”三四郎一派成了大学者的心境。

可是一进到教室，钟响了还是不见教授，学生也没来。下一堂课也一样。三四郎不高兴地离开教室。为了慎重起见，他还在池塘周围绕了两圈才返回住处。

经过了十天左右，学校才终于开始上课。当三四郎第一次进到教室，和其他学生一起等待教授到来时的心情，实在非常特别。当主祭官穿上礼服，准备进行祭典的时候，应该就是这种心情吧？三四郎骛自推想着。其实他是被学问的威严给震撼了！不只如此，上课钟响已经过了十五分钟，教授却还没来，这又更增加三四郎对教授的敬畏之念。就在这时候，一位人品高尚的洋人爷爷开门进来，用流畅的英语开始上课。

上了这堂课三四郎才知道answer这个字是从日耳曼语的and-swaru而来的。还有，知道了司各特[①]上的小学的村庄名，这些都仔细地记在笔记本里，接着他去上了文学理论的课。这位教授进教室后，看了一眼黑板上面写的Geschehen[②]和Nachbild[③]后，“喔，是德文啊！”他笑一笑，然后很快地擦掉它们。因为这样，三四郎对德文的敬意稍微打了折扣。教授接着将自古以来文学家对文学所下的定义列举了二十条，三四郎也仔细地将它写在笔记本上。下午他来到大教室。那间教室约有七八十个学生，而教授一样是一副演讲的语气。

开头的一句“一发炮声炸碎了浦贺之梦”，让三四郎兴致勃勃地听讲，可是后来因冒出许多德国哲学家的名字，三四郎就听不太

---

① Walter Scott（1771～1832），英国浪漫派诗人、小说家，作品多为历史小说类。

② Geschehen（德语）意指事件。

③ Nachbild（德语）意指模仿、伪造品。

懂了。他看看桌面，上头漂亮地刻着“落第”两个字。看样子应该花了不少时间刻的，能在坚硬的槭木板上把字刻得那么美，一定不是门外汉所为，是件不简单的作品。隔壁的男生耐力惊人地继续记着笔记。三四郎瞄了一眼，原来不是笔记，他以远处的教授当模特儿画漫画，就在三四郎正想瞧瞧的时候，隔壁那个男生把笔记本递了过来。画是画得很好，不过旁边写的那句“久违身旁云井之空，念子规”他却不知道是什么意思。

下课后，三四郎不觉感到些许疲倦，他撑着下巴从二楼的窗户俯瞰正门内的庭园。园子里只种着高大的松树和樱树，还有一条铺着石子的宽道而已。由于并没有装饰过度，因此看起来很舒服。听野野宫说，以前这里并没有这么漂亮。

野野宫的某位老师在学生时代，有一次骑着马来这里时，马匹不听命令，故意跑到树下，结果老师的帽子被松枝钩住，木屐齿卡在踏脚套上。那位老师很困扰，结果引来校门前喜多理发店师傅们的嘲笑。后来那位老师便筹钱在校内盖座马厩，养了三匹马并雇了一位驯马师。可是那位老师是个酒鬼，最后他把三匹马中最棒的白马卖了钱拿去喝酒。据说那是一匹拿破仑三世时代的马，应该没有所谓拿破仑三世的时代吧？不过还真有那种悠哉的时代啊！正当三四郎想到这里的时候，刚才画漫画的男同学走了过来。

“大学的课真无聊啊！”他说。三四郎随意地回应了他几句。其实三四郎根本还无法判断到底有趣，还是无趣。不过此后他便和这位男同学开始交换意见。

那一天三四郎总觉得不开心、很无趣，所以没到池塘畔走走就直接回家了。晚餐后，他将笔记拿出来反复阅读，没觉得任何愉快与否。他写了一封白话文的信给母亲。

开学了，今后每天都会去上学。

学校很宽广是个好地方，建筑也非常美。学校中央有一方池塘，在池塘边散步是我的乐趣。最近总算习惯搭电车了。想买点东西给您，但是不知道应该买些什么，所以就没买了。如果您想要什么东西，就告诉我吧！

今年的米价已经出来了，我想不要卖掉，留下来应该比较划算吧？我觉得不该对三轮田的阿光太好。来到东京一看，才知道这里人真多。男人多，女人也多。

这封信就这样写得拉拉杂杂的。写完信，三四郎看了六七页的英文书后，便觉得厌烦了。他想起就算这种书念了一整本也没用，于是铺了床打算睡觉，却睡不着。三四郎一面想着，如果得了失眠症最好早点去医院看医生，不久便睡着了。

隔天他还是一如往常到学校上课。在课堂上，三四郎听到今年的毕业生有哪些人顺利找到工作，还有人传言说某某人还留着，是为争取在公立学校的一席之地等等。三四郎漠然地感到一股遥远的未来突然涌现眼前似的压迫感，不过他马上就忘记了，反而是升之助的话题令他感兴趣。三四郎在走廊拦住同是熊本来的同学，问他何谓升之助，他告诉三四郎说："那是净溜璃剧的女说书人。再来剧场的广告牌就要换上去，在本乡的某某地方上演。"还邀请三四郎这礼拜六一起去观赏。三四郎心想，他还真是清楚，原来听说他昨晚就开始去剧场看戏了。三四郎不由得也想去剧场瞧瞧升之助。

当三四郎正准备回住处吃午饭的时候，昨天那个画漫画的男同学"喂、喂！"地过来叫他，把他拉到本乡街上的碇见轩吃咖喱饭。碇见轩那家店贩卖着水果，是幢新盖的房子。画漫画的男生指着这栋建筑，告诉三四郎说："这是新艺术派的建筑。"三四郎第一次了解到建筑也有新艺术派。回程中，他也认识了青木堂。据说那也是大学生常去的地方。走进赤门[1]后，他们两人在池塘边散步。这时候，画漫画那位男同学说："已过世的小泉八云教授不喜欢进教师休息室，每次下课后都在这附近溜跶。"他说得宛如曾受教于小泉八云教授一样。三四郎问他："为什么不进休息室呢？"

"那还用说啊！他们上的课有谁听得懂？所以根本没有说话的对象嘛！"三四郎听到他若无其事地批评教授，吓了一跳。这个男生名叫佐佐木与次郎，听说他是从专校毕业，今年以选修生的身份进来的。他告诉三四郎说他住在东片町五番地的广田家，有空来坐坐。"是租来的吗？"三四郎问。他竟然答："是高中老师的家。"

此后，三四郎有好一阵子每天到学校，规矩地上课。除了必修科目之外的课程，他也经常去旁听。即便如此，他还是觉得不够。因此，就连和自己专攻完全无关的课，他也会经常出席。

不过多半去个两三次就作罢，没有一科能持续听讲一个月的。就算这样，平均一周也上了四十个钟头。对勤勉的三四郎而言，四十个钟头太多了。三四郎不断地感受到某种压力，然而又觉得不够。三四郎开始感到无趣。

有一天三四郎遇到佐佐木与次郎，告诉他自己的这番感受，当与次郎听到四十个钟头时，瞪大眼直呼："傻瓜、傻瓜！你想想看，如果你每天吃十次房东煮的难以下咽的饭菜，会不会觉得吃不够？"他突来的一句警告，当头棒喝似地打向三四郎。三四郎一惊，问道："那我该怎么办才好呢？"

"去搭电车。"与次郎告诉他。三四郎以为这句话有什么寓意，于是思考了片刻。不过他想不出有什么特别的意义。

"你说的是真实的电车吗？"他重新问了一次。这时候与次郎呵呵地笑道："搭电车绕东京绕个十五六回你就会得到一些满足了。"

---

① 东京大学所在地原为加贺百万石藩主前田的江户宅地，现在的赤门即当时前田家残留下来的。因此赤门亦为东京大学的俗称。

“为什么？”

“为什么啊？把活的头脑拿去封锁在死的课堂上，那是没救的。到外头去吹吹风吧！其他让自己满足的方法还有很多，不过电车是最入门也最方便的。”

那天黄昏，与次郎拉着三四郎从四丁目搭电车到新桥，又从新桥搭回日本桥，在那里下车。“如何？”与次郎问。

接着他们从大街转进窄巷内，进到一间叫作平之家的餐馆，他们在那里晚饭小酌。那家店的女侍操着一口京都腔，语气软绵绵的。

走出餐馆的与次郎红着一张脸，又问道：“如何？”

再来他说要带三四郎去看真正的剧场，于是又绕进小巷，进到一家叫作木原店的剧场。他们在这里看了一位叫阿小的说书人表演。十点多出来后，与次郎又再次问：“如何？”

三四郎并没有回他说心满意足，但也没有更不满足。这时，与次郎开始高谈阔论起阿小那位说书人。

“阿小是个天才，那样的天才可不常见。因为不管什么时候都能观赏，所以给人一种不值钱的感觉，真是可怜啊！说实在的，和他们一样生在这个时代的我们真是幸福极了。要是早生几年，就看不到阿小的表演了，晚生几年也一样看不到。圆游也很厉害，可是和阿小的味道不同。圆游扮的太鼓手之所以有趣，是因为他道地道地成了太鼓手，而阿小扮的太鼓手则是因为完全脱离了阿小的影子，所以有意思。若圆游演的人物完全将圆游本身隐藏掉，那演出的人物便会完全失去灵魂。而阿小演的人物，不管怎么隐藏阿小，那人物总是活灵活现的，他就是这点厉害。”

与次郎说完，又问道：“如何啊？”其实三四郎并不懂得阿小的味道。再者，他从未听过圆游这个人，因此对与次郎的言论根本无从判断起。不过，他比较的方法很文学化，这一点倒是颇让三四郎折服。

在高中校门道别时，三四郎谢道："谢谢你，我非常地满足。"结果与次郎对他说："以后就得在图书馆才能得到满足了。"说完，他便转进片町的方向走了。因为他的这一句话，三四郎才晓得要去图书馆。

从第二天起，三四郎将四十个钟头的课几乎减掉了一半，他开始去图书馆。那是一栋既宽又长，天花板高挑，左右两侧有许多窗户的建筑。书库只能看得到入口而已，从书库正面的入口往里头一望，好像储藏了无数的书籍。三四郎站着看了一会儿，看见有个人从书库里面抱了两三本厚厚的书走出来，然后折向左方，那人进到职员阅览室。里头也有人从书架上取出需要的书籍，抱在胸前站着查询的。三四郎觉得很羡慕，他更往里面走去，爬上二楼、三楼，站在比本乡高的地方，没有人靠近的地方，嗅着纸张的味道，心想："我想读读看。"然而要读些什么书，他并没有明确的想法。反正不读读看也不知道，里头好像有许多的书。

由于三四郎是一年级的学生，因此没有资格进入书库。没办法，他只好查阅放在大箱子内的书籍目录，一张张地翻阅下去。可是不管他怎么翻，新的书名总是不断地出现。最后搞得肩膀都痛了。三四郎抬起头来休息了片刻，望望馆内，不愧是图书馆，真是安静。非但如此，馆内有很多人，可以看见馆内那头一隅黑压压的人头，但看不清楚脸庞。高高的窗外处处可见树影，还看得到一点天空。

远处传来市街的声音，三四郎站立着，想象学者的生活是这般安静而深奥。这天三四郎就这样回家了。

隔天，三四郎不再幻想，一进图书馆便马上去借了书。但他借错了，所以又马上拿去归还。后来又因借了太难的书看不懂，因此又归还了。就这样，三四郎每天一定得借个八九本书。偶尔也有稍微浏览的书。

三四郎感到惊讶的是，不管他借什么书，一定有人至少已经看过该书一次了。因为书里到处都留有铅笔的笔迹。有一回，三四郎借了阿弗拉·贝恩[1]的小说来看，翻阅前他心想："这本书总没有人看过了吧？"没想到他翻开一看，又发现上面有人用铅笔仔细地做了笔记。这回三四郎真的是受不了了。就在这时窗外刚好有乐队经过，于是他便兴起到外面散散步的念头，走出大马路，最后来到青木堂。

三四郎进去一看，里头有两桌客人，都是学生。不过另一头的角落有个男人独自坐在那里喝着茶。三四郎看了那张侧脸一眼，好像是来东京的火车上那个吃了许多水蜜桃的男人，对方并没有注意到他。

他啜饮一口茶，吸一口烟，一副非常悠哉的模样。他今天没穿白色的浴衣，而是一身西装。不过那可不是什么讲究的西装，只是比起研究光线压力的野野宫，那件白色衬衫还胜了几分。三四郎观察了一下，确定那就是水蜜桃男人。自从听过大学的课以来，三四郎就突然觉得在火车邂逅的这男人所说的话很有意义，于是他打算去男人身边向他打招呼。然而对方的脸尽朝着正面，啜口茶，吸口烟，吸口烟，啜口茶，一点也没意识到三四郎的存在。

三四郎定睛远望那男人的侧脸，突然将杯里的葡萄酒喝光，冲了出去，然后又回到图书馆。

那天借着葡萄酒与某种精神作用，三四郎史无前例愉快地读了书，为此他感到非常地高兴。三四郎沉浸在两小时的书中世界后才惊觉该收拾收拾回家了。他发现一起借来的书还有一本没读到，于是随意地翻了翻，这才发现书的扉页有人用铅笔潦草地写满了字。

"黑格尔在柏林大学教授哲学的时候，毫无推销哲学的想法。他的课并非在讲述真理，而是让人体验真理。不是用嘴巴上课，而

---

① Afra Behn（1640～1689），英京剧作家、小说家。为英国最早活跃于文坛的职业女作家。戏曲作品《漂泊者》等。

是用心在上课。当真理与人结合，达到纯熟一致的时候，他不是为了上课而上课，是为了道理而上课。哲学的课如果能达到这种境地才值得去听。只会耍嘴皮讲真理的人，不过是握着一支死笔在无生命的纸上留下无意义的笔记罢了，没有任何意义。我现在为了考试，也就是说为了面包，忍气吞声地读这本书，且记压抑灵活的头脑诅咒永劫不复的考试制度！”

这篇文字当然没署名。三四郎看完后不由得一笑。不过似乎得到了些许启发。不只是哲学，文学应该也是如此。他一面想，一面翻了翻这本书，还有……“黑格尔的……”看来这是个相当喜爱黑格尔的人。

“从四方齐聚至柏林听黑格尔上课的学生，并非为了将课堂上所学的用于将来谋生之道上，只为了聆听讲台上黑格尔所传授的无上真理，满足向上求道之念，而在讲台下求得自我疑虑之解释的清净心。因此，他们听黑格尔的论述，而得以决定未来，得以改造自己的命运。如果将浑浑噩噩地听讲，然后浑浑噩噩地毕业的日本大学生和他们相提并论，那可就太高估自己了，日本大学生充其量只能算是打字机而已，而且还是贪心的打字机。日本大学生所做的事、想的事、说的话，和现实社会的运行无关，至死都是浑浑噩噩的。至死都是浑浑噩噩的。”

浑浑噩噩这字眼重复了四次。三四郎默地陷入沉思。此时，有个人从身后拍了他的肩膀。是上次那个与次郎，在图书馆碰到与次郎很稀罕，他是个主张课堂不好但图书馆很重要的人，然而他却很少进图书馆。

“喂，野野宫宗八在找你喔！”他说。三四郎不晓得与次郎知道野野宫这个人，为了慎重起见，他向与次郎确认：“是理学院的野野宫吗？”“嗯。”他得到这个答案。于是三四郎马上放下书本，到入口的报纸阅览处察看，可是野野宫并不在。他又跑到玄关去找，还是没看到人。三四郎下了阶梯，引颈在附近望了望，结果却连个影子也没见着。没办法他于是放弃。三四郎回到原来的位子上，与次郎指着刚才那篇黑格尔论，小声地笑道："写得还真不少，一定是以前的毕业生。以前的家伙虽然粗鲁，不过有些地方却很有意思。就像这个样子。"他好像很中意似的。

"野野宫不在啊！"三四郎说。

"刚才在入口那里耶。"

"他找我有什么事吗？"

"好像有事喔！"

他们两人一块离开图书馆。这时候与次郎开口了。

"野野宫是我寄宿处的广田老师他以前的学生，常常会来拜访老师。他非常好学，也做很多研究，只要是那个领域的人，连外国人都知道野野宫的名字。"

三四郎想起野野宫他老师从前曾经在校门内被马折磨的事，心想："那个人会不会就是广田老师啊？"他告诉与次郎自己心里想的事，与次郎笑着说："搞不好就是广田老师耶，他有可能做出那种事喔！"

隔天正巧是礼拜天，不可能在学校遇到野野宫的。可是三四郎一直挂意着昨天野野宫找他的事。正好他还没去过野野宫的新家拜访，所以就盘算着要登门去问他有什么事。

三四郎兴起这个念头是在早上，可是看看报纸，东摸摸西晃晃后，已是中午时分了。本想打算吃过午饭就出门的，结果久违的熊本友人来找他。等到送走朋友的时候，早已过了下午四点。虽然有点晚了，三四郎还是按原计划出门。

野野宫的家挺远的。四五天前他刚搬到大久保去。不过如果搭电车的话，不一会儿就能到。听野野宫说他家位于车站附近，所以并不难找。坦白说，三四郎自从上回去平野屋以来，就弄错了好几次。他本想去神田高商的，于是从本乡四丁目上车，结果竟然坐过了头，来到九段，还顺道去了饭田桥，在那里换搭外濠线路面电车，从御茶水到神田桥，他还不知道自己坐错了车匆匆忙忙地沿着镰仓河岸，往数寄屋桥的方向奔去。从那次以后，三四郎就对电车抱持着一种棘手的感觉。不过，这回他听说只要一路搭乘甲武线电车就能到达，因此他便安心地坐上了电车。

在大久保车站下车，别往户山学校的方向走，直接穿过平交道，就会看到约三尺宽的窄巷。顺着那条路慢慢地往上走，有一片稀疏的孟宗竹林。那片竹林的前方与另一头各住着一户人家，野野宫的家是竹林前方的那一户。小小的门仿佛和路向毫无关系似地立在奇怪的位置上。进门一看，房子所在的位置也很奇怪。大门和玄关看起来好像都是后来才加上去的一样。

厨房旁边种着茂盛的树墙，反倒是庭院里什么也没有。只有秋荻长得高过人，稍微遮住了和室的檐廊。野野宫搬来椅子坐在廊檐下看西洋杂志。

他看到三四郎进来，于是对他说："这边请。"与他在理学院的地窖时所打的招呼简直是一模一样。三四郎犹豫着到底该从庭院直接过去，还是绕过玄关再走过去。

这时候野野宫又催促道："这边请。"于是三四郎管不了那么多，便直接从院子里进去了。和室正是野野宫的书房，约有八叠大，西洋的书籍占了大半。野野宫拿开椅子坐下。三四郎聊了一些诸如"真是个闲静的地方""从御茶水来还挺快的……""望远镜的实验进行得如何"等无关痛痒的话题后，问道："听说你昨天去找我，有什么事吗？"结果野野宫露出难为情的表情说："其实根本没什么事的。"三四郎只应了声："喔。"

"你就为了这件事特地跑一趟啊？"

"也不全然如此啦！"

“其实是因为你故乡的母亲说你受我照顾，寄了礼物给我，昨天我是想向你道声谢的……”

“喔，是吗？她寄了什么东西过来啊？”

“嗯，是红色的腌渍鱼。”

“那应该是腌红鱼吧！”

三四郎心想：“怎么送那种粗俗的东西啊！”不过野野宫针对腌红鱼提出了一些疑问。三四郎特别对野野宫说明食用时的注意事项。他告诉野野宫说：“连渍料一起烤，烤好装盘时，要把渍料剥除，否则鱼的味道就不香了。”他们两人这样谈着谈着，天色便转暗了。就在三四郎准备回家的时候，刚巧从外头送来了一封电报。野野宫拆开来看，嘴里念道：“真伤脑筋。”

三四郎无法装得若无其事，可是他又不想贸然干涉，所以像个木头似地问了一句：“发生了什么事吗？”

“也不是什么大不了的事啦。”野野宫说完后，把手上的电报拿给三四郎看。上面写着“请你马上来……”

“去哪里啊？”

“嗯，我妹妹前阵子生病，现在在大学附属医院住院，她要我马上过去。”野野宫的口气一点也不惊慌。反而是三四郎吓了一跳。野野宫的妹妹、他妹妹的病和大学附属医院牵扯在一起，再加上在池塘边遇到的女人，这些全搅成一团，三四郎因而一惊。

“那一定很严重了？”

“应该不是吧！我妈妈在医院里照顾她。如果是病情恶化的话，搭电车赶来还比较快呢！一定是我妹妹在恶作剧。她那个傻瓜，老爱要这种把戏。我搬到这里来以后，还不曾去看她，她一定认为今天礼拜天，我会去看她，而一直等着的吧？所以啰……”野野宫歪着头想。

“不过你还是去一趟比较好吧？如果真是病情恶化那就糟了。”

“也对，虽然才四五天没去，应该不会就突然恶化才是，不过还是去一下好了。”

“能去一趟那是最好的。”

野野宫决定去一趟。当野野宫决定要去医院一趟的同时，他对三四郎说有事要拜托。万一真的是病情恶化的电报，今天晚上我就不会回来了。这么一来，就只剩女仆一人看家。女仆生性胆小，这附近又格外杂乱。刚好你来，若不会造成你明天上课不方便的话，可否今晚就住下来呢？如果这只是封普通电报的话，我会马上回来。如果早点知道的话，我就会拜托佐佐木来帮忙，可是现在才找他的话太晚了。只是一个晚上的事，还不晓得到底要不要在医院过夜，就这样拜托一个不相干的人，添你的麻烦，实在很自私，我当然不敢强求你。当然野野宫并没有如此流利地拜托三四郎，而三四郎也没必要让他那么流利地拜托，三四郎马上就答应了。

当女仆问野野宫晚饭怎么办时，他只应了句：“不吃！”

然后对三四郎说：“很抱歉，待会儿你自己吃吧！”野野宫连晚餐都不吃便走了。

本以为他已经离开，结果从黑暗的秋荻丛间传来他洪亮的声音：“书房里的书随你高兴看，虽然没有什么有趣的书，不过多少翻一翻，也有一些小说。”说完，野野宫就不见踪影了。三四郎目送野野宫出门，向他道别的时候，还看得见那片约三坪大的孟宗竹林，一株株稀疏的模样。

过了片刻，三四郎坐在八叠大的书房中央，面对着小小的餐盘吃起晚餐。餐盘里有主人交代的腌红鱼放在上面。三四郎很高兴闻到久违的故乡香味，不过饭却不怎么可口。一看到出来服侍的女仆，三四郎心想，果然如主人所说的，长得一副胆小的眼鼻。

吃过饭后，女仆便退到厨房。三四郎一个人待在书房。在他一人独处时，突然担心起野野宫他妹妹的事。三四郎觉得她的病情好像很严重，而野野宫似乎去得太晚了。三四郎总觉得他妹妹就是上回自己遇到的那个女孩。三四郎再次回想当时女孩的眼神、衣着，然后将那个影像移至医院的病床上，一旁站着野野宫，和女孩三言两语地交谈着。三四郎想着想着，想象换成自己待在女孩身边，无微不至地照顾她。这时火车轰地一声通过孟宗竹林下，不知道是地基的缘故还是土质所然，三四郎觉得书房好像震了一下。

三四郎停止看护的想象，环视书房一周。这幢老旧建筑的柱子古色古香，不过纸门的开闭状态不佳，天花板黑漆漆的，只有一盏时髦的洋灯泡亮着。像野野宫如此新派的学者，作风奇特，租了这样的房子，看着封建时代的孟宗竹林过日子。作风奇特，那是随他个人的意思，不过，若是被现实所逼，而将自己放逐到郊外的话，那就太可怜了。听说像他那样的学者，一个月只能从大学领到五十五元，所以他不得已才去私立学校教书吧？再加上妹妹住院，他怎么撑得下去啊？他之所以会搬家到大久保，或许是基于经济上的考虑也说不定。

虽然天刚黑，不过这个地方还真是寂静无声，庭院里传来虫鸣。三四郎独自坐着，颇能感受到初秋的寂寥。这时候，远方传来人声："啊啊……再一会儿。"

声音的来源听起来好像是来自房子里面，但因太远了，所以无法确认。而且在三四郎还没时间听清楚，声音就消失了。可是三四郎的耳朵清楚地听见这句犹似被一切所抛弃、不希求任何回答的独白。三四郎心里开始觉得毛毛的，这会儿又听到火车从远方而来的声音。

当声音逐渐接近，通过孟宗竹林下的时候，火车发出比前班车更尖锐的声响呼啸而过。在书房微震停止以前，脑袋一片空白的三四郎将刚才听到的人声和现在火车的声响视为某种因果的结果。三四郎惊得跳起，那因果关系正是可惧之物。

三四郎这时候发现要沉稳地坐在位子上是一件非常困难的事。他因为受到恐惧的刺激，从背脊到脚底都感到一阵搔痒。站起身去厕所，从窗户向外望去，整面星空的月夜，堤道下的铁轨一片死寂。不过，三四郎还是将鼻尖探出竹窗棂，眺望黑暗的地方。

此时，有个提着灯笼的男人从车站那方沿着铁轨走了过来。从说话的声音听来，好像有三四个人。灯笼影子从铁轨消失在堤道下，当他们穿过孟宗竹林下的时候，只剩下说话的声音，那些话却能清楚地听到。

“还要再过去一点。”

脚步声渐行渐远。三四郎绕到院子，套上木屐，从孟宗竹林爬下约十米高的堤道，向前追逐灯笼。

三四郎跑了大约五六十米后，又有个人从堤道上跳下来。

“是不是被辗死的啊？”

三四郎本想说些什么，然而却发不出声音来了。就在这时候，黑影男子走了。三四郎跟在后头一面想：“这个人是住在野野宫后面的房东吧？”走了约半町后，灯笼停住了，人也停下来。男人提着灯笼不发一语。三四郎沉默地看着灯笼下方。灯笼下有半具尸体。火车从右肩辗过乳房下方，腰部以上切得碎烂，徒留下半边的身体呼啸离去。脸部没有伤痕，是个年轻女人。

三四郎还记得当时的感受。本来打算马上回去，掉头准备走的，然而双脚却不听使唤，动弹不得。等到他爬上堤道，返回书房的时候，心跳才开始加快。他叫了女仆向她要水，幸亏她好像什么都不知道。过了一会儿，里面的房子传来骚动。三四郎会意到是房东回家了，然后堤道下又是一阵骚动。骚动停歇后，又恢复安静。几乎是一种令人难以忍受的寂静。

刚才那女人的脸庞还历历在三四郎眼前。三四郎将那张脸和了无生气的“啊、啊……”声，与隐藏在这两者背后残酷的命运作了番思考，发现人生这个看似坚强的命根，在不知不觉中已然萎靡，似乎随时会浮现于阴暗之中。三四郎害怕得连欲望、利益都不想要了。一切只在“轰！”的那一瞬间。在那一声之前，她肯定是活生生的。

这时候三四郎突然想起在火车上给他水蜜桃的男人说过的话“危险、危险！不小心一点可危险喔！”虽然那男人嘴上喊着危险、危险，然而态度却出奇地从容。也就是说，如果自己处在一个还说得出“危险、危险”的不危险立场的话，应该也可以成为像他一样的男人吧！活着旁观这世界的人就是这点有意思吧？从那男人在火车上吃水蜜桃的模样，到在青木堂啜茶吸烟，吸烟啜茶，定睛地凝视前方的样子，正是这种人的写照。——是批评家。三四郎很奇妙地用了批评家这个字眼。他很满意自己用了这个字眼。非但如此，他自己甚至还当了批评家，思考未来是否存在一事。看了那张可怕的尸颜，让三四郎产生了这种心情。

三四郎环视房间角落的书桌、书桌前的椅子、椅子旁的书架及书架内排列整齐的外文书籍，心想：这间安静的书房的主人和那个批评家一样顺心幸福。他不可能为了研究光线的压力，而让女人给辗死的。主人的妹妹患病，可是那不是哥哥害的，而是自己得的。就这样，三四郎想着想着，时间已经十一点了。往中野的电车也已经没有了，或者妹妹病情转恶所以不回来了？三四郎又担心起来了。这时候，野野宫来了一封电报，上面写着：“妹妹没事，明早回去。”

三四郎这才放心地去睡觉，不过他做了个相当危险的梦。

企图被火车辗毙的女人和野野宫有关，而野野宫因为知道这件事，所以不回家。只是，为了让三四郎安心，因而拍了一封电报回来。他说妹妹没事是假的，其实就在今晚火车辗毙事件发生时，他的妹妹便死了。而妹妹就是三四郎在池塘边邂逅的女孩……

翌日，三四郎例外地起了个大早。三四郎望着自己睡过的陌生床铺，吸了一根烟，昨夜的事仿佛全是一场梦。他走到檐廊，仰望低矮屋檐外的天空，今天是好天气。此刻世间的颜色是一片明朗。三四郎吃过早饭、喝过茶后，搬了一把椅子到檐廊下看报纸，就在这时候，野野宫依约回来了。

“听说昨夜里那边发生了辗死事件。”野野宫说，他好像是在车站还是哪里听来的。三四郎把昨夜的事情经过一五一十地告诉他。

“那可真稀奇，很少能遇得到。如果昨天我也在家就好了。尸体应该已经处理完了，现在去大概也看不到了吧！”

“一定看不到了。”三四郎答道。不过野野宫无所谓的态度让他觉得惊讶。三四郎断定野野宫之所以这般毫无神经，完全是因为夜晚与白天的差异引起的。三四郎并没有察觉到做光线压力实验的人，不管在任何场合，表现出来的都是一样的态度。可能是年纪还小的关系吧?

三四郎改变话题，问起病人的事。

野野宫说，事情果然如他所料，病人并无异状。只是因为他五六天来都没去探望，妹妹觉得寂寞，为了排遣无聊，才要求哥哥去看她的。

据野野宫所说，他妹妹很生气，说星期日他却没去看她，太过分了。因此，野野宫说他妹妹是傻瓜，他似乎真的认为她是个傻瓜。野野宫说让他这个大忙人浪费时间，真是蠢。可是，三四郎几乎不了解他的意思。为了想见自己一面而不辞拍电报来的妹妹，就算牺牲星期日一个晚上、两个晚上也应该在所不惜的啊！像那样和人见面所度过的时间才是真正的时间，在地窖里做光线实验的日子，毋宁说是远离人生的闲生活。如果自己是野野宫的话，为了妹妹而牺牲做学问，反而会感到高兴吧！三四郎甚至这么觉得。

这时候他忘记了辗死事件。

“我昨晚没睡好，精神不济，真糟糕。”野野宫开口道。

“正好今天是过中午再去早稻田大学就行的日子，我可以再睡一下。”

“你很晚才睡吗？”三四郎问。

“因为高中时代曾教过我的广田老师正巧来探望我妹妹，大家聊着聊着，错过了电车时间，所以就待在那儿了。本来是要去广田老师家睡的，但妹妹撒娇地要我在医院过夜，不得已，只好窝在窄小的地方睡，谁知道真的是难受得睡不着。妹妹真是个蠢蛋。”他又攻击妹妹。三四郎觉得很奇怪，本来想帮他妹妹说话的，但总觉得难以启齿，便作罢了。

不过，三四郎却问起了广田老师的事。到目前为止，三四郎听过三四次广田老师的名字。三四郎擅自将水蜜桃老师和青木堂老师冠上广田老师的名字。还有，他也把在学校正门内被坏心眼的马折磨，以致被喜多的理发师傅们嘲笑的当作是广田老师。现在一问之下，马的那件事情果然是广田老师没错。因此，他自认吃水蜜桃的男人也一定是同一位老师。但仔细想一想，好像又有点牵强。

三四郎临行前，野野宫交给他一件衣服，麻烦他中午以前顺道送至医院去。三四郎觉得非常高兴。

三四郎戴着一顶新的方角帽。戴着这顶帽子到医院，他觉得有点得意。三四郎一脸神采奕奕地离开野野宫家。

三四郎在御茶水车站下电车后，立刻坐上人力车。那不是三四郎一贯的作风。当人力车快速地通过赤门时，法文系的钟刚好响起。正是平日三四郎带着笔记、墨水瓶进入八号教室的时刻。三四郎心想，一两堂课没听也无妨，于是直奔青山内科。

三四郎依照指示，进门后往里走，在第二个转角处向右走到底，再向左转，果然就是东侧的病房了。黑色的名牌上以字母写着野野宫良子，挂在门口。三四郎念着这个名字，在门口伫立了片刻。乡下人的他，不会做出敲门那种机灵的事。

“在里面的人是野野宫的妹妹，一位叫良子的女孩。”三四郎心里这么想着。很想打开门看看她长什么样子，可是又怕看了以后会失望。因为在三四郎脑海里的女孩的长相，怎么想就是不像野野宫。这使得三四郎很困扰。

后方护士的脚步声渐次接近。于是三四郎断然地将门打开一半，和里面的女孩照了面。（他一只手还握着门把。）

是一位大眼、细鼻、薄唇、几乎令人以为头盖开着的宽额、瘦尖下巴的女孩，她的五官就是如此而已。不过三四郎有生以来第一次看到这张脸上所闪过的表情。苍白的额头后方，乌黑的头发自然地披在肩上。从东侧窗口泄进的朝阳，自女孩后方射进，头发和阳光交错的地方呈现堇色的光晕。她的脸、额头都很暗，既灰暗又苍白，当中有双透露出遥远心情的眼睛。云高高挂在天空，不会轻易地移动，仿如流泄般地移动。当女孩见到三四郎时，就是这样的眼神。

三四郎从这表情中看到慵懒的忧郁与隐藏不住的快活所糅合。那种糅合感对三四郎而言是极为尊严的人生一部分，这是个一大发现。三四郎握着门把——从门后探出半张脸的他，因那一瞬间的感受而忘了自我。

“请进。”女孩的口气仿佛已等待三四郎许久。

她的声音从容得不像第一次见到陌生人的女孩会有的反应，若不是单纯的小孩或是习惯与男孩相处的妇人，是不可能有那样反应的。并不是很亲密的感觉，而是像那种一开始就熟识似的。这时候，女孩牵动着尖瘦脸颊微微一笑，苍白的脸庞露出一种令人怀念的暧昧感。三四郎的脚自然而然地走进屋内。这时，他的脑海里闪过遥远故乡的母亲身影。

三四郎绕过门，走近之时，一位年逾五十的妇人对他行了个礼。看样子这位妇人在三四郎尚未出现在门前时就已站起身等待着了。

“请问是小川先生吗？”对方先问道。她的长相和野野宫很像，和女儿也很像，只是长得很像而已。三四郎拿出受托的布包，妇人接过手，道了谢，对三四郎说：“请坐。”然后绕到病床的另一侧。

三四郎看看铺在病床上的垫被，纯白色的；上头盖的棉被也是纯白色的。棉被斜斜地翻开，女孩避开比较厚的床沿，背着窗坐着。她的脚够不着地，手上拿着编织用的棒针，毛线球滚落到床下，女孩的手拉着红色毛线。三四郎本想从床底下将毛线球捡起来的，但女孩似乎毫不在意，他只好作罢。

女孩的母亲在病床另一侧频频向三四郎道谢，不断地说些“您百忙之中，还麻烦您……”之类的话。“不会，反正我也闲着没事。”三四郎回应道。两人对话之际，良子都静默不语。

当他们交谈停止时，良子突然一问：“你看了昨晚的辗死事故了吗？”房间角落有份报纸。三四郎回道：“嗯……”

“一定很可怕吧？”女孩说着并转过头来看看三四郎。这女孩和哥哥一样，有着细长脖子。三四郎没有回答怕不怕，他望着女孩颈子弯曲的模样。有一半原因是因为问题太过单纯，不知道如何作答是好；另一半是因为他根本就忘了要回答了。女孩似乎感觉到了，头又转了回去，苍白的脸颊泛出一抹红。三四郎心想该回去了。

三四郎道了别，走出病房到玄关正面，看看前方长廊尽头，阳光一片灿烂，映着绿意的门口处站着那位在池塘边邂逅的女人。

三四郎“啊！”地一惊，脚步慌乱地飞奔而去。这时候，站在空气画布中的灰暗女影往前移动了一步。三四郎仿佛受了诱惑般地也往前移动一步。两人肩负着必须在一直线的走廊擦身而过的命运，互相靠近。这时女人转身，三四郎只见明亮的门口浮现初秋的绿意。没有人出现在四角的门口处，也没有人在那里等待她回眸的眼神。

三四郎这时已将女人的姿势与服装烙印在脑海里，他不晓得女人和服的花色名称，像是常盘木倒映在大学池塘里模糊的影像一样，上头鲜艳的线条由上而下贯连。连贯的线条如浪，时而紧靠，时而分离，时而重叠变粗，时而折断分裂，虽不规则，亦不凌乱，上方三分之一处，宽宽的腰带横向切过。腰带的感觉带着暧昧，可能是因颜色有点黄的关系吧！

当女人转身时，右肩稍斜向后方，左手则搭在腰上，略为前倾，手上拿了条手绢，可能是丝质的缘故，下摆轻飘飘地展开着，腰部以下姿态端正。

女人终于转回原来的方向。当她低头走近三四郎时，突然抬起头来看他。她有对恰到好处的双眼皮，在乌黑的眉毛下颇具灵气，还露出漂亮的牙齿，皓齿和肤色的对比感是三四郎永难忘怀的。

她脸上薄薄涂着一层白色的东西，但没有涂得像把原肤色盖过般地死板，肤色恰到好处。不怕强光照的脸庞，浮着一层非常薄的粉末，那不是张会闪闪发亮的脸蛋。

她的脸颊、下巴皮肤紧致，整张脸很柔软。感觉上不是肉软，而是骨头本身就柔软，那是张引人遐思的脸。

女人弯下腰。与其说三四郎被陌生人鞠躬吓到，不如说是被那女人行礼的巧姿给震慑了。她腰部以上如乘着风的纸张轻柔地前倾而迅速，到了某个角度时，她便停了下来，当然那不是学来的技巧。

“请问一下……”皓齿间吐露出这样的声音，那毫不犹疑而开朗的声音。总之在晚夏时节，没有人会问：“椎木结果了吗？”不过，三四郎可没闲工夫想到那些。

“是。”他应声，停下脚步。

“请问十五号病房在哪边？”十五号！正是三四郎刚刚离开的病房。

“是野野宫小姐吗？”

女人应道："是的。"

"野野宫小姐的病床，从那个转角转过去，走到底再左转，第二间右侧就是了。"

"从那个转角……"女人伸出细细的手指往前指。

"对，就是那个转角。"

"谢谢你。"女人走了。

三四郎站在原地，望着她的背影。女人走到转角，准备转过去时，回眸一望。三四郎满脸通红，煞是狼狈。女人微微一笑，脸上浮出"是这个转角吗？"的表情。三四郎不自觉地点了头。她的身影切入右方，隐入白色的墙中。

三四郎走出大门，心想：也许她把自己误认为医生而询问病房号码也说不定。走了五六步后，才突然觉得，当女人问到十五号病房时，如果自己带她再折回良子病房就好了。真可惜！

事到如今，三四郎已没勇气再折返了。不得已，又走了五六步，这回他再次停下脚步。脑海里映现女人发上缎带的颜色，他想起那缎带的颜色、质地与野野宫在兼安买的一模一样时，脚步突然重了起来。

三四郎绕过图书馆走到校门时，与次郎不知道从哪儿冒出来，突然对他说："喂，你怎么没去上课啊？今天的课是意大利人讲解如何吃意大利面喔！"边说着，边来到三四郎身边拍了拍他的肩膀。

两人一起走了一段路，当走到正门旁时候，三四郎开口问："喂，现在还会有人系缎带吗？那不是很热的时候才绑的吗？"

与次郎哈哈哈笑道："去问某某教授，那男人什么都懂。"说完后，就没搭理了。

到了正门口，三四郎说他身体不舒服，今天不去上课了。与次郎露出一副枉费我一路跟着走来的表情，折回教室。

第四章

三四郎有三个世界。
一个在远方，飘着与次郎所谓的明治十五年前的香气。
第二个世界里有一栋长着青苔的红砖建筑。
第三个世界灿然如春般荡漾着。

三四郎的魂魄飘忽不定。上课时，他总是心不在焉。糟糕的时候还会漏写重要的笔记，严重时更得借用他人的耳朵。三四郎觉得自己简直傻到极点。他没办法，于是对与次郎说："我总觉得最近的课很无聊。"与次郎的回答和往常一般："上课怎么会有趣呢！你是乡下人，一直想要成为了不起的人，所以才耐着性子认真地听课听到今天的吧？愚蠢之至啊！他们上的课，自古以来就是这一套。事到如今再失望也没用了。"

"也不是那样啦……"三四郎辩解道。与次郎毫不为意的态度和三四郎沉重的语气，不协调得可笑。

在重复两三回这样的问答后，时间不觉已过了半个月。三四郎的耳朵几乎变得毫无作用了。结果这会儿换成与次郎对三四郎说："你的表情真的很怪。一张脸好像活得很累的样子，简直是世纪末的脸。"他如此批评，三四郎依旧重复那句老话："也不是那样啦……"三四郎听到世纪末之类的话，很庆幸自己还未接触到人工的空气，而且他还没办法将之当作有趣的玩物和社会互通消息。他比较中意活得很累那句话，一副疲累的样子没错。三四郎并不认为全是腹泻的原因，然而极力地标榜自己的疲累，并非时髦的人生观。就这样，他们的对话结束了。

秋意渐浓，食欲也随之大增。让二十三岁的青年疲惫不起来的季节总算到了。三四郎经常出门，也时常到大学池塘边逛，不过，并没有什么变化，也曾多次在医院前徘徊，却尽是遇到些无关的人。他到理学院的地窖问野野宫，得知他妹妹已经出院了。本来三四郎想提在医院门口遇见的女人，但因野野宫一副忙碌样而作罢。三四郎决定先不急，下次到大久保找他好好聊聊，就可以知道她叫什么名字，是何许人了。然后他心神不定地信步走着，田端、道灌山、染井墓地、巢鸭监狱、护国寺等等——三四郎一路走到新井的药师寺。三四郎原本打算从新井药师寺绕到位在大久保的野野宫家，结果在落合的火葬场附近走错了路，来到高田，只好从目白搭火车回家。独自坐在火车里，痛痛快快地吃着原本要买给野野宫家的栗子。第二天与次郎来的时候，两个人一起将剩下的栗子全部吃光。

三四郎愈心不在焉，精神就愈愉快。刚开始他因上课太专注，结果耳朵反而听不清楚，做不了笔记，不过最近他大致都听进去了，但也没怎么样。课堂上他想着许多事，被当掉一些科目似乎也无所谓。仔细观察，以与次郎为首，其实大家都一个样。三四郎觉得这样应该无所谓吧！

三四郎想着想着，时常会浮现那条缎带。这么一来，便开始在意，然后变得不开心。他会想马上到大久保问个清楚。不过，说什么一连串的想象、外界的刺激啦，过一会儿又忘记了。所以大体而言，他是悠哉悠哉，然后做梦。三四郎迟迟没有去大久保。

一天下午，三四郎一如往常地到处闲逛，他从团子坡上左转至千钛木林町的宽道。由于是秋晴时节，东京天空如乡间般地辽阔，光想到自己活在这片天空下，头脑便清澄了起来，再则到了郊外，更是没话说。精神畅快，灵魂舒展得像天空一样广大，身体全然抖擞了起来，与散漫春天的悠闲不同。三四郎望着左右两侧的树篱，不停地嗅着生平第一次东京的秋天。

坡道下的菊花人偶展两三天前才开幕。转下坡时，甚至还看得到宣传旗帜，现在只听得到声音。远处传来咚锵咚锵的声响，那声响从下方渐次浮起，扩散至清澄秋天的空气中，最后变成极为稀薄的波浪，余波传到三四郎的耳膜，自然地停留下来。与其说是吵杂，反倒使人觉得舒服。

这时左边的横町突然出现两个人。其中一个见到三四郎，开口说："嗨！"

与次郎的声音只有在今天才如此正经八百。而他身边还有个伴。当三四郎看到那同伴时，果然如他平日推断的，在青木堂喝茶的男人就是广田老师。三四郎和这人从水蜜桃的事以来，便有一层特别的关系，尤其是他在青木堂喝茶吸烟，而自己会进出图书馆之后，三四郎对这位老师有更深的记忆，他一副随时看来都像祭祀官的脸上，长着洋人似的鼻子。

他今天身上穿的也是上次那件夏服，似乎一点也不觉得冷。

三四郎心想该打个招呼吧！可是已经过了一段时间，不知该如何开口才好，只好脱下帽子行了个礼，这举动对与次郎是太过了，但对广田老师则有点不足。三四郎站到两人的中间。"他是我的同学，从熊本高中毕业后来东京的……"广田老师连问都还没问，与次郎马上就吹嘘起来，然后对三四郎说：“这位是广田老师，高中的……”就这样，他轻松地介绍了彼此。

这时候广田老师重复说了两次“我知道，我知道！”，使得与次郎露出奇怪的表情，但他并没有问为什么会知道之类的话。他随即问三四郎：“喂，附近有没有要出租的房屋啊？要宽敞、干净，还要有书僮房间的。”

“出租的房屋啊？……有。”

“在哪边？不干净的可不行喔！”

“不会，有干净的，还有道大石门的。”

“那真棒。在哪儿？老师，石门可以吧？那就选那个房子吧！”与次郎相当积极。

“石门不行！”老师说道。

“不行？那就麻烦了。为什么不行？”

“不管怎样就是不行。”

“石门好啊，就当一位新爵士不是很好吗？老师。”与次郎很认真。广田老师嘻嘻一笑。总算是认真那方赢了，结论是去看看，于是三四郎便带着他们去看房子。

他们折回小路，走到北方约莫五十米处，有一条几乎被误为是死巷的小道。三四郎带他们两人往小道走去，直直地向前走，来到一户盆栽店的庭院。他们三人在玄关前十米左右停下脚步。右手边立着两支相当大的花岗岩柱，大门是铁铸的。三四郎说：“就是这里。”上头有房屋出租的牌子。

“这真是不得了！”与次郎说着，用力推开铁门，不过门上了锁。“等等，我去问问看。”与次郎一溜烟地跑到盆栽店里头，留下广田老师和三四郎站在原地。他们两人开始对话。

“东京怎么样？”

“呃……”

“只是大而已，却是个很脏的地方吧？”

“呃……”

“没东西能和富士山一较长短吧？”三四郎完全忘了富士山那回事。经广田老师这一提，才想起第一次从火车车窗眺望的富士山是那么崇高，与现在脑中混沌的世间简直不能相提并论。三四郎对自己不知不觉中已将当时的印象遗忘而感到可耻。

“你翻译过富士山吗？”广田老师丢出一个意外的问题。

“你说的翻译是……”

“将自然翻译的话，所有事物都会拟人化，很有意思的。比如说崇高、伟大、雄壮之类。”三四郎理解了翻译的意思。

“全变成人格方面的字眼。无法将自然翻译成人格方面语词之辈，表示自然并没有给予他丝毫人格上的感化。”三四郎以为还有下文，于是静静聆听。不过广田只讲到此为止。他望望盆栽店里头，自言自语地说道：“佐佐木在干什么啊？真慢！”

“要不要我去看看？”三四郎问。

“什么？他那个人啊，不是你进去看，他就会马上出来的。到不如在这儿等着比较省事。”广田老师说完，在橘子树根旁蹲了下来，拾起一颗小石头在地上画了起来。真悠哉！他的悠哉和与次郎的悠哉方向不同，但程度大致相似。

这时，松树丛的另一方传来与次郎响亮的声音。

“老师、老师！”

老师依然在地上画着，像座灯台似的。由于他没有响应，与次郎只好跑出来了。

“老师，你去看一下，很不错的房子，是这家盆栽店的。可以请他们把门打开，不过从后面绕过去比较快。”

他们三人从后面绕过去，将木板套窗打开，一间间地参观。房子盖得不错，中等阶级的人住起来不会觉得没面子。听说房租是四十元，保证金三个月。他们三人又来到大门口。

“为什么要看那么棒的房子啊？”广田老师说。

“为什么看？只是去看看又没关系。”与次郎说。

“又不要租……”

“什么？我想租喔！不过没提说一定得把房租降到二十五元钱……”

广田老师只说了句“那还用说啊！”。

与次郎开始说起石门的故事。据说那扇门本来装在某户人家的大门，前阵子因那户人家整修房子，所以将那扇门装在这里。与次郎尽爱研究些奇怪的事情。

后来三个人就回到原来的大马路，从动坂往下走到田端谷下坡时，三人只是一个劲地走着，租房子的事抛到脑后。只有与次郎不时地提起石门的事情，他说从曲町到千唇木要花五元之类，甚至还吃饱闲着地说：“那户盆栽商应该是有钱人，在那里盖一栋月租四十元的房子，到底要租给谁啊？”

他最后结论是：“现在没人租，房租一定会降，到时候再和他谈，一定要租下那栋房子。”

广田老师一副无置可否地说：“都是你多嘴，浪费时间，早就该出来的。”

“我进去很久吗？您好像画了什么东西嘛，老师也真有闲情逸致。”

“不知道是谁有闲情逸致喔！”

“那是什么画啊？”

老师默不作声。这时候三四郎一脸认真地问：“画的是灯台吗？”老师和与次郎笑了。

“灯台可特别了。老师画的是野野宫宗八吧！”

“为什么？”

“如果野野宫在国外的话光彩夺目，但在日本，可就黯淡无光了。没有人知道他。每个月只领微薄的薪俸，窝身在地窖里，真是划不来的买卖。每当看到野野宫，就觉得他好可怜。”

“你呀！只够照亮自己坐着的方圆两尺，像只圆灯笼似的。”

被比喻成圆灯笼的与次郎，突然转向三四郎，问他：“小川，你是明治几年生的？”

三四郎简单地答道：“我二十三岁。”

“大概差不多嘛！老师，我不喜欢什么圆灯笼、烟袋啦。也许因为我生于明治十五年之后，总觉得那样的比喻很老式，我不喜欢。你觉得呢？”他又面向三四郎。

三四郎说：“我并不特别讨厌。”

“因为你刚从九州岛乡下来，所以和明治元年初期生的差不多吧！”三四郎和广田老师对这句话并没有特别搭理。

他们往前走了一段路之后，发现古寺旁的杉木林夷平后在漂亮的平地上盖着一座蓝漆洋房。广田老师注视古寺与蓝漆洋房良久。

“这是时代的倒错，日本的物质界和精神界也是如此。你应该晓得九段的灯台吧？”又是灯台。“那是古董，收录在《江户名所图集》里。”

“老师，你别开玩笑。就算九段的灯台再古，也不可能收录在《江户名所图集》里啊！”广田老师笑了起来。

原来他把《东京名所锦绘》说成了《江户名所图集》。根据老师所言，如此古老的灯台旁盖了一座名为偕行社的新式红砖建筑。将这两件建筑摆在一块，看起来真的很荒谬。然而却没有人注意到，大家都不在乎。老师说这代表的就是日本的社会。

与次郎和三四郎都颇能理解其意。他们通过古寺前方，走了五六百米后，看到一扇黑门。

与次郎开口道：“我们穿过这里，去道灌山吧！”

为了保险起见，三四郎问他：“可以吗？”

“这里是佐竹的别墅，谁都可以通行，没关系的啦。”与次郎道。于是三四郎和广田老师也兴致勃勃地钻进门，走过杂草地，来到古池塘边。结果门房出来，把他们三人骂得很惨。与次郎只好对门房连声地赔不是。

三四郎之后走到谷中，绕道根津，在傍晚回到住处。三四郎觉得这个下午是少有的轻松。

隔天三四郎在学校没遇见与次郎，原以为他过了中午才会来，结果也没有。三四郎去图书馆找了，还是没找到。五点到六点有一堂纯文科的共同课，三四郎去上了这堂课。当时做笔记的话太暗了，开灯又嫌太早。细长窗户外可见榉木枝桠渐次转黑，教室里老师与学生的脸都显得昏暗模糊，宛如在暗处吃馒头似的，有股莫名的神秘感。三四郎正疑惑着为什么听不懂上课内容。托着下巴听着听着，精神渐渐恍惚不集中，他觉得正是这样的课才有价值时，电灯突然一亮，一切都稍微清楚了。三四郎因此忽然很想回家吃饭。老师也似乎察觉到大家的心思，草草讲完，让同学下课。三四郎快步地跑回家。

三四郎换了衣服，坐到餐盘前，餐盘上有一封信连同蒸蛋一并放着。三四郎一看信封，就知道是母亲寄来的。真是对不起她，半个月来，已完全把母亲给忘了。从昨天起，又是时代倒错、又是富士山人格、又是神秘的课程，脑海里根本没有出现之前那女人的影子。三四郎这样就很满足了。母亲的信待会儿再慢慢看，总之先吃完饭，抽根烟再说。看着烟，想起刚才上的课。

这时与次郎突然出现。三四郎问他为什么没去学校，原来他是去找房子，根本无暇去上课。

“那么急着搬家啊？”三四郎问。

“本来上个月就应该要搬了，现在期限延到后天的天长节（十一月三日天皇诞辰纪念日），明天非找到不可。你知不知道哪儿还有房子啊？”与次郎问。

既然这么急，昨天还那样闲晃，真不晓得是去找房子还是去散步。三四郎觉得莫名其妙，与次郎解释说：“那是因为老师也在场的缘故。”

“话说回来，老师去找房子这事本来就是个错误。他绝对没找过房子，昨天一定是哪儿不对劲才去。托他的福，在佐竹的别墅还被骂得很惨，好没面子呀！你知不知道哪里还有房子？”与次郎突然又催促地问。他来这里的目的似乎只是为了这件事。三四郎深入一问，才知道原来现在的房东为高利贷所困，所以将房租涨很多，与次郎不满，决定搬出去，因此归咎原因在与次郎。

“我今天去大久保看，还是没找到。——讲到大久保，我顺便去野野宫家看良子。真可怜，她的气色还很差——辣姜美人，她母亲要我代她向你问好。之后他家附近好像平静了，听说辗死事件再也没发生了。”与次郎的话题跳来跳去的。

平时他就不够拘谨，今天为了找房子的事，可是急坏了。

每当话题告一段落，他就直问：“知不知道哪里有房子？”到最后，连三四郎都笑了。

聊着聊着，与次郎便长坐了下来，甚至还引用“应当亲近灯火”这句话，一脸高兴的样子。话题又落在广田老师身上。

“你的老师叫什么名字啊？”

“他叫作苌。”与次郎用手指写给三四郎看。“草字头根本是多余的。不知道字典有没有这个字，真是取了个怪名字。”

“是你高中的老师吗？”

“他是我从以前到现在的高中老师，很不得了。人家说十年如一日，我们的交情应该已有十二三年了吧！”

“他有没有小孩？”

“什么小孩，他还是单身汉呢！”三四郎有些惊讶。他怀疑那把年纪的人怎么有办法一个人过日子。

“为什么没娶妻呢？”

“那就是老师之所以是老师的原因了。他可是个超级理论家。都还没娶妻，就断言妻子是没用的东西。傻瓜喔！他始终是矛盾的。老师说没有一个地方像东京这么脏的；看了石门就径自找理由，说什么不可啦！太华丽了啦！”

“他应该娶个太太试试看才对呀！”

“说不定他会说那很好啊之类的话呢！”

“老师说什么……东京很脏、日本人很丑陋，他出过国吗？”

“哪有！他就是那种人。凡事头脑想的都比事实来得快，才会那个样子。不过他研究西洋的照片，有很多像是巴黎的凯旋门、伦敦的议事堂等等的相片。他就是用那些相片来批评日本才会叫人受不了。很脏！倒是他自己住的地方，不管怎么脏他都能忍受，这才令人不解。”

“他曾搭火车的三等车厢呢！”

“他不会嚷说太脏吗？”

“不会，他并没有抱怨。”

“不过，老师是位哲学家。”

“他在学校教的是哲学吗？”

“不，在学校他只担任英语课，他的哲学论是无师自通的，所以很有趣。”

“有没有什么著作呢？”

“什么都没有。有时会写些论文，但没任何回响。那是不行的！他简直不食人间烟火，拿他没办法！老师说我是圆灯笼，夫子自己才是‘伟大的黑夜’。”

“想办法，让他走出来接触社会应该会比较好。”

“出来接触社会比较好没错，但……老师他什么事都不自己做啊！要是我不在他身边，他甚至连三餐都不吃呢！”三四郎一脸不可思议地笑了出来。

“真的！他什么都不做的。什么事都是我吩咐女仆，尽量做得让老师满意。例如一些琐事就不说了，今后我打算多活动活动，让老师成为一位大学教授。”与次郎很是认真。

三四郎对他的豪语感到惊讶。与次郎不顾三四郎的惊讶，继续着他的言论，到最后他麻烦三四郎说：“搬家时你要来帮忙喔！”那口气像是他已经找到房子似的。

与次郎离开时差不多快十点了。三四郎独自坐着，突然感到一股寒意，这才发现书桌前的窗户没关上。拉开纸门，外面是个月夜。蓝色月光照射在看了令人不舒服的桧木上，黑影边缘看来有些朦胧。三四郎想着见桧木而知秋，然后把木板套窗关上。

三四郎旋即钻进被窝里。与其说他是位读书人，不如说是位思想家，他并不常看书。不过，每当他遇到值得思量的情景时，便会反复地在脑中思考，并感到愉悦。他觉得那样的生命才有深度。如果是平常的话，他今天应该也会反复地对神秘课堂上电灯突然亮起的事感到惊喜，但因有母亲的来信，就先从这件事情整理了。

信上写道，新藏送来了蜂蜜，所以每天晚上母亲都会将蜂蜜加在烧酒里喝。新藏是家里的佃农，每年冬天他都会运来二十包的年租贡米。他是位相当耿直的人，不过就是脾气比较不好，有时还会往老婆身上丢木材。三四郎躺在床上回忆新藏养蜂的往事。大约五年前，新藏发现后院的椎树上有个两三百只蜜蜂的蜂窝吊在那里，于是他立刻用酒灌进去，几乎将所有的蜜蜂都活捕了。然后将它们放进箱子里，并且在上面钻了些可供蜜蜂进出的洞，就这样蜜蜂渐渐地繁殖了。一个箱子不够装，就用两个，再不够装，便用三个，就这样一直繁殖下去，现在已经有六七箱了。他说过每年拿一箱蜜蜂来取蜜，于是每回暑假回家，他都会拿蜂蜜来，但后来他又忘了这件例事。想必今年他的又记起了履行之前的约定。

平太郎盖了座他老爹的石塔，请我们去看看。去到那里一看，一座用花岗岩盖的石塔矗立在寸草不生的红土庭院里。平太郎很满意那方花岗岩。据说花了好几天才从山里切割下来的，又花了十元请石材店的人帮忙。有人说，我们这些乡下人不懂，你家少爷既然上了大学，他一定懂得，下回写信时问问他。另外请他也赞赏一下为了老爹花十元盖石塔的平太郎。

三四郎嘻嘻笑了起来。这比千唇木的石门还厉害。

信上还要求他寄一张穿着大学制服的相片回去。三四郎心想找个时间去照相好了。当他继续往下一看，果然如他所料，三轮田的阿光出现了。

——前阵子阿光的母亲来家里商量说："三四郎也快大学毕业，如果毕业了，可不可以娶我女儿做媳妇啊？"阿光的器量佳，气质也好，家里的田地又多，而且两家又是世交，要是结成亲家对双方应该都不错的。阿光一定会高兴的。——我不懂东京人的个性，所以我不喜欢。

三四郎将信折好，放进信封，搁在枕边睡了。突然老鼠在天花板内骚动，好不容易才又静了下来。

三四郎有三个世界。

一个在远方，飘着与次郎所谓的明治十五年前的香气。一切平稳而模糊。要回到那个世界是最不费力的。想进入那个世界，马上就能去。只不过不到关键时刻，他是不会兴起回去的念头。说起来那就像避风港一样的世界。三四郎将脱却的过去陈封在这避风港里。他一想到连令他怀念的母亲也被他葬在这里，突然觉得可惜。只有当家书寄来时，才暂时低徊于这世界，温习昔日的欢乐。

第二个世界里有一栋长着青苔的红砖建筑。环视四周，是个大得看不清楚站在彼端人们脸孔的阅览室。书籍高高堆着，若不架上梯子，手够不到。由于手的摩擦和指头的污垢，把书都弄黑了。金色文字闪亮着。积在羊皮、牛皮、两百年前的纸以及一切事务的尘埃。这尘埃是花了二三十年才积成的尊贵尘埃。那是战胜寂静岁月的尘埃。

第二世界里走动的人影，大都一脸胡茬。有的人望着天空漫步，有的人低着头散步。外表邋遢，生活贫困，然而他们处之泰然。虽然被电车围绕着，却尽情呼吸着太平的空气而无所忌惮。这个世界的人，因不懂现世所以不幸，因逃离火宅所以幸运。广田老师就是在这里面。野野宫也在其中。三四郎则是刚浅尝这个世界的空气。要出去的话出得去。不过既已领会其中的趣味，要舍弃也很可惜。

第三个世界灿然如春般荡漾着。有电灯、银匙、欢声、笑语和溢满泡沫的香槟酒杯，以及胜过这一切的美丽女子。三四郎和其中一位女子说话。他看了同一位女子两次。这世界对三四郎而言是最深厚的。仿佛这世界就在眼前，只不过太难接近了，宛如天外闪电一般。三四郎自远方眺望这个世界，觉得很奇怪，好像自己若不进入这世界的某个角落，这世界就会因此出现缺陷。自己似乎有资格成为这世界的主角。然而，这个应该要圆满发展的世界，反而将自己束缚住，阻碍了自由进出的通道。三四郎对此感到不可思议。

三四郎躺在床上，将这三个世界拿来作比较，又将这三个世界搅混而得到一个结论。也就是说，把母亲从故乡接过来，迎娶美丽的新娘，然后投身于学问之中。

结论很平凡。但在得到这个结论之前，因为考虑了很多事，算一下思考所费的精神，在思想家本身看来，并非那么平凡。

只是这样一来，广大的第三世界就浓缩为一个妻子来代表了。美丽的女人很多。若要翻译美丽的女性，会出现很多答案。——三四郎学广田老师，试着用“翻译”这个字眼。假设只要能够将事物翻译成人格用语，就可以将翻译的词汇扩大其感化的范围。为了使自己的个性臻于完全，必须尽量与美丽的女人接触。只安于与妻子相处，是会让不断想前进发展的自己变得不完全的。

三四郎将理论延长到这里，他觉得自己好像被广田老师传染了似的，其实是因为他从未像这样深切地感到不足。

第二天到学校上课，虽然还是很无趣，不过教室内的空气依然远离尘嚣，所以三四郎在下午三点以前，就完全成为第二个世界的人了。当他以伟人的态度自居，来到岔路口的派出所时，正巧和与次郎碰个正着。

“啊哈哈哈！啊哈哈哈！”伟人的态度因此完全崩解，连派出所的警察都噗嗤地笑了。

“怎么了？”

“没怎么啦！你和普通人一样走就可以了。简直就是Romantische Ironie[①]。”

三四郎不太懂这句洋文。没办法，于是问与次郎：“找到房子了吗？”

“我就是为了这件事要去找你。明天我总算要搬家了，你要来帮忙喔！”

“要搬到哪里？”

“搬到西片町十番地E三号。你九点以前到那里打扫喔！在那儿等，我随后就到。记得喔！是九点以前喔！E三号！失陪了！”与次郎匆忙地走了。三四郎也匆匆地回家。

---

① Romantische Ironie（德语），德国浪漫派对艺术创作的用语。意指艺术家根据自我意识而超越一切的精神自由性。文中比喻其超越的态度。

那晚，三四郎又回到图书馆查Romantische Ironie。那是德国的希勒格尔[①]提倡的词汇，字典上写着“天才就必须漫无目的，无所事事，终日闲晃”。三四郎总算安心了。回家后，马上睡觉。

由于隔天有约定，顾不得是天长节，他和平日要去上课一样早起，前往西片町十番地E。他找了找三号，位在细窄巷内的中间，是一栋老房子。

取代玄关的是间突出的洋式房间，拐角处有间客厅。客厅后方是饭厅，饭厅另一头是后门，接着是佣人房；另外还有二楼。不过不晓得有几叠大。

虽然三四郎受托来打扫房子，但他认为并没什么需要打扫的。当然，房子并不干净，然而也没发现什么要丢或捡起来的东西。若真要丢，大概就是榻榻米吧！三四郎一面想着，一面将木板套窗拉开，坐在客厅的檐廊下凝视庭院。

好大的一株百日红喔！不过树根在隔壁的院子里，树干的二分之一越过树篱，长到这边来。有一棵很大的樱树，这树长在篱笆内，但有一半的枝桠伸出巷道，差一点就要打到电话线了。有一株菊花，看起来像寒菊，还未开花。除此之外，别无他物了。很凄凉的院子。只有地面——平整且纹理细致，相当好看。三四郎注视着土地，其实这像是个专为欣赏地面而设的院子。

这时候高中举行的天长节仪式的钟声正响起。三四郎边听着钟声，推断应该已经九点了，他总算开始觉得，待在这里什么都不做好像不太好，正准备去扫扫落叶，才想起根本没有扫帚。于是他又坐回廊檐下。约莫过了两分钟，庭院的木门悄悄开了。没想到出现在眼前的竟是在池塘碰见的那个女人。

两人隔着一片树篱。四方的院落不到十坪。三四郎看着站在狭

---

① Friedrich Schlegel（1772～1829），德国美学家，确立德国浪漫派的理论体系。

窄庭院中的女人，忽然有所顿悟——花朵一定得剪下插在瓶里欣赏才行。

此时，三四郎站起身来。女人走离折叠门。

“很抱歉……”女人拿这句话当开头，行了一个礼。

她像上回一样弯下腰，然而头却没有低下去。女人行礼的时候，一直注视着三四郎。从正面看过去，女人的颈子伸得很长，同时那双眼睛映照在三四郎的眼中。

两三天前美学老师给三四郎看了格鲁兹[①]的画作时，美学老师曾提到这个画家画的仕女图几乎都流露一种肉感的表情。肉感！池塘的女人此时的眼神只能用这个词形容。她的眼神传递着某种意念，很性感地透露出某种艳丽，然而那显现的方式却是穿透性感骨干而深入髓内的，是一种超越甘美，转变成强烈刺激的方式。与其说甘美，其实是苦痛，和卑劣的谄媚不同，那是一种被观赏的一方禁不住会想谄媚的残酷眼神。这女人长得和格鲁兹画中的女人一点也不像。她的眼睛比格鲁兹画的女人还小了一半。

“广田先生要搬到这里来吗？”

“嗯，是这里。”

比起那女人的声音与仪态，三四郎的回答显得有点粗鲁。三四郎自己也注意到了，可是他没其他话好说。

“他还没搬过来吗？”女人的口齿很清晰，不像一般人说话那样语意不清。

“还没来，应该快过来了吧？”

女人踌躇了片刻，她手上提着个大篮子。与上次一样，三四郎不懂她身上穿的和服，不过他注意到了，每次都不太华丽的，好像是粗糙的布料，上头有些不知是线条还是图案的东西。那些图案看

---

① Jean Baptiste Greuze（1725 ~ 1805），法国画家。作品多以市井风俗为题材。

起来很随便。

樱树上不时飘下落叶，一片叶子落在篮盖上。落叶才停下，又被风吹走。风包围着她，站在秋天里的她。

“你是……”当风吹向隔壁时，女人问三四郎。

“我是受托来打扫房子的。”三四郎说道，不过刚才被她看到自己正坐着发呆，自己都觉得好笑了起来。这时女人也跟着笑说：“我也在这里等一会儿好了。”她的口气听起来像是在恳求三四郎的应允似的，三四郎觉得非常愉快，回了句：“嗯。”三四郎这句话的意思是“嗯，那就请你等一下吧！”的省略，然而女人却仍然站在那里。三四郎不知怎么办，“你是……”他也问了她刚才问过的问题。于是女人将篮子放在廊檐下，然后从腰带间取出一张名片递给三四郎。

名片上写着“里见美弥子”。她住在本乡真砂町，越过山谷而来。三四郎看着这张名片时，那女人坐了下来。

“我见过你。”三四郎将名片塞入怀里，抬起头来对她说。

“嗯，有一次在医院……”女人说，然后转向三四郎。

“还有……”

“还有一次是在池塘边……”女人马上说了。她记得真清楚！三四郎没什么话好说了。女人最后说了句“当时真是失礼！”做结尾。三四郎则应道：“哪儿的话。”真简洁！两人看着樱树的枝桠。树梢上只剩若干被虫子吃过的叶片。搬家的行李迟迟未到。

“你找老师有什么事吗？”三四郎突然如此问道。

专注地望着高高挂着的樱树枯枝的女人突然转过头来，看着三四郎，那表情仿佛在说：“唉呀，吓了我一跳！真可恶！”不过她的回答却很普通。

“我也是受托来帮忙的。”

这时三四郎才发现女人坐的位置覆满了尘沙。

“糟了，都是沙！和服会弄脏的。”

“嗯……”她只是看了看而已，没站起来。她一双眼睛环视檐廊片刻后，若有似无地看了三四郎问道：“你已经打扫过了吗？”她微笑着。三四郎从那一抹笑容中看到某种熟识的感觉。

“还没扫呢！”

“你来帮忙，我们一起来扫吧！”三四郎立刻站了起来。女人坐着不动地问道：“有扫帚、掸子吗？”

三四郎答道：“我空手来的，什么东西也没带。要不要我去街上买回来？”

女人答：“那太浪费了，去隔壁借就好了。”于是三四郎马上到隔壁去。

他很快地从隔壁借来了扫帚、掸子，连水桶和抹布也借了。匆匆忙忙地回来后，女人依然坐在原地眺望着高耸的樱树。

“有吗？”

三四郎将扫帚扛在肩上，右手提着水桶，“嗯，借到了。”

女人穿着白布袜直接爬上满是尘沙的檐廊走道。她一走动就留下细瘦的脚印，从袖口取出白色围裙系在腰带上，围裙边缘有一圈蕾丝，颜色很美，穿来扫除实在太可惜了。女人拿走扫帚。

“先扫一扫吧！”她一面说，一面从袖子里伸出右手，然后用布条将垂坠的袖子绕过肩头绑起来，露出了一双漂亮的手。从固定住的袖口可以窥见美丽的内衬袖口，看得出神的三四郎突然提起水桶，绕到后门去了。

美弥子扫完地之后，由三四郎擦地板。当三四郎清理榻榻米时，美弥子撢纸门。就这样全部打扫完后，两人之间也亲近了不少。

三四郎将水桶提到厨房换水，美弥子则拿着扫帚和掸子上二楼。

“请你上来一下！”她在楼梯上唤着三四郎。

“什么事？”三四郎提着水桶在楼梯下问。

女人站在昏暗的地方，只有围裙是雪白的。三四郎提着水桶蹬上楼梯两三步，女人一动也不动，三四郎又爬上两格。黑暗里美弥子的脸和三四郎的脸相距只有一尺之远。

“什么事？”

“黑漆漆的，看不清楚。”

“为什么？”

“就是看不清楚嘛！”三四郎无意追问。

他从美弥子旁侧过身，爬上二楼。三四郎将水桶搁在昏暗的地板上，准备打开窗子。这时美弥子也上来了。

“先别打开！”美弥子走到另一头。

“是这边。”三四郎无言地走向美弥子。

当他的手差一点要碰到美弥子的手时，一不小心却踢翻了水桶，发出很大的声响。好不容易才将窗户打开，强烈的阳光一口气全射了进来，甚是刺眼。两人对看彼此，不禁笑了起来。

里面的窗户也打开，窗户外有竹制棂栏，可以看见房东的院子，院里养着鸡。美弥子同刚才一样开始扫地，三四郎则随后趴在地板上擦地。美弥子握着扫帚，看着三四郎说：“好了！”然后将扫帚丢到榻榻米上，走到里面的窗口，站在那里眺望外面。这时三四郎也擦拭完毕，把抹布往水桶里一丢，便来到美弥子身旁。

“你在看什么？”

“你猜猜看！”

“看鸡吗？”

“不是。”

“看那棵大树吗？”

“不是。”

“那你在看什么啊？我不知道。”

“我从刚才就一直在看那片白云。”

原来如此。白云飘过广阔的天空，像棉花似闪亮的浓云不断地飞过晴空万里。风一强，云被吹散，便薄得透出湛蓝的底色，或者一会儿被吹散又一会儿聚拢，宛如聚集了一堆倒插的白色柔软的针。美弥子指着那块云说：“很像鸵鸟的boa吧！”

三四郎不懂boa这个词。他告诉她说他不懂意思。美弥子应了声：“喔……”随即仔细解释给三四郎听。

三四郎听了之后说：“嗯，那东西我知道。”

“那些白云全是雪的粉末，从底下看都变化得那么快了，在空中必定是以飓风以上的速度在移动。”三四郎把上次野野宫教他的说给她听。

“啊，是吗？”美弥子看看三四郎，“雪的话就太无趣了。”她一派不容别人反对的口气。

“为什么？”

“不为什么，云就得是云呀！要不然我从这么远的地方眺望不就一点意义也没有了？”

“是吗？”

“是呀，如果是雪，你也不在乎吗？”

“你好像很喜欢眺望喔？”

“嗯！”美弥子依然从竹窗棂仰望着天空。白色的云朵不断地飞来。

这时从远方传来拉车声。地上传来的震动听得出来现在拉车正转进安静小巷，朝这边靠近。

“来了！”三四郎说。

美弥子只说了一声：“真快。”又继续凝望窗外。

拉车声的移动听来仿佛和白云的移动有关似的。车子毫不客气地闯进静谧的秋天，然后在门前停了下来。

三四郎丢下美弥子，奔下楼去。三四郎跑到玄关的时间和与次郎进门的时间几乎同时。

“这么早就来啦？”与次郎先出声。

“这么慢！”三四郎应道。他的反应和美弥子到的时候相反。

“慢？没办法嘛，一口气把所有家当搬出来。还只有我一人，女仆和车夫根本帮不上忙。”

“老师呢？”

“老师在学校。”

他们两人聊起来的时候，车夫已经开始卸下行李了，女仆也进屋里来了。厨房由女仆及车夫去整理，与次郎和三四郎则将书籍搬进房里。书很多，光是要上架就得花一番工夫。

“里见小姐还没来啊？”

“来了。”

“在哪里？”

“在二楼。”

“在二楼做什么？”

“在做什么啊？就是在二楼嘛。”

“开什么玩笑！”

与次郎手中还拿着一本书，一路走到楼梯下，用他一贯的声音说：“里见小姐！里见小姐！我们在整理书，请你过来帮忙一下！”

“我马上过去。”美弥子手持扫帚和掸子静静地走下楼。

“你在做什么？”与次郎在下面焦急地问道。

“打扫二楼。”她答道。

与次郎等不及她下楼，一路便把美弥子带到房间的门口。车夫卸下来的书籍堆了满地。三四郎背对着门口蹲在其中，开始看起书来。

“哇，真伤脑筋。这些书要怎么办呢？”当美弥子这么说的时候，三四郎回头看了她一眼，嘻嘻地笑了。

“没什么伤不伤脑筋。就是把这些书搬进房里，整理好就是了。老师应该也快回来帮忙了，不会太费事的……喂！你别蹲在那儿看书好不好？以后再借回去慢慢看嘛！”与次郎抱怨道。

于是美弥子和三四郎在门口将书本整理好，再递给与次郎拿进房里的书架上排好。

“你不可以这样乱拿，这套书应该还有一本才对呀！”与次郎挥着一本青色的平版书说道。

“可是没有啊！”

“怎么可能会没有！”

“找到了！找到了！”三四郎说。

“在哪里？我看一下。”美弥子凑过脸来。

“*History of Intellectual Development*①啊，找到了耶！”

“什么找到、没找到的！快拿来啦！”

三人勤快地整理了三十分钟左右。最后，连与次郎也不急了。他盘着腿面向书架一语不发地坐着。美弥子推推三四郎的肩膀，三四郎笑着问与次郎：“喂，你怎么了？”

“嗯……不知道老师收集这些没用的书做什么？简直是找麻烦嘛！要是现在把这些全卖了，去买股票一定可以捞一笔，真拿他没办法。”与次郎叹了口气，依然面向墙壁盘腿坐着。

三四郎和美弥子相视而笑。主事者不动，于是他们俩也停止整理书籍了。三四郎拿出一本诗集把玩着，美弥子则将一部大画册放在膝上欣赏。临时雇来的车夫和女仆在后门处不时地吵嘴，非常吵闹。

“你看一下。”美弥子轻声地说。

三四郎弯腰探过身去看画。美弥子的头发飘来香水的气味。

是幅人鱼的画。裸体的女人腰部以下是鱼，鱼身绕过腰部，另一侧只露出鱼尾。女人一只手用梳子梳理着长发，另一只手则捧着

---

① History of Intellectual Development（《知识进化史》）为英国哲学家、历史学家克鲁嘉（John Beattie Crozier）（1849 ~ 1921）的著书。

发梢，面向这边。背景是广阔的海。

“人鱼！”

“人鱼！”

互相碰触到头的这两人冒出同样的话。这时候盘坐着的与次郎想起了什么似的，“什么，你们在看什么？”他来到走廊。于是三个人聚在一起，一张张地翻看起画册，冒出了各式各样的批评，大家都很随便地评论。

就在这时候，广田老师穿着礼服从天长节的庆祝典礼回来了。他们三人向老师打招呼时，随手将画册阖上。老师要他们快把书整理好，于是三个人又开始勤快地动了起来。这回主角在场，大家知道没法偷懒了，一小时后总算把堆放在走廊的书籍全放进书柜了。四个人并列在书柜前看着整理得井然有序的书籍。

“其他的明天再整理。”与次郎说，他差一点要说再忍耐一下。

“老师收集了好多书籍喔！”美弥子说。

“老师，这些书你全都看过了吗？”最后三四郎问道，三四郎觉得为了作为事实的参考，而向老师确认一下。

“我怎么可能全都看完，如果是佐佐木的话，可能就有办法。”

与次郎搔搔头。三四郎正经地说：“我从前一阵子开始在图书馆借一些书来看，可是不管借哪本书，一定都有人看过。于是我试着借了阿弗拉・贝恩的小说来看看，结果还是有人已经念过了，所以我很想知道读书范围的底线，才这么问的。”

“阿弗拉・贝恩的书我也看过。”广田老师的这句话令三四郎一惊。

“出乎我的意料，老师的癖好就是专念别人不念的书。”与次郎说。

广田笑笑，走向客厅。大概是要去换衣服吧？美弥子也跟在后面走了。然后与次郎对三四郎说：“就是这样，所以是个‘伟大的黑夜’呀！他什么都读，却完全不发光。我觉得他应该多读一些符合潮流的东西，出出风头比较好。”

与次郎的话绝不是冷嘲热讽。三四郎沉默地望着书柜。这时客厅传来美弥子的声音。

“吃东西了，你们两个也过来呀！”

他们俩从书房穿过走廊来到客厅。客厅中央放着美弥子提来的篮子，盖子已经拿起来了。篮子里装满了三明治。美弥子坐在旁边，将三明治分装到小碟里。与次郎和美弥子开始一问一答。

“亏你没忘记要带来。”

“没办法呀，你特地交代的嘛！”

“那只篮子也是买来的啊？”

“不。”

“家里原本就有的？”

“嗯。”

“好大一个喔！是车夫载你来的吗？早知道就顺便叫他留下来帮忙。”

“车夫今天出去办事了。我虽是个女人，这点东西可还拿得动。”

“那是你才拿得动，换了别人家的小姐可不干呢！”

“是吗？那我也不要做好了。”美弥子一面将食物放至小碟，一面应付与次郎。她的话一点也不拖泥带水，而且从容沉着。她几乎没正眼瞧与次郎。三四郎看得既敬佩又服气。

女仆从厨房端茶过来。大家围着篮子吃起三明治。好一会儿一片宁静。不久，与次郎心血来潮地和广田老师聊了起来。

“老师，我顺便问一下，刚才提到的什么贝恩的事。”

“你是说阿弗拉·贝恩啊？”

“他到底是何许人啊？那个叫作阿弗拉·贝恩的人。”

“她是英国的女作家，十七世纪的。”

“十七世纪太过时了，成不了杂志的题材。”

“的确过时了。但她是第一位以写小说维生的女性，所以很有名。”

“光是有名没用，我再多知道一点。她写了哪些作品？”

“我只读过《奥尔诺科》[1]那部小说，小川，那部小说应该收在全集里对吧？”三四郎早就忘得一干二净。问了老师故事的大纲后，三四郎才知道那部小说是描写一位叫作奥尔诺科的黑人皇族被英国的船长欺骗、被当奴隶卖掉的悲惨故事。这故事还被后世的人当做是作者亲眼所见的真人真事而深信不疑。

“真有意思。里见小姐，怎么样，你也写一篇奥尔诺科好了。”与次郎又对着美弥子说。

“要写是可以，不过我又没有那种实际经验。”

“如果需要黑人主角，小川也不错嘛！既是九州岛男，肤色又黑。”

“嘴巴真坏！”美弥子像在为三四郎辩护似地说道，然而她马上又转向三四郎，问他：“可以写你吗？”她的眼神让三四郎想起今天早上手提篮子，从门后现身那一瞬间的女人。他兀自陶醉其中。那是一种陶醉而畏缩的心情，所以他当然说不出“那就有劳你了！”之类的话。

广田老师照例抽起烟来。与次郎评道：“老师从鼻子吐出哲学之烟。”烟吐出来的样子不太一样。悠然而粗直的烟棒从两个洞口窜出，与次郎靠在纸门上望着那两缕烟沉默不语。三四郎的视线则茫然地停在院子里。这不像在搬家，看起来简直是个小型集会，谈话的内容也很轻松。只有美弥子正折着刚才老师换下的礼服。看来帮老师换上和服的也是美弥子。

“刚才提到奥尔诺科，你这人挺粗心的，弄错了可不好，我在这里顺便告诉你。”老师稍微放下烟。

---

①《Oroonoko,the royal slave》为近代小说原型之一，具有重要的历史意义。

“嗯，请老师指教。”与次郎认真地说。

“那部小说发表之后，有一个叫作萨赞[①]的人将那个故事写成了同名的剧本。你可别将两者混为一谈。”

“嗯，不能混为一谈。”

正在叠衣服的美弥子看了与次郎一眼。

“那份剧本里有一句名言。Pity's akin to love.”老师又吐了一口哲学之烟。

“在日本似乎也有类似的话。”这回换三四郎开口，其他人也说有类似的句子，不过没有人想出来。后来干脆将这句话翻译出来，四个人尝试了各种翻译，却迟迟无法定译。最后与次郎提了个很有他个人特色的意见：“这句话一定得用俗谣去翻啦，这句子的趣味就在俗谣本身嘛！”

于是其他三人便把翻译权全交给了与次郎。与次郎想了片刻，说：“这么说会不会有点牵强啊？可怜的是爱上了呀！”

“不行，不行。这么翻太低俗了！”老师忽然露出一脸苦相。与次郎翻译得实在太粗俗了，以致三四郎和美弥子也笑了出来。就在笑声还未停歇之际，院子的木门开了，是野野宫来了。

“已经整理得差不多啦？”野野宫边说边来到檐廊，探头环视着屋里的四个人。

“还没整理呢！”与次郎马上应道。

“可不可以请你来帮帮忙啊？”美弥子搭腔地说道。野野宫嘻嘻地笑说：“好像很热闹的样子，有什么好玩的吗？”说毕，他便一个转身背坐在檐廊下。

“刚才我翻译了一个句子，结果被老师骂。”

“翻译？什么翻译？”

---

① Thomas Southerne（1660～1746）英国京剧作家。

“很无聊的东西。我翻译成‘可怜的是爱上了呀’！”

“啊？”野野宫斜转过身，问：“到底是什么句子啊？我不懂意思。”

“任谁也听不懂的。”这回换老师开口。

“不，因为用词太过牵强，如果照理引申的话，应该是：所谓可怜的事就是爱上了他。”

“啊哈哈哈！那原文是怎么写的？”

“Pity's akin to love.”美弥子重述一次。她的发音真美。

野野宫站起身来，往庭院走了两三步，然后又绕转回来，面朝房里。

“原来如此，真是高明的译句。”三四郎无法漠视野野宫的态度和视线。

美弥子去厨房洗茶杯、泡新的茶，端到檐廊下。

“请用茶。”她说完便在那儿坐了下来，”良子她还好吗？”

“嗯，身体是已逐渐康复了……”野野宫又坐下来喝茶。然后稍微面向老师说：“老师，我好不容易搬到大久保去，看样子好像又得搬回这一带了。”

“为什么？”

“我妹妹说她不喜欢上下学时经过户山之原，再加上我晚上做实验，要她等到那么晚她会寂寞，所以行不通。现在那个家有我母亲在，所以无所谓，可是再过一阵子，她回老家后，就只剩女仆一人了。放那两个胆小鬼在家，她们一定会受不了的。实在是很麻烦。”野野宫半开玩笑地叹了口气，接着看了美弥子说：“里见小姐，如何？可不可以到你那儿当食客啊？”

“随时欢迎。”

“是哪一位？是宗八兄还是良子啊？”与次郎问。

“两个都可以。”

只有三四郎不语。广田老师稍微正经地问道："这样一来，你打算怎么办啊？"

"只要能解决我妹妹的事，我暂时租屋也无所谓。如果不行的话，大概就得再搬家了吧！我甚至考虑要不要搬进宿舍住，不过她还是个孩子……"

"那就只剩下里见小姐那儿了。"与次郎又再度将注意力转向美弥子。广田老师一副不理睬与次郎的态度说："是可以住到我家的二楼，不过佐佐木这家伙又在……"

"老师，千万要收留我让我住在二楼啊！"与次郎帮自己说话。

野野宫边笑边说："总之我会想办法的。我妹妹只是个子高，其实她还很幼稚，吵着要我带她去团子气看菊花人偶展。"

"你就带她去嘛，连我都想看呢！"

"那一起去看吧！"

"嗯，一言为定。小川也一起来吧！"

"好啊！"

"佐佐木也来喔！"

"我才不去看菊花人偶展呢！去看菊花人偶展还不如去看电影。"

"菊花人偶展不错啊！"这回换广田老师开口，"恐怕连外国也没那种手工的玩意儿了。去见识见识手工所做的东西是有必要的。如果一般人能做出那样的东西，恐怕就没有人会去团子气了。如果一般人，家里也有四五个人肯定精通的话，就用不着去团子气。"

"这真是老师一流的论调。"与次郎评道。

"以前在课堂上也常拜倒在老师的论调下。"野野宫说。

"那老师也一块去嘛！"最后美弥子说。老师不发一语。大家都笑了。

厨房传来婆婆的声音："哪一位过来一下！"

与次郎应了声"喔！"，便马上站起来。三四郎依然坐着。

“我差不多该走了。”野野宫起身。

“咦，要回去啦？真快。”美弥子说。

“上回那件事再缓一缓。”广田老师说。

“嗯，好的。”野野宫答完后，从院子里走了出去。当人影消失在门后时，美弥子突然想起什么似地说：“对了、对了！”，于是套上脱在庭前的木屐去追野野宫。他们在门口说了些话。

三四郎静默地坐着。

第五章

三四郎觉得美弥子的双眼皮有着某种不可思议的意义，而那个意义带着灵魂的疲惫与肉体的松弛，有着近似苦痛的诉愿。

一进门，就看到上次的荻草长得比人还高，草根处形成一片黑影。这黑影攀源于地面上，一往里头走去便看不见了，看起来好像爬上了叶与叶重叠的背面似的。强烈的阳光照射在叶面上。洗手台旁边种着南天竹，也长得比一般的还高。三株南天竹依偎在一起，左摇右晃的，竹叶则延伸在厕所的窗户上。

荻草和南天竹间露出部分檐廊。檐廊以南天为基点斜向另一头。荻草影子落在最远的角落，而荻草则在最近的地方。良子坐在荻草影下的檐廊上。

三四郎和荻草并列站着。良子起身站在平坦的石块上。三四郎这才惊觉她个子这么高。

“请进。”依然是像等待着三四郎似的用语，三四郎想起在医院时的情形。他穿过荻草，来到檐廊前。

“请坐。”

三四郎穿着皮鞋，他小心翼翼地坐下来。良子拿来坐垫。

“请用。”三四郎坐上坐垫。

从一进门到现在，三四郎一句话都还没说。这位纯真的少女只是将自己心里所想的告诉三四郎，似乎没有要求三四郎回应的样子。三四郎有种身处在天真无邪的女王面前之感，只是听命于女王的使唤，并没有奉承的必要。哪怕只说了一句迎合对方的话，都会突然变得卑微，而像哑巴奴隶似地听任差遣就很愉快。

虽然三四郎被孩子气的良子当小孩子看待，然而他一点也没有自尊心受创的感觉。

“要找我哥哥吗？”良子接着问道。

三四郎并不是来找野野宫，也并非不是来找野野宫。事实上三四郎自己也不晓得为何而来。

“野野宫还在学校吗？”

“嗯，他是不到深夜不回家的。”

这是三四郎也知道的。三四郎词穷了，他看到檐廊上放着画具箱，还有画到一半的水彩。

“你在学画吗？”

“嗯，我喜欢画画。”

“老师是谁？”

“我还没有拿手到去拜师学画。”

“借我看一下。”

“这个啊？这个还没画好耶。”良子将画到一半的画递给三四郎。原来是画自家的庭院。只画好了天空、对面人家的柿子树和大门口的荻草而已，其中柿子树画得甚为火红。

“画得真好。”三四郎边看画边说。

“这幅画吗？”良子有点吃惊。她真的是吓了一跳，完全不像三四郎那样做作。

三四郎这会儿已无法将说过的话当作玩笑话，也无法正经地接下去。不管怎么样，他很可能会被良子唾弃。三四郎看着画，心里羞愧不已。

从檐廊往屋里望去，一片静寂。别说是客厅了，就连厨房也好像没人在的样子。

“你母亲回老家去了吗？”

“还没回去。这两天应该就要回去了吧！”

“她现在在家吗？”

“她出去买东西了。”

“听说你要搬到里见小姐家，这件事是真的吗？”

“为什么？”

“为什么？……上次在广田老师家听到的。”

“还没决定。说不定会。”

三四郎稍微懂了。

“野野宫和里见小姐原来就有交情吗？”

“嗯，是朋友。”

三四郎心想：“是不是指男女朋友的意思？”他觉得好笑，也没法再多问了。

“听说广田老师是野野宫以前的老师。”

“嗯。”谈话就在良子的一声“嗯”后停了下来。

“你搬到里见小姐那里会比较好吗？”

“我？嗯，不过那对美弥子的哥哥不太好意思。”

“美弥子小姐有哥哥啊？”

“是啊，和我哥同一年毕业的。”

“也是理学院的啊？”

“不，他念不同科系，是法学院的。在他上面本来还有一个哥哥，是广田老师的朋友，不过很早就过世了。现在只剩恭助哥而已。”

“他父亲、母亲呢？”

良子笑了笑，说：“没有啊！”那表情仿佛是光想象美弥子双亲的存在就觉得莞尔似的。看来过世得很早，可能在良子的记忆中完全不存在吧！

“就是因为这层关系，所以美弥子小姐才经常出入广田老师家的吧。”

“是啊！听说她过世的哥哥和广田老师是非常要好的朋友。美弥子喜欢英语，所以常常去跟广田老师学。”

“她也来这里吗？”

不知道什么时候，良子已经开始画起了水彩。她完全不介意三四郎在旁边，还有问有答。

“你是说美弥子啊？”良子边问边画上柿子树下的茅草屋顶的影子。

“有点太黑了？”她将画拿给三四郎看。

这回三四郎老实地应道：“是太黑了点。”

良子便将画笔蘸上水，晕淡黑色部分。过了一会才回答三四郎说：“她也会来这里啊！”

“常常吗？”

“嗯，常常来。”良子依然故我地作画着。由于良子画着画，使得三四郎和良子间的问答变得轻松许多。

两人沉默了片刻后，三四郎探头看了看画，良子专注地涂掉茅草屋顶的黑影，结果水蘸得太多，加上不太习惯毛笔的使用方法，因而黑色的汁液任意地浮向四方，好不容易画好的红柿成了阴干柿子饼的颜色。良子放下画笔，伸伸双手，收起下巴，尽可能地从远处观望画纸，最后她细声地说：“没救了。”

真的是没救了，没办法，三四郎觉得很可惜。

“算了，再画张新的。”

良子面对着画，用眼角余光瞄了三四郎。一双大而温润的眼睛，三四郎愈发为那一幅画觉得惋惜。这时候良子突然笑了出来。

“真是傻瓜，浪费了两个钟头！”她边说边在水彩画上纵横地涂了两三道粗线，然后啪地一声盖上画具箱。

“算了，进屋里去吧！我去泡茶。”良子说着，径自进屋去了。三四郎懒得脱鞋，所以还是坐在檐廊下。他心想，到现在才想到要去泡茶的良子还真有意思。其实三四郎并无意调侃这位出奇的女孩，只是突然有人对他说要去泡茶，使得他不由得一阵喜悦。那种感觉绝不是亲近异性就能获得的。

饭厅传来说话的声音，一定是女仆在家。终于纸门被拉开，良子端着茶具出现。从正面看那张脸，三四郎觉得那真是张充满女人味的脸。

良子倒了杯茶拿到檐廊，自己则进屋坐在榻榻米上。三四郎本想该走了，又觉得一待在这女孩的旁边，好像不回家也无所谓。在医院时，因注视这女孩良久，以致她脸红，所以三四郎速速地离开了。不过，今天一点事也没有。多亏端来茶，他们一个坐在檐廊，一个坐在屋里又聊了起来。聊着聊着，良子问了三四郎一个奇怪的问题。她问道：“你是喜欢我哥哥，还是讨厌他？”乍听之下会认为是顽劣无知小孩的话，然良子这话还有更深奥之处。因为研究心强、沉迷于学问之中的人，对任何事都以研究的态度去观察，因此感情面会比较薄弱。若以感情来看事情的话，万事都能分成喜欢或讨厌两种。这不是研究态度所能区分的。因为自己的兄长是位理学家，不能分析妹妹。愈解析妹妹，就愈不疼爱妹妹，因此对妹妹就不会亲切。但一想到那么爱钻研的哥哥如此疼爱妹妹，哥哥一定是个全日本最好的人，于是得到这样的结论。

三四郎听了这番言论，觉得很有道理；可是同时又觉得有点泄气，到底哪里觉得泄气呢？他脑袋一片混沌，也搞不清楚。因此他并没对这番言论下任何评语。只不过三四郎在心里对自己身为男人却无法明确地评论一个女孩所说的话感到窝囊而深觉羞愧。同时，他也觉悟到东京女学生是轻视不得的。

三四郎怀着对敬佩良子的心情返回宿舍。

有一封信。

“明下午一时左右去看菊花人偶展，请您到广田老师家会合。美弥子”

由于和之前从野野宫口袋里露出的信封上的字迹很像，因此三四郎反复看了好几次。

隔天是礼拜天。三四郎吃过午饭后马上来到西片町。他身穿新买的制服，脚蹬油亮的皮鞋。走过安静的小巷，一到广田老师家门口，便听到人声。

老师家一进门左手边是庭院，只要一打开木门不用经过玄关就能直通到客厅的檐廊。正当三四郎准备将扇骨树篱间的木门横杆扳开时，忽然听到院子里传来说话声。

是野野宫和美弥子间的对话。

“那么做，是会摔死在地上的。”这是男声。

“就算是死，那么做还是比较好。”女人回答。

“本来像那种无谋的人，从高处落地而死算是值得了。”

“怎么说得这么残忍。”

三四郎在这时打开了木门。站在院子中央对话的两位主角同时看了过来。野野宫淡淡地说了声：“嗨！”然后点了点头。他头上戴着一顶新的茶色呢帽。

美弥子马上问道：“信什么时候寄到的？”他们俩刚才的对话就此中断。

主人穿着西装坐在檐廊，和平常一样谈论着哲学，手上握着西洋杂志。良子坐在旁边，双手撑在身后，一面将身体腾空，一面望着伸直的脚上套着的厚底草鞋。看来大家都在等着三四郎。

主人丢下杂志，说："走吧！到头来我还是被硬拉去了。"

"有劳了。"野野宫说。两个女孩相视窃笑着，两人一前一后地来到庭院。

"你个儿好高。"美弥子走在后面说道。

"大个儿！"良子应了一声。走到门口站在一起时，良子辩道："我尽可能都穿草鞋。"正当三四郎也相继要走出院子时，二楼纸门喀拉喀啦地拉了开来。与次郎探头到栏杆来。

"你要去啊？"他问。

"嗯，你呢？"

"我不去。看菊花展有什么用！傻瓜！"

"一起去嘛！你在家还不是没事做？"

"我现在正在写论文，在写大论文耶！哪有什么时间出去玩！"

三四郎受不了地笑了笑，随后追上前面四人。他们四人已经远远走离窄巷，正朝着宽了三分之二的大马路前进。

三四郎看着这一行映在清澄空气下的影子时，他觉得现在的生活远比住在熊本还深具意义。他曾想象的三个世界中的第二、第三世界，正是这一行影子所能代表的。影子的一半是浅黑色，一半则像花开遍野般地明亮，在三四郎心里，这两边浑然天成地调和着。不但如此，自己也不知不觉地委身于这片经纬中了，只是深陷其中还有缥渺未定之感，那令他感到不安。三四郎边走边想，近因是刚才野野宫和美弥子在院子里的对话。为了驱除这份不安，三四郎决定再挑起他们刚才的话题。

四个人已经来到转角，全都停下脚步回过头，美弥子将手遮在额上。

三四郎快步追了上去。当他追上大家时，没有人说什么，只是大伙又继续往前走。过了一会儿，美弥子开口说："野野宫兄是物理学家，怎么会说那种话呢？"好像是在延续刚刚的话题。

"即使我不是物理学家也一样。要飞得高一定得先思考飞翔的装备，所以得先动脑吧？"

"如果不想飞得那么高的人，说不定就安于原状了。"

"不安于原状就是死路一条。"

"这么说来，安全站在地面上是最好的啰？真没意思！"

野野宫没有回应地转向广田老师，边笑边说道："难怪诗人以女性居多！"

于是广田老师巧妙地回了句："男人的缺点大概就是没办法成为一位纯粹的诗人吧！"野野宫没有回应。良子和美弥子开始交谈，三四郎终于有机会可以开口询问了。

"刚刚你们在说什么话题啊？"

"就是飞机的事嘛！"野野宫随意应道。三四郎觉得他听到这话感觉像是结语。

之后再没其他的对话了。他们来到人潮汹涌，无法长聊之处。大观音像前乞丐磕着头，不断地大声向路人乞讨。当他抬起头来时，额头白白地沾了沙子。没人回头看他一眼，三四郎一行人也若无其事地走过。走了五六十米，广田老师忽然回头问三四郎："你有没有给乞丐钱？"

"没有啊！"三四郎回头一看，刚刚那乞丐正双手合十于灰白额前，依旧大声地喊着。

"我一点也不想给他钱。"良子接着说道。

"为什么？"良子的哥哥看看她。野野宫的用词不至于令人窘困，他的脸色很冷静。

"像那样急躁是不会有什么结果，行不通啦！"美弥子下了个评语。

“不，是地点不对。”这回换广田老师开口。

“因为这里人潮太多，行不通。若是在冷清的山上遇到那样的乞丐，任谁都会给他钱的。”

“不过，说不定他等了一天也等不到人经过呢！”野野宫嗤嗤地笑道。

三四郎听了他们四人对乞丐的评论后，觉得自己长久以来养成的道德观有几分受创。可是当自己经过乞丐面前时，不但没有念头要给他一毛钱，老实说，他甚至还觉得不太高兴。三四郎反省后，发现他们四人比自己要忠于己意多了，而且也领悟到那四个人是活在能包容并忠于自己广大天地下的都市人。

人渐渐地多了起来。过了一会儿，他们遇到一位迷路的小孩，才七岁的小女孩。她边哭边穿梭在人群的和服袖间，不停地喊着奶奶、奶奶。她的模样令往来的人们看得心疼。

有人停下脚步，有人嘴里叨念着可怜，然而却没有人伸出援手。小女孩引起所有人的注意和同情，她不断地哭着找奶奶。难以置信的景象。

“这是不是也要归咎于地点不好？”野野宫目送小女孩的身影说道。

“因为大家都认为警察会来处理，所以全都在逃避责任。”广田老师说。

“如果她来我身边的话，我就送她到警察局。”良子说。

“那干脆去追她，带她去好了。”良子的哥哥提醒她。

“我不想去追。”

“为什么？”

“为什么啊？因为有这么多人在，而且又不是我一个人的事。”

“还是逃避责任嘛！”广田说。

“总之就是地点不对。”野野宫说。两个男人笑了。

当一行人来到团子气的时候，警察局前聚集了黑压压的一大群人。迷路的小女孩终于被带到警察那里了。

“可以安心，没问题了。”美弥子回头看了看良子说道。

“嗯，太好了。”良子应道。

从坡道上看过去，整条坡道是弯曲，像刀锋似的，宽度很窄。右侧两层楼建筑遮住了左侧小屋的前半部，后面还插了好几支高高的旗帜。人潮看起来仿佛突然陷入谷底般，上下胡乱交错，拥塞在整条坡道上，谷底处异样地移动着。仔细一瞧，不规则的蠕动令人眼花缭乱。

广田老师站在坡上说：“真是受不了。”看来他好像很想回家。其余四个人半推半就地将老师拉向谷底。走到一半转弯处，左右两侧全是高挂着芦苇帘的小屋，这使得天空看起来格外地寒酸。人潮一直拥挤到天黑，守门员拉着洪亮的嗓子叫喊。

“那不是人发出的声音，是菊花人偶发出的。”广田老师评道。可见那声音有多偏离现实。

他们一行人进入左侧的小屋。

里面展示的是曾我的讨伐。五郎、十郎、赖朝，全都穿上菊花衣裳，只有脸和手足是木雕。

再则是下着雪，年轻女子生气着，这也是将人偶的心用菊花和叶片妆点出来的作品。

良子专心地注视着。广田老师和野野宫则不时地交谈。正当他们谈到菊花的栽培方法有误之类的话题时，三四郎被其他参观者挡在十米外之处，美弥子已经走在三四郎之前了。参观的人大概都是些商人，很少有教育程度高的人。美弥子站在那儿观望。她伸长脖子朝野野宫看去，野野宫则将右手伸出竹栏杆，指着菊花的根部，好像在说明些什么。美弥子又回过头。她被人潮一挤，很快地走到出口了。三四郎推开群众，将其他三人抛在脑后，径自追随在美弥子之后。终于他追到美弥子身边。

“里见小姐！”当三四郎叫出口时，美弥子抓住青竹栏杆，回头看了三四郎。她没说话，栏杆内是养老瀑布。一个圆脸、腰系斧头的男人，拿着葫芦，站在瀑布的旁边。当三四郎看到美弥子的时候，他几乎没注意到青竹栏杆内到底在展示着什么东西。

“怎么了？”他无意识地问。美弥子没有任何回应。

她黑溜溜的双眼忧郁地落在三四郎的额前。这时三四郎觉得美弥子的双眼皮有着某种不可思议的意义，而那个意义带着灵魂的疲惫与肉体的松弛，有着近似苦痛的诉愿。三四郎忘了自己正等着美弥子的答复，因她这双眼眸而遗忘了一切。这时候美弥子开口了：

“我们出去吧！”

美弥子的眼眸次第地接近。随着这样的接近，在三四郎心中萌生了一个非得为这女人出去不可的念头。当这个念头达到顶点之时，女人将头别了过去。她放开青竹栏杆，朝出口走去。三四郎旋即跟在后头。

当他们俩并列在门口时，美弥子低着头，右手贴在额头上。周围的人潮漩涡似地移动着。三四郎靠近她的耳朵。

“怎么了？”

她在人潮中走向谷道。三四郎当然也一起走。约莫五十米后，女人停在人潮中。

“这里是哪里？”

“往这里走的话就到谷中的天王寺了。与回家的路刚好相反。”

“是吗？我不太舒服……”

三四郎在路中央感到一股无助的痛苦，他站在那里想了片刻。

“不知道哪里有安静的地方？”他问女人。

谷中与千驮木在山谷交会的低处有一条小河。沿着这条小河往左走，马上就来到原野。小河笔直流向北方。三四郎来到东京之后，曾在河的对岸走过几次，在河的这一侧也走过几回，他全都记得清清楚楚的。美弥子站在河流横切过谷中町、流向根津处的石桥旁。

“有没有办法再走一百米左右？”他对美弥子说。

“走。”

两人马上走过石桥，然后向左转，在庭园小径的路上走了大约一百米，从路旁人家的大门前渡过木板桥，片刻后再上溯河缘来到一片广阔的原野。

三四郎来到这片寂静的秋色，突然开口说话了。

“你的身体怎么样了？头还痛不痛？刚才可能是因为人太多的缘故吧？去看菊花人偶展的观众里有一些挺不入流的人——我是不是说错了什么？”

女人无语。终于她抬起望着河水的双眼看三四郎。她的双眼清晰有神。三四郎看了她的眼神后安心了一半。

“谢谢，好多了。”她说。

“休息一会儿吧！”

“嗯。”

“你还能再走走吗？”

“嗯。”

“如果还走得动的话就再走走吧！这里脏脏的。那里刚好有一个适合休息的好地方。”

“嗯。”

他们来到十来米外的地方，有一座桥。三四郎大步地走上用旧木板架成不到一尺宽的桥，女人也跟在后头走过。看着在前方等待着美弥子的三四郎眼里，女人的脚步轻盈地像踩在一般的平地一样。这女人笔直地迈出率真的脚步往前走，她并没有刻意踩出女人娇嗔的步伐。就因为如此，三四郎实在没有理由把手伸出去扶她。

前方有一座稻草屋，屋檐下一片火红。走近一看，那里晒着一整片红辣椒。女人走到可以清楚分辨红色物体是辣椒的地方。

“真美！”她边说边在草地上坐了下来。

小草只长在河流边缘的地方，而且不绿。但美弥子完全不在意会弄脏她美丽的和服。

“要不要再走一会儿？”三四郎站着，催促似地说。

“谢谢，这样就够了。”

“你还是不舒服吗？”

“因为实在太累了。”

三四郎终于也在脏脏的草地上坐了下来。美弥子和三四郎之间隔了四尺左右。他们俩的脚边有条小河。秋天水位变低，水流清浅，一只鹡鸰鸟甚至还停在露出棱角的石头上。三四郎望着流水，水渐次地混浊了。一看，原来是人们在河里洗萝卜。

美弥子的视线停在遥远的彼方。远方是一片广阔的稻田，稻田的尽头是森林，森林的上方是天空。天空的颜色慢慢地变化。

在单调而清澄的天空中，出现了几道颜色。透明澄澈的蓝底渐次转淡消失。白色的云朵沉甸甸地挂在上头，交迭的部分流泄。底色从哪里消失，云朵在哪里形成，完全无从得知。在这慵懒的天空中，一整片安谧的色彩高挂其中。

“天空的颜色变浊了。”美弥子说。

三四郎将视线从河流中抽离，抬头望天。他并非第一次看到这样的天空。仔细一看，除了用“天空变浊”这句话来形容外，实在没有其他词可以形容这片天空的颜色。正当三四郎准备要答些什么的时候，女人又开口了。

“沉甸甸的，像大理石一样。”

美弥子抬着头，把双眼皮眯成细细一道线远望高处，接着又用那双眼睛静静地看向三四郎。

“看起来很像大理石吧？”她问。

“嗯，看起来是像大理石。”三四郎除了这样回答以外别无他法。女人就此沉默了。过了片刻，换三四郎开口。

“在这样的天空下，虽然心境会变沉，心情却很轻松。”

“为什么？”美弥子反问道。

对三四郎而言，并没有为什么。他没有回答她，又接着说：“这片天空像是安心梦见的景色一样。”

“好像在移动，又没什么动静耶。”美弥子又开始眺望远处的云朵。

菊花人偶展里招揽客人的吆喝声不时地传到两人处。

“好大声喔！”

“他们是不是从早到晚都那样喊哪？真厉害！”三四郎说完，突然想起丢下另外三人的事。本来三四郎想说什么，结果美弥子开口呼应刚刚三四郎的话：“他们在做生意嘛，就如同在观音菩萨那里的乞丐一样啊！”

“地点不差吗？”

三四郎很难得说了个笑话，然后开心地笑了。他似乎觉得广田老师说的乞丐那件事很好笑。

“广田老师就是爱说那类事情。”三四郎自言自语地说着，忽然改变话题：“像现在这样坐在这里，我们没问题，及格了。”又添了这句比较活泼的话。这回他又觉得自己的可笑而笑了。

“果真如此，就像野野宫兄所说的，再怎么等也等不到有人经过。”

“那不是正好吗？”三四郎一溜口地说道，随后他总结了一句：“因为我们是不化缘的乞丐啊！”这句话听起来像是为解释前面那句话而说的。

这时突然冒出一个陌生人。从晒着红辣椒的屋子后面现身，不知道何时已渡过了河的对岸，然后渐渐地朝三四郎他们靠近。

是位穿着西装，蓄着胡须，年龄和广田老师差不多的男人。当他来到他们的面前时，突然一转头，朝三四郎和美弥子瞪了一眼。从他眼底可以清楚地看到憎恨的眼神。三四郎一动也不动地坐在原地，感受到一股不自在。

男人总算走了，三四郎目送他的背影说："广田老师和野野宫一定在找我们吧！"他这才下意识地说道。美弥子的反应则几乎是冷淡的。

"没关系的啦！因为我们是迷路的大人……"

"因为我们迷路了，所以他们才会找人的呀！"三四郎仍然主张刚才说的话。结果美弥子又更冷酷地说："想逃避责任，这样不是正合其意吗？"

"谁啊？你说的是广田老师吗？"美弥子没回答。

"是野野宫吗？"美弥子还是没作答。

"你的身体舒服点了吗？如果好了，我们差不多也该回去了。"美弥子看看三四郎。

三四郎已经起了一半的身体又在草地上坐了下来。这时三四郎隐约有种驾驭不了这女人的感觉。同时，也因为被对方看透自己心思而产生一种屈辱的感受。

"迷路的人。"

女人看着三四郎重复了这句话。三四郎没有回答。

"你知道'迷路的人'英语怎么说吗？"三四郎不晓得该说知道或不知道，他压根没想到她会问这样的问题。

"让我来告诉你吧！"

"嗯。"

"Stray Sheep[1]这个词你知道吗？"

三四郎一遇到这种情况就不知道该如何应对才好。等时机一过，冷静下来回顾，才后悔早知道那样说、这样做就好了。可是他并没有因为预期了这个后悔，而勉强地将应急的回答自然地说出来，只是沉默，而且三四郎还自觉如此沉默实在很蠢。

三四郎好像知道"Stray Sheep"这个词，又不确定。所谓的知不知道，与其说是指字面上的意义，不如说是使用这个字眼的女人她的意思。三四郎局促地看着女人，不语。结果女人突然认真了起来。

"我看起来有那么霸道吗？"她的语气听起来有辩解的味道。三四郎觉得有点意外。直到刚才他都身在五里雾中，心里只想着只要雾散了就好。因为她的这句话，雾散了。清晰明了的女人出现了。放晴得使他有种悔恨的感觉。

三四郎想找出美弥子那如同天空般既清澄又混沌的态度所代表的意义，然而那并非说几句讨好她的话就能办到的事。

美弥子突然开口说："走，我们回去吧！"她的口气并没有厌倦的意思。只不过对三四郎而言，那是一种对自己不感兴趣的事物放弃似的平静语调。

天空又变了。风从远处吹来，在广阔的田野上，除了太阳是温暖之外，一切都是那么寂寥。自草地上升起的地气使身体感到一股凉意。三四郎想想，还真厉害，在这种地方竟能坐到现在。如果只有自己一个人的话，一定早就离开了。美弥子也……美弥子说不定就是那种一个人也会坐在这种地方的人。

---

① Stray Sheep为《新约圣经》Mattaios传十八章十二至十四节所记载："如果这里有一位拥有一百头羊的人，羊群中突然有一头不见了，你们觉得他会把其他九十九头羊丢在山上，去寻找那头失踪的羊吗？我认为如果他找到那头失踪的羊，一定比拥有那九十九头羊更感到高兴。同样的，你们在天上的父亲也一定不愿见到你们任何一个小生命的殒落。"

“好像变冷了，我们站起来吧！着凉了可不好。你有没有舒服一点？”

“嗯，好多了。”她明确地应道，然后倏地站起身来。

当她起身时，自言自语轻声说：“Stray Sheep.”三四郎当然没有回应。

美弥子指着刚才身着西装的男人出现的地方说：“如果那里有路的话，我想从红辣椒旁边的路走过去。”于是他们俩便走了过去。茅屋的后面果然有一条三尺宽的小路。走了一半左右，三四郎开口问美弥子：“良子已经决定要去住你那儿了吗？”

女人露出半边的微笑，反问道：“你为什么这么问呢？”

三四郎正准备说什么的，结果眼前一滩泥泞。大约四尺宽的地方，土壤凹陷下去，里头湿答答地积着水。为了能走过去，凹洞中央摆着块恰到好处的石头。三四郎没依赖石头，直接跳过，然后他回头看看美弥子，美弥子的右脚正踏上泥沼中的石块，石头摆得不稳，脚一用力踩，肩膀便摇晃地失去平衡。

三四郎伸出手，“你抓住我。”

“不，不要紧的。”女人笑道。

当三四郎把手伸出去的时候，她只是在找平衡点，并没有走过去。三四郎缩回手，美弥子将重心放在踩在石头上的右脚，然后左脚轻轻地跳了过去。结果她为了不弄脏木屐，而太过用力，使得身体摇晃而差点跌倒。顺着这个势，美弥子的双手落到三四郎的双臂上。

“Stray Sheep”，美弥子在口中喃喃自语。三四郎可以感觉到她的呼吸。

第六章

三四郎一看就知道迷途人是谁。
不但如此，明信片的背面还画着两只迷途羔羊。
三四郎暗地将其中一只当成是自己，他觉得很高兴。
因为迷途人不只美弥子一人，自己也在其中。

钟响了，老师走出教室。

三四郎摇摇钢笔的墨水，准备俯首写笔记。这时邻座的与次郎对他说：“喂！借我一下。我有个地方漏抄了。”

与次郎将三四郎的笔记拿过来看，看到上面胡乱地写着Stray Sheep。

“这是什么玩意儿啊？”

“做笔记做得很烦，乱涂鸦的。”

“这么不认真不行喔！老师说孔德的超级唯心论和贝克莱的超级实在论怎么来着？”

“老师好像是说了。”

“你没有听啊？”

“没呀！”

“简直就是Stray Sheep。真拿你没办法。”

与次郎抱起自己的笔记站了起来。他离开座位，对三四郎说：“喂！你过来一下。”于是三四郎便跟着与次郎离开教室。下楼后，他们来到玄关前的草地。那儿有棵好大的樱树，他们两人在树下坐了下来。

这里一到初夏就会长满一整片的苜蓿。与次郎拿入学申请书去教务处时，曾看过两个学生躺在这棵樱树下。

其中一位用流行曲调对另一位唱道：“如果你输给我，我就尽情唱给你听。”

另一位则小声地唱道：“我想在风流博士面前接受恋爱的考验。”

从那时候起，与次郎就喜欢上这棵樱树，每次有什么事他都会把三四郎拉到这里。当三四郎从与次郎那里听到这件往事的时候，心想，原来就是因为如此与次郎才会用民谣把pity's love翻译出来。今天与次郎一反平常，正经八百地。他在草地上盘坐起来，然后从怀里掏出一本《文艺时评》的杂志。杂志翻开到某一页，与次郎递给三四郎。

“怎么样？”他问。

三四郎一看，标题斗大的铅字印着“伟大的黑夜”。底下署名零余子。“伟大的黑夜”是与次郎经常用来评广田老师的一个词，三四郎曾听过两三次。可是，零余子完全是个陌生的名字。当三四郎被问道怎么样的时候，他看了与次郎一眼。与次郎一句话也不说地，亮出他那张扁平的脸，用右手的食指指着自己的鼻头。站在对面的学生看了他的模样后嗤嗤地笑了出来。与次郎看到后才将食指放了下来。

“是我写的啦！”他说。

三四郎这才了解道：“原来如此啊！”

“我们去看菊花人偶展的时候，你在写的就是这个啊？”

“不是啦，那才两三天前的事，哪有那么快印成铅字的啊！那一篇下个月才刊出。这一篇是很久以前写的。看标题应该就知道内容在写些什么了吧？”

“在写广田老师的故事吗？”

“嗯，我用这个方式唤醒舆论，然后为老师迈进大学铺路……”

“那本杂志真的那么有权威吗？”三四郎甚至连杂志名都不晓得。

“不，就因为它没权威，所以伤脑筋啊！”与次郎答道。

三四郎忍不住地笑了。“卖几本出去了？”与次郎连卖了几本都不肯说。

“唉，算了。比书籍好一些啦！”他辩解道。

三四郎追问之下，才知道与次郎本来就和这本杂志有渊源，只要他有空就会在每一期的杂志上投稿，不过他的笔名每一期都会改，因此除了几位文友外，没有人知道。

原来如此啊！三四郎第一次听到与次郎和文坛间的交流。然而与次郎为什么要用那种游戏般的匿名，偷偷地发表他口中所谓的大论文呢？这是最令三四郎不解的地方。

当三四郎不客气地问：“是不是为了要赚点零用钱才投稿的啊？”

与次郎听了瞪大双眼说：“你一定是刚从九州岛的乡下来，不知道中央文坛的趋势才会说那种风凉话的吧！在现今的思想界里，眼看激烈的动荡，身为知识分子能漠不关心吗？今天的文坛完全掌握在我们这些青年手中，如果不发表一言半句岂不损失？文坛正以急转直下的气势进行着惊人的革命。因为所有事物都在变动，朝新的气象进行，若被淘汰就不妙了。要是不提升自我，克服这股气势的话，就没有生存的意义了。文学、文学，听起来好像不值什么钱，那些啊！是指在大学所学的文学。我们所谓的新文学，是指人生的反射。文学的新气象必须影响全日本的社会活动才行，而现在正是进行中。在他们午睡时，就在影响了。很恐怖的……”三四郎静静地听着。

他觉得与次郎在吹牛，不过与次郎的牛吹得挺热烈的。至少他本人看起来非常认真。三四郎不觉地被打动了。

“原来你是抱着那种精神投稿的啊？那你的稿费呢，完全无所谓吗？”

“不，我还是拿稿费啊！能拿多少就多少。可是杂志卖得不好，所以稿费老是拿不到。再不想想办法把杂志推销出去是不行的。有没有什么点子啊？”这回他找三四郎商量。

话题突然转到实际问题上，三四郎有种奇怪的心情。与次郎却毫不在乎。钟声激烈地响起。

“反正这本杂志先给你读读，《伟大的黑夜》这个题目很有意思吧？这个题目必会一鸣惊人。如果不惊人的话就没有人看。”

他们俩迈入玄关，进到教室，坐到位子上。

老师终于进来了，他们开始做笔记。三四郎很挂意《伟大的黑夜》那篇文章，于是他将《文艺时评》摆在笔记本旁边，趁老师不注意，在做笔记的空档偷看。幸好老师是个近视眼，而且又陶醉在自己的讲课中，完全没留意到三四郎的分心。三四郎一会儿做笔记，一会儿看杂志，同时做这两件事，结果他《伟大的黑夜》没看懂，课也没听懂。只有与次郎文章里的一句话他清楚地记得。

“形成一颗自然的宝石要多少岁月？而这颗宝石得以被采掘又得花多少的岁月呢？”其他的三四郎终究不得要领。不过这堂课倒因此使得他无暇再涂画Stray Sheep这个词。

当这堂课即将结束之际，与次郎问三四郎：“怎么样？”三四郎告诉他还没仔细看，结果被与次郎骂说是个不懂利用时间的男人，叫他回去一定要看。三四郎承诺回家后一定拜读。正午时分，他们俩一起走出校门。

“今天晚上你会出席吧？”与次郎停在前往西片町的巷口问道。今晚有同学聚会，而三四郎却忘记了。好不容易想起来，应道：“我会去。”

与次郎听了对他说：“去之前先来找我，我有话要对你说。”与次郎的耳后架着一支笔，一副得意洋洋的样子。三四郎答应他。

三四郎回家洗了澡，舒服地走出来，发现书桌上有一张明信片。上面画着一条小河，杂草丛生，旁边有两只羊睡着，另一头有位高大的男人手持西洋手杖，男人的脸孔画得很狰狞，完全是摹拟西画里的恶魔。为了慎重起见，旁边还用片假名写着恶魔的字样。明信片的正面只有在“收件人三四郎”之下，小小地写着“迷途人”三个字。三四郎一看就知道迷途人是谁。不但如此，明信片的背面还画着两只迷途羔羊。三四郎暗地将其中一只当成是自己，他觉得很高兴。因为迷途人不只美弥子一人，自己也在其中。很明显的，那是美弥子的想法。三四郎总算明白美弥子为什么要用Stray Sheep这个字眼了。

三四郎本想依约读与次郎的《伟大的黑夜》的，然而他一点兴致也没有。他不断地看着明信片，那幅图画透露出连伊索寓言都没有的滑稽味。显得很纯真，又带点潇洒。在这一切底下，有着某种情愫感动了三四郎。

光就技巧上而言，就已经让三四郎佩服至极了。所有的事物画得清楚明了，良子画的柿子树根本无从比较起。三四郎心想。

过了老半天三四郎才开始读起《伟大的黑夜》。老实说，他一开始就念得不专心，读了两三页才渐渐产生兴趣，不知不觉读了五六页，最后轻而易举地将这篇二十七页的论文给念完。当他读完最后一个句子时，才发觉这篇文章写完了。于是将视线从杂志上移开，心想："啊！终于看完了。"

然而，当他回想自己念了什么的时候，却发现什么也没有，空乏得可笑。只有一种快速念完的感觉。三四郎很佩服与次郎的伎俩。

与次郎的论文始于攻击现今的文学家，终于对广田老师的赞颂。尤其他针对大学文学院里的洋人痛斥批评了一番。他表示若不早点招聘适任的日本人，大学这个最高学府就会沦为和从前的私塾没有两样，因而适得其反。如果缺乏人才的话没话说，不过这里有广田老师。广田老师十年如一日地在高中教书，领微薄的薪水，却甘之如饴。可是他是位真正的学者，是可以贡献新气象给学界和社会有所交流，适任教授的人物。归纳与次郎的文章，要讲的就是这些。不过他用很严正的口吻与冠冕堂皇的警语，将整篇文章拉了二十七页之长。

其中还出现一些像"只有老人才会骄傲自己的秃头""维纳斯是生自浪里，但有识之士不会从大学诞生""认为博士是大学的产物，就如同认为水母是田子海湾的特产一样"等有趣的句子。除此之外别无他物。最妙的是，他用"伟大的黑夜"比喻广田老师之余，还将其他的学者比喻成圆灯笼，说照亮的范围不会超过两尺方圆。他把广田老师对他的评语拿来批评他人，还特别声明圆灯笼、烟袋都是旧时代的遗物，对现代青年而言是没用的。

仔细想想，与次郎的论文很有活力。好像只有他一个人是新日本的代表，三四郎读着读着便涌现那种感觉，可是华而不实，宛如一场没有根据地的战争。说难听一点，他这种写法说不定是带着某种手段的意味。三四郎这种乡下人虽然没办法明确地指出问题何在，不过当他读完，探究内心后，发觉有些地方无法得到满足。

他又拿起美弥子寄来的明信片，望着那两只羊和那个恶魔。这件事比较令他开心。因为这份愉悦心情，使得之前那股不满足感愈发显著，他不再想论文的事了。他想回信给美弥子，但不幸的是他不会画图，于是他决定用写的。如果写文章的话，一定要写出能与这张明信片匹敌的句子才行，但那可不容易。三四郎拖拖拉拉地，一下子时间就过了四点。

他穿上和式礼服，前往西片町找与次郎。

三四郎从后门进去，广田老师坐在客厅里，就着一张小餐桌吃晚餐。与次郎则在一旁恭敬地服侍着。

“老师，味道如何？”与次郎询问道。

老师的双颊好像被什么硬绷绷的东西撑得鼓鼓的。餐桌上的盘里放着十来个怀表大小、又红又黑的烧焦物。

三四郎坐下来，对老师行个礼。广田老师的嘴咀嚼不停。

“喂！也来吃一个吧！”与次郎用筷子挟起盘中物。三四郎放在手心一看，是炭烧马珂蛤。

“怎么吃这种奇怪的东西啊？”

“奇怪的东西？很好吃耶。你吃吃看！这是我特地买回来给老师吃的。因为老师说他不曾吃过这个。”

“你在哪里买的？”

“在日本桥买的。”

三四郎觉得很好笑。像这种事，与次郎的态度就和论文里不同。

“老师，好不好吃？”

“好硬喔！”

“虽然硬，可是很好吃对不对？一定要慢慢嚼，这样味道才会出来。”

“味道还没嚼出来，牙齿就已经累了。你怎么会买这种古代的食物回来啊！”

“不好吗？这个对老师也许不适合，不过如果是里见小姐的话应该就无所谓了。”

“为什么？”三四郎问。

“她一定会耐心地慢慢咀嚼，直到味道出来为止。”

“那个女人虽然很稳重，不过太粗鲁了。”广田老师说。

“对，不讲理。她有些地方很像易卜生[1]笔下的女人。”

“易卜生笔下的女人很露骨，而美弥子是心粗鲁。虽然说是粗鲁，但这又和一般我们所说的粗鲁意思不一样。像野野宫的妹妹，乍看之下好像挺粗气的，其实很淑女。很奇怪喔！”

“里见是内在的粗鲁。”

三四郎安静地听着两人的批评。他对任何一方都没有同感。首先令他觉得不可思议的是，为什么会将”粗鲁”这个词用在美弥子身上？

与次郎终于换好礼服出来了。

“我走了。”他对老师说，老师默不作声地喝着茶。三四郎和与次郎走到玄关，外面已经暗下来了。离家约莫走了两三百米后，三四郎便开口道：“老师刚才说里见小姐很粗鲁……”

“嗯，老师那个人就爱乱说话，随时间和场合不同，有时候什么都说得出口。老师评论女人时最可笑了。说不定老师对女人的知识等于零呢！一个没做过爱的男人能了解女人吗？”

“老师那样说，可是你不也表示赞同吗？”

“嗯，我说她粗鲁。怎么啦？”

“你是指她哪一点粗鲁啊？”

“也不是说她哪里粗鲁啦，不只是她，而是现代的女性每一位都很粗鲁。”

“你不是说她像易卜生笔下的人物吗？”

“我是说啦！”

---

① Henri k易卜生（1828～1906），挪威近代剧作家之始祖。明治中期经岛村抱月等人之引进，对日本剧作界造成深远的影响。

“你认为她像易卜生笔下哪一个人物？”

“谁啊……反正很像就是了嘛！”

三四郎无法服气，却不想再追究了。他沉默地走了一百米后，与次郎突然说：“并不是只有里见小姐像易卜生笔下的人物，现在一般的女性都很像。不只是女性，连呼吸新空气的男性也全都像易卜生笔下的人物。只是不管男人还是女人，都没有像易卜生那样自由地行动罢了。每个人的内心大概都被污染了。”

“我并没有被污染到。”

“说没有，那是自欺欺人。不管是哪一种社会，绝对没有零缺陷的社会。”

“应该是没有。”

“果真如此的话，在里头生存的动物便会感到某些的不足。易卜生描绘的人物都是明显地感受到现代社会制度的缺陷。我们也会慢慢变成那样的。”

“原来你是这么想的啊！”

“不只我这么想，有识之士都是这么想的。”

“你家里的老师也这样想吗？”

“老师啊？我不晓得耶。”

“刚才评论里见小姐时，不是说她稳重却粗鲁吗？如果照你的解释来看的话，那是因为周遭环境调和、稳定，而显现某些地方的不足，因此内心才会粗鲁的意思是吗？”

“原来如此。老师还是有他伟大的地方。从这些想法看来，他的确伟大。”与次郎突然赞佩起广田老师。

本来三四郎想就美弥子的性格再进一步讨论，但与次郎的这句话把话题整个给岔开了。

与次郎接着说：“我今天不是跟你说找你有事嘛！呃……说那件事之前，我先问你，《伟大的黑夜》你看完了没？如果没看过那篇文章，就很难进入我的话题了。”

“我回家后看完了。”

“如何？”

“老师怎么说？”

“老师会看吗？我根本不晓得。”

“是吗？有趣是有趣啦……不过感觉好像在喝填不饱肚子的啤酒一样。”

“那就够了。你看过后为我打打气就够了。我之所以用匿名，是因为现在是准备阶段，像现在这样先搁着，等时机成熟后再把本名刊载出来。这件事就说到这里，我现在来告诉你刚才要说的另一件事。”至于与次郎所说的另一件事就是：

“我在今晚的餐会上会频频感叹系上糜烂不振的事情，三四郎你一定要一起感慨喔！因为糜烂不振是事实，其他人应该会感慨的，然后我们再一起商量挽救的策略。当务之急是要聘请一位合适的人选进大学，大家才会赞成……不用说大家应该都会赞成的。接着话题就要转到讨论什么样才是好人选时，就把广田老师的名字提出来。然后三四郎你要附和我说的话，讲一些极力赞颂老师的话。若不这么做的话，说不定有些知道与次郎是广田老师的食客的人会起疑。我现在是食客，所以人家怎么想我都不在乎，比较麻烦的是如果因此连累到广田老师就太对不起他了。其实另外还有三四位同志，所以不要紧的，只要支持的人愈来愈多就好了，你也一定要开口声援。等到一决众议的时刻到来，再选出总代表到校长那里，然后再到总长那里。今晚事情可能无法进行到那里，也没有必要进行到那里。一切临机应变吧！”

与次郎很会高谈阔论，可惜他油嘴滑舌的，一点也不稳重。某些地方会让人怀疑他是否把玩笑话拿来当真。不过这是个还不错的活动，大致上三四郎是表示赞成。

“可是方法稍微流于工计，没意思。”三四郎说。这时候与次郎停在路中央。两人刚好站在森川町的神社门口。

“虽说方法流于工计，不过为了让事情的步调不至于乱掉，才事先将人力布置好。这和违背自然做些没头绪的事可是不同，施点小技无所谓的。不是小技不好，而是糟糕的小技不好。”

三四郎闷不吭声地，虽然有些微辞却说不出口。与次郎的言论当中，有些东西是三四郎还没想过，只有一部分清楚地印在脑里。三四郎倒比较感佩那一部分。

“说得也是。”他相当含糊地应道，然后两人又并肩前进。一进校门，视线突然宽阔起来。高大而黑暗的建筑物到处林立着，屋顶的尽头是清澄的天空，繁星点点。

“好美的天空。”三四郎说。与次郎也望着天空，走了一百米。忽然间他“喂、喂！”地叫了三四郎。三四郎以为他又要谈论刚刚的话题，应了声：“干嘛啦？”

“你看了这样的天空，有什么感想吗？”与次郎说了句和他不太登对的话。如果要说什么无限啦、永久啦之类老套的答案很多，不过那肯定会被与次郎笑话的，因此三四郎默不作声。

“我们真是渺小！是不是该放弃明天的活动。我写那篇《伟大的黑夜》一点用处也没有。”

“你怎么会突然这么说呢？”

“看了这片天空后，我产生了这个想法。你……曾迷恋过女人吗？”

三四郎无法立即回答。

“女人是很可怕的东西喔！”与次郎说。

“很可怕，我知道。”三四郎也说。与次郎大声地笑了。寂静的夜空中听来分外地嘹亮。

“你根本不懂，根本不懂！”

三四郎一脸愕然。

“明天也是好天气吧！很适合运动会。有很多漂亮的女生会来，一定要来看看。”他们俩在黑暗中来到学生集会所前面。里头灯火通明。

他们绕过走廊进到屋里，早到的人早已形成一些小团体了。那些团体大小共有三组。其中也有些人故意离开团体，默默地看着杂志、报纸。说话的声音从各处传来，说话者的数量比团体数还多，然而却显得详和安静。香烟的烟雾猛烈地弥漫着。

渐渐地人愈来愈多。从暗阴中走来的影子暴露于走廊，孤单地现身，然后一个个明显地进入屋内。有时候五六人接连地出现，终于人数凑得差不多了。

与次郎从刚才就一直穿梭在烟雾之中。每到一处他便低声地说些什么似的。三四郎看着他，心想：“与次郎应该开始行动了吧！”

片刻，干事高声地请大家入座。餐桌当然已经摆好了。大家闹哄哄地就座，没什么顺序，然后开始用餐。

三四郎在熊本时只喝赤酒。所谓的赤酒是最下等的酒，熊本的学生都是喝赤酒，他们认为那是理所当然的。有一回他们去了一家餐馆，进去一看才知道是家牛肉餐馆。他们怀疑那家牛肉店的牛肉可能是马肉，于是学生抓起盛在盘里的肉，往墙上一扔，掉下来的是牛肉，贴住的就是马肉。他们净做些像这种简直是迷信的事。对那样的三四郎而言，这种绅士风气的学生聚会相当稀奇。他开心地动起刀叉，也喝了不少啤酒。

“学生集会所的菜真难吃耶。”坐在三四郎隔壁的男的对他说。这个男的理着个光头，架着一副金框眼镜，看起来是个挺成熟的学生。

“是吗？”三四郎敷衍地应道。如果对方是与次郎的话，他就会坦白地说："对我这种乡下人而言，这非常好吃。"不过三四郎又想，这句话听起来似乎有些反讽的意味，于是就算了。接着那个男的问三四郎："你是哪一所高中的？"

"熊本。"

"熊本啊？我表弟也在熊本，听说那是个挺糟糕的地方。"

"是个粗俗的地方。"

当他们两个人正谈着的时候，另一头突然发出洪亮的声音。原来是与次郎正对邻座的两三人正在辩论些什么似的。有时候还会冒出古罗马诗人的讽刺诗，三四郎不晓得那是什么东西。不过当他们听到与次郎这句话时，都笑了出来。与次郎得意地高唱："我们新时代的青年……"坐在三四郎斜对面一位肤色白皙、气质高尚的学生，将餐刀放下，望了与次郎那堆人片刻后，终于笑着说："Il a le diable au Corps.（恶魔附身了）"半开玩笑地说了一句法语。然而他们似乎完全没听见，这时只见四个倒满啤酒的酒杯同时高举起来，得意地举杯同庆。

"那个人兴致好高喔！"坐在三四郎旁边那个戴着金框眼镜的学生说。

"嗯，他很爱说话。"

"有一次他请我到淀见轩吃咖喱饭。我根本不认识他，他一过来就对我说，走，去淀见轩！然后硬把我拉了去……"那个学生哈哈地笑了。三四郎这才知道原来被与次郎拉去淀见轩吃咖喱饭的人不只是他一人而已。

咖啡终于端来了。有个人从椅子上站了起来。与次郎热烈地拍起手来，其他人也马上跟进。

站起来的是一位身着黑色新制服，蓄着小撮胡子，高高帅帅的男生。他开始发表演说。

"今天我们聚在这里联络感情，度过欢乐的一夜，本身就是件很愉快的事。这场聚会不单只有社交上的意义，我无意间发觉它还产生另一种影响，因此我站了起来。这场聚会以啤酒开始，咖啡结束，一场平常不过的聚会，然而这将近四十位喝了啤酒、咖啡的都不是一般人。而且当我喝了啤酒然后喝完咖啡的这段时间里，我自觉自己命运的膨胀。

“论述政治的自由是以前的事，论述言论的自由也是过去的事。自由这个名词并非单只被这些浮于表面的事实所专有，我相信我们这群新时代青年必然会和论述伟大心灵自由的时运相交会。

“我们是一群不堪旧日本压迫的青年，同时也不堪新西洋压迫的青年。我们活在一个必须将这个事实向世间发表的状况下。不论是社会上或文艺上受到新西洋的压迫，对我们这些新时代的青年而言，就如同被旧日本压迫一样地痛苦。

“我们是群研究西洋文艺的人。然而研究终究只是研究，并不等同于屈服在文艺的根本下。我们并非是为了不被囚困在西洋文艺里而研究，而是为了解脱被囚困的心灵而研究的。我们有自信与决心在如此威吓的压迫下学习不合权宜的文艺。

“就我们有自信与决心这一点而言，是不同于一般人的。文艺不是技术，也不是事务，而是接触更多人生根本定义的社会原动力。我们因此而研究文艺，因此而有自信与决心，因此今晚的聚会有异于一般的重大影响。

“社会不断地激荡，文艺这个社会产物也在动荡。为了乘着动荡的气势，导引我们理想中的文艺，所以必须团结零散的个人，充实、发展、膨胀我们自身的命运。今晚的啤酒与咖啡，代表了将这种隐没的目的往前迈进的意义，比起普通的啤酒与咖啡，其价值更甚百倍。”

演说的内容大致是这样。

当演说结束的时候，坐在位子上的学生们全体鼓掌喝彩。三四郎也是其中十分热烈喝彩的一位。就在此时，与次郎突然站了起来。

“说datefabula[①]、莎翁写了几万字，易卜生的白发有几千根都没有用。虽然听那些愚蠢的课并不会有被囚禁的感觉，可是对大学而言是一种伤害。我们一定要延揽能够满足新时代青年的人来。洋人是行不通的。第一，他没有势力。……”又是一个满堂彩，然后大家都笑了。

坐在与次郎旁边的一个人喊道：“我们敬datefabula！”刚才演说的学生马上赞成了。结果很不巧的，啤酒全喝光了。

“没关系！”与次郎说着，立刻冲向厨房，侍者于是送来了啤酒。

正当举杯之时，有人喊道：“还有，这次为‘伟大的黑夜’干杯！”与次郎周围的人齐声笑了。与次郎难为情地抓了抓头。

散会的时候，当所有的青年从黑暗中散去时，三四郎问与次郎。

“什么是datefabula啊？”

“那是希腊话。”与次郎仅如此答道。三四郎也没再问下去了。美丽的夜空伴着他俩回家。

隔天，一如预想的是个好天气。今年的天气变化比往年来得和缓许多，尤其是今天相当地温暖。三四郎趁着早晨去了趟澡堂。

在这个少有无所事事的世间，早晨的澡堂颇为空荡。三四郎看了看挂在木板间的三越和服店的招牌，上面画着美丽的女子。那个女子的长相和美弥子有些神似。不过仔细一看，眼神不太一样，而且牙齿也看不清楚。最让三四郎惊讶的是美弥子的眼神和牙齿，与次郎说她因为有一点暴牙，牙齿才老是露出来。可是三四郎绝不这

---

① 古代罗马诗人Quintus Horayius Flaccus所作之《讽刺诗》第一卷第一句话。“Quidrides? matatonomine de te Fabulanarratur”意思是“你怎么了？若是更改名字，大家便谈论你。”

么认为……

三四郎泡在水里一直想着这件事，没好好洗完澡便出来了。从昨晚起三四郎对新时代青年的自觉突然变强了，不过仅止于自觉的部分而已，身体还是原来的样子。只要一有休息，他都过得比别人轻松。今天他打算去看大学的陆上运动会。

三四郎本来就不喜欢运动。在熊本时，他曾猎过几次兔子。后来他在高中时担任划船竞赛的旗手，结果把蓝旗红旗错举，因而引起许多的怨言。其实那是负责决胜鸣枪的教授出的错，射是射了，却没发出声音，这就是造成三四郎失败之因。从此之后，三四郎就不再接近运动会了。

不过今天是他来东京第一次运动会，他决定要去看看。他也邀与次郎一定要去观赏。据与次郎所说的，与其是去看比赛，去看女人还比较值得。他所谓的女人不晓得是否将野野宫的妹妹也算在内？美弥子和野野宫的妹妹也一样会在场吗？三四郎想着要过去与她们问声好什么的……

三四郎是在中午过后出门。会场的入口在运动场的南侧，大大的太阳旗和英国米字旗交叉立着。悬挂太阳旗可以理解，不过为什么悬挂英国米字旗倒令人匪夷所思。

三四郎心想："可能是英日同盟的缘故吧？"他一时无法理解英日同盟和陆上运动会究竟有何关联。

运动场是一长方形的草地。秋意已浓，草地的颜色褪了许多。观赏竞赛的地点位于西侧，后面是一整片假山，前面则有隔离运动场的栅栏。空间很小，观赛的人很多，显得相当拥挤。幸好天气不错，所以并不觉得冷，不过还是有很多人穿着大衣，也有女士打着伞。

令三四郎失望的是，女子席另外设在一处，一般人是不能随便靠近的。除此之外，有一群身着礼服，看起来很了不起的男士聚在一块，相形之下三四郎就显得格外没势力。以新时代青年自居的三四郎显得渺小了点，可是他并没有忘记从人群缝隙中探望女子席。由于是从侧面看过去，因此看得并不清楚，不过看起来反倒是特别地美。每个人都精心装扮过，再加上距离远，所以大家看起来都很美丽。相对的并没有谁特别突出，只是整体上看来很美。那是一种女人征服男人的美，而不是甲女胜过乙女的美。

这时候三四郎又失望了。不过心想，她应该会在某处的，仔细地望过去，果然发现前排最靠近栅栏的地方有两个人并列着。

三四郎的目光终于找到了目标，先是松了一口气，这时忽然有五六个男的从他眼前跑了过去。原来是两百米的赛跑比完了。终点正好在美弥子与良子的座位正前方，而且就近在咫尺。因此当三四郎凝视着她们俩的时候，那些壮汉也就跟着进入他的视线内。

本来只有五六个人的，现在变成了十二三人，每个人的呼吸看起来都很急促。三四郎比较这些学生的态度和自己的态度，惊讶两者之间竟有如此地差异。心想："那些人为什么能够这么卖力地跑呢？"女孩们兴致高昂地观赏着，其中又以美弥子和良子最为热烈。三四郎也涌起想卖力地跑跑看的念头。

第一个跑到终点的人穿着紫色的运动裤，他面向女子席站着。三四郎仔细一看，那个人长得很像昨晚在聚会中演说的学生。他的个子那么高，理应跑第一的。计分的人员在黑板上写下二十五秒七四。写完之后，他把多余的粉笔丢向另一头，当他往这边转过头来的时候，三四郎发现那个人正是野野宫。

他异于平日地穿上一身黑色的礼服，胸前别着工作人员的徽章，看起来很有气质。野野宫掏出手帕，往礼服的袖子拍了两三下后才离开黑板，走到草地上。他正好走到美弥子与良子的座位前方，将头伸到女子席的栅栏内，好像对她们说了些什么。美弥子站起来，走向野野宫。他们两人在栅栏的两侧谈起话来。

美弥子突然回过头，那是一张愉快并且充满笑容的脸庞。三四郎从远处死命地看着他们俩。接着良子站了起来，她也走到栅栏边。两个人变成三个人。这时草地上开始比赛掷铅球。

没有其他运动比掷铅球更需要臂力的吧？不仅需要力气，像这么无趣的运动也不多。就像字面一样，只是将铅球掷出去而已，根本没有什么好玩的。野野宫在栅栏笑着看这项比赛。后来他大概觉得会妨碍其他人观赏，于是离开栅栏退到草地内去了。两个女孩也回到原来的座位上。

铅球不时地被掷出去。三四郎几乎不懂球会被掷到多远的地方。他开始觉得自己很愚蠢，不过他还是忍耐地站在那里。比赛终于结束了，野野宫又在黑板上写下十一米三八。

接下来是竞跑比赛、跳高比赛、然后丢铁饼比赛。比到丢铁饼的项目时，三四郎终于忍耐不住了。他觉得运动会只消各自举行就够了，不应该办来供人观赏。三四郎觉得那些热烈观赏的女孩们全都错了，于是他离开会场，来到后面的假山。但因为悬挂着布幕，所以过不去。三四郎回头走到铺着小石子的地方，一些逃离会场的人三三两两地在这里走动，也有盛装的女人在这里。

三四郎又向右弯，爬上山丘的顶部。路的尽头停在山丘的顶点。三四郎在一块大石头上坐下来，眺望高崖下的池塘。底下的运动会场传来热闹哄哄的声音。

三四郎大约呆坐在石头上五分钟。好不容易想动，才站了起来。站定后，从上坡道上染着微红的枫叶间，看见刚才两女的身影。她们并肩走过山脚下。

三四郎从上面俯瞰她们两人。两个女人从枝荫下走到阳光照射的地方，再不作声的话，她们就要从面前走过去了。三四郎考虑打声招呼，可是距离实在太远了。于是他急急忙忙地从草地上爬下山丘底。当他下去的时候，其中一女刚好朝这边看过来，三四郎便就此停下脚步。老实说他并不想去讨好她们，刚刚的运动会令他不太愉快。

“你怎么会在这里？”良子惊讶地笑着开口问道。

这女人让人觉得她不管看到多么无趣的事物都会露出一副新奇的眼神。相对的，可以联想到不管她遇到多么稀罕的事，她都是一副早有准备的眼神。因此，每当遇到这女人的时候，三四郎都不觉得沉重，甚至还会有一种平静的感觉。三四郎站在原地，心想：“这全是托这双大而温润的黑眼睛之福。”

美弥子也站住，看了看三四郎。然而她那双眼睛在这时候却一点表示也没有，那眼神宛如眺望着高大树木似的。在三四郎心里，像是看见熄了火的灯。他颤抖地站在原地，美弥子也不动。

“你怎么不去看比赛啊？”良子在下面问道。

“我刚刚一直在那里看，后来觉得很无聊就跑来这里了。”

良子回头看美弥子，美弥子还是不动声色。

“那你们为什么来这里啊？你们不是看得很投入吗？”三四郎似是而非地大声问。美弥子这才露出了笑容。三四郎不懂那抹笑的意思。他往女孩那儿靠近两步，问：“你们要回家了吗？”

两个女孩都没有回答。三四郎又再前进两步。

“你们要去哪里啊？”

“嗯。”美弥子轻声地应道。听不清楚！三四郎总算来到女孩们的面前，不过他没有再追问她们要去哪里了。这里可以听见会场上加油的声音。

“是跳高耶！”良子说：“这回不晓得是几米的？”

美弥子只是轻声地笑笑。三四郎也不说话。他不想从嘴里吐出跳高这个字。

这时候美弥子开口问他：“这上面有什么好玩的吗？”

这上面只有石头、崖壁，不可能有什么好玩的东西。

“什么也没有。”

“是吗？”她以存疑的口气问道。

“我们上去看看好不好？”良子爽快地说。

“你还不知道这个地方吗？”美弥子平静地说。

“总之你过来就是了。”

良子先爬上去，另两人也跟在后头。良子将脚伸到草丛边，回头夸张地说道：“峭壁喔！真像萨福[1]跳下去的地方哟！”

美弥子和三四郎笑出了声音。其实三四郎根本就不知道Sappho是从哪儿跳下去的。过了一会儿，两个女孩开始交谈起来。

“你去！”美弥子说。

“好，你呢？”良子说。

“怎么办好呢？”

“怎么样都行。那我去去就回，你在这里等我。”

“这样好吗？”她迟迟无法决定。

三四郎一问之下才知道，良子顺道要去拜访医院的护士，向她道声谢。美弥子的亲戚今年夏天住院，后来去拜访了那位护士，不过听说并没有那个必要。

良子是个率真直爽的女孩，最后丢下一句“我走了！”便快步走下坡去。不需要阻止她，也不至于要陪她一起去，于是三四郎和美弥子便自然地留了下来。从他们俩消极的态度看来，与其说是留下来，倒不如说是被留了下来比较贴切些。

三四郎又在石头上坐了下来，女孩站立着。

秋天的太阳像镜子般地落在混浊的池塘上。中央有座小岛，岛上长着两棵树。绿色的松树与微红的枫叶协调地交错着，饶富盆栽之趣。越过小岛，彼端的尽头处有一丛黑亮蓊郁的树荫。女孩从山丘上指着阴暗的树荫说：“你知道那棵是什么树吗？”

---

① Sappho，公元前七世纪希腊女流诗人。传说她有一头紫罗兰色的秀发与美丽的容貌，因与美少年包恩的恋情无法成就而投海自尽。

“那是椎木。”女孩笑了出来。

“你记得真清楚。”

“就是那位护士啊？你刚才说要去拜访的那位？”

“不是，是告诉我这棵树是椎木的护士。”这回换三四郎笑了。

“在那里嘛，你和那位护士拿着扇子站在那里的。”

他们俩站着的地方，高高地突出池塘上。这座山丘简直就是一座比小山还略低，向右倾斜的坡地。可以看见高大的松树、皇宫的一隅、运动会的局部、和平坦的草地。

“那天好热喔！医院里实在热得受不了，最后逃了出来。不过，你为什么蹲在那里呢？”

“因为太热了。那一天是我和野野宫第一次见面，后来我在那里发呆。当时不知怎的，心里觉得很惶恐。”

“因为和野野宫见了面才感觉惶恐吗？”

“不，并不是那个原因。”三四郎说到一半，看了美弥子一眼后，突然话锋一转说：“讲到野野宫，他今天可真辛苦喔！”

“嗯，他今天特别穿上黑礼服。一定很累吧？从早到晚的。”

“不过他不是一副得意的样子吗？”

“谁啊？你是说野野宫吗？你也真是的！”

“怎么说呢？”

“应该没有人会因为当了运动会的工作人员就感到得意吧！”

三四郎又转变话题。

“他刚才走到你面前说了些什么对不对？”

“在会场吗？”

“嗯，在运动场的栅栏那里。”三四郎才说出口，便急着想收回这句话。

女孩只应了声“嗯……”，便一直凝视着男方的脸。她轻咬着下唇，露出微笑。三四郎耐不住，正当他想说些什么来转移注意力的时候，女孩开口了。

“上回我寄明信片给你，你到现在还没回我信喔！”

三四郎慌张地答道：“马上给你回！”女孩又没有说“给我回”之类的话。

“你知道一位叫作原口的画家吗？”女孩又问。

“不知道。”

“是吗？”

“怎么啦？”

“那位原口啊，今天也来参观运动会。他是来写生的。野野宫是特地过来提醒我们要小心，免得成了他讽刺画的题材。”

美弥子来到三四郎的身边坐下来。三四郎觉得自己简直就是个大笨蛋。

“良子不和她哥哥一起回家吗？”

“就算他叫她回去也回不去，因为良子从昨天起就待在我家了。”

三四郎这才从美弥子的口中得知野野宫的母亲已返回家乡了。据说他母亲回乡后，他们便决定搬离大久保，野野宫去住宿舍，而良子则是暂时住在美弥子家，从那里通学。

三四郎对野野宫的轻率感到惊讶。如果那么轻易就回去过宿舍生活，那当初就别去外面租房子嘛！光是锅碗瓢盆那些家用品的处理就很麻烦，三四郎连这些事情都帮他想到，不过又不方便说出口，于是也就没什么话题了。

野野宫从一家之主变回和以前相同的纯书生生活，这与远离家族制度没有两样。和这个眼前的麻烦的距离稍微拉远了，这件事对三四郎而言，未尝不是件好事。

可是良子却跑去美弥子家和她一起住了。这么一来，野野宫他们兄妹俩是免不了会和美弥子继续往来下去的了。如果这样继续交往下去的话，野野宫和美弥子的关系也会跟着变化。真是如此的话，野野宫永远放弃宿舍生活的那天难保不会到来。

三四郎一面在脑中想象这些未来的疑虑，一面又得应付美弥子，一点也不开心，可是又想装得一副若无其事的样子，这让他觉得很痛苦。幸亏这时候良子回来了。

两个女孩商量着再去看一下比赛，不过秋天白昼变短了许多，再加上户外的天气也转凉了，最后她们还是决定回家。

本来三四郎想和两位女伴道别，然后回宿舍的，不过三个人一块边走边聊，实在没什么机会可以说再见。他像被她们俩拉着走似的，三四郎自己也想被她们拉着走。他随着她们从池塘畔绕过图书馆，然后走向反方向的赤门。

这时候三四郎问良子："听说令兄搬去住宿舍了？"

"嗯，总算。他把我强行搁置在美弥子家，很过分吧？"良子一副寻求同情似地说道。

没等三四郎回话，美弥子便开口说："宗八先生在想什么，我们这些人是无法理解的啦。因为他总是站在很高的地方，想着大格局的事情。"美弥子很赞赏野野宫。良子则是静静地听着。

"做学问的人，为了避开烦琐的世俗事，都尽量忍耐地过着单纯的生活，这全是为了研究不得已的。像野野宫那样连在国外都知名的人，却和一般学生一样住在宿舍，这也是野野宫他伟大的地方，宿舍愈简陋，他愈值得尊敬。"在美弥子对野野宫的称赞之后，还说了这些话。

三四郎在赤门与她们道别。他一面往追分的方向前进，一面想着：

原来如此，美弥子说得没错。自己和野野宫比起来真的差了一大截。我是才刚从乡下来上大学的人，既没什么像样的学问，也没什么见识。美弥子不会像尊敬野野宫那样尊敬我，也是理所当然的。这么一想，倒觉得美弥子好像瞧不起我似的。因为刚才的运动会无聊，才去了山丘上，结果美弥子却一脸正经地问我：“那上面有什么好玩的吗？”当时没有察觉，现在一解释，便觉得一切好像是她故意愚弄我而说的话。

三四郎一一反刍所有美弥子对他的态度与言语，结果每一件事情都被他解释成不好的意思。三四郎站在路中央，低着头满脸通红。

当他把脸抬起来的时候，与次郎和昨晚在聚会中演讲的学生突然迎面走了过来。与次郎只点了个头，没作声。那位学生则脱下帽子行了个礼，说：“昨晚如何啊？可别被束缚住啦！”他笑着说完后便走了。

第七章

昔日只有王公贵族和父亲当恶君子，
现在则是每个人都想享有同样的权利当恶君子。
剥除美丽的外表后，大都是露出丑恶的一面。

三四郎绕到后面去问婆婆，才知道与次郎昨天并没有回来。他站在后门想着这件事。婆婆很善解人意地请他进去。

“老师在书房里。”她一面说，一面忙着洗碗。应该是刚吃完晚饭。

三四郎穿过客厅，绕过走廊，来到书房门口，门敞开着。

里头传来“喂！”的叫声。

三四郎进房里去。老师坐在书桌前，桌上不知道放着什么东西。高高的个子埋头研究中。三四郎在门口近处坐下，很有礼貌地问道：

“您在念书吗？”老师转过头来。胡须的黑影模糊而蓬乱，看起来很像照片中某人的肖像。

“啊，我以为是与次郎，原来是你啊？失敬了。”老师说完后，站了起来。

书桌上有笔和纸，老师刚才在写东西。曾经听过与次郎叹息道：“老师常常在写东西，不过他到底写什么，别人也看不懂。在有生之年努力地写一部伟大的著作是很好，可是如果像那种东西，死了以后也只是留下一堆废纸罢了。实在没意义！”三四郎看看广田老师的书桌，回忆起与次郎所说过的话。

“如果打扰到您，我就先走了。其实也没什么事情。”

“不，并没有打扰到要请你回家的地步。我也没在做什么大不了的事啦，不是什么得急着做完的事。”

三四郎有一点不知道该怎么应对。不过他内心想着：“如果能像这个人的心情一样，读起书来应该会很轻松吧？”过了片刻，他说：“其实我是来找佐佐木的，结果他不在……”

“喔，与次郎好像从昨天就没回来了。有时候他会在外面游荡，真伤脑筋。”

“是不是有什么急事啊？”

“他不是那种会有什么事情的人啦，而是那种专门制造事情的人。像他这种笨蛋很少见。”

三四郎没办法，接了一句：“他真是悠哉喔！”

“要是悠哉倒还好，与次郎那样可不是悠哉。他常常见异思迁！你把他想象成是在田里流动的小河就对了。既浅又小的，但水始终在变动。他做事情一点规则也没有。像去逛庙会的时候，他会突然想起什么似地叫我买一盆松树回家，我都还没说要不要买，他就已经杀完价买了。不过话说回来，在庙会的市集买东西他可拿手了，让他买的东西，一定可以捡到便宜的。像是夏天到了，大家都要外出，他却把松树留在室内，锁上所有的窗户。等回家一看，松树因高温蒸烤，整棵树变得红通通的。他不管做什么事都是这样，真伤脑筋。”

三四郎上回借了二十元给与次郎。他对三四郎说：“两个礼拜后，文艺时评社的稿费应该就能到手了，在那之前，你先帮我垫着。”三四郎听完理由，觉得他很可怜，于是把家里刚汇过来的钱抽了五元出来，剩下的几乎全借给了与次郎。虽然期限还没到，但听了广田老师的话后，三四郎开始担心了起来。

不过他无法坦白地告诉老师那件事，反而对他说：“可是佐佐木很敬佩老师，一直暗中努力地帮老师的忙。”

老师听到后，一脸正经地问：“他帮我什么忙啊？”

可是与次郎曾说过：“《伟大的黑夜》和其他所有与次郎的所做所为，都不能告诉老师。”因为这些尚未完成的事情如果被老师知道的话，肯定会挨骂的，所以不能说出口。因为与次郎已经言明，时机一到他自己会说，三四郎没办法，只好故意岔开这个话题。

三四郎到广田老师家里来有几个意义。

一是这个人的生活和普通人不一样。尤其有些地方自己的个性和他完全不兼容。三四郎就是怀着想知道原因在哪里的好奇心来研究的。

另外一点则是，每次三四郎在广田老师面前，总是觉得比较轻松，对于世间的竞争不会觉得太痛苦。野野宫和广田老师一样喜爱世外境界，不过感觉上他似乎是为了追求世外的功名而远离流俗的嗜欲一样。所以和野野宫单独聊天的话，三四郎会觉得自己也应该快点工作，将所学贡献给学海，否则有愧疚之感，这使他焦虑不已。然而广田老师却是万事太平。他在高中只教语学，除此之外别无他艺……这么说似乎有些失敬，但他其他研究并没有公之于世，还是一副泰然自若的样子。在他的内心里应该就是有这种悠哉的分子潜伏着吧？

三四郎这阵子受困于女人。被恋爱的事所困扰，应该是很有意思的，但他却弄不懂，她是喜欢他？还是瞧不起他？他应该恐惧？还是应该蔑视？应该放弃？还是继续下去……三四郎开始厌倦了，现在只有广田老师才能帮他。三四郎和广田老师面对面坐了三十分钟左右，他的心情舒畅了许多。一两个女人对他而言，已经无所谓了。其实他今天来此有七分是为了这件事而来的。

拜访广田老师的第三个理由是挺矛盾的。三四郎因美弥子而痛苦，如果让野野宫待在美弥子身旁，他更觉得痛苦。而与野野宫最亲密的便是广田老师。因此三四郎认为来广田老师这里，应该很自然就能知道野野宫和美弥子之间的关系。如果这件事情弄清楚了，就可以好好厘清自己的态度该如何了。不过到目前为止，还从未问过老师关于他们俩的事情。三四郎心里盘算着今晚再问问老师好了。

“听说野野宫搬去学生宿舍住了。”

“嗯，听说了。”

“他本来已经租了一栋房子，现在又回去住宿舍，应该不太方便吧？野野宫他还真是……”

“嗯，他那个人对那类事情就是漫不经心。看看他那一身的打扮也知道，他不是那种家居型的人。不过在学问上他却非常神经质。”

“不知道他是不是一直打算住在宿舍里？”

“不知道。说不定哪一天他又突然去弄一栋房子来。”

“不晓得他想不想结婚？”

“也许想喔？有好的对象就请你介绍给他吧！”三四郎苦笑，心想：“我真是多嘴！”

这时候广田老师问道：“那你呢？”

“我……”

“还早啦，你要是现在就结婚的话，那可就麻烦了。”

“故乡的家人在催了。”

“谁在催你啊？”

“我母亲。”

“你打算像你母亲说的那样去结婚吗？”

“我没那个意愿。”

广田老师露出胡须下的牙齿笑了。他的牙齿还挺漂亮的。此时三四郎突然有种怀念的感觉，不过那种怀念之感和美弥子无关，也和野野宫无关。那是一种超越三四郎眼前利害的一种思慕。因为如此，三四郎觉得如果再问野野宫的事情，他将会感到羞赧，于是决定不再问下去了。

广田老师接着又说：“你该尽可能听你母亲说的话。现在的年轻人和我们当年不同，自我意识太过强烈，这样不好。我们当学生的时候，不管做什么事情，都不曾与人脱节。举凡与对方、父母、国家、社会，全是以他人为本位。简单地说，受教育的人几乎都是伪君子。而那种伪善的行为因社会的变化，终于行不通，因而人们渐渐地在思想行为上导入自我本位的意识，最后导致现在自我意识的过度膨胀。比起从前的伪君子，现在几乎是处于恶君子的状态。——你听过恶君子这个词吗？”

“没有。”

“这是我刚创的词。你也是恶君子之一吗？呃，应该是吧？像与次郎就是最明显的例子。你不是认识里见这个女孩吗？她也是。还有，野野宫他妹妹，她也有恶君子的一面，很有趣。昔日只有王公贵族和父亲当恶君子，现在则是每个人都想享有同样的权利当恶君子。那不是多么罪恶的事情，只是拿掉盖子的桶子里，装的原来是粪肥。剥除美丽的外表后，大都是露出丑恶的一面。光是形象美丽，只是徒增麻烦，于是大家都省事地只用最原始的方式做事，很是痛快。认为那样子很天真浪漫，可是当这种浪漫越矩的时候，恶君子之间便会感到不便。当那种不便渐次增强而达到极点时，利他主义便再度复活，然后流于形式，变得腐败后，再回归利己主义。

也就是说，这是没有极限的。我们只要这么想，这样生活就没什么问题，渐行渐进步。看看英国吧！在那里，这两种主义自古就取得很好的平衡，所以他们没有变动，他们没有进步。既没有易卜生，也没有出现尼采。真可怜。只有他们自认得意，从旁观来，他们已变硬，成了化石……”

三四郎的内心虽然觉得很有道理，但话题跳得太快，不但绕了个弯，还扯得愈来愈远。他觉得有些诧异，这时候广田也留意到了。

“我们刚才到底在谈什么啊？”

“结婚的事。”

“结婚？”

“是，您要我听母亲的话……”

“喔，对、对。你一定要尽量听你母亲的话才行。”广田说完，嘻嘻地笑了。一副把三四郎看作是孩子似的，然三四郎并没有感到不悦。

“我们是恶君子，而老师那个时代的人是伪君子，那是什么意思呢？”

“如果有人对你好，你会不会高兴啊？”

“嗯，高兴啊！”

“一定如此吗？我可不。我曾经有过因为别人对我好，而我却感到不愉快的经验。”

“是怎么一回事？”

“只在形式上亲切的表现，而不是亲切本身的目的的情况。”

“有那种情况吗？”

“像过年的时候，别人对你道恭喜，你会真的觉得很可贺吗？”

“这个嘛……”

“应该不会吧！和笑痛肚子、笑翻天的人一样，如果只有自己一人的话，是不会有人笑的。亲切也是同样的道理。别人会因为你的职务而对你亲切，就像我在学校当老师一样。而我实际的目的只是混口饭吃，可是学生听到了一定会不高兴的吧！相反的，像与次郎那种恶君子领袖，老是给我惹麻烦，虽然尽做些没收尾的勾当，但他并没有恶意，他有他可爱的一面，刚好和美国人对金钱的露骨态度差不多。那件事情本身就是目的，没有东西比以那件事情本身当作行为还诚实的，也没有比诚实更让人喜爱的了。在我们那个凡事无法诚实表现出来的时代，所受的教育是令人不愉快的。”

这些道理三四郎都懂。不过对三四郎而言，眼前最迫切的问题大部分都不是理论，他只想知道实际上有交涉的对象是否诚实而已。三四郎在心里又把美弥子对自己的一举一动想了一遍。然而他却无法判断到底是否令他不愉快。三四郎开始怀疑他的感受性是不是比一般人还迟钝一倍。

这时候广田老师突然发出“嗯……”的声音，好像想起了什么事情似的。

“嗯，还有……进入二十世纪之后，开始流行一种奇怪的东西。将利他本位的内容以利己本位的想法替补，流行这种困难的做法。你遇过那种人吗？”

“哪一种人啊？”

“换句话说，就是伪善露恶。你大概还是听不太懂吧？看来我的解释好像不太好。

“以前的伪君子不是都以让人认为他很好为优先的考虑吗？可是相反的，他们却为了破坏别人的感觉而刻意伪善。不管横看竖看，对方都只会觉得那是一种伪善，所以他当然会不高兴。然伪善的人却达到他的目的了。恶君子的特色就是将伪善原原本本地施于对方，他表面上所说的全是善言；也就是将两种行为合而为一。

“最近巧妙运用这种方法的人增加了许多。神经极敏锐的文明人，如果想成为完美的恶君子，这可是一个好方法。不流血就杀不了人的说法是相当野蛮的，不过这种说法会慢慢消失的。”

广田老师讲话的方式就像导游在解说古战场一样，他将自己放在一个远离实际的地位远眺，有一种颇为乐天的意味，简直就像在教室听课一样。不过三四郎他倒是有反应，因为他的脑里有美弥子，而这理论正好适用。三四郎将这个标准放在脑海里，想用这个标准测看美弥子的一切，然而却有许多地方是测不出来的。老师闭上嘴巴，和往常一样，从鼻子吐出哲学的烟雾。

过了片刻，玄关传来脚步声。没等人去应门便进到走廊来。与次郎忽然坐到书房的入口处，说：“原口先生来了。”他省了“我回来了”这句话。也许他是故意省略的也说不定。与次郎随便地向三四郎点了个头，便马上出去了。

原口和与次郎在门坎错身后，进到书房里来。原口是个蓄着法式胡，理着五分头，有点胖的男人。看起来比野野宫大两三岁。他身上穿着比广田老师还好看的和服。

“啊，好久不见。刚才佐佐木到我家去，我们一块吃了饭，然后我就被拖了过来……”他的口气相当地快活。似乎一站到他身边，心情就自然会愉快一样。

当三四郎听到原口这个名字的时候，马上就猜想到大概是那位画匠吧！不过话说回来，与次郎还真是位交际高手，他和许多前辈都熟识，这点令三四郎颇为佩服。三四郎一到长辈面前就紧张，他自己将这个结果解释成是受了九州岛教育的影响使然。

主人终于把原口介绍给三四郎认识。三四郎很礼貌地行了个礼，对方轻轻点了点头，然后三四郎便安静地听他们两人的谈话。原口说先解决些要商谈的事，他提到过一阵子要创个会，请广田老师务必要帮忙。他并没有打算要弄得多出色，只发通知给文人、艺术家、大学教授几个人而已，没什么关系。而且大家几乎都认识，完全不必讲究形式。目的只是大伙聚在一起吃吃晚餐，交换一些文艺上的有益话题，如此而已。

广田老师一口便回道："我参加！"要商谈的事就这么解决了。之后原口先生和广田老师的对话颇为有趣。

广田老师问原口先生："你最近都在做什么？"

原口先生这样回答他："我都在练一中节啊，我已经会五段曲子了。'红叶吉原八景花''小稻半兵卫唐崎自杀'啦，都是很有意思的。你要不要也试看看？那种是不能唱得太大声的。本来就只局限在四叠半的房间里唱的，可是你也知道，我生来就是这么大嗓门的，而曲调又抑扬顿挫，所以老是唱不好。下回我唱一段给你听听。"广田老师笑了。

原口先生接着说："不过我还算好的呢！如果里见恭助来唱的话，简直是一塌糊涂。这该怎么说呢？他妹妹唱得却是那么出色。前一阵子他终于投降，说他不唱歌要去学乐器，结果有人建议他去学野台戏，真是笑死了！"

"真的假的？"

"是真的啊！里见还对我说，你要学就去学，听说野台戏有八种唱腔呢！"

"你干脆去唱唱看嘛！那种曲调普通人应该也会吧？"

"不，我才不要呢！我比较想打鼓。因为一听到鼓声，我就不觉得现在是二十世纪，因为我喜欢。为什么现世这么愚蠢，我一想到这里就觉得鼓声是帖良药。就算我再怎么悠哉也画不出像鼓声的画来。"

"应该是你没有试着去画吧？"

"因为我不会画嘛！待在现在的东京怎么画得出悠扬的画？虽然画是最不受限制的。啊！说到画，上次我去参观运动会的时候，本来想画幅里见和野野宫的戏画，结果被他们给逃了。下回我想画一幅真正的肖像画，拿去展览。"

“谁的肖像？”

“里见他妹妹的。不晓得为什么普通的日本女人都是歌眠[①]式的长相，一画到西洋画布上就不对劲，不过那女孩和野野宫他妹妹倒是可以，她们两人都能入画。我想画一幅那女孩手持蒲扇，站在树阴前方，面朝亮处的等身长画像。西洋扇令人厌恶，日本的蒲扇新鲜又有趣。总之不快点画不行，如果她嫁人了，说不定我就不能自由地去画她了。”

三四郎很感兴趣地听着原口的谈话。尤其美弥子手持蒲扇的构图，带给三四郎相当的触动。他甚至觉得也许他们两人之间存在着一种不可思议的因缘。结果广田老师却毫不客气地说：“那种画也没什么意思嘛！”

“可是那是当事人的要求啊！我问她拿把扇子如何，她回答说：‘挺有意思的。’这可不是什么烂画喔！也要看看画得如何啦！”

“如果画得太美，很多人来求婚那就麻烦啰！”

“哈哈哈，那我就画得普通一点好了。说到结婚，那女孩也差不多该嫁人了吧？怎么样，有没有好的对象啊？里见也拜托我帮忙找呢！”

“你把她给娶回家算了。”

“我？如果可以的话当然娶，不过我总觉得那女孩靠不住。”

“为什么？”

“她曾笑着对我说：‘原口先生出国的时候，刻意地买了许多柴鱼片，想带去巴黎，关在宿舍好好地炫耀一番，不过到了巴黎之后，又改变主意了，对不对？’害我差点下不了台。她应该是从她哥哥那儿听来的吧？”

---

① 喜多川歌眠（1753 ~ 1806），江户后期画家，擅长优艳之美人画，为奠定日本浮世绘新画风之重要画家。

"那女孩若不是去自己想去的地方，是不会妥协的。就算你怎么劝她也没用。在她还没遇到喜欢的人之前，单身还是比较好。"

"完全是西式作风喔！不过从今以后，女人都会变成那样子的，那也好啦！"

接着则是他们两人冗长的绘画经。三四郎很惊讶广田老师竟然知道那么多西洋画家的名字。就在三四郎准备回家，在后门找木屐的时候，老师来到楼梯口朝上头喊道："喂！佐佐木，你下来一下！"

外面很冷。天高清朗，好像将降夜露似的。三四郎摸摸衣服，手指所及处一阵冷冰冰的。当他数度蜿蜒地走过人烟稀罕的小路后，突然遇到一个占卜摊子。摊位旁悬挂着一个大红圆灯笼，算命仙的腰部以下一身红色的装束。三四郎很想买一支签，但又不敢买，为了闪开红灯笼，他穿着外褂的肩膀几乎要碰到路旁的杉木了。过了一会儿，他走出暗处，来到追分的街上。街角处有家荞麦面店，这回三四郎总算下了决心进到店里去。因为他想喝点酒。

店里有三位高中生。他们谈论着："最近学校老师在中午吃荞麦面的人变多了。午炮一响，面店的伙计便匆匆忙忙地将一盘盘的面和佐料挑进校门。这家店一定赚了不少钱吧？"

"某某老师即使在夏天也吃锅烧乌龙面，到底是哪根筋不对啊？可能是胃不好的缘故吧？"他们说了很多事。几乎都直呼老师的名字。其中还有一位提到广田老师。接着他们便开始对广田老师未婚的事情议论纷纷。

"广田老师家挂着裸女的画像，因此他应该不讨厌女人才是。"

"可是那幅裸体画是西洋人的，所以不准。说不定他讨厌日本的女人呢！"

"不，一定是因为失恋。"连这种说法都出来了。

还有人问道："他是不是因为失恋才变成那种怪人的啊？"

“可是听说有年轻的美女在他家出入，不知道是不是真的。”也有人打破砂锅问到底。

三四郎听着听着，知道他们认为广田老师是个伟大的人物。为什么伟大，三四郎也不清楚，不过这三个人都读了与次郎写的《伟大的黑夜》。他们是因为读了那篇文章才突然喜欢广田老师的。有时候他们会引用《伟大的黑夜》里的警言，并且不断地赞赏与次郎的文章。他们非常好奇“零余子”到底是谁？不过他们三人都同意那个人一定是非常了解广田老师的。

三四郎坐在一旁听了才知道原来如此。与次郎当然要写《伟大的黑夜》。三四郎曾怀疑《文艺时评》的销路就像与次郎说的并不好，可是他除了满足虚荣心而兴致勃勃地去写论文外，还有什么目的呢？现在看了这种情形后，他发现铅字的力量还是很强大的，如同与次郎所主张的，要是不说一字半句的话，那可损失了。三四郎一想到人们的批评比比皆是，就觉得执笔者责任重大得可怕。三四郎离开荞麦面店。

当他回到家后，酒也醒了。他无聊得发慌！三四郎坐到书桌前发呆，这时候女仆将装了热水的水壶送过来，顺便交给他一封信。又是母亲的来信。三四郎立刻拆开来看，今天他看到母亲亲手写的信觉得格外地开心。

信虽然很长，却没写什么特别的事情。尤其信上没提半句三轮田阿光的事，这让三四郎感激不已。不过信中却写了一些奇怪的建议。

你从小就没胆量，胆子小可吃亏了，你不晓得考试的时候有多伤脑筋。兴津的高老师那么博学多闻，他虽然是位中学老师，不过考升等检定的时候，他紧张得全身颤抖，无法专心地作答，结果一直到现在薪水都还不能调升。虽然他请一位医生朋友给他防颤抖的药吃，可是听说还是没效。你虽然没像他那么严重，不过你要不要请东京的医生给你吃些治胆子小的药。应该不会治不了才对啊！

三四郎觉得真是愚蠢。但虽然愚蠢，却感到很大的慰藉。他深深地感受到母亲的温柔。那晚三四郎回了一封长信给母亲，一直写到夜里一点多。信里有一句话写道："东京并不是个有趣的地方。"

第八章

女孩定睛注视三四郎。

三四郎从那一对眼睛里读到比言语还深刻的告白。

三四郎借钱给与次郎的经过是这样的。

前一阵子，有一天晚上九点左右，与次郎突然冒着雨前来，一劈头就说他不行了。三四郎一看，他的脸色异常地差。原本以为他是因为淋了雨、被冷冽的秋风吹得着凉了，可是当他一坐下来后，三四郎发现，他不只脸色差，而且竟一反常态，整个人相当地消沉。

三四郎问："你是不是身体不舒服啊？"

与次郎眨了两下那双像鹿般的眼睛答道："我掉了钱，不知道该怎么办？"

然后与次郎露出一脸担心的表情抽着烟，从鼻子吐出两三口烟来。三四郎又不能干等着，于是他问了问与次郎到底是在哪里丢了什么钱。一问之下便马上明白了。与次郎只吐了两三口烟就没再抽了，接下来便滔滔不绝地讲了起来。

与次郎弄掉了二十元，而那笔钱是别人的。

去年广田老师租前一栋房子的时候，筹不出三个月的押金，所以当时先向野野宫借钱用。不过那笔钱本来是要给他妹妹买小提琴用，而特地请故乡的父亲寄来的，因此并没有那么急，可是一拖再拖令良子感到很困扰。结果到现在良子的小提琴都还没买成。因为广田老师一直都没还。老师如果有钱的话早就还了，可是他每个月不但没有盈余，除了领薪水外，又不去赚些外快，于是便这样拖到今天。不过最近总算收到夏天的高中入学考的阅卷费，如此一来终于可以把钱给偿还了。与次郎被指派去处理这件事。

“我把钱给弄丢了，真的很抱歉。”与次郎说。他的确是一脸抱歉的表情。

“你在哪里弄丢的啊？”三四郎问他。

“不是弄丢啦，是我把钱拿去买了几张赌马券啦，结果全赔掉了。”

三四郎听了这句话后，愣住了。与次郎的行为实在太离谱了，以至于三四郎连一点意见也不想讲。与次郎一副没精打采的模样和平时活蹦乱跳的与次郎比起来简直是判若两人，犹如天壤之别。所以好笑与可怜的心情同时朝三四郎袭来。三四郎笑了出来，与次郎也跟着笑了。

“唉，算了！船到桥头自然直。”与次郎说。

“老师还不知道吗？”三四郎问。

“还不知道。”

“野野宫呢？”

“他当然还不知道。”

“你什么时候拿到钱的？”

“月初拿到的，所以到今天刚好过了两个礼拜。”

“赌马券是什么时候买的？”

“拿到钱的隔天买的。”

“你就这样撑到今天啊？”

“我到处去筹钱，就是借不到，没办法啊！于是我打算只好这样一直撑到月底了。”

“到了月底就能解决吗？”

“《文艺时评》社的稿费应该会给我吧？”

这时三四郎站起来，打开书桌的抽屉。他看看昨天母亲寄来的信，说：“钱这里有。这个月的生活费比较早寄来。”与次郎马上变得精神奕奕，用说书人的口气对三四郎说：“真感谢，亲爱的小川。”

十点多，他们两人冒着雨来到追分的街上，进到街角的荞麦面店。三四郎就是这个时候学会在荞麦面店喝酒的。那一夜他们俩愉快地喝了酒。酒钱是与次郎付的。与次郎是那种不爱让别人付钱的男人。

到现在与次郎都还有没还钱。三四郎的为人正直，一直挂意着自己房租还没缴。虽然房东没催他，但总是得想想办法。像这样一天拖过一天，眼看再过一两天就快月底了。“干脆先把房租欠着……”三四郎的脑子里还没萌生这样的念头。他虽然不认为与次郎一定会及时把钱拿来，不过他心想，最起码与次郎应该会去筹筹看的。听广田老师说与次郎的脑袋就像浅水一样，始终游移不定的，如果他总是变来变去，忘了这个责任的话，那就糟了。但应该不至于发生那种事吧？

三四郎从二楼的窗户远眺着马路。正好这时候与次郎从远处快步地走来。他来到窗户下，朝上望望三四郎说：“喂，你在啊？”三四郎从上面俯视与次郎，应道：“嗯，我在啊！”他们俩像傻瓜似地你一句我一句后，三四郎将头伸回房里去，与次郎则是咚咚咚地爬上楼来。

“你等很久了吗？我想你一定在担心房租的事，所以一路跑来，像个傻子一样。”

“《文艺时评》给你稿费啦？”

“稿费？稿费早就领完了。”

“可是你上次不是说月底可以领吗？”

“有吗？你弄错了吧！我已经没有半毛钱可领了！”

“奇怪了，你明明告诉过我的啊！”

“我的意思是说先向《文艺时评》借，可是却借不到。他们认为把钱借给我，我是不会还的。真奇怪！不过是区区二十元嘛！我都写了那篇《伟大的黑夜》了，他们还不信任我。真不够意思！烦死了！”

“那么钱是没着落了？”

“不，我又另外去筹了。我怕会造成你的困扰嘛！”

“是吗？那可真不好意思。”

“可是发生了一件伤脑筋的事情，钱不在我手上，必须由你自己去拿。”

“去哪儿拿？”

“《文艺时评》那里拿不到钱，所以我去找了原口等等两三个朋友，结果大家月底都不方便。最后我去了里见那里。你知不知道里见？里见恭助，是位法学士，就是美弥子的哥哥。我去找他，可是他不在家。后来我肚子饿了，懒得再奔走，于是便去见美弥子跟她说这件事情。”

“野野宫的妹妹在不在啊？”

“因为已经过午了，所以她正在学校。而且我在客厅，所以没关系。”

“是吗？”

“然后美弥子便接受了，她说她愿意帮忙。”

“她自己有钱吗？”

“那我就不知道了。不过没问题的啦！她都答应了。她真是个怪女人，年纪轻轻的，个性却喜欢当老大姐。只要她答应了，我就安心了，不用再担心。向她道声拜托就行了。不过最后她告诉我说：‘钱在我手上，但是我不能交给你。’吓了我一跳。我问她：‘我真的那么没信用吗？’她笑着说：‘是啊！’真讨厌，后来我又问她：‘那我叫小川来好了。’她对我说：‘嗯，我直接交给小川。’反正怎么样都行，你可以过去拿吗？”

“如果我不去拿的话，就得打电报回家了！”

“别打电报了！傻瓜啊？再怎么说你也一定会去的吧？”

“我会去。”就这样，二十元总算有了着落。

这件事解决了之后，与次郎马上报告关于广田老师的事。

运动如火如荼地进行着。与次郎只要一有空，就会到每个人的住处去拜访。他每次只拜访一人，如果聚会的人太多的话，每个人都会想发表自己的主张，如此一来没两三下就会产生异议。再不然就是有人会产生自己被忽视的感觉，然后一开始便冷淡相待。无论如何拜访一定要一次一位。不过相对的花时间也花钱，假如把它当作是苦差事的话，就成不了事。而且在恳谈时，尽量不要提到广田老师的名字。要是对方认为他的来访不是为大家着想，而是为广田老师而来的话，事情就无法归纳出结论了。

据说与次郎就是用这种方法进行访谈的。到目前为止，进行得还算顺利。他已经谈到“光聘任洋人是不行的，一定也要聘请日本人才行”这个主张了。接下来再逐一访谈，选出委员，然后向校长、总长报告我们的请求就行了。其实聚会只是一种形式而已，省略掉也无所谓。当委员的学生大家也多半认识，都是同情广田老师的伙伴，所以谈判的时候，他们还会把广田老师的名字提出来也说不定。

看样子，天下似乎因与次郎一人而变自由的。三四郎相当佩服与次郎的手腕。与次郎又开始讲起那天晚上他把原口先生带回老师家的事情。

“那天晚上原口先生不是邀老师加入文艺聚会吗？”与次郎说。

三四郎当然记得那件事。据与次郎所说的，其实那件事也是他计划的。他有一大堆的理由，不过关系最切身的一点就是在那个文艺会里，有大学文科的权威教授在。要使那位教授和广田老师接触，这办法对老师而言是最方便的。老师是个怪人，他和谁都不交际的；但是如果帮他制造不错的机会，让他和别人接触的话，他那个怪人也会顺从的……

“原来还有那个用意啊？我一点也不知道。你说你是发起人，那么集会时，只要亮出你的名字，那些大人物就会来吗？”

与次郎严肃地看了三四郎片刻，才露出一脸苦笑撇过头去，说：“别说傻话了。我说的发起人并不是台面上的发起人，我只是计划那个聚会而已。也就是说，是我怂恿原口先生，然后由他去运筹张罗的。”

“原来如此。”

“你这句话很土耶！你偶尔也去参加那个聚会嘛，再过不久应该会举办一次。”

“我去那种都是大人物去的聚会干什么？我才不去！”

“你又说这种土包子的话了。伟大的人和不伟大的人只差在出社会的顺序不同而已。虽然那些人是博士、学士，不过和他们见了面，谈过话后，其实也没什么大不了的。对方根本不觉得他自己有什么伟大。为了你的将来着想，你一定要去参加。”

“在哪里举行？”

“大概在上野的精养轩吧？”

“我从没去过那种地方，收费一定很贵吧？”

“呃，差不多两元吧！你不用担心什么会费，如果你没有的话，我帮你出。”

三四郎马上想起刚才的二十元。可是很奇怪的是，他一点也不觉得好笑。与次郎甚至还提议去银座的某某地方吃天妇罗。他说他有钱，真是个奇怪的人。三四郎拒绝了他的邀请，不过他陪与次郎一起散步。回途中与次郎绕到冈野买了许多的栗子馒头，他说这是买给老师吃的，然后便抱着袋子回家了。

三四郎那天晚上思考了与次郎的性格。

他想：“难道人在东京待久了，就会变成那个样子吗？”

他还想了要去里见那儿借钱的事。有事情可以去美弥子那里一趟，三四郎心里似乎很开心。可是要向人低头借钱，那可一点都不好。三四郎长这么大还没向人借过钱，更何况借钱的对象还是个女的，并不是一个独立自主的人。就算她的经济自由，如果是瞒着她哥哥向她借钱，说不定这件事会造成她的困扰。或者因为是她的缘故，所以一开始他就不想麻烦她。不管怎样，还是去见她一面吧！见了面之后，如果不太好向她开口借钱的话，就暂时拖欠一下房租，再请家里寄钱过来就行了。三四郎将眼前的问题做了这样的结论。接着美弥子的事情便零星地浮现在他的脑海里。他任凭想象在脑中构思美弥子的脸、手、衣襟、腰带、和服等等。

尤其是明天见面的时候，不知道她会是什么态度，会说什么话，三四郎十遍、二十遍反复地想象届时的光景，脑中浮现各式各样的想象。三四郎本来就是这种人，只要他一和人约了见面，便会开始想象对方出现时的样子。然而他自己是不会事先考虑应该以什么表情、用怎样的声音、说什么话之类的事。总是在见面后才想这些，然后边想边后悔。

尤其是今晚，他根本没有余力去想象自己会怎么样。三四郎从上回就开始怀疑美弥子了，不过他的怀疑到现在还没澄清。必须追究清楚的事情连一件也没有，所以想一刀两断解决也是不可能的。如果只是为了让三四郎安心而必须解决的话，那不过是利用接触美弥子的机会，从对方的样子随便地给自己最后的判决罢了。明天的会面便是这场判决不可或缺的材料，所以三四郎想象着对方的种种。可是不管他怎么想，都是浮现对他有利的光景。即便如此，他还是相当怀疑。那种感觉像在看一张肮脏处被拍得很美的照片。照片是照片没错，但实物的肮脏也是不争的事实，这两者应该是相同的，然而却并不一致。

最后三四郎想到一件令他高兴的事。美弥子说她要借钱给与次郎，却不把钱交给他。也许与次郎在金钱方面是一个没有信用的人，不过美弥子是因为这个理由而不把钱交给他的吗？真是令人怀疑。如果不是因为这样的话，那就是自己很被信赖了。光是愿意出借金钱就是对三四郎很有好感了。

“她想和我见面，然后亲手把钱交给我”，三四郎飘飘然地想到这里，忽然又闪过一个念头，“我看她应该是在愚弄我吧？”想到这里，他突然脸红了。

如果有人问三四郎：“那女孩为什么要愚弄你？”他恐怕是回答不出来吧！三四郎一定完全没想到那是为了惩罚自己的自负。他相信自己是为了美弥子而自负的。

第二天很幸运，有两位老师缺课，所以三四郎从下午开始就没课了。他懒得回家，于是在途中填饱肚子后，便前去美弥子家。三四郎曾经过美弥子家前面很多次，但今天是他第一次进去。大门的柱子上有一张写着里见恭助的名牌。

每当三四郎经过这里的时候，他就会想：“里见恭助到底是个怎么样的男人？”三四郎还不曾见过他。大门深锁着，地上无章地铺着长方形的花岗石，玄关细致的格子门紧闭着。

三四郎按了门铃，他询问出来应门的女仆说：“请问美弥子小姐在家吗？”当他这么问的时候，竟然涌现一股很难为情的感觉。他还不曾有过站在人家的大门前，询问年轻小姐是否在家的经验。三四郎实在觉得很难启齿，女仆倒是相当地正经恭敬。她先进屋里去，又出来，然后礼貌地行了个礼后，说：“请进。”三四郎跟着她进屋里去，来到客厅。是一间挂着厚重窗帘的洋式客厅，有一点暗。

“请您稍坐片刻……”女仆说完后便出去了。三四郎在寂静的客厅里坐了下来。

正面的墙上有一方小小的壁炉，壁炉上有一面横向的长镜，前面立着两座烛台。三四郎看看镜中映在烛台中央的自己的影像，然后又坐下来。

这时候里面传来小提琴声。不知道是从哪里来的，宛如风将它带来，又将它抛去似地，立刻消失了。三四郎觉得很惋惜。他靠在厚厚的沙发上心想：“再多拉一会儿嘛！”他竖起耳朵仔细听，然而声音却再没出现了。大约过了一分钟后，三四郎便忘了小提琴这回事。他望着前方的镜子和烛台，觉得有一种特别的西洋味儿。这使他联想到天主教。为什么会联想到天主教，三四郎也不懂。这时候又传来小提琴声。这次是高音和低音急促地接连响起，然后又突然地消失。三四郎完全不懂西洋的音乐，然而他知道刚才的乐音绝对不是既有曲子的一部分，那只是拉出一些声音而已。像那样杂乱无章法的拉法和三四郎现在的情绪很吻合，仿佛是从天上意外降下两三颗荒唐的冰雹似的。

当三四郎将一双几乎已经失去感觉的眼睛移至镜中时，不知什么时候美弥子已出现在镜中。女仆原本关上的门正敞开着，镜中清楚地映着单手拨开门后布帘的美弥子上半身。美弥子从镜中看三四郎，三四郎也从镜中看美弥子。美弥子露出笑容，说：“欢迎你来。”

女声从背后传来，于是三四郎只好回过头去。他们正巧面对面。这时候美弥子动了动宽额前的头发，行了个礼。她的态度亲切得几乎不需要行礼。然而三四郎却从椅子上站起来，行了一个礼。她一副没在意的样子，绕过去背向镜子坐在三四郎的正面。

“你终于来了。”口气一样是亲切的。

三四郎听到这句话心里非常开心。美弥子穿着滑亮的丝质和服。从刚才她让三四郎等了那么久看来，说不定她这一套漂亮的衣服还是特地去换的。她端正地坐着，眉开眼笑静静地注视着三四郎。反倒是三四郎感到一股甜蜜的痛苦。他受不了被一直注视着，三四郎立即开口，近乎无意识地。

“佐佐木……”

“佐佐木去了你那儿吧？”女孩露出她那口皓齿说。

女孩后方的壁炉上左右摆设着刚才的烛台，那是一对形状特别的金铸烛台。说它是烛台，那是三四郎自己的臆测，其实他并不晓得那是什么东西。在这对奇特的烛台后方，是一面明亮的镜子。由于光线被厚厚的窗帘遮蔽了，因此并没有充分照射进来。天气阴暗。三四郎看到和当时一模一样的美弥子的皓齿。

“佐佐木来找我。”

“他跟你说了什么？”

“他叫我来找你。”

“我想也是。所以你就来了？”她还特地这样问。

“嗯。”三四郎应道，他有一点犹豫。接着他才又答：“是，是这样的。”

女孩完全收起露出的皓齿。她静静地站起身，走到窗边，眺望外头。

“天阴了，很冷吧？外面。”

“不，还挺暖和的。一点风也没有。”

“是吗？”她边说边回到位子上来。

“是这样子的，佐佐木把钱……”三四郎开口。

“我知道。”她插嘴道。三四郎不作声。

“怎么会弄丢了呢？”她问。

“因为他把钱拿去赌马了。”

女孩叹了一声“唉呀！”虽然她唉呀了一声，但脸上却没有惊讶的表情，反而笑笑的。过了片刻，她才加了一句“真是个糟糕的人”。三四郎没有回应。

“赌中马券比猜中人心还难，不是吗？你是个连已有线索的人的心都不去试探了，怎么会……”

“马券不是我买的！”

“咦，那是谁买的啊？”

“是佐佐木买的。”

女孩突然笑了。三四郎也觉得莞尔。

“那就不是你要用钱了？真是无聊！”

“我是需要用钱没错。”

“真的吗？”

“真的。”

“可是那不是很奇怪吗？”

“反正不跟你借也没关系。”

“为什么？你不喜欢？”

“不是不喜欢，而是瞒着你哥哥向你借钱，这样不太好。”

“怎么说？可是我哥哥知道这件事啊！”

“是吗？那我就向你借了。不过不跟你借也没关系。我只要向家里说明原委，一个礼拜左右钱就会寄过来了。”

“如果你觉得不方便，那就……”美弥子突然变冷淡了。

三四郎觉得本来在他身边的美弥子，这下子好像退到一百米外的地方。三四郎心想：“早知道跟她借就好了。”然而已经来不及了。他看看烛台，不太自在。三四郎是个不会主动取悦他人的男人。美弥子也远离不再靠近了。

过了一会儿，她又站起来，望向窗外，说：“好像没有要下雨的样子。”

三四郎也以同样的语气回应：“好像没有要下雨的样子。”

“如果不下的话，我出去走走好了。”她站在窗边说。

三四郎把这句话解读成：“你回去吧！”原来她换上滑亮的丝质和服不是为了我！

“那我回去了。”三四郎起身。美弥子送他到玄关。

当三四郎来到门口穿鞋时，美弥子对他说：“我陪你一起走到那儿，可以吧？”三四郎一边系鞋带，一边答道：“嗯，好啊！”女孩这时已经走到门口，她凑到三四郎的耳边，轻声地对他说：“你生气啦？”这时候女仆匆匆地出来送客。

两个人默不作声地走了五十米左右。一路上三四郎始终想着美弥子的事。这个女孩一定被呵护放纵惯了，她在家庭里一定比普通女性还拥有自由，凡事都是顺着她的意思为所欲为。从她不需经过任何人的允诺，就和三四郎在街上走动这一点看来就知道。没有年迈的双亲在身边，而年轻的哥哥又是采取放任主义，因此她才变成这样的。不过如果是在乡下的话，想必是很困扰的吧？如果要她过像三轮田的阿光那种日子的话，不晓得她会怎么想。东京和乡下不同，什么事都明白开放，在东京的女孩大概都是如此吧？不过从远处来想的话，她又有一点旧式的味道。因此与次郎会说美弥子是易卜生式的女人似乎也是可理解的。但到底是她不拘俗礼的地方是易卜生式，还是她脑子里的思想是易卜生式的，这点三四郎就不懂了。

他们走到本乡的街道上。这两个一起行动的人虽然一起走着，却完全不晓得对方要去哪里，他们两人总共转了三个转角，每当转弯的时候，两个人的脚步便像照会过似地，没发一言地转向同一个方向。当他们从本乡道转至四丁目街角的途中，女孩开口问：“你要去哪里呢？”

“你要去哪里？”两人互视片刻。三四郎的表情异常严肃。女孩忍不住又露出白色的牙齿。

“跟我来！”两个人转进通往四丁目的街角。

约莫走了五十米后，右侧有一座大的洋楼。美弥子停下脚步，她从腰带间取出一本薄薄的存款簿与一枚印章。

“拜托你。”她说。

“什么？”

“请你收下这笔钱。”三四郎伸出手，接过存款簿。正中央写着存款簿，旁边写着里见美弥子小姐。三四郎握着存款簿和印章，直视着女孩。

“三十元。”女孩说出金额。她的口气像是对每天习惯去银行领钱的人说话的样子。幸好三四郎在故乡的时候，经常拿着存款簿到丰津去办事。他马上走上坡，打开银行的大门，将存款簿和印章交给柜台，当他拿到需要的金额后，出来一看，美弥子不在原地，她已经走到三四十米外的地方了。三四郎赶紧追了上去，将手伸进口袋里，准备把东西交给她。

就在这时候，美弥子问他说：“丹青会的展览你去看过了吗？”

“还没去看。”

“人家送了两张招待券给我，我一直没空去，要不要去看看啊？”

“可以啊！”

“走吧！展览就快结束了，我如果不去看看的话，可对不起原口先生。”

“招待券是原口先生给的啊？”

“嗯，你认识原口先生？”

“在广田老师那里见过一次面。”

“他是个有趣的人吧，听说他去学唱野台戏呢！”

“他说他前一阵子去学打鼓。还有……”

“还有？”

“还有，他还说要画你的肖像，那是真的吗？”

“嗯，我是高级模特儿。”她说。三四郎的个性是说不出比这更贴心的话了，因此他沉默不语。女孩似乎希望他说点什么。

三四郎又把手伸进口袋，取出银行的存款簿和印章，交给美弥子。钱应是夹在存款簿里的，可是女孩看了存款簿里并没有钱。

她问：“钱呢？”三四郎的手又探进口袋里，从里头掏出皱皱的钞票。她并没有伸出手来。

“请你替我保管。”她说。

三四郎觉得有些困惑，然而他这个人是不会在这种时候追究到底的。再加上现在是在马路上，所以他就更避讳了。他才刚把钞票掏出来，又得再收回去，三四郎直觉得她真是个怪女人。

有许多学生经过。当他们擦身而过的时候，都会瞧瞧这两人。有的人甚至大老远地就边望着他们边走过来的。三四郎觉得走到池塘的这趟路实在很遥远。即便如此，他们并不想搭电车。他们俩慢慢地走着。

到展览会场的时候，已经将近三点了。会场立着一面奇怪的广告牌，上头“丹青会”的字，以及字的周围的图案，看在三四郎眼里，都是相当地新鲜。不过新鲜的意思指的是在熊本看不到，所以毋宁说那是一种异样的感觉。会场内则更甚其上，在三四郎的眼里，只有油画和水彩画的区别而已。

虽然如此，三四郎还是有所好恶，当中也有一些作品是他会想买下来的。不过他完全分辨不出画作的好坏，因为他的零鉴赏力与一开始就放弃鉴赏的心情，导致三四郎一句话也不说。

只要美弥子一问他："这幅画如何？"

他就应道："嗯，这个嘛……"

问他："这幅画很有趣喔？"

他就答："很有趣。"

一点意思也没有。看起来好像是个不会说话的傻瓜，或者是不理睬对方的大男人。如果当他作傻瓜的话，那不爱炫耀之处显得很可爱；如果当他作是大男人的话，那不理睬对方的地方便很可恶。

会场里展示着许多两兄妹长年在国外旅行所画的作品。两兄妹同姓，画作并同时挂在一块。美弥子在其中一幅作品前停下脚步。

"这是威尼斯吧？"

这个三四郎也知道。很有威尼斯的味道，真想乘坐"贡多拉"一游。三四郎在高中的时候学到了"贡多拉"这个字，从此他便喜欢上这个字。说到"贡多拉"，感觉上好像不和女人一起坐就没意思一样。他静静地望着画中苍蓝的水，两旁高耸的房屋，倒映在水中的影子，和影中若隐若现的片片绯红。

这时候美弥子开口说："哥哥画得好像比较好耶。"三四郎没听懂这句话的意思。

"你说的哥哥是……"

"这幅画是哥哥画的不是吗？"

"谁的哥哥？"

美弥子一脸讶异地看着三四郎。

"那边的是妹妹画的，这边的是哥哥画的，不是吗？"

三四郎退后一步，回头看看刚才走来的这一面。墙上挂着许多一样是外国景色的画作。

"不一样吗？"

"你以为是同一个人画的吗？"

“嗯。”三四郎应道，他一脸的茫然。

终于他们俩四目相视，然后一同笑了出来。美弥子惊讶地睁大眼睛，然后稍微降低音量说：“真有你的！”说着便快步地先往前走了。三四郎站在原地，再次凝视威尼斯的水道。先走一步的女孩回过头来，三四郎并没有看她。女孩停下脚步，从对面凝望着三四郎的侧脸。

“里见小姐！”冷不防有人大声地叫道。

美弥子和三四郎同时转过头去。原口先生正站在两米外，写着“事务所”的房间入口。野野宫的身影出现在原口先生之后，两人的身影交叠着。美弥子眼中出现的是站得比原口先生远的野野宫。她似看非看地后退两三步，来到三四郎身边。她以几乎蔽人耳目的动作将嘴巴凑近三四郎的耳畔，低声说了些什么。三四郎根本听不懂她到底说了些什么。还没等他再问一次的时候，美弥子已经走向他们两个人，并且打了招呼。

野野宫对三四郎说：“你们俩怎么一起来了？”三四郎还没来得及回话，美弥子就开口道：“很登对吧！”野野宫什么话也没说便转过头去。

后面挂着一幅榻榻米大小的画，那是一幅肖像画，整幅画黑漆漆的，衣服、帽子和背景几乎无法区别，只有一张脸是白色的。消瘦的两颊上垂着肉。

“这是临摹的作品喔！”野野宫对原口先生说。

原口先生正对着美弥子不停地说着话。

“画展就要结束了，来参观的人也少了许多。刚开始展览时，我每天都到事务所来，最近就很少来了。今天刚好有事，所以就拉着野野宫一块儿来了。真巧啊！这场画展结束后，我马上要准备明年的展览，非常忙碌。本来都是在四月樱花季的时候开画展的，但是明年因为其他会员的关系，所以预计提早展览，这样一来等于连续开两场画展，不加紧努力是不行的。我希望能赶在画展之前画你的肖像，你可能会不太方便，但是我希望你可以在除夕那天让我画。”

“我会把你的肖像挂在这里的。”原口先生这才将目光转向黑色画作上，野野宫也同时出神地望着同一幅画。

“你觉得如何？这幅委拉斯凯兹[①]。它是一幅模拟画，画得也不是顶好。”原口开始说明，野野宫根本没有必要开口了。

“这是谁画的呢？”女孩问。

“是三井。三井是很会画的，不过这幅画我倒是不怎么欣赏。”原口退后了一两步，看着画说道。

“因为原画作家的技巧已经达到颠峰，所以模仿起来很难。”原口把头歪向一边。三四郎看着原口。

“全都看过了吗？”原口一个劲儿地向美弥子搭话。

“还没。”

“怎么办？我看就别看了，我们一起出去吧！到精养轩喝喝茶，反正我刚好有事得去一趟。我想和老板商量一下关于集会的事情。他是位热心的人。这个时间喝茶正好，要是去晚了，喝茶就嫌晚，而吃晚餐又太早了，时间不对。怎么样，要不要一起来？”

美弥子看看三四郎，三四郎一脸无所谓的表情。野野宫则是站在一旁，事不关己的模样。

“既然都来了，就全部看完好了。你说对不对？小川。”

三四郎“嗯”地应了一声。

“那这样好了，这里面有间房间，展示着深见先生的遗作，就看看他的作品，然后回程再到精养轩来，我先到那里等你们。”

“谢谢。”

---

① Diego Rodriguez Velazquez（1599～1660），西班牙宫廷画家，摆脱往昔华丽色彩之传统作画方式，独创个人风格，对后世有深远的影响。

“你可别用看普通水彩画的角度去看深见先生的水彩喔！怎么说那也是深见先生的水彩画，如果不用看实物的心情，而是以看深见先生的气韵来欣赏他的画作的话，是会发现许多有意思的地方的。”原口提醒完后，便和野野宫一同走了。美弥子行了一个礼后，目送他们离去。那两人并没有回头。

女孩转过身去，进入里面的展览室。三四郎尾随在后。

那是一个光线不佳的昏暗房间，细长的墙上挂着一排深见先生的遗作，果然如原口所说的，全是水彩画。三四郎深刻地感受到那水彩的颜色淡薄，色数少，对比贫乏，不拿到太阳底下看的话，几乎是寒酸得不起眼。不过他的笔触一点也不拖泥带水，有一气呵成的气势。即使水彩下明显地透着铅笔所勾勒的轮廓，但仍可以看出他潇洒的画风。他画的人又细又长，像支钓竿似的。这里也有一幅委拉斯凯兹。

“这也是委拉斯凯兹嘛！”女孩凑过来说。

“嗯。”三四郎应道，不过委拉斯凯兹让他突然想起一件事。

“你刚才说什么？”

“刚才？”女孩反问道。

“刚才我站在那边看那幅委拉斯凯兹的时候。”

女孩又露出雪白的牙齿，但一句话也没说。

“如果不是重要的事，我不问也无妨。”

“不是什么要紧事啦！”

三四郎又露出一脸奇怪的表情。

阴霾的秋日已经过了四点。房间内变得阴暗，参观的人非常少。在这个展览室里，只有男女两人的身影。女孩远离画作，站在三四郎的正前面。

“指野野宫。嗯、嗯。”

“野野宫……”

“你应该懂吧？”美弥子的话意像崩溃的浪涛浸蚀了三四郎的胸口。

“你在愚弄野野宫吗？”

“这话怎么说？”

女孩的口气一派天真无邪。三四郎忽然失去再讲下去的勇气了。他无言地走了两三步，女孩紧跟在后面。

“我不是在愚弄你喔！”

三四郎又停下脚步，他的个子挺高的。他俯视着美弥子。

“算了。”

“我哪里做错了？”

“我就说算了嘛！”

女孩别过脸去。他们两人一同走到门口去。当他们走出门口时，碰触到彼此的肩膀。三四郎突然想起那位和他一起搭火车的女人。当他碰到美弥子时，三四郎有一股隐隐作痛的感受。

“你真的不在意吗？”美弥子小声地问。对面走来了两三位参观画展的人。

“总之先出去吧！”三四郎说。他取了鞋穿上，走出大门，外面正下着雨。

“要不要去精养轩？”

美弥子没有回答。他们站在博物馆前宽广的广场中淋着雨。幸好雨才刚下，而且下得并不太激烈。女孩站在雨中，一边环视四周一边指向对面的森林。

“我们到那棵树下面去！”

再等一会儿雨应该就会歇的。他们两个人躲进高大的杉木树下。那是一棵不适合躲雨的树，然而他们两人却一动也不动。就算淋湿了还是站在原地，两人都觉得冷了。女孩开口说：“小川。”三四郎侧身转向正望着天空的女孩。

“很不好意思，刚才那件事。”

“算了。”

“可是……”她边说边靠过来。

“我不晓得为什么就是想那么做，但我并不是故意要愚弄野野宫的。”

女孩定睛注视三四郎。三四郎从那一对眼睛里读到比言语还深刻的告白。她那灵巧的双眼诉说着“我这么做还不都是为了你”。三四郎又答了一次：“我就已经说过无所谓了。”

雨愈下愈大。不会淋到雨的地方仅剩不大，他们两个人渐渐靠近，肩与肩几乎碰在一起了。美弥子在雨中对三四郎说：“刚才那笔钱给你用。”

“我向你借需要用的部分。”他答。

“请你全部都拿去用。”她说。

第九章

三四郎再钻回温暖的被窝里，
然后忘却在红色命运中挣扎的人们。

由于与次郎的推荐，三四郎终于还是去了精养轩参加集会。当时三四郎穿着一件黑色的丝质外褂与会。三四郎的母亲在信里冗长地说明这件外褂是三轮田的阿光她母亲做的，然后由阿光帮他把家纹缝上去的。小包寄达的时候，三四郎姑且试穿了一下，之后便一直搁置在衣柜里了。与次郎知道了直嚷道："太可惜了，你一定要穿、一定要穿！"一副三四郎如果不穿自己就要拿去穿的口气，于是三四郎索性就把那件外褂拿出来穿了。穿上去一看倒还不差。

三四郎穿着这件外褂和与次郎两个人站在精养轩的门口。照与次郎所说的，迎接客人就应该要这个样子。三四郎并不知道这回事，他根本是以客人的身份赴会的。然而这样一来，这件外褂便显得廉价了。早知道穿制服来就好了。不久会员们一个个来了。每当有人来，与次郎一定会缠着对方和他说说话，好像所有的会员全是他的旧识一样。等客人将帽子和外套交给侍者，走进楼梯旁昏暗的走廊后，与次郎就会告诉三四郎刚才的客人是某某人，因此三四郎认识了不少知名人士。

不久客人聚集得差不多，大约来了将近三十位。广田老师和野野宫也来了。虽然野野宫是个理学家，不过他对绘画和文学很感兴趣，因此原口硬是把他给拖来了。原口当然也在场，他是最早来的，忙着招呼这儿、打理那儿的，不时还会抚弄他那法国式的胡须，好不忙碌的模样。

终于大家都各自入座了。既没有人相让，也没有人相争。广田老师是第一个坐下来的。与次郎和三四郎一起坐在入口附近。其他人都是偶然坐在一起的。

坐在野野宫和广田老师之间的是一位穿着条纹外褂的评论家。他的对面坐了一位叫作庄司的博士。这位就是与次郎口中有力的文科教授。是一位穿着礼服、很有气质的男人。他的头发留得比一般人还长，在灯光下看起来像黑色的漩涡，和广田老师的光头大相径庭。

原口坐在离大家远远的位子上。由于他坐在彼端，因此和三四郎遥遥相对。他的领襟上打着一个宽幅的黑领结，领结的下摆垂在胸前。与次郎告诉三四郎说，法国的艺术家都是打这种领结的。三四郎边喝汤边想，那领结简直就像打在腰带上的结一样。过了片刻，大家便开始议论起来。与次郎喝着啤酒，异于平常的，他一句话也没说。平日爱高谈阔论的他今天显得收敛多了。

三四郎小声地问与次郎："你不发表点高论吗？"

"今天不行啦！"与次郎答完后，旋即撇过头去，和邻座的男子谈了起来。

"拜读了你的那篇论文，真是受益匪浅。"他向对方如此答谢道。

不过与次郎曾经在三四郎面前把那篇论文批评得一文不值，因此三四郎听了刚才与次郎所说的话后，直感不解。

这时候与次郎又转过头来："那件外褂很棒啊！你穿起来很好看。"他特别注意了白色的家纹说道。

这时候坐在另一头的原口朝向野野宫说话。他本来就是个大嗓门的人，隔空对话正适合他。刚才一直面对面谈着话的广田老师和庄司教授，这下子怕挡到他们俩的交谈，于是中止了谈话。而其他人也不说话了。集会的中心点就此产生。

"野野宫先生，你的光线压力的实验已经结束了吗？"

"不，还没呢！"

"挺花时间的嘛。我们这些人的工作虽然也是耐力性质的，不过你的工作似乎更是有过之而无不及。"

"绘画的话靠灵感就能够马上画出来，可是物理的实验可没那么容易。"

"灵感是会妥协的。今年夏天我到某个地方，听到两位婆婆的对话。她们谈的是梅雨什么时候结束之类的话题。其中一位婆婆说：'从前只要打了雷，就是梅雨结束的时候，不过现在可不同啰！'结果另一位就愤慨地问她：'为什么、为什么？谁说打声雷梅雨就会停啊！'所以绘画也一样，现在光靠灵感是画不成的。田村兄，小说也一样吧？"

原口的旁边坐着一位叫作田村的小说家。他说他的灵感除了来自稿件的催促以外，就没有其他的了。这句话惹得在座哄堂大笑。

后来田村问野野宫说："光线有压力吗？如果有，那是怎么实验的呢？"

野野宫的回答很有趣。他说是用云母还是什么做成一个薄片圆盘，然后用水晶线将圆盘吊在真空中，用弧光灯呈直角照射这面圆盘，圆盘便会因光线的压力而动摇。

在座的每个人都侧耳倾听。三四郎则想起当初刚到东京时惊讶于望远镜的往事。原来那个腌菜罐里竟有那种装置!

“有水晶线这种东西啊?”三四郎小声地问与次郎。

与次郎摇摇头，问野野宫说：“野野宫，你有水晶线吗?”

“嗯，是水晶粉做的。用气杆的火焰将水晶熔解，再从左右延拉，水晶的细线就完成了。”

三四郎只回了一句“是嘛!”便沉默了。接着开口的是坐在野野宫身旁，穿着条纹外褂的评论家。

“像我们这些人一谈到那方面的学问，完全一窍不通。你一开始怎么会留意到的呢?”

“理论上是来自麦克斯韦[①]的想法，而由列别捷夫[②]实验，获得证实。最近那颗彗星的尾巴应该会被吸引到太阳的方向，然而每回出现的时候，彗星的尾巴总会驱向反方向，于是有人就认为也许那是因为光压的缘故而被吹散的。”评论家似乎相当地佩服。

“能想到那种事是很有趣，想法既大又好。”

“不仅大，而且没有罪，很棒!”广田老师说。

“如果那个想法不正确，也不是罪过。”原口笑着说。

“不，那个推测好像是正确的。光线的压力是圆盘半径的平方，引力则是半径的立方，物体愈小，引力就愈小，而光线的压力便会变强。如果彗星的尾巴是由非常细小的碎片所构成的话，它一定会被吹到太阳的反方向的。”野野宫于是认真了起来。

这时候原口一如往常的口吻说：“虽然没罪，但要计算那可麻烦了。有一利必有一弊。”他的这句话让大家恢复了原来畅饮啤酒的气氛。

---

① James Clerk Maxwell（1831～1879），英国物理学家。于理论上证明电磁波和光线等速传导。

② Pyoty Lebedev（1866～1912），俄罗斯物理学家。于1899年以实验印证James Clerk Maxwell理论。

"我看物理学家不可能是自然派的吧！"广田老师说。

物理学家和自然派这两个字大大地刺激了满场的兴趣。

"这话怎么说呢？"野野宫本人提问道。

广田老师不得不加以说明。

"因为要实验光线的压力是不能光靠睁开眼睛，观察自然就行的。在大自然的章节里，不是没印上光线压力这件事实的吗？物理学家是靠着人工的水晶线、真空、云母之类的装置观察光线压力的。所以说那不是自然派。"

"不过也不是浪漫派吧？"原口打岔说道。

"不，是浪漫派。"广田老师煞有介事地辩护道。

"光线与承受光线照射的物体之间的关系，是在一般自然界里无法看到的，这一点不是很浪漫吗？"

"可是，如果它们之间的关系是如此，那只要观察光线固有的压力即可，其他的一切就都是自然派了啊！"野野宫说。

"这样一来，物理学家就是浪漫的自然派了。以文学的角度来说，岂不像易卜生的作品一样了？"对面的博士作了一番比较。

"正是。易卜生的剧作有着和野野宫相似的装置，不过在那个装置下生存的人物是否如同光线般地顺从自然法则，那就不得而知了。"这是穿着条纹外褂的评论家发表的言论。

"也许是吧！不过我认为这件事有必要在人类的研究史上记录下来。也就是说，当人类被放置在某种状态下，是有能力与权力对反方向有所作用。可是很奇怪的是，就因为我们认为人类和光线一样是顺从机械的法则而活动，因此反而常常会发生意想不到的错误。本来想惹怒人，对方反而笑了；想博对方笑的，却惹恼了他。完全相反。不论是哪一种，都是人。"广田老师又把问题搞大了。

"那么，在某种状况下某人的所作所为就都是自然的啰？"对面的小说家问道。

广田老师马上回答他说："对、对。不管哪一种人，怎么画他，世上至少会有一个存在。像我们这样真实的人类，是怎么也想象不出会做出非人的行为。只不过是因为被描述得太差，而不被认为是人罢了。"

小说家说到这儿便停了下来，接着又是博士开口。

"物理学家伽利略发现教堂吊灯振动的时间无关乎振动的大小，以及牛顿发现苹果因地心引力而掉落，这些一开始都是自然派。"

"如果是那种自然派，在文学方面也有。原口先生，画也有自然派吗？"野野官问。

"有啊！就有一个叫作库尔贝[①]的家伙。Verite vraie[②]，什么事都得是事实才认同。不过那并不是非常猖狂，只是其中一个被承认的派别而已。若不是如此的话，也很令人困扰。小说应该也一样，你说对不对？不也是有类似莫罗[③]、夏瓦纳[④]的作家吗？"

"应该是有。"邻座的小说家答道。

餐后并没有演讲活动。只有原口先生不停地批评位于九段的铜像：

"立那样一尊铜像令东京市民困扰，倒不如造座艺伎的铜像来得好些。"

与次郎告诉三四郎说："九段的那尊铜像是原口的冤家所做的。"

---

① Gustave Courbet（1819～1877），法国画家。标榜彻底的客观主义，作品题材限于平凡的市井人物与景色。"我不画长着翅膀的天使，因为我从未看过那玩意儿。"这是他作画的信念。

② Verite vraie法文为"真相"。

③ Gustave Moreau（1826～1898），法国画家。擅长以精细的描绘表现出梦幻的影像。

④ Pierre Ceile Puvisde Chavannes（1824～1898），法国画家。舍弃了戏剧性的奔放风格，以淡彩优雅的色调，成熟地表现出寂静的氛围。

集会结束，步出室外，天上挂着一轮明月。

与次郎问三四郎："不晓得今晚广田老师有没有留给庄司博士好印象？"

"应该有吧！"三四郎应道。

与次郎站在消防栓旁，告诉三四郎说："今年夏天我来这里散步的时候，因为太热了，便在这里冲凉，结果被警察抓到，于是赶紧逃到擂钵山上。"后来他们两个走到擂钵山上赏了月后才回家。

回途中，与次郎突然对三四郎说起借钱的理由。这是个月色清澄稍寒的夜晚。三四郎几乎没想到钱的事情，就连听理由的心情也没有。

他心里想："反正他也不会还的。"而与次郎压根儿也没说要还，倒是林林总总地说了无法还钱的苦衷。他的说法反倒是令三四郎觉得有趣。

"我有一位朋友因为失恋，所以变得厌世，于是他决定要去自杀。他不想跳海、投河，也不想跳火山口，更不想上吊，在不得已之下，他买了一把手枪回家。结果还没来得及自杀，朋友却向他借钱。他说他没钱，于是拒绝了朋友的要求，可是他的朋友请求他无论如何要帮忙，没办法他只好将重要的手枪借给朋友拿去典当，渡过难关。后来当他朋友把手枪赎回来还他时，他早已没有自杀的念头了。因此这个人的命可以说是因借人钱而获救的。天底下竟也有这种事呢！"与次郎说道。三四郎只觉得可笑，除此之外一点意义也没有。

他仰望着高挂的明月大声地笑了。就算钱不还，他的心情也愉快。与次郎提醒他说："不要笑！"这使得三四郎更觉好笑。

"你别笑，仔细地想一想。就是因为我没还你钱，所以你才能向美弥子借钱，不是吗？"

三四郎不再笑了。

“所以呢？”

“这样就很多啦！你深爱着那个女的，不是吗？”与次郎很清楚。

三四郎哼了一声，又仰望起月亮。月亮的旁边飘来一朵白云。

“你还那个女的钱了没？”

“还没。”

“那你就一直欠着别还。”

说得倒轻松！三四郎一句话也没回。

不过他当然没打算要一直拖欠着。其实三四郎本来想将二十元拿去付房租，隔天再到里见家把剩下的十元送还美弥子的，不过他又想这么做反而违背了她的好意，因此三四郎牺牲了可以进她家门的机会，中途便折返了。那时候不知怎么搞的，精神一松懈，便把那十元给找开了。老实说，今晚的会费也是从那里头拿出来的。不只是他自己的那一份，连与次郎的那一份也是。勉勉强强的只剩下两三元。三四郎打算用那些钱买件冬天的衬衫。

与次郎根本就没打算还钱，于是三四郎前一阵子干脆直接向家里要了三十元。他每个月都按时领到充足的生活费与学费，说钱不够用也不成理由。然而三四郎是个不太会说谎的人，因此要钱的理由使他很伤脑筋。他想不出办法，于是就在信上写说是朋友的钱弄丢了，他觉得很可怜，所以就把自己的钱借给朋友。结果换成自己困窘，不论如何一定要家里把钱寄过来。

如果家人马上回信的话，应该已经寄达才是，可是三四郎却还没收到。他心想说不定今天晚上会收到信，回到住处一看，书桌上果然放着母亲手迹的信。令三四郎感到奇怪的是，每次母亲都是寄挂号来的，可是这回信封上却只贴了一枚三毛钱的邮票了事。三四郎打开信封一看，里头的信比平时的都还简短。母亲一点也不亲切地只写了重点——你要的钱我寄到野野宫那里，你去找他拿。——

就这么一句话而已。三四郎铺好被子便去睡了。

翌日复翌日，但三四郎都没去找野野宫，野野宫那儿也没捎来任何信息。就这样过了一周，野野宫请女仆送了一封信来。

“令堂托我把东西交给你，请你过来一趟。”于是三四郎趁着没课的时候，再次到理学院的地窖去找野野宫。他本想在那里站着说几句话，事情就可以解决的，结果并非如此。

夏天时还一人独占的房间，现在多了两三位蓄着胡子的人；还有两三位穿着制服的学生。每个人都聚精会神，静肃地做着研究。其中又以野野宫看起来最为忙碌。他瞧瞧站在门口处的三四郎，不吭一声地走了过来。

“你家里寄了钱过来，到我家来拿吧！我现在没带在身边，另外，我也有话要对你说。”

三四郎应了一声：“喔，今晚你方便吗？”野野宫考虑了片刻，说可以。

三四郎离开地窖。他边走心里边想：“不愧是物理学家，真有耐心。”三四郎注意到夏天时所看到的腌菜罐和望远镜依然放置在原处。

当下一堂课遇到与次郎时，三四郎便把事情一五一十地说给他听，与次郎一副差点要骂他是笨蛋的眼神望着三四郎说：“我不是告诉过你，就一直拖欠着啊！你怎么这么多事，还让老人家担心！被宗八先生说教！有这么愚蠢的事吗？”他简直就是一副事不关己的口气。三四郎也忘了与次郎对于这件事情的责任。

于是三四郎这样回答他：“我不喜欢一直欠着别人，所以就向家人说了。”

“就算你不喜欢，人家对方可开心呢！”

“为什么？”

这句“为什么？”连三四郎自己听来都感到几分的虚伪。不过对与次郎来说，倒无关痛痒。

“这还用说啊！将心比心想一想，假设我手上有闲钱好了。那么与其向你要钱回来，倒不如把钱搁在你那里，心情要好过些。人啊，只要在自己不困顿的范围内，都是会尽量想对别人好一点的。”

三四郎没搭话，开始写起笔记。

写了两三行字后，与次郎又凑到他耳边来。

“我有钱的时候，也经常借朋友呢！可是就是没有人会还。就因为刚才我说的道理，所以你看我还是这么开开心心的。”

三四郎既不能说“不会吧！”也说不出“是吗？”这句话。他只是露出一个浅笑，然后又开始振笔疾书。与次郎之后也安静了下来，直到下课没再开口。

下课钟响，他们俩并肩走出教室，这时候与次郎突然问道：“那个女的喜不喜欢你啊？”其他的学生紧跟在他们两人之后走了出来，三四郎不得已，只好默不作声地下楼，从侧面的玄关走到图书馆旁的空地后，这才回头看看与次郎：“我也搞不懂。”

与次郎看了三四郎片刻。

“也是。不过就算你懂，就能成为她的丈夫吗？”

三四郎从未想过这个问题。他觉得只要是美弥子深爱的人，就有资格成为她的丈夫。现在被与次郎这么一说，他才疑惑了起来。

“如果是野野宫的话就可以。”与次郎说。

“野野宫和她之间有什么关系吗？”三四郎一脸的认真像张面具似的。

与次郎只应了声：“天晓得！”三四郎不语。

“唉，你去野野宫那里一趟，听听他怎么说。”与次郎丢下这句话后，径自走向池塘那边。三四郎像具愚蠢的招牌似地杵在原地。

与次郎走了五六步后，又边笑边走回头，对他说道：“你干脆娶良子算了！”然后把他拉向池塘，然后边走嘴里边重复地说道：

“这个点子好，这个点子好。”这时候钟声又响起。

三四郎傍晚便前往野野宫的住处。由于时间还有点早，所以三四郎便漫步到四丁目，到一家舶来品店买衬衫。伙计从里头拿来各种样式，三四郎东摸西瞧，并不着急买下。他从容不迫地待在那里，正巧美弥子和良子相偕来买香水。

美弥子惊讶地打了声招呼后，又对三四郎道了谢：“上次谢谢你了。”三四郎很清楚这句话的意思。

上回他向美弥子借钱后，本来第二天打算再登门将多余的钱送还给她的，后来他决定暂缓，隔了两天后，三四郎给美弥子写了一封很有礼貌的致谢函。

信中的语句是率直地将写信人当时的心情表露了出来，不过他当然是写得太过火了。三四郎尽可能地以排列层层的语汇表示其热烈的感谢之意，文情并茂得令一般人看了也不觉得那是一封借款的致谢函。不过信里除了表达感谢之意外，什么也没有。他的感谢已在感谢之上了。

当三四郎将这封信投入邮筒的时候，他期待不久便能收到美弥子的回信。然而那封他费尽心思的信就这样石沉大海。一直到今天他都一直没有机会再遇见美弥子。对于她轻轻的一句“上次谢谢你了”，三四郎连好好回答她的勇气都没有。

三四郎摊开大大的衬衫，边看边想：“可能是因为良子在旁边，她才如此冷淡的吧？”而且他还想到，连这件衬衫也得用这女孩的钱买。伙计催促地问他到底要买哪一件。

那两个女孩边笑边走过来，帮他看了看衬衫。最后良子说：“就买这件吧！”三四郎于是买了那一件。之后换成三四郎帮她们选香水。他一点也不懂，拿起一只写着“heliotrope”的瓶子，随意地说了句：“这瓶怎么样？”

“那就买这瓶吧！”美弥子立刻做了决定。快得简直令三四郎觉得过意不去。

走出商店后，女孩们互相道别。良子说："那我走了！"

"早点回来……"美弥子回应道。

三四郎一问之下才知道，良子正要去她哥哥的宿舍。如此一来，这又成了三四郎和美丽的女孩单独前往追分的夜晚。太阳尚未完全落下。

与其和良子走在一起，在野野宫的宿舍和她撞见更令三四郎觉得麻烦。他心想，今晚干脆先回家，下次再去找野野宫好了。不过，与次郎叫他去找野野宫聊聊，也许良子在场的话更能得知些什么也说不定。他应该不会在妹妹面前明说出母亲拜托他拿钱给自己的事吧？说不定拿了钱就了事。于是三四郎的心里闪过一个狡猾的决定。

"我也正好要去野野宫那儿。"

"是吗？去找他坐坐啊？"

"不，我找他有一点事。你去找他玩吗？"

"不，我也有事。"

他们彼此问了相同的问题，得到相同的答案。但是双方并没有感到任何不妥的样子。三四郎为了慎重起见，问她说："会不会不方便呢？"她说一点也不会不方便。女孩不只用言语否定会不方便，她更是露出一脸"你怎么这么问呢？"的表情。三四郎就着商店前的水银灯光，看到女孩黑溜溜眼里的惊讶。事实上那双眼睛只是既黑又大而已。

"小提琴买了吗？"

"你怎么知道啊？"

三四郎词穷。女孩不在意，马上说道："我哥哥说再多，也只是说他会买、会买，结果根本就不买给我嘛！"三四郎在心里责怪与次郎更甚于野野宫、广田老师。

他们两个从追分的市街转进细窄的巷内。巷子里房舍鳞次栉比，每户人家的门灯照着漆暗的小巷。他们在一盏灯前停下脚步。野野宫就在里头。

这里距离三四郎的住处仅百来米。野野宫搬到这里来之后，三四郎曾经来拜访过两三回。走到走廊尽头，登上两段阶梯，左手边的房间便是野野宫住的。是朝南的房间，宽广的庭院几乎都被檐廊遮蔽掉了。不管是白天还是晚上都非常地安静。当三四郎第一次来到这里，看到窝在房间里的野野宫时，他便领会到这是个很舒服的地方，也难怪当初野野宫会搬到这里。

那一次野野宫走到檐廊下，仰望自己房间的屋檐，对三四郎说："你看，是茅草喔！"很稀罕的，并不是瓦片盖成的屋顶。

现在是晚上，所以当然看不见屋顶，不过屋里的灯亮着。三四郎瞧瞧电灯，想起了茅草。因而使他觉好笑。

"这么巧，碰到贵客。在门口巧遇的吗？"野野宫问妹妹。妹妹一五一十地说明。

她还顺便对他说："你要不要也买一件像三四郎那样的衬衫？"然后她还说上次那把小提琴是日本制的，音质不好，所以才拖到现在还没买，希望能为她买一把好点的琴。至少要像美弥子的那把一样才行。她不断地对哥哥撒娇。野野宫并没有摆出一张臭脸，不过也没有体贴的响应，只是一味地听着而已。

三四郎一语不发。良子尽说些愚蠢的话，而且一点也不客气。那并不是愚昧，也说不上是任性的行为。三四郎在一旁听着她和哥哥的对话，有一种走到阳光普照的稻田的感受。三四郎完全忘了来拜访野野宫的目的。这时候，他突然被吓了一跳。

"啊！我忘了一件事。美弥子要我传话给你。"

"是吗？"

"你一定很高兴吧？你不开心吗？"

野野宫一脸尴尬。

然后他转向三四郎说："我妹妹是个蠢蛋。"

三四郎无可奈何地笑了笑。

"我才不是蠢蛋呢！你说是不是？小川哥。"

三四郎又笑了。其实他心里早已厌倦笑了。

"美弥子想请你带她去看文艺协会[①]的表演。"

"和她哥哥一起去不就好了？"

"她说他有事。"

"你也要去吗？"

"当然啦！"

野野宫并没有表示他到底去不去。他又转向三四郎，对他说："我今天找她来要谈点正经事的，她却吊儿郎当的，真伤脑筋。"不愧是学者，野野宫格外地淡泊。原来是有人要来替良子说媒，野野宫向故乡的双亲提了这件事情，他们在回信里表示并无异议，只说要先确认当事人的意见。

三四郎听完，只说了一句："那很好啊！"他很想把自己的事情解决完，早点回家。

"我母亲麻烦你的事……"三四郎开口道。

"也不是什么大不了的事。"野野宫马上从抽屉取出东西，交给三四郎。

"你母亲很担心，还写了一封长信来喔！'三四郎说他不得已将生活费借给朋友，可是就算是朋友也不能那样借钱啊。好，既然向别人借钱就该要还嘛！乡下人比较正直，三四郎会那么做也无可厚非。不过他那种借法也太夸张了，父母亲每个月寄钱给他，而他

① 文艺协会为坪内逍遥与岛村抱月于1906年（明治三十九年）一月创立的剧团。创团之初的目的是为了广泛地改革文艺界，在1909年（明治四十二年）时改组为纯剧团，奠定新剧的基础。

却一次就借给朋友二三十元，实在是太不知轻重了。’你母亲的口气好像我也有责任一样，真令我感到困扰。”野野宫看看三四郎，无奈地笑着。

三四郎严肃地对他说：“对不起。”

野野宫一副并非责备他的表情，改口说道：“没什么好担心的，只是小事一桩而已。只不过你母亲以乡下的价值观来衡量金钱，于是三十元就变得非常地贵重。她信上说，三十元够一家四口吃半年，是不是如此？”良子大声地笑了。

三四郎也觉得可笑，不过母亲所说的并非背离事实的虚构，想到这里，三四郎有点后悔自己竟然做出如此轻率的傻事。

“如果按照那样算的话，一家四口一个月的花费是五元，一个人相当于一元二十五角，除以三十天，一个人一天的花费是四角。再怎么说也太便宜了吧！”野野宫计算着。

“吃什么东西才能靠那些钱过活啊？”良子认真地问道。

三四郎也无暇后悔，开始诉说起自己所了解的各种乡下的生活。其中他提到“宫笼”这个惯例。三四郎他家每年都要捐给全村十元，然后六十户人家每家推派一人，当天可以休假，到村子里的神社，从早到晚尽情地饮酒用餐。

“光是如此就要十元？”良子惊讶道。

他们就这样天马行空地谈着。等到闲聊告一段落的时候，野野宫又再次对三四郎说：“你母亲是说，如果我把事情调查清楚，认为没有问题的话，就把钱交给你。她说虽然麻烦了点，但还是希望我能告诉她真相。不过我都还没听你说钱的事情，就把钱交给你了。怎么办？你确实是把钱借给佐佐木的吧？”

三四郎认为这件事是美弥子露了口风，告诉良子，而让野野宫知道的。不过那笔钱牵涉到小提琴的事，他们兄妹似乎都没察觉到。这使得三四郎有一种奇妙的感觉。

他答："是的。"

"听说佐佐木是因为买了赛马券，把钱给用掉的。"

"嗯。"

良子又大声地笑了。

"那我会稍微向你母亲提的。不过从下回起，你别再借钱给他了。"

三四郎回答说他不会再借别人钱之后，便向他们道别。当他站起身时，良子问他说："你要回去啦？"

"刚才的事你不回答吗？"哥哥提醒她说。

"不用了啦！"妹妹拒绝道。

"不行。"

"不用了啦！我不知道。"

哥哥静静地看着妹妹。

妹妹又说："反正没用，问人要不要去一个陌生人的家，问了也是白问。事情无关痛痒的，你叫我怎么问！我不管了啦！"

三四郎终于了解"我不管了啦！"这句话的涵意了。他告别了他们兄妹，急急地走向门口。

三四郎通过无人的庭园小径，走到大门口。外头吹着风。当他转过身时，风整个往他的脸吹了过来，从他住处的方向吹了过来。这时候三四郎心里想："野野宫应该会冒着这风，送妹妹回美弥子那儿的吧？"

三四郎回到住处，爬上二楼，进到自己的房里。坐下来后，仍然听得见风声。每当三四郎听到这种风声的时候，他就会浮现"命运"这个字眼。当耳边响起"呜……"的声音时，便觉得毛骨悚然。他并不认为自己是个坚强的男人。仔细想想，自从到东京以来，自己的命运多半因与次郎而造成。而且或多或少他都像是受到了和气的捉弄似的。与次郎是个令人喜爱的捣蛋鬼，三四郎觉得今后还会被这个捣蛋鬼影响自己的命运。风一直吹着，这风比与次郎还强。

三四郎将母亲寄来的三十元压在枕头下睡觉。这三十元也是经过命运的捉弄而得到的。不晓得这三十元将会何去何从。三四郎想拿去还给美弥子。当美弥子收下这笔钱的时候，一定又会有所波折。三四郎心想，波折愈大愈好。

三四郎想着想着便睡着了。他安稳地入睡，仿佛命运和与次郎都无关了。后来三四郎被钟声给吵醒，不知道从哪里传来了人声。这是他来东京后所发生的第二次火警。三四郎将外褂披在睡衣上，打开窗户。风已经减弱了许多。对面的楼房在风声中看起来黑漆漆的。楼房后的天空一片火红。

三四郎忍着寒冷，凝望了这片火红片刻。这时候在三四郎脑里火红地浮现"命运"两字。三四郎再钻回温暖的被窝里，然后忘却在红色命运中挣扎的人们。

天一亮，三四郎便是个常人。穿上制服、带着笔记去上课。只是将三十元揣在怀里的事他没忘。很不巧，课堂到三点为止全排得满满的。过了三点，良子应该也从学校回来了。搞不好她那个叫作里见恭助的哥哥也在家。如果有其他人在场的话，是不方便还钱的。

与次郎又凑过来，说："你昨天晚上听到他说什么了吗？"

"没说什么。"

"我就说嘛，野野宫是个善解人意的人。"说完，他便走了。两个小时后的课堂上他们才又碰面。

"广田老师的事好像快搞定了。"与次郎说。

三四郎问他事情进行到哪里，与次郎答道："别担心，我会慢慢告诉你的。老师还问你怎么有一阵子没去了，你要多去他那儿走走才是。老师他光棍一个，我们应该要时常去慰问慰问他。下回买个什么东西过去探望他吧！”与次郎说完，便走了。

下堂课一到，他又不知道从哪儿冒了出来。正当课堂进行到中途的时候，他突然像写电报一样地，在白纸上写下“钱收到否？”三四郎本想回写给他的，但他看到老师正看着这边，于是他便把白纸揉成一团丢到脚底。等到课堂结束后，三四郎才回答与次郎。

“钱拿到了，在我这里。”

“是吗？那很好啊。你打算还她吗？”

“当然还啊！”

“那也好，早点还也好。”

“我想今天拿去还她。”

“嗯，中午过后，晚一点她也许在家。”

“她会去哪里啊？”

“她每天都会出门去当模特儿，应该差不多画好了吧？”

“到原口那里吗？”

“嗯！”

三四郎从与次郎那里打听到原口的住址。

第十章

三四郎是个不会考虑到生死问题的男人，
他只想到青春的血液真是太温暖了。
眼前的熊熊烈火就要烧到眉睫了，这种感觉才是真自我。

听说广田老师病了，三四郎前去探视他。当他进门的时候，玄关处整齐地摆着一双鞋。三四郎以为是医生来了。他像往常一样绕到后门，却没见到半个人影。三四郎慢条斯理地进入屋内，听到有人说话的声音，于是他停下脚步片刻。三四郎的手里提着一团不小的布包，里头装满了柿子。上回与次郎提醒他要带点东西过来，所以他便在追分的街上买了柿子。这时候客厅突然传来乒乒乓乓的声响，好像有人开始扭打了起来。三四郎认定这是一场争执。他提着布包，拉开隔间的纸门屏息地往里头偷窥。广田老师被一位身着和服裤裙的粗犷男人压在地上。老师抬起俯在榻榻米上的脸，看着三四郎笑道："啊，你来了！"压在他上头的男人回头看了他一眼。

"老师，不好意思，请您起身看看。"男人逆向抓起老师的手，以膝盖压住肘关节。老师趴在下面，说他根本起不来。压在他上面的男人将老师的手放开，理了理和服裤裙后，正襟危坐。是位相貌堂堂的男子汉。老师也随后起身。

“原来如此。”老师说道。

“如果勉强将手逆折的话，恐怕会断掉，很危险。”

三四郎从他们的问答中得知这两个人刚刚在做什么。

“听说您病了，好些了吗？”

“嗯，好多了。”

三四郎解开布包，摊开里头的东西。

“我买了柿子过来。”

广田老师到书房拿了一把小刀过来。三四郎从厨房拿来一把菜刀。三个人就这样吃起柿子。老师一边吃，一边和这个陌生的男人聊着乡下中学的事情。生活困顿的事、纷纷扰扰的事、无法久留一地的事；除教学科，还当过柔道老师的事；有位老师买了新的木屐，却换上旧的夹脚带，物尽其用的事；既然辞职了，可就难再找到工作，不得已只好让妻子暂寄住在娘家……话题接连不断。

三四郎将柿子核吐了出来，瞧瞧眼前的男人后，觉得自己很丧气。比起这个男人，自己简直就是另一类人种。他说他还想再过一遍学生生活，没有比学生生活更轻松的了。三四郎一直听他重复说这些话。三四郎听到这些话时，发呆地想：说不定自己的寿命就只剩两三年了。这时候他的心情就像和与次郎一同吃荞麦面一样，无精打采的。

广田老师又起身进到书房去。回到客厅时，他的手上拿了一册书。书皮是暗红色的，是被断面上的灰尘给沾脏的。

“这是上次我说的《壶葬论》[①]，有空的话就拿去翻翻吧！”

---

① Urn Burial or Hysriotaphia《壶葬论》，为英国医师T. B. rowne（1605～1682）的著作。文中论述出土的古代骨壶所依托的生死观、灵魂不灭论。

三四郎道了谢后，把书收下来。

“寂寞的罂粟花凋零，别问对某人的纪念其价值何在。”三四郎看到这句话。老师继续和柔道教练聊着。

“大家听到中学老师的生活，好像都觉得很可怜，然而真的觉得可怜的，只有他本人而已。这话怎么说呢？现代人啊！喜欢事实却少了情操。因为这世间已经紧迫到令人不得不将情操割舍的地步了。看看报纸就知道了。报上的社会新闻，十件有九件是悲剧。可是我们并没有闲工夫把那些悲剧当悲剧看，只把它当作一件事实来读而已。我订的报纸，曾经以死者十余人为标题，将一天内死亡的人的年龄、户籍、死因，用六号铅字一行一行地印出来。简洁明了极了！还有一个专栏叫作窃盗一览表，上面报导什么样的小偷潜入哪里，一眼就能分辨出来。这种也很方便！万事都得这样想。辞职一事也是如此。对当事人而言，可能是几近悲剧的事件，可是要知道，别人可没那么难过。我以这种想法来活动就行了。”

“可是老师还有余裕，再痛一点应该也无妨的。”柔道的男人正经地说。这时候广田老师、三四郎和说话的男人不约而同地笑了。三四郎看这人好像还不走，于是他借了书后，便从后门离开了。

“自古人皆愿沉睡于不朽之墓，名垂青史，任沧海桑田，存乎后世。当此愿成真之时，乃身处天国。然从真信仰之教法视之，此愿此满足等同无。生乃归我之意，而无愿无望。灵修信者之所见，横于圣地犹如深埋埃及之砂中；蜷居六尺之窄地，无异于宏伟之大庙。顺其自然也。”这是书中的最后一节。

三四郎一面朝白山方向走，一面读着这一节。据广田老师所说的，这位作者是位名作家，而这一篇作品是这位名作家知名的文章。广田老师说这番话的时候，边笑边声明：“这篇文章的论调可不是我的主张喔！”三四郎也不懂为什么这会是篇名文。断句不佳，用字遣词怪异，言词沉重，简直就像是在观赏古刹的感觉嘛。光读这一节，三四郎就走了好长一段路，然而他还是没弄明白。

赢家是寂寞的。如同奈良大佛的钟声，依稀荡漾到身处东京的三四郎耳里一般。比起这一节文字本身所带来的意义，三四郎反倒是因为伴随其字义所产生的某种情境而感到欣然。三四郎是个不会考虑到生死问题的男人，他只想到青春的血液真是太温暖了。眼前的熊熊烈火就要烧到眉睫了，这种感觉才是真自我。三四郎接着往曙町的原口家走去。

迎面来了小孩子的葬礼。只有两个男的穿着和服外褂。小小的棺木上覆盖着白布，角落系着一只风车，风车不断地转动着。风车的叶片涂着五道色彩，转动的时候全融成了一色。白色的棺木让风车不停地转动，通过了三四郎的身边。三四郎觉得这是一场美丽的葬礼。

三四郎事不关己地读别人的文章、看别人的葬礼。如果有人叫他随便地看看美弥子，他一定会很惊讶的。三四郎已经无法事不关己地看美弥子了。第一，他并没有意识到什么东西到底和自己有没有关系，只不过他看到别人的死如此美丽安详的同时，对于活生生的美弥子的美丽深处，感到某种莫名的苦闷。三四郎为了排遣这股苦闷，于是笔直地前进。似乎往前进就能够解闷。他从没想过，为了解除苦闷而退到一旁的事。三四郎现在正从远处眺望寂灭的文字，感受夭折的怜惜。然而原本应该觉得悲伤的情绪，他却感到很舒坦而唯美。

转进曙町后，就可以看到一棵高大的松树。与次郎告诉他以这棵松树为指标。来到松树下，便看到房屋栉比鳞次。再看看另一头，还是松树。再过去也是松树。好多的松树。三四郎觉得这是个好地方。穿过种植着许多松树的步道，往左侧一转，有一道漂亮的门立在树篱中。果然门牌上写着“原口”。那张门牌是一块黑黑的、有木纹的木板，上面用鲜艳的绿色油彩写着名字，精美得令人分辨不出那是字还是图腾。从大门到玄关这一段，空荡荡的，什么东西也没有。左右两旁是草皮。

玄关前整齐地摆着美弥子的木屐。两条夹脚带的颜色左右不同，所以三四郎记得很清楚。女仆告诉他说主人正在工作，如果愿意的话，请进来。于是他随着女仆进入画室。

是一间宽敞的房间，细长南北延伸的地板上，乱七八糟的，很有画家的样子。一部分的地板上铺着地毯，和整个房间的大小比较起来，简直就是格格不入。与其说是当作地毯铺在地上，感觉上倒像是因为那张地毯颜色好看、图案雅致而摆在地上装饰用的。

另一头的虎皮地毯也一样，不像是为了给人席地而坐才放的；和地毯的位置甚不协调的虎皮还拖着一条长尾巴。还有一只用砂做成的瓮，里头插了两支箭，灰色羽毛间的金箔闪亮亮的。在那旁边有一副铠甲。

三四郎心想：“那大概就叫作卯花针吧？”

另一头的角落里有样东西引起三四郎的注意。他看到一件架在和服衣架上的紫色圆袖和服的金色刺绣。袖圆而短，三四郎也知道这就叫作元禄服。其他还有许多画挂在墙上，大大小小的加起来，也有不少。还没上框的草图成叠地卷着，尾端没卷好，凌乱地张了开来。

被勾画的肖像在这个令人眼花缭乱的房间。被画者手持蒲扇站在尽头处。作画的人手拿调色盘，转过弓得圆圆的背，面向三四郎。口中衔着一支粗粗的烟斗。

“你来啦！”他说着，将烟斗取下，放在小圆桌上。桌上放着火柴和烟灰缸，旁边还有一张椅子。

“你坐啊！就是那一幅。”他说完，望向画了一半的画布。长约有六尺。

“哇，好大喔！”三四郎只说了这句话。

原口则是一副陶醉其中，自言自语地说：“嗯，不简单。”然后开始画起头发与背景交界的地方。三四郎这会儿目光才总算落在美弥子身上。女孩手持着蒲扇所形成的影子下，白色的牙齿露出微微的亮光。

后来的两三分钟一片静肃。房间里因为有暖炉而很温暖。今天外面也不太冷，几乎没有风。枯树在冬日的包围下无声地立着。当三四郎被带到画室的时候，他觉得好像进入晚霞之中。他的手伫在圆桌上，沉溺在这静谧的夜里。美弥子就在这片静寂里。美弥子的身影逐渐成形。肥胖的画匠只挥动着笔，转动着眼睛，耳畔是安静的。肥胖的画匠也会走动，但不发出声响。

被封闭在寂静之中的美弥子一动也不动。她手持蒲扇站立的模样就已经是幅画了。在三四郎的眼中，原口根本就不是在画美弥子。他似乎是把里面的某幅画的精髓取出，再从那幅普通的画里去修改画成美弥子。而且这第二个美弥子在静寂中慢慢地接近了第一个美弥子。三四郎觉得这两个美弥子之间，蕴涵了无声漫长的时间。而那段时间是连画家也没意识到，第二个美弥子便追了上来的。当两者再差一点就要吻合的时候，时间的流却突然转向，流进永恒之中。

原口的画笔无法再前进了。三四郎跟到这里，不自觉看了美弥子一眼。美弥子依然一动也不动。在这片安静的空气中，三四郎的头不由得动了一下。是一种陶醉的感觉。这时候原口突然笑了出来。

“好像又累了喔！”

女孩一句话也没说，马上砰地一声瘫在一旁的安乐椅上。这时候她的白牙又露了出来。三四郎看到她舞动的袖子。她的一双眼睛像流星般地射向三四郎的眉间。

原口来到圆桌旁，擦了一支火柴，点上刚才那支烟斗，叼在嘴边，一面问三四郎说：“你觉得怎么样？”他的手指握住粗圆的烟斗头，呼了两口烟后，又弓着背走近画，然后又开始随兴地涂涂抹抹。

画当然是尚未完成。不过在外行的三四郎看来，涂满了颜料的画作果然很不简单。他当然不懂这幅画画得好不好，对于无法评断作画技巧优劣的三四郎而言，他只能感受到画作里充满了技巧。而且由于他欠缺经验，因此似乎是失了焦点。如果不是对艺术全然无动于衷的人，就算是自立证据，三四郎也算是个风流之辈。

三四郎觉得这幅画整体上很亮，好像沐浴在无光泽的日光下。影子的部分也不太黑，笼罩着一片薄紫色。三四郎看着这幅画，总感到一股轻快的心情。漂浮的心情像乘着猪牙船似的。然而却很平静，一点也不危险。当然也没有苦的、不顺畅的、恶毒的地方。三四郎觉得这幅画很有原口的味道。

这时候原口一边随意地挥着画笔，一边说道：“小川，我告诉你一件有趣的事情。我有位朋友因为厌倦了他老婆，于是请求离婚，可是他老婆不答应，对他说：‘我是有缘才来到这个家，就算你讨厌我了，我也绝不离开！’”原口说到这里，稍微退后几步，望望刚才画的效果。

这回他转向美弥子对她说：“里见小姐，都是因为你不肯穿单衣，和服很难画，真伤脑筋。我简直画得太随便了，有点太大胆了。”

“真是难为您了。”美弥子说。原口没回应，又走近画布。

“后来呢，我朋友知道没办法，于是他便对他老婆说：‘如果你不想离开这个家，那就别离开，一直待在这里也行，不过换我走。’——里见小姐，你站起来看看，不要管蒲扇了，只要站着就好。对，谢谢——他老婆对他说：‘我留在家里，你走了，那以后怎么办才好？’丈夫回答她说：‘不用在意，你可以讨个丈夫进来也无妨。’”

“那后来呢？他们怎么样了？”三四郎问。

原口好像觉得说得不够，又加了一句："也没怎么办啊！我的意思是说，结婚这回事是要三思而行，离合聚散都不自由的。看看广田老师、看看野野宫、看看里见恭助，再看看我，大家都没结婚。只要女人也强了，就会有很多人单身了。所以社会的原则是女人不变强不行啊！"

"可是我哥最近准备要结婚啰！"

"咦，是吗？那你呢？"

"我不知道。"

三四郎看了看美弥子。美弥子也看看三四郎，笑了。只有原口面对着画布，边舞动着画笔，边嘀咕道："我不知道，我不知道……那么是……"

三四郎利用这个机会离开圆桌，走到美弥子身边。美弥子将不带油垢的头枕在椅背上，一副疲惫后放轻松的姿态。和服内的衬衣露在颈项，椅子上披着脱下的外褂。

三四郎的怀里揣着三十元，这三十元里包含了他们两个人之间难以说明的意义。三四郎如此深信着。想还她钱又没还也是这个原因。三四郎下定决心，想现在还她钱也是因为如此。还了钱就没理由找她，会渐行渐远吗？还是即使没事了，她还是会接近自己呢？在普通人看来，三四郎是带了点迷信的个性。

"里见小姐……"三四郎开口道。

"什么事？"她应道，仰着头从下方望了三四郎。表情和原来一样沉着，只有眼睛转动着。不过那双眼睛也因为三四郎正经的表情而凝住了。三四郎知道她多少是累了。

"刚好借这个机会，在这里还你。"他一面说，一面解开一个衣扣，将手伸进怀里。

美弥子又重复了一句："什么事？"她依然是一派的冷静。

三四郎将手伸进怀里，一面想着该如何是好。

终于他下定决心地说：“上回向你借钱的事。”

“你现在给我也没用啊！”她还是从下仰望着三四郎，连手也不伸出来，身体也不动，头依然是安稳地枕在原来的位置。三四郎连女孩的回答都搞不懂。

这时候从后方传来这样的声音：“再一下就好了，可以吗？”是原口朝着这边说话。他将画笔夹在手指间，拉拉修成三角的胡须笑着。美弥子将两手放在椅子的手把上，挺直头肩坐好。

三四郎小声地问她说：“还要很久吗？”

“再一个小时左右。”美弥子也小声地答道。三四郎又回到圆桌。

女孩已经准备好被模画的姿势了。原口又点上烟斗，挥动画笔。

他转身对三四郎说：“小川，你看看里见小姐的眼睛。”

三四郎照着做了。美弥子突然放下额前的蒲扇，乱了原来静肃的姿势。她撇过头去，眺望玻璃窗外的庭园。

“不行，不能把头转过去！我才要下笔而已！”

“为什么那么多嘴？”女孩把头转回来。

原口辩解道：“我不是要泼冷水，我是有话要对小川说。”

“说什么？”

“我现在才要讲嘛！请你恢复原来的姿势。对，手肘再出来一点。小川，你看我画的眼睛，是不是把实物原来的表情表现了出来？”

“我不太懂。像这样，你每天在画，而被画的人的眼神都不会改变吗？”

“那是会变的啊！不只是被画者会变，作画者的心情也会每天不同。老实说，肖像画是应该多画几幅的，但那又不可能。不过只画一张却可以画得不错，那也很不可思议。这话怎么说呢？来，你看看……”

原口这时一直看着美弥子，挥动着画笔。三四郎目睹原口工作的模样，感到些许敬畏之意。

“像这样每天画，每天的量就会累积增加，过不久画出来的作品就会有一定的气质出来。因此，即使是从外头带着另一种心情回来，一进到画室，面对画作，马上就会产生一定的气氛。也就是说，画里的气氛会渲染到自己身上来。里见小姐也一样，如果放任她在那里的话，她一定会因为各种刺激而产生各式的表情。不过那样对画其实并没有什么大不了的影响，主要是因为那样的姿势、这堆散乱的鼓、铠甲、虎皮等周围的东西，很自然地便会引发她做出一定的表情。而那个习惯会渐次地压迫她其他的表情而变强。嗯，我看这对眼神就这样画好了。说到表情啊……”原口突然住口。看来好像碰到难题了。他退后了两步，频频地对照美弥子和画中的她。

“里见小姐，你怎么了？”他问。

“没事。”这话不像是从美弥子口中说出来的。美弥子非常安静地端坐着。

“还有，说到表情啊……”原口又接下去说。

“画家不是在画内在心情，我们是画表现在外的东西，只要仔细观察外表，便能了解一切。就是这样子。看不见的东西是画家管辖外的，不应该追究。所以我们只画肉身而已。不管画什么人，如果没有灵气的话，就不过是团死肉罢了。就画来说，这是行不通的。而里见小姐的眼睛也是如此。我并非想画出她的内心，我只是在画她的眼睛而已。我喜欢她的眼睛，所以我画她。这双眼睛的外形、双眼皮的影子、眼眸的深邃等等，就我所见，我会毫不保留地画下来。然后便会偶然地出现某种表情。如果没有呈现出来的话，一定是因为我的用色不对，或是构图的错误。现在那个颜色、那个形态已经呈现某种表情了。”

原口这时候又往后退了两步，比对美弥子和画作。

“你今天好像怪怪的喔！是不是累了？如果累了，今天就别画了。累了吗？”

“不会。”

原口又靠近画。

“你知道我为什么挑里见小姐的眼睛画吗？让我来告诉你。看看西洋画的女人，不管是谁画的美人，一定都有一双大眼睛。简直大得可笑。可是在日本，从观音像到多福、能面，最明显的就是浮世绘里的美人，眼睛都是细细的。好比方象一样。为什么东西大对美的标准偏差这么多呢？有点不可思议吧？不过其实那并没什么，因为在西洋，尽是大眼睛的人，所以是在一群大眼睛中进行审美的淘汰。日本是鲸系统，有个法国小说家还嘲讽我们：‘日本人的眼睛怎么张开的啊？’我们就是这样的国家，不管怎么说对于少数大眼睛的审美并不发达。而细眼的人多，选择自由，因此可以画得很好。其中歌麻吕和西川佑信是最受敬重的。然而再怎么日本式，在西洋画里盲目地画上细小的眼睛，那怎么行！又不能画像拉斐尔的圣母像一样，人家不会说那是日本人的。于是我就烦请里见小姐来当我的模特儿了。里见小姐，再一会儿就好了喔！”

没有回应。美弥子一动也不动。三四郎觉得这个画家说的话很有意思。他心想：如果只是纯粹来听他说话的话，其乐趣应该会更多倍才对。现在三四郎注意的焦点不在原口说的话，也不在原口所画的画上面。当然他的注意力是集中在站在彼端的美弥子身上。三四郎的耳朵一边听着画家说话，眼睛一刻也没从美弥子身上离开过。他眼中映现的女人是保持在最美的刹那，一动也不动的模样。不变的是有一种永远的慰藉。

原口突然问女孩说：“你好像怪怪的。”那时候三四郎觉得有点可怕，因为在他听来好像是画家在提醒她说：“你保持那容易表现的美感的手段已经不行了。”

好像这么一想，真的觉得美弥子怪怪的。皮肤不太有光泽，眼角显露出难受的慵懒。三四郎失去了从美弥子那里得到的安慰。同时他也意识到也许自己是使她改变的原因。忽然一股强烈个性的刺激朝三四郎的心袭来。虚无缥渺的美感彷如影子似地隐藏着。自己在这女孩身上竟有如此的影响。三四郎在这个自觉里意识到完全的自己。不过那个影响对他自己而言，还不知道是有利或是有弊。

这时候原口总算放下画笔，说："算了，今天怎么画就是不对。"美弥子把手中的蒲扇丢到地上，她拿起披在椅子上的外褂穿上，走了过来。

"你今天很累喔！"

"我？"她将外褂得带子理好，打了一个结。

"其实我也累了，等明天精神好的时候再画吧！来喝喝茶，休息一下。"

离天黑还有一段时间，不过美弥子说，她还有事必须先走；他也留了三四郎，但三四郎拒绝了，他和美弥子一齐离开。在日本这种社会状态下，要随意制造这种机会，对三四郎而言是很困难的。所以他尽可能地想把这个机会一再拖延运用。于是他问了美弥子要不要到人烟较少、较闲静的曙町散散步。然而很意外的，对方并没有答应他。他们一直线地走出树篱，来到大马路。

三四郎和她并肩走着，一面问她："原口那么说，你真的怪怪的吗？"

"我？"美弥子又这么说。和回答原口的话一样。

三四郎认识美弥子以来，从没见过她说很长的句子。大部分的对话都是一两句便结束的，而且都是非常简洁的字句，然而却给三四郎的耳朵某种深沉的震撼，会产生一种他人无法听得出来的色彩。三四郎感到相当的佩服，并且觉得很不可思议。

"我？"当美弥子说这句话的时候，她的脸有半面转向三四郎。然后她用她的双眼皮眼睛看三四郎。那双眼睛好像覆了层纱似的，令人觉得温温的。脸颊的颜色有点苍白。

“你的脸色好像不太好喔！”

“是吗？”

两个人无语地走了五六步。三四郎很想将挂在他们俩之间薄幕似的东西撕破。可是要说什么才能打破，他根本不晓得。他不想用小说里甜蜜的话语，也不想用社交上年轻男女的那一套。三四郎简直就是奢望着不可能的事。他不光是奢望着，他边走边盘算着。

终于女方开口了。

“你今天去找原口先生有什么事吗？”

“不，没事。”

“那你只是去找他聊聊而已啊？”

“不，我并不是去找他聊天的。”

“那你为什么去啊？”

三四郎抓住这一瞬间。

“我是去看你的。”

三四郎想说的话就这样说了出口。然而女孩却一点反应也没有，而且还以她一贯醉人的语气说：“我在那里怎么收你的钱啊？”三四郎很是失望。

两人又无言地走了五六十米。这时候三四郎突然开口：“其实我并不是去还你钱的。”美弥子好一会而没有作声。

过一会儿，终于她轻声地答道：“我不需要钱，你拿着。”

三四郎已经忍不住，忽然瞪着身旁的美弥子说：“我只是很想见你，所以才去的。”美弥子并没有看三四郎。此时三四郎的耳边传来美弥子轻轻的一声叹息。

“钱……”

“钱……”

两个人的对话都没成立便中断了。就这样，他们走到了小半町。这回换女方开口。

“看了原口先生的画，你觉得怎么样？”

由于答案有很多，所以三四郎没有立刻回答，便又往前走了几步。

“他画得很快，你一定吓了一跳吧？”

“嗯。”三四郎说。

其实他一开始就注意到了。回想一下，从原口到广田老师家提出他想画美弥子的意思，到现在还没经过一个月。而在画展时直接邀请美弥子担任模特儿的事是在那之后。三四郎几乎无法想象那么大的一幅画，究竟是以怎样的速度完成的。被美弥子这么一提醒，他也觉得原口实在画得太快了。

“什么时候开始画的啊？”

“真正开始下笔是不久前。不过在那之前陆陆续续他也画了一点。”

“不久前是指什么时候？”

“看那套和服应该知道吧？”

三四郎忽然想起第一次在池塘边邂逅美弥子的炎夏。

“你不是蹲在椎木树下的吗？”

“你拿着蒲扇站在高处。”

“和那幅画一模一样。”

“嗯，一模一样。”

他们俩四目相视，再走一会儿就到白山坡了。

对面有来车，里头坐了一位头戴黑帽、架着一副金边眼镜，从远处看是个光鲜亮丽的翩翩男子。当这部车进入三四郎的视线时，他觉得车上的年轻绅士好像一直盯着美弥子看。车子往前跑了二三十米后，突然停了下来。他飞快地下了车，是一位挺高瘦体面的男人，胡子刮得很干净，很有男子汉气概。

“我一直等不到你，所以就来接你了。”他站在美弥子面前对她说。他俯视着她，笑了笑。

“是吗？谢谢。”美弥子也笑了，回看男人一眼。那双眼睛旋即转向三四郎。

“这位是……”男人又问。

“是大学的小川先生。”美弥子答道。

男人轻轻地取下帽子，行了一个礼。

“快走吧！你哥哥也在等你喔！”

三四郎正好站在转往追分的街角，钱终究没还成便道别了。

第十一章

三四郎看到人群中穿着白点外套的广田老师长长的身影。
交错于这群青年队伍中的老师的步调是时代的错乱。

最近与次郎开始在学校卖起文艺协会的戏票。两三天内，所有他认识的人几乎都被他推销过了，后来他开始从不认识的人下手。他多半在走廊抓人，而且绝不轻易放过，总是想尽办法要别人购买。偶尔在斡旋中遇到钟响，对方才得以脱逃，与次郎将这种称之为“天不时”。有时候对方会笑笑，搞了半天还弄不懂意思，与次郎便称之为“人不和”。有时候他会逮住从厕所出来的老师，老师边用手帕擦手，边说：“现在不方便！”然后急忙地走进图书馆，不再出来。与次郎并没有对此下什么封号。他望着老师的背影，告诉三四郎说：“他一定是患了肠炎！”

“售票的托你卖几张啊？”三四郎问他。

“能卖多少就尽量卖多少。”与次郎答。

“你不怕卖太多，到时候场地容不下那么多人吗？”三四郎又问。

“是有点担心啦！”与次郎说。

“你这样卖了不担心啊？”三四郎再追究。

“唉呀，没关系啦！有的人只是给个面子买张票而已，有可能到时候不会来，还有些患肠炎的啊！”与次郎辩驳道。

三四郎看了与次郎卖票的样子，不禁担心了起来。当场付钱的人当然马上拿票，可是有些学生没付钱，他也给票。

三四郎问他：“难道那些人真的会付钱吗？”

与次郎应道：“当然不会！规规矩矩地卖几张票，不如豁出去卖多一点比较得利。”

与次郎将这种做法拿来和汤姆士公司在日本卖百科全书的方法做比较。光是比较，听起来是很好，可是三四郎心里就是不踏实。于是他还是提醒了与次郎，与次郎的反应很有趣。

“他们可全是东京帝国大学的大学生耶！”

“就算是大学生，大多数的人一碰到钱的事情就会和你一样，事不关己的。”

“即使他们没有善意，文艺协会那边应该也不会啰嗦的。反正不管卖几张票，倒头来肯定是协会要赔钱。”

三四郎为了慎重起见，向与次郎确认那到底是他的意见，还是协会这么说的。与次郎回答他说：“当然是我的见解，如果协会也这么认为的话，事情就好办了。”

听与次郎这么一说，好像不去看这次演艺会的人都是傻瓜似的。与次郎讲得让人觉得自己像个笨蛋一样。不知道他是为了卖票，还是为了对演艺会的一种信仰，或者纯粹只是为自己，顺便为对方，然后为下一回的演艺会做准备，还是想尽量把世间的空气弄得热闹些，实在是令人难以清楚分辨。即使对方觉得很傻，也不领会与次郎的一番说辞。

与次郎首先讲到会员辛苦排练时的事情。听他说完后，似乎大部分的会员在练习完之后，并没能派上用场。然后他又说了背景的事情。说那幅背景画很重要，于是请来东京有为的青年画家制作，运用了相当的技巧完成的；接着他说到服装，从头到脚都完全是依据典故做的；再来是剧本，全是新作品，都非常有趣。除此之外，应有尽有。

与次郎说他已经送票给广田老师和原口先生了，而野野宫兄妹和里见兄妹则是被他逼迫购买头等座位的票。一切都很顺利！三四郎为与次郎高呼了一句“演艺万岁”。

那晚，与次郎来到三四郎的住处。与次郎和白天时大不相同，僵直着身子坐在火炉旁喊着：“好冷、好冷！”那张脸似乎不只是觉得寒冷而已。他本来将手伸在火炉旁烘烤的，后来还是揣进怀里。三四郎为了让与次郎的脸照亮些，便将书桌上的油灯从另一头移到这一头。不过与次郎却低着头，那盏油灯只照在他黑黑的平头上。与次郎一脸没精打采的。三四郎问他怎么了，他抬起头来看了看油灯。

“这里还没安装电线啊？”他问了毫不相关的问题。

“还没装。听说就快装了，油灯太暗不好啊！”三四郎答道。

与次郎却突然忘了油灯这件事一样地接口说：“喂！小川，事情糟透了！”

三四郎问他原因。与次郎从怀里掏出两张皱巴巴重叠着的报纸。他取下其中一张，重新叠好后叫三四郎看。与次郎用手指着要他看的地方。三四郎凑到油灯旁，看到标题写着“大学的纯文学系”。

大学里的外文系本来都是由西洋人担任，主事者将所有的课程都交给外国老师教授，可是随着时势的进步与多数学生的希望所致，本国人教授的必修课程也受到承认了。前一阵子物色了适当的人选，总算决定由某人担任，听说不久就会公布了。某氏因为之前是被派任至国外留学的英才，因此非常适合担任此职。新闻的内容大致是如此。

“那就不是广田老师了嘛！”三四郎回头看看与次郎，与次郎依然盯着报纸看。

“这是真的吗？”三四郎又问。

“大概吧！我本来以为没问题的，结果还是做得不够周详。我原本就听说那个人很积极地在为自己铺路的。”与次郎说。

“可是这不过只是传言罢了，不到正式公布谁也不晓得。”

“果真如此的话当然没关系，不过那上面写的和老师都无关。”与次郎说完后，又把另一张报纸折好，用指头压住标题，拿给三四郎看。

这则报导也刊载了类似的新闻，并没有引起三四郎什么新鲜的印象，可是当他看到后面时，三四郎吓了一跳。上面写道：“广田老师是个极无道德情义之汉。当了十年语学教师，不顾自己是世俗的庸材，竟然想在大学里担任本国人的外国文学讲师，暗地里展开布局行动，在学生群中流传自己的评论集。不只如此，还叫门下的学生以《伟大的黑夜》为题，在小杂志上发表论文。而以零余子匿名的作者便是经常出入广田家的文学院学生小川三四郎。”居然连三四郎的名字都出现了。

三四郎一脸诧异地看了与次郎，与次郎也看着三四郎的脸。两个人沉默了片刻。三四郎总算开了口：“真伤脑筋！”他有点怨与次郎，与次郎却是不怎么在意。

“你怎么看这件事？”

“你的意思是？”

“那一定是将读者的投书原原本本地刊登出来的，绝对不是报社去调查来的。《文艺时评》的六号铅字投书，像这种东西多得是。六号投书多半是罪恶的集合。仔细探究的话，有很多都是谎言，当中也有睁眼说瞎话的。你知道为什么大家会做出那么愚蠢的事吗？全都是利害关系引起的。我只要一接到差的六号投书，大概都是丢到垃圾桶里去的。这篇报导也一样，是反对运动的结果。”

“为什么出现的不是你的名字，而是我的名字呢？”

与次郎应了一声：“对喔！”过了一会儿，他才又说：“怎么说呢？可能因为你是本科生，我是选修生的缘故吧？”然而这个说明对三四郎而言，一点意义也没有。三四郎仍觉得很困扰。

“早知道我就不用零余子那个稀罕的笔名，应该光明正大地署名佐佐木与次郎。老实说，那篇论文除了佐佐木与次郎以外，是没有人写得出来的啦！”与次郎很正经的模样。说不定他反倒觉得《伟大的黑夜》的著作权被三四郎夺走令他很困扰。三四郎觉得很荒谬。

“你跟老师说了吗？”三四郎问。

“唉！问题就在这里。《伟大的黑夜》的作者是你也好，是我也罢，都不要紧。但是事情攸关老师的人格，我可不能不说。老师那个人什么也不知道，只要告诉他说，是别人弄错了，《伟大的黑夜》是匿名的崇拜者写的论文，请他安心，他就不会再追究的。可是这回不能这么做，不管怎么说，我都得负起责任。如果事情顺利，装作不在乎是可以，要是有了疏漏还默不作声的话，那就太令人不快了。事情是我引起在先的，让那样善良的人陷入困窘的境地，我可无法坐视不管。正邪曲直这类难题先撇开不谈，我只是觉得他很可怜，我好不甘心！”

三四郎第一次觉得与次郎是个有心的男人。

“不知道老师看过报了没？”

“那不是老师家里订的报纸，所以我本来也不晓得。可是老师到学校会看各种报纸。就算老师没看到，也会有人告诉他吧！”

“这么说他是知道了？”

“当然应该是知道了吧？”

“他什么都没对你说吗？”

“没说！他本来就没有什么闲暇和我说话，应该不会说。这阵子他一直在为演艺会的事情奔波。唉，我已经厌倦演艺会的事了，我看干脆退出算了。化上妆演戏，有什么意思啊？”

“你要是这么对老师说的话，肯定挨骂的！”

“应该会被骂吧？被骂也没办法呀，真的很倒霉，无端惹来麻烦。老师是个不懂享乐的人，不喝酒，烟嘛……”他说到一半停住了。从老师的鼻孔吐出的哲学之烟，日积月累可是莫大的存在。

“烟他倒是抽得不少，除此之外就没别的了。既不钓鱼，也不下棋，又没有天伦之乐可享，那是最糟糕的。如果有个小孩的话就好了。他的生活真的很乏味。”

与次郎交抱起双臂。

“偶尔想安慰他一下，一使劲儿，事情又弄巧成拙。你也到老师那儿帮帮他！”

“还说什么帮忙咧，我多少也有责任，我去向他赔罪。”

“你没必要赔罪的。”

“那我去向他解释。”

与次郎到此就告辞了。三四郎钻进被窝后辗转难眠。以前在故乡的时候容易入睡多了。伪造的报导、广田老师、美弥子、接走美弥子的翩翩男子——充满各式各样的刺激。

三四郎直到半夜才睡着。然而隔天得和平时同一时间起床，令他觉得很难受。三四郎在洗脸台遇到和他同是文学院的学生，他和对方只是点头之交而已。当他们互打招呼的同时，三四郎推断这个人应该看过那篇报导的。不过对方当然是避开这个话题，而三四郎也没打算辩解些什么。

当三四郎嗅着餐桌上美味的汤汁时，又收到寄自家乡母亲的来信。一如往常，又是封冗长的信。三四郎懒得换西服，于是套了件和服裤裙，将信揣在怀里便出门了。外头的薄霜闪闪发亮。

一走出马路，几乎往来的都是学生。大家都急急地朝同一个方向前进。寒冷的道路上，年轻的男子们朝气蓬勃。三四郎看到人群中穿着白点外套的广田老师长长的身影。交错于这群青年队伍中的老师的步调是时代的错乱。和前后左右比起来，他的脚步显得相当地缓慢。老师的身影隐没于校门内。校门里有一棵高大的松树，像一把巨伞似地张开枝桠，蔽荫玄关。当三四郎走到门口时，老师的踪影早已消失，从正面只能看到松树和松树上的时钟台而已。这个钟台上的钟经常乱走，或者根本不动。

探了一眼门内的三四郎，嘴里念了两次“Hydriotaphia”。这个字是三四郎记过的外国话里最长又最难的字之一。他还不懂这个字的意思，他想问问广田老师。之前他曾问过与次郎，他告诉三四郎说，那个字大概是“达它法布拉”之类的吧？可是在三四郎看来，觉得两者之间有很大的差异。“达它法布拉”有一种跃动的旋律，而光是记“Hydriotaphia”这个字就要一点时间。重复念个两次，步调自然慢了下来。那音韵好比是古人为了让广田老师使用而造的一样。

到了学校之后，三四郎被当作《伟大的黑夜》的作者，广集众人的注意于一身。他本想出去的，可是外面很冷，所以只好站在走廊了。他在课堂上从怀里取出母亲的来信看。

“这个寒假回家来！”这口气和三四郎尚待在熊本时如出一辙。

当时在熊本的时候，发生了这样一件事情。当学校快放假的时候，家里拍来了一通电报，叫他回家。三四郎一个劲儿地以为是母亲病了，于是着急地飞奔回家。结果母亲根本没事，只是一副很开心的模样。一问之下才知道，母亲左等右等不见三四郎回来，于是去请示神明，得到的答案是三四郎已经在路上了。可是母亲担心他出了事，因此才拍了那封电报。

三四郎想起这段往事，心想这回母亲是否又去请示神明了。

不过信上并没有提到这回事，倒是三轮田的阿光在等他一事也写了上去。听说阿光中辍了丰津女校的学业，回家去了。另外信上还说，阿光会寄她亲手缝制的外套过来。工匠角三在山上赌博，输了九十八元，信里仔仔细细地写了这些事情。因为是很琐碎的事，三四郎随便地浏览过去。据说角三带领三位想买山地的男人去山里头，结果走着走着他的钱就被那些人给抢了。回到家后，他对老婆辩说他不知道什么时候钱被偷走，结果他老婆问他是不是被下了迷魂药，角三便答说："对、对，我好像闻了什么东西喔！"可是全村的人都认为他是卷进赌博的恩怨的。"连乡下都如此了，待在东京的你真的非得小心翼翼不可。"母亲的信上附加了这条训诫。

当三四郎将这封长信收起来之后，与次郎走到他身边对他说："哇，是女人写来的信啊！"比起昨晚的样子，他今天精神好到还会说笑。

"是我妈寄来的信啦！"三四郎无趣地应道，然后将整封信塞进怀里。

"不是里见家的小姐写来的啊？"

"不是！"

"喂，你问了里见家小姐的事没？"

"问什么？"就在三四郎反问他的时候，有个学生过来告诉与次郎说有人在楼下等着向他买演艺会的票。与次郎马上下楼去。

与次郎就这样没再出现了。不管三四郎怎么等，就是没回来，于是他只好独自打起精神做笔记了。三四郎在下课后依昨晚的约定绕到广田老师家，那里一如往常般地安静。老师躺在客厅睡着。

三四郎问帮佣的婆婆怎么一回事，她回答说："没事吧！因为昨晚他太晚睡了，说他很困，刚才一回到家，马上倒头睡着了。"修长的身上盖着一条小被子。

三四郎又轻声地问婆婆说："为什么老师昨天那么晚才睡啊？"

“他都是很晚睡的，不过昨天不是挑灯夜读，而是和佐佐木在外头聊到很晚。”

虽然三四郎觉得将夜读换成和佐佐木谈话，并不足以构成老师午睡的理由，不过，他倒是由此得知与次郎已经在昨晚把那件事告诉老师了。本来三四郎想顺便问看看与次郎如何被挨骂的，但是那种事婆婆不可能知道，而关键人物的与次郎又溜掉了，所以也没办法。看他今天精神奕奕的模样，应该没什么大不了的吧？本来三四郎就搞不懂与次郎的心理的，所以实际上发生了什么事他并无从想象。

三四郎坐到火炉前。铁壶正滋滋作响。婆婆退回佣人房去。

三四郎盘腿坐着，双手伸在铁壶边取暖，等待老师睡醒。老师熟睡着，三四郎静静的，心情很舒服。他用指甲敲了敲铁壶，往杯里倒了杯热水，呼呼地吹凉喝下。老师面向另一头睡着，头发像是两三天前刚剪过，相当地短，胡茬长得很浓密。老师的鼻子也向着另一边，鼻孔发出嘶嘶的声音安睡着。

三四郎拿出要还他的书出来看。他一点一点地读，然而实在难以理会书中的内容。书中写着丢花到墓里的事。罗马人将玫瑰写作affect。三四郎不懂那是什么意思，不过他想那个字应该可以翻译做”喜爱”吧！希腊人则是写作Amaranth。这个字三四郎也不明白，不过那一定是个花名。再读下去，三四郎简直完全不懂了。他将视线从书上移开，看了看老师，他还在睡。心想：“老师为什么借给我这么难的书啊？为什么我看不懂这本艰涩的书，却又被它吸引呢？”最后三四郎还是认为广田老师终究是“Hydriotaphia”。

就在这时候，广田老师倏然醒了过来。然后他又像平常一样，开始吐吹起哲学的烟雾了。烟在沉默之间笔直地升起。

“谢谢老师，这本书还您。”

“喔，你读过了吗？”

“读是读了，但是不太懂。光是标题我就不懂意思了。”

“Hydriotaphia。”

“那指的是什么？”

“我也不知道，总之好像是希腊语。”

三四郎没有勇气再问下去了。老师打了一个哈欠。

“啊，我好困喔！睡得好舒服。我做了一个好玩的梦喔！”

老师说他梦到女人。三四郎以为老师会说来听听的，没想到他却邀三四郎去澡堂洗澡。他们两个人各自拎了条毛巾便出门了。

洗完澡后，他们站在一部机器上量身高。广田老师高五尺六寸，而三四郎的身高只有五尺四寸五。

“说不定你还会长高呢？”广田老师对三四郎说。

“不可能的，这三年来身高一直没变过。”三四郎回答道。

“是吗？”老师说。三四郎觉得老师似乎把他当作小孩子看待。

回到老师家后，老师告诉三四郎说：“如果你没事的话，就进来聊聊天。”老师打开书斋的门，自己先进去。三四郎因为有义务要解决那件事，于是他便跟在后头进去了。

“佐佐木好像还没回来的样子。”

“他已经事先告诉我说今天会晚点回来的。从前一阵子他就为演艺会的事东奔西跑的，他虽然热心，喜欢助人，却是个无谋的人。”

“他很亲切啊！”

“为了目的他多少会亲切点，可是再怎么说，他的头脑实在很不好，老是成就不了什么事。一开始好像很有要领，甚至是非常有要领，可是到最后，简直就是乱七八糟。怎么说他都没用，所以我就随他去了。他是为了来这世界捣蛋而生的。”

三四郎本来想应该有什么方法可以替与次郎辩护的，不过眼前就有一个不好的例子，因此他也爱莫能助，于是他换了个话题。

“您看过报上刊登的那篇报导了吗？”

“嗯，看过了。”

“刊登在报纸之前，您一点都不晓得吗？”

“不。”

“您一定很惊讶吧？”

“惊讶？那件事我一点也不觉得惊讶。我想这世间的事情都是那样子的，我不像年轻人那么惊讶。”

“您一定觉得很困扰吧？”

“也不是不觉得困扰，只是像我这种活了一把年纪的老人，光看那篇报导，是不会当下就认定那是事实的。我还是没有年轻人他们来得那么震惊。与次郎说报社有人知道来龙去脉，他要去请那个人把事情的真相写出来，还说要找出那篇投书的来源，并且加以制裁，又说要在自己的杂志反驳等等，说了许许多多无聊的善后对策。早知如此，他一开始就别惹事嘛！他就是不懂。”

“他一切都是为老师着想的，并没有恶意啊！”

“如果是恶意的话，那还得了！他要为我奔走运作，也不先问问我的意思，擅自讲些方法，擅自立定方针，这和一开始便藐视我的存在有什么不同？他根本不知道被漠视的人面子该往哪儿搁！”三四郎没办法只好沉默以对。

“而且他还写了篇叫作《伟大的黑夜》的蠢文章。他说报上是说你写的，实际上是佐佐木他自己写的。”

“是的。”

“昨晚他自己招了。你也觉得很困扰吧？像那种烂文章，除了佐佐木，是没有人写得出来。我也看了那篇文章，既无内容，又没品，简直像救世军的大鼓一样。那篇文章只会让人觉得是为了引发读者不好的印象而写的，是彻头彻尾故意写成的。只要是有点常识的人一看，就知道那篇文章一定是有所目的的。这样一来，别人会以为是我叫门生写的。读了那篇文章之后，我就能理解报纸会那样写也是有道理的。”

广田老师说到这里就停住了，又一如往常地从鼻子吐出烟来。与次郎曾说过，他可以从烟的吐法窥知老师当时的心情。当吐出来的烟是既浓且直的话，就是老师达到最高哲学境界的时候。如果吐出来的烟既慢而散乱的话，就是他心气平稳，偶尔得小心会被他冷讽一番。如果烟在他的鼻下低徊，久久缭绕在鬓前不散的话，就是老师已经进入冥想的境地了，或者说是具有诗般的感性。最教人害怕的是，吐出来的烟在鼻孔前形成漩涡，只要漩涡一出现，就得挨骂了。由于这话是与次郎说的，三四郎并不觉得可信。不过，三四郎还是趁这个机会，仔细地观察了烟的形状。结果老师吐出来的烟根本不像与次郎所说的那么明确。倒是他所说的每一种似乎都包含在内。

由于三四郎自始至终都是一副戒慎恐惧的模样，因此老师又开口了。

“过去的事就算了，昨晚佐佐木也向我道歉了，你看他今天还不是又和平常一样无忧无虑地活蹦乱跳？就算我在暗地里责备他的粗心，他还是若无其事地到处卖票啊！我们来换个有趣的话题聊一聊吧！”

“是。”

“我刚才睡午觉的时候，做了一个有趣的梦。我梦到自己生平遇过一次的女人，突然在梦中再见，听起来有点像小说的情节，不过听这个故事比听那篇报导令人舒服多了。”

“是啊！那是个怎样的女人？”

“是个十二三岁的漂亮女孩。脸上有颗黑痣。”

三四郎一听到是十二三岁，觉得有些失望。

“您们什么时候邂逅的？”

“二十年前左右。”

三四郎又是一惊。

“您还知道梦见的就是那个女孩啊？”

“梦嘛！因为是梦，所以知道；也因为是梦，很不可思议，觉得很棒。我走在一片宽广的森林之中，身穿着那件褪色的夏服，头戴那顶旧帽子。对了，当时我正思考着很难的问题。所有宇宙的法则虽然不变，然而被法则所支配的所有宇宙的事物必会改变。因此，那法则必得存乎于事物之外。醒来后，觉得很无聊，可是因为我在梦中，所以很认真地想了那些事。当我通过森林的时候，突然遇见了那女孩。并不是在行走间相遇的，而是她静止地站在彼方。我一看，她的长相和从前一模一样，服装也和当初相同，当然黑痣也在。也就是说，她和二十年前我们相遇的时候一样，是个十二三岁的女孩。我对她说：‘你一点也没变。’她对我说：‘你老了许多。’我又问她说：‘你为什么一直都没变呢？’她告诉我说：‘我最喜欢这张脸的年龄、这身服装的年华，这头黑发的年纪，所以我不变。’我问她那是什么时候的事情，她说：‘是二十年前遇到你的时候。’我不解为什么自己变得这么老，女孩告诉我说：‘那是因为你想变得比当初更美好，所以才会不断地改变。’我对女孩说：‘你是一幅画。’女孩对我说：‘你是一首诗。’”

“然后呢？”三四郎问。

“然后你就来了。”

“您们在二十年前相遇，那不是梦，是事实吗？”

“就因为是真的，所以很有趣。”

“您们在哪里相遇的？”

老师又从鼻子里吐出烟来。他望着烟，沉默了好一会儿。总算又开口了。

“宪法是在明治二十二年颁布的嘛！当时森有礼[①]教育部长被

① 森有礼（1847～1889）日本政治家。1885年（明治十八年）就任伊藤博文内阁之文部大臣，推动学校教育制度改革。推广欧化政策引发国粹主义者反弹，于1889年（明治二十二年）2月11日明治宪法颁布日的庆祝会场途中遭西野文太郎刺杀。

杀害的事，你记不记得？你当时几岁啊？啊、对了，你还在襁褓中。当时我是高中生。为了参加教育部长的丧礼，搬来了许多的礼炮。我以为要去墓地，结果不是。体育老师将我们带到竹桥内，列队在路旁。我们就站在那里目送部长的灵柩。虽然美其名是去送终，说穿了是去看热闹。那天好冷，到现在我都还记得。一动也不动地站在那里，脚好痛啊。站在我隔壁的男生看看我的鼻子，说：'好红、好红！'队伍终于出现，很长的列队。在寒冬中无数的马车和人力车安静地从眼前通过，而刚才我说的那个女孩就在其中。现在就算要想起当时的情况，我的脑中也是一片模糊，影像无法浮现得很清楚。只有这个女孩我记得很清楚。随着岁月流逝，那个记忆也渐渐淡薄了，现在我已经很少会想到了。在今天做梦之前，我几乎已经完全忘了有这件事，然而当时的印象却深刻地烙印在脑海里。真是奇妙！"

"之后您就从未再遇过那个女孩了吗？"

"完全没再见过。"

"那您完全不知道她是何许人了？"

"当然不知道。"

"您没有去找找看啊？"

"没有。"

"所以老师才……"三四郎说到一半，又憋了下来。

"才怎么样？"

"才没结婚的吗？"

老师笑了出来。

"我不是那么浪漫的人。我这个人比你还没有诗意呢！"

"可是，假设那个女孩出现的话，您应该会娶她吧？"

"这个嘛……"他想了一下，说："应该会娶她吧！"三四郎一脸的同情。

接着老师又开口了。“如果说我是因为这样的无奈而单身的话，就好比是说我为了那个女人而有所残缺，可是也有人天生就无法结婚。还有其他人有各种难以结婚的理由。”

“在这世上难道有那么多妨害结婚的理由吗？”

老师在吹烟中凝视着三四郎。

“哈姆雷特不是不想结婚吗？也许只有一个哈姆雷特，可是像他的人却有很多。”

“例如呢？”

“例如……”老师又沉默了。他不断地吐着烟。

“例如有个人，其父亲早逝，全靠母亲独力扶养他长大。而那母亲又生病了，临终前，她告诉孩子说叫他去找某人，请求那个人帮助。她说的那个人孩子又完全不认识，孩子问母亲理由，她什么都不说。在孩子的逼问下，母亲才用微弱的声音告诉他说，那个人才是你的亲生父亲。虽然这只是个故事，不过我们假设有这样背景的孩子存在。这样一来，那个孩子当然不会对结婚有所信仰吧？”

“那种人应该很少吧？”

“也许是很少，但还是存在啊！”

“不过老师的情况并非如此吧？”

老师哈哈哈地笑了。

“你母亲还健在是吧？”

“是的。”

“父亲呢？”

“去世了。”

“我母亲在宪法颁布后的来年过世的。”

第十二章

heliotrope的香水瓶子、四丁目的晚霞、
迷途的羔羊、迷途的羔羊、高挂着的太阳。

演艺会在较冷的时节开演。眼看年关将至，再不到二十天就要过年了。市集里的生意人忙碌不已。过年的欠账落到穷人的头上。就在此刻，悠闲的人、有余裕的人、不分岁末年初的人一起迎接演艺会的到来。

这些人多的是，大多是年轻男女。开演的第一天，与次郎对着三四郎大喊："好成功！"三四郎手上的票是第二天的。与次郎请三四郎邀广田老师一起去。

三四郎问他："我和老师的票不一样吧？"

"当然不一样啰！"与次郎应道。

"如果放任他一个人的话，他一定不会去的，你去把他带过来！"与次郎加以说明后，三四郎便答应了。

黄昏时三四郎去了老师家，老师正在光亮的油灯下阅读一本好

大的书。

“您要不要去？”三四郎问。老师笑了笑，无声地摇摇头。动作像个小孩似的，不过三四郎却觉得他很有学者的样子。可能是不开口的样子令人觉得高尚吧？三四郎半蹲着发呆。

广田老师觉得拒绝他有点过意不去，于是又说：“如果你去的话，我也一起出门好了。我一边散步走到那里。”

老师穿上一件黑色的外套，像件披风一样，但三四郎不太懂。夜幕低垂，是个冷得连星星都看不见的夜。

“说不定会下雨。”

“要是下雨就麻烦了。”

“进进出出的，很麻烦。日本的小剧场都得脱鞋，天气好的时候就已经很不方便了。而且剧场内的空气不流通，烟味弥漫，头会疼的。大家真厉害，那样子还能忍受。”

“话虽如此，可是也不能在户外演出啊！”

“祭神的舞乐都是在户外表演的。寒冷的时候也是在户外。”

三四郎知道说不过他，于是顺着老师的意见响应他。

“我喜欢在户外，不管炎热还是寒冷，我想在美丽的天空下，呼吸干净的空气，看美丽的草地。这样的话，应该可以演得出如透明空气般纯粹而简单的戏。”

“如果把老师所做的那个梦编成戏的话，应该可以演成那种风格吧！”

“你知不知道希腊的戏剧？”

“我不太清楚。据我所知好像是在户外演的。”

“在户外，而且是在大白天演。我想那个感觉一定很棒。座位是天然的石块，堂而皇之。如果能带与次郎那种家伙去见识见识，应该是很好的。”

老师又说与次郎的坏话了。那个与次郎现在正在寒酸的会场内拼命地奔波斡旋，一副得意洋洋的模样。一想到这里就有趣。

“如果不带老师来的话，老师真的就不来了。偶尔来这种地方看看，对老师可是好的呢。可是不管我再怎么说，他就是不听。真伤脑筋！”三四郎想象与次郎一定会如此叹息，就更觉得有趣了。

后来老师很详细地告诉三四郎有关希腊剧场构造的事情。三四郎从老师那里得知Theatron[①]、Orchestr[②]、Skene[③]、Proskenion[④]等字的意义。

根据某德国人的说法，听说雅典的剧场可以容纳一万七千位观众，那还算是小规模的，听说最大的剧场能够容纳五万人。入场券有象牙和铅块两种，形状都像是奖牌模样，正面画有图腾，或是雕刻的图案。老师甚至连入场券的价格都知道。只演一天的小戏是十二毛，三天连续的大戏则是三十五毛。正当三四郎听得津津有味的时候，他们已经来到会场前了。

灯光一片灿烂，观众陆陆续续地涌来。场面比与次郎说的还热闹。

“老师，既然您都来到这里了，就进去看看吧！”

“不了，我不进去。”老师又转回暗处离去。

三四郎目送了老师的背影片刻，后来他看到坐车前来的人匆匆忙忙地收下寄鞋票，跑进场，他才快步地进了会场。

入口处站了四五个闲着没事的人。其中一个穿着和式礼服，负责收票。穿过那个人的肩头往会场望过去，视野突然变得很宽敞，而且非常明亮。三四郎总算来到自己的座位坐下来。他委身挤进狭窄的空间，看看四周，人们的眼光闪烁发亮。并非只有自己的眼睛

---

① Theatron（希腊语）意为“观众席”。

② Orchestr（希腊语）意为“合唱团席”。

③ Skene（希腊语）意为“演员休息室”或“舞台”。

④ Proskenion（希腊语）意为“舞台”。

在动而已。附着在无数的人身上的颜色，在广阔的空间里不断地各自闪动着。

舞台上的节目已经开演了。出现的人物全都头戴帽子，脚蹬皮鞋。接着扛来了长长的轿子，放在舞台的正中央。轿子停妥后，从里面又出现了一个人。那个男的拔出刀，和推挤轿子的人开始厮杀起来。三四郎看得有些不知所云为何物。

他曾听与次郎说过剧情的大纲，不过当时只是随便听听而已。心想看的时候应该就知道了，于是应了声“原来如此”便作罢了。可是现在看来，一点也无法领会其意。在三四郎的记忆中，只留下入鹿[①]那位大臣的名字。

三四郎想着：“到底哪一个是入鹿啊？”他根本看不出来。

于是他将整个舞台上的人都当作是入鹿来看。结果不管是帽子、鞋子、窄袖和服、使用的字汇，全都变得很入鹿。老实说，三四郎对入鹿这人一点明确的概念也没有。虽然学过日本历史，可是那实在太遥远了，因此他早就忘了古时候入鹿的事情。好像是推古天皇时的事情，又好像是钦明天皇的时代。一定不是应神天皇或圣武天皇的时代。三四郎只是怀着一份入鹿的心情而已。看戏的话，这样就够了。他望着演员的服装与舞台的背景。可是戏的内容三四郎一点也不懂。就这样戏便落幕了。

落幕前，三四郎邻座的男子对他隔壁的男的批评道：“演员的声音像是在六帖大的和室里亲子对话一样，简直没受过训练似的。”

另一头的男人搭腔说：“演员不专心，老是摇来晃去的。”那两个人都把演员的本名背了起来。三四郎侧耳听着那两个观众的对话。他们两个人都穿得相当地体面。

---

① 苏我入鹿是飞鸟时代的朝臣。因欲享政权而专横霸道，于皇极天皇四年时招致中大兄皇子与中臣镰足在宫中杀害。此小说所描述的戏剧是在1908年（明治四十一年）11月24日起，为期四天于本乡剧场演出的。

三四郎心想："他们大概是有名的人吧？要是这番谈话让与次郎听到的话，他一定又会反对的。"

就在这时候，后面传来大声的喝彩："演得好、演得好！演得真好！"三四郎邻座的两人不约而同地转过身去，他们的谈话就此结束。幕就在此时落了下来。

到处都是离席休息的观众。从通道到出口，人影熙熙攘攘的。三四郎半蹲着，环视四周。怎么没看到应该会出现的人呢？其实在台上演出的时候，三四郎就尽可能地注意了，但是并没有看到，于是他打算落幕后再找。三四郎有些失望，无可奈何地把头转回来。

邻座的那两人好像交友广阔，左顾右盼，频频谈论着某名人在那儿，某名人在这儿。有一两位则是边问好边鞠躬。三四郎借此稍微知道了几个知名人士的老婆，其中还有新婚不久的。邻座的人也似乎觉得很特别，还故意取下眼镜擦拭，嘴里滔滔地念道："原来如此、原来如此啊！"

这时候与次郎从落下幕的舞台前端往这边小跑步过来。他在三分之二的地方停住脚步，弯下腰来，一面往里探看，一面说了些什么。三四郎盯住那个目标。——从与次郎站在舞台前端的位置延伸二三十米处，三四郎看到了美弥子的侧脸。

坐在她身旁的男人的背向着三四郎。三四郎心里期待着那个男人在某种情况下能面向这边一下。正巧那男人站起身来。看起来他好像已经坐得很累了。他坐到横木上，开始观望整个会场。这时候三四郎清楚地看到野野宫的宽额与一双大眼睛。

当野野宫站起来的同时，三四郎也看到坐在美弥子后方的良子。三四郎又确认除了这三个人以外，是否还有同行者。可是从远处一看，到处挤满了人，要说同行的话，整个会场内都像是同行而来的一样。美弥子和与次郎之间，好像一直交谈着。看起来野野宫也不时地加入谈话中。

原口这时候突然从布幕间走了出来，他和与次郎并列着，频频地探望座位中。他的嘴巴一定也动着吧？野野宫像打暗号似地点了一下头，这时原口从后面往与次郎的背拍了一下。与次郎转过身，钻进布幕里消失了。原口下了舞台，穿过人群，走到野野宫的身边。野野宫起身让路给原口。原口轻轻地钻进人群之中。美弥子与良子所在的那一带已经看不见了。

对这些人的一举一动比舞台上的戏剧还感兴趣的三四郎，突然羡慕起原口的做法。他压根没想到用那么简单的方法就能凑到朋友的身旁去。他也想依样画葫芦，但他不仅没有实行的勇气，而且觉得应该挤不进去，因此三四郎依旧没有离开原来的位子。

不久，布幕又再度升起，“哈姆雷特”的剧目开演。三四郎曾经在广田老师家看过外国某位名演员的哈姆雷特剧照。现在呈现在三四郎眼前的哈姆雷特与那张剧照的扮相几乎一样。不只是服装，连长相都很像，两张脸都是皱着眉头。

这位哈姆雷特的动作轻快，心情舒畅。他在舞台上豪迈地舞动着，与刚才的入鹿大异其趣。尤其是当他站在舞台正中央，将双手张开，傲视天空的时候，观众的眼里根本容不下其他东西，只感觉到无比强烈的刺激。

台词是以日语来表现的。将外文翻译成日语，语气带有抑扬顿挫，也很有节奏。有些地方甚至流畅得令人觉得太善辩了，文辞也很棒，但不太令人感兴趣。三四郎觉得如果哈姆雷特再说多一点像日本人说的话就好了。比如像“妈妈，那岂不是太对不起爸爸了吗？”这句台词出现时，突然扯出个“阿波罗”然后流畅地带了过去，然而母子两人却都是欲哭的表情。三四郎对这种矛盾只觉得模模糊糊，并没有勇气断定它很无趣。

也因此，当他看倦了哈姆雷特时，便看着美弥子那边。当美弥子被人影挡住看不见时，三四郎就观赏哈姆雷特。

当演到哈姆雷特叫欧菲莉亚去修道院的时候，三四郎不禁想起广田老师。广田老师说过：像哈姆雷特那种人怎么结得了婚！

没错，书上好像是这么写的，但戏里演得好像他也会结婚一样。仔细想想，“去修道院！”这句话的说法似乎不太好。因为被命令去修道院的欧菲莉亚一点也不觉得难过。

幕布又降了下来。美弥子和良子离开座位。三四郎随后也离开座位。当他来到走廊一看，她们俩正站在走廊中间，和男人聊着。那个男的从可以进出走廊左侧座位的入口探出半边的身子。当三四郎看到那个人的侧脸时，便掉头走了。他没回到座位上去，取回寄放的鞋后便离开了。

原本就是漆黑的夜。三四郎走过灯光辉煌处，觉得天空好像正飘着雨，风吹打着枝椏。三四郎匆匆地回到住处。

半夜开始下起雨了。三四郎在被窝中听着雨声，抱着“去修道院！”这句话低徊着。说不定广田老师也还醒着。老师心里想的是什么呢？与次郎一定是昏沉沉地深埋在他那“伟大的黑夜”之中。……

第二天三四郎有点发烧。觉得头重重的，一直昏睡着。中午他起身在床上吃了午饭。又昏昏地睡了一觉后，这回出了一身汗。三四郎的神智变得不太清楚。就在这时候，与次郎精神奕奕地进来了。他说：“昨晚没见到人，今天早上又没去上课，不知道你发生什么事，所以就过来看看了。”三四郎向他道了声谢。

“我昨晚去了啊！你走到舞台上，隔空和美弥子说了话，我都知道呢！”

三四郎有一点昏沉，一开口就滔滔不绝。与次郎伸出手，摸摸三四郎的额头。

“很烫喔，一定要吃药！你感冒了啦！”

“会场太热、太亮，一出到户外又突然太冷太暗了嘛！那很不好。”

“很不好也没办法啊！”

“没办法也不成啊！”三四郎的话变得愈来愈短。

就在与次郎随意应和之中，三四郎便又睡着了。一个小时过后，他的眼睛又睁开了。三四郎看看与次郎，对他说：“你还在啊？”这会儿三四郎已然恢复了平日的样子。

与次郎问他：“你现在觉得怎么样？”

三四郎只答道：“头重重的。”

“应该是感冒吧？”

“应该是感冒。”

他们两人说了相同的话。过了片刻之后，三四郎问与次郎说：“你上次不是问我知不知道美弥子的事吗？”

“美弥子的事？在哪里啊？”

“在学校。”

“在学校？什么时候啊？”与次郎似乎还没想起来。

三四郎不得已，只好详细地说明当时的情形。

“是吗？也许有那么一回事吧？”与次郎说。

三四郎觉得他真是没责任感。与次郎也觉得不好意思，努力要想起来。好不容易他才开口。

“啊，就是美弥子要嫁人的事啦！”

“已经决定了吗？”

“是听说决定了，不过我并不清楚。”

“是嫁给野野宫吗？”

“不，不是野野宫。”

“那……”三四郎说到一半又止住了。

“你知道是谁吗？”

“我不知道。”三四郎断言道。然后与次郎又开口。

“我实在搞不懂。这件事很不可思议，不经过一点时间是看不出事情的端倪的。”

三四郎希望他能赶快说出那件令人不可思议的事，然而与次郎却一副毫不在乎地把话咽了下来，径自感到不可思议。三四郎忍了一会儿后，终于按捺不住，于是要求与次郎告诉他所有关于美弥子的事情。

与次郎笑了出来，不知道是为了要安慰三四郎，还是另有其因，话锋一转地说：“你这个傻瓜！干嘛想那种女人。就算你想也没有用啊！她不是和你同龄吗？会喜欢上同龄的男人，可是老掉牙时代才有的事喔！那是古时候菜贩阿七[①]的恋爱啦！”

三四郎不语。不过他并没听懂与次郎话里的意思。

“这该话怎么说？你让一对二十岁左右的男女站在一起看看，女方一定是占上风，男的只有被当作傻瓜的份！女人当然不会嫁给令她看不起的男人，只有自认自己是世界上最伟大的女人例外。因为若她不嫁给她所看轻的人，就只能单身过一辈子了。像一些有钱人家的小姐之类就是如此。嫁过去夫家，然后蔑视丈夫。美弥子则更甚其上。她一开始就没打算嫁给一位她无法尊敬的人，对方如果没那个意思也不行。光是这一点，你我都没有资格成为她的丈夫。”

三四郎终究被归类在与次郎那边。他依然静默不语。

“不过，不管你、我，都比那个女的伟大。可是不经过五六年的岁月，她是看不到我们的伟大的。而她又不可能五六年都不变动，所以说啊，你要和她结婚根本就是毫不相干的事。”

与次郎在奇怪的地方用了风马牛不相干这个谚语，然后兀自地

---

① 菜贩阿七即江户本乡驹入追分的菜贩市左卫门之女。阿七和丈夫阿寺的仆役产生奸情，她相信火灾能使她和情人再度相会，于是纵火，后于天和三年被处刑。井原西鹤的《好色五人女》、纪海音的《菜贩阿七》中都出现这个角色。

笑着。

“再过个五六年，会出现比她更棒的女人啦！因为日本现在的女性比例较高。像你这样感冒发烧，怎么开始啊？这世界大得很，没什么好担心的。其实我自己也发生了一些事情，我也很烦恼，所以我告诉那女人说我要去长崎出差。”

“你说什么？”

“一个和我有牵扯的女人啦！”

三四郎吓了一跳。

“那是我以前不曾接触过的类型的女人。我拒绝她说：‘我要到长崎做霉菌的实验，所以有好长一段时间不能见面了。’结果她竟然对我说：‘我会带着苹果去车站给你送行的。’真受不了！”

三四郎又更惊讶了。

“那后来呢？”

“我也不知道，她可能提着苹果在车站等候吧？”

“好过分，你怎么做得出这么坏的事啊？”

“我也知道自己很坏，她很可怜，但是没办法啊！命运一开始就把我一步步带到这里来。其实不久前我还充当了医学院的学生呢！”

“你干嘛撒那种谎啊？”

“那也是有各种原因的。后来女人病了，她要我帮她看病，我可糗大了。”

三四郎觉得很好笑。

“当时我看看她的舌头，拍拍她的胸膛，随便地打了马虎眼。第二次她问我说她想去医院让我诊疗好不好？于是戏便到此为止了。”

三四郎总算笑了出来。

“那种事很多，你可以放心啦！”与次郎说。

三四郎不知道他指的是什么，不过心里觉得很愉快。

这时候与次郎第一次对三四郎说明关于美弥子的难以想象的

事。据与次郎所说的，良子将有婚讯，美弥子也是。如果只是如此的话还好，偏偏良子和美弥子要结婚的对象是同一人，所以才说令人觉得很难想象。

三四郎多少也觉得被耍了。不过良子的婚事确实是真的，他刚刚才听说而已。说不定是错把良子当作美弥子了。可是美弥子的婚事好像也不全然是假的，三四郎很想知道真相，正巧趁这个机会要求与次郎告诉他。与次郎二话不说便答应了。

他对三四郎说："我请了良子来看你，你直接问她好了。"他想得真周到。

"所以你把药吃了，等她过来。"

"就算病好了，我也会躺在这儿等她来。"

两人笑着道了别。与次郎在回途中，请了附近的医生去为三四郎看病。

入夜后，医生前来看诊。由于三四郎不曾独自看过医生，一开始他显得有点不知所措。医生帮他把了脉之后，他才发现医生是个年轻细心的男子。三四郎私自判断他是代替主治医师来看诊的。医生告诉他说："是流行性感冒，今晚吃点药，尽量别吹风。"

隔天睡醒后，三四郎觉得头部轻松了许多。躺在床上时，几乎已经恢复平时的样子，只是一离开枕头，就感到昏眩。女仆进来说房间里好闷热。三四郎不吃不喝地仰望着天花板，有时候则昏昏地睡着。很明显的，他是被热度与疲劳所折磨。三四郎就这样被折磨着，时睡时醒，他感到一种顺应自然的快感。因为病情很轻的缘故。

过了四五个小时之后，三四郎开始觉得无聊。他在被窝里翻来覆去。外头的天气很好。映在纸门上的日影渐次移动，麻雀吱吱喳喳地。三四郎希望今天与次郎还会来。

女仆拉开纸门说有女客人来访。他没想到良子会这么早来。不愧是与次郎，动作真快。三四郎躺着，眼睛望向拉开着的门口，一个高高的身影出现在屋里。她今天穿着紫色的和服裤裙，两只脚还踩在走廊上，看起来好像犹豫着是否要进房里来。

三四郎提起肩，说："请进！"

良子拉上纸门，坐在三四郎的枕边。六帖大的房间里，不但凌乱，加上今天早上没有打扫，因此显得很局促。

女孩对三四郎说："你躺下来吧。"三四郎又躺了回去。他很安稳的。

"臭不臭？"他问。

"嗯，有一点。"她回道，不过她的表情一点也不显得觉得臭。

"有没有发烧？怎么了？是什么病啊？找医生来看过了吗？"

"医生昨晚来过了，说是流行性感冒。"

"早上佐佐木来找我，说你病了，要我来探望你。因为他说不知道你得的是什么病，病情好像不轻，我和美弥子听了都吃了一惊。"

与次郎又夸大其词了。讲难听一点，他就是要把良子引过来。三四郎心地好，他觉得对良子感到很抱歉。

"谢谢你。"三四郎说。良子从布包中取出一篮橘子。

"这是美弥子提醒我买的。"她老实地告诉三四郎。不知道这篮水果是她们之中谁买的？三四郎对良子道了谢。

"美弥子本来也会来的，但是她这阵子比较忙……她要我代她向你问好……"

"她有什么特别的事在忙吗？"

"嗯，有啊！"她说。那一双大大的黑眼睛落在三四郎的脸。三四郎从下方仰望良子苍白的额头，他想起第一次在医院遇见这女孩的往事。她现在看起来还是很忧郁，同时又很快乐。所有该成为依赖的慰藉全都带到三四郎的枕边。

"我剥橘子给你吃吧？"

女孩从绿叶中拿出一颗橘子。干渴的人大口地吞下芳香的甘露。

“很好吃吧？这是美弥子买的喔！”

“已经够了。”

女孩从袖口取出一条白色的手帕擦手。

“良子，你的婚事进行得如何了？”

“那次之后就没再进展了。”

“不是也有人在帮美弥子说媒吗？”

“嗯，已经谈得差不多了。”

“对方是谁啊？”

“是说要娶我的那个人。哈哈哈，很好笑吧！他是美弥子她哥哥的朋友。再过不久，我又要去和哥哥一起住了。美弥子一结婚，我就没理由再打扰她了。”

“你不结婚吗？”

“如果有想嫁的人，就会结婚啊！”

女孩说完后开心地笑了。一定是还没有想嫁的人。

三四郎自那天起，在床上连续躺了四天之久。第五天他战战兢兢地下水洗澡，看了看镜子，觉得自己有亡者之相。于是干脆去理发厅一趟。

隔天是礼拜天。吃过早饭后，三四郎穿上衬衫、外套，装束得暖暖的，前往美弥子家。良子站在玄关，正准备要出门。她说要去她哥哥那里。美弥子不在家。三四郎和她一起走到门口。

“你已经完全康复了吗？”

“谢谢。已经康复了。里见上哪儿去了？”

“你指的是哥哥？”

“不，我说的是美弥子。”

“美弥子去教堂了。”

三四郎第一次听说美弥子去教堂。三四郎问了良子美弥子去的教堂的位置后，和她道别。转过三个路口后，教堂就在前方。三四郎是个和基督教无缘的人，也不曾去过教堂。他站在前方眺望整座建筑。或念着布告栏上的教诲；或徘徊于铁栏杆旁；更或偶尔靠过去看看。总之，三四郎打算在这里等待美弥子的出现。

终于他听到歌唱的声音。三四郎心想应该就是所谓的圣歌吧？那是紧闭着的高窗内正在进行的事情。从音量的大小听起来，人数应该不少。美弥子的声音也在其中。三四郎侧耳倾听。歌声歇了，风声呼呼。三四郎拉上衣襟。天上飘来美弥子喜爱的云朵。

曾经和美弥子一起看过秋天的天空。在广田老师家的二楼。也曾经坐在田端的小河畔，那时候也不是独自一人。迷途的羔羊！迷途的羔羊！云朵呈现羊儿的形状。

教堂的门忽然开了，人们从里面出来。人们从天国回到尘世。美弥子是倒数第四个出来的。她身着条纹和服外褂，低着头走下楼梯。她看起来很冷的样子，缩着肩膀，交抱着双手，尽可能和外界少一点接触。美弥子低调的模样一直维持到门口。走到门口后她似乎才感受到街上熙来攘往的气氛而抬起头来。这时候，三四郎脱下的帽子映入她的眼里。两个人靠到布告栏前。

“你怎么啦？”

“我刚才去了你家一趟。”

“是吗？那和我一起回去吧！”

女孩迈开步子，准备回家。她依然穿着低跟的木屐。三四郎刻意地靠在教堂的篱笆。

“在这里见到你就行了，我从刚刚就一直等着你出来。”

“你可以进来的啊！一定很冷吧？”

“好冷！”

“你的感冒已经好了吗？不小心一点，可是会再着凉的喔！你的脸色看起来还不太好。”三四郎没有回应，从外套的口袋取出一包东西。

“这是我向你借用的钱。很感谢你！我一直想还你，结果一拖再拖。”

美弥子看了三四郎一眼，顺势地收下。然而她却没有收起来，只是拿在手上看着。三四郎也看着那包钱，片刻没有对话。美弥子终于开口：“你不缺钱吗？”

“不，我之前就打算还你，家里已经帮我把钱寄过来了。这个请你收下。”

“是吗？那我就收下了。”

女孩将钱放进怀里。当她的手从外褂掏出来之后，手里拿了条白色的手帕。她将手帕放到鼻子前，看着三四郎。看起来好像在嗅手帕一样。突然那只手伸了出来，手帕出现在三四郎面前。强烈的香气扑鼻而来。

“heliotrope。”女孩轻声地说。

三四郎的脸本能地后退了。heliotrope的香水瓶子、四丁目的晚霞、迷途的羔羊、迷途的羔羊、高挂着的太阳。

“听说你要结婚了？”

美弥子将白色的手帕塞回袖口里。

“你知道啊？”她一面说，一面眯起双眼看着三四郎。那眼神像是要把三四郎搁得远远的，却反而太过在意将他疏离的模样。只有眉毛沉着。三四郎的舌紧顶着上颚紧闭着双唇。

女孩注视了三四郎片刻之后，悄悄地叹了一口气，然后将她纤细的手放在浓眉上，说：“吾辈知罪，罪恶常在。①”

那声音小得几乎听不见，但三四郎清楚地听见了。三四郎和美弥子就这样道别了。回到住处后，三四郎接到母亲拍来的电报。打开电报一看，原来是问他什么时候要回家。

---

①《旧约圣经》中第五十一篇第三行的内文。

第十三章

三四郎什么也没说，
只是在口中不断重复着“迷途的羔羊、迷途的羔羊”。

原口的画完成了。丹青会将那幅画挂在展览会场的正前面，然后还在画前摆了一张长长的椅子，是为了让人休息，让人欣赏画用的；还可以边休息边欣赏画作。丹青会给那些低徊欣赏这部作品的众多观众提供方便，这是特别的待遇。因为这幅画很特别，或者说这是幅吸引人的作品。有少数人认为那是因为画中人物的缘故，一两个会员辩说是因为这幅画太大的原因。这幅画很大没错。裱上宽五寸的金边框后，的确变大了不少。

原口在展览前一天前来检视。他坐在椅子上，嘴里叼了支烟斗，端视了画作好一会儿。好不容易才站起身来，仔细地巡览了会场一周。然后他又回到原来的位置上，缓缓地抽了第二支。

画展当天，许多观众聚集在《森林女子》这幅作品前。特地摆设的长椅变成了没用的东西，只成了疲累的人用来歇脚的道具。不过还是有人一边休息，一边评论着《森林女子》。

美弥子在画展的第二天偕同丈夫前来。原口带领他们参观。当他们来到《森林女子》这幅作品前，原口看着他们俩，问：“如何？”她的丈夫回答说：“很好。”眼镜后的双眼一动也不动地凝视着画中的眸子。

“举着蒲扇置在额头上遮阳的姿势很好。不愧是专家，连这个地方都注意到了。光线照射到脸部的亮度也拿捏得很好。阴影和日照的界限很明确，脸部的光线变化也很有趣。”

“全都是照当事人的喜好所画的，功不在我。”

“托您的福。”美弥子道了声谢。

“我也是托您的福了。”这回换原口道谢。

丈夫听说是老婆的功劳，似乎就显得更开心了。三人当中道谢得最郑重的是美弥子的丈夫。

开展后的第一个礼拜六下午，来了很多人。广田老师、野野宫、与次郎和三四郎。他们四个人绕道先进入展览《森林女子》的会场。

“就是那幅，就是那幅！”与次郎说。

会场内聚集了好多人。三四郎在入口犹豫了一下，野野宫满不在乎地走了进去。三四郎跟在大家后面瞄了一下便退下，坐在长椅上等大家。

“画得又棒又大幅耶！”与次郎说。

“听说好像要请佐佐木买下来。”广田老师说。

“比起我……”与次郎说到一半，看到三四郎面有难色地瘫在那里，于是闭上了嘴。

“颜色的掌握挺有水平的，毋宁说是幅得意之作。”野野宫评道。

“画得有点太过细腻了，他自己应该会觉得画不出鼓声咚咚的作品。”广田老师批评道。

“什么叫作鼓声咚咚的画？”

“就是像鼓声一样不按牌理出牌，有趣的画啊！”

两个人都笑了。他们两人尽是对这幅画作的技巧做批评，与次郎提出异议。

“不管是谁来画里见小姐，都不可能画得马马虎虎的啦！”

野野宫为了在目录上做记号，一只手伸入口袋里找铅笔。结果铅笔没找到，却掏出一张明信片来。一看，是美弥子的结婚喜帖。喜宴早已举行过了。野野宫和广田老师当天都穿上大礼服出席。三四郎回到东京那天才在住处的书桌上看到喜帖，然而时间早已过了。

野野宫将喜帖撕碎，丢在地上。许久，才又和老师一起评论外头的其他画。与次郎来到三四郎身旁。

“如何，森林的女子？”

“森林女子这个标题不好。”

“那应该取做什么名字？”

三四郎什么也没说，只是在口中不断重复着“迷途的羔羊、迷途的羔羊”。

夏目漱石生平年谱

一八六七（庆应三年）

一月五日（新历二月九日），出生于牛烯马场下横町（现东京都新宿区喜久井町）。为町方名主夏目小兵卫直克（五十四岁）与其妻子千枝（四十一岁）所生下的五男（共五男三女）。取名为夏目金之助。由于当时夏目家逐渐没落，金之助出生后便被送到位于四谷的旧家具店寄养，但不久又回到老家。

一八六八（庆应四年・明治元年）一岁

过继给新宿名主盐原昌之助作养子，改姓盐原。

一八七〇（明治三年）三岁

因种痘而引发疱疮。

一八七二（明治五年）五岁

养父为金之助申报户籍，并以金之助为盐原家户长。

一八七三（明治六年）六岁

因养父被任命为浅草镇长，于是举家搬至浅草诹访町。

一八七四（明治七年）七岁

因养父母感情不和，金之助暂时返回夏目家居住。养父母离婚。同年秋天，进入浅草寿町户田小学就读。

一八七六（明治九年）九岁

夏天与养母同时被夏目家收留，但户籍仍设在盐原家。转学至牛込市谷山伏町市谷小学。

一八七七（明治十年）十岁

一月，养父迁居至下谷西町。五月，自市谷小学毕业。

一八七八（明治十一年）十一岁

二月，在和友人岛崎柳坞等所创办的传阅杂志上发表《正成论》一文。十月，自神田猿乐町锦华小学毕业。进入神田一桥东京府立第一中学就读。

一八八一（明治十四年）十四岁

一月，生母千枝去世（五十四岁）。转学至麹町二松学舍学习汉学。

一八八二（明治十五年）十五岁

欲以文学为志业，但遭长兄大助劝阻。

一八八三（明治十六年）十六岁

秋天，为了考大学预备科，进入骏河台的成立学舍学习英语。

一八八四（明治十七年）十七岁

与桥本左五郎在小石川极乐水旁的新福寺二楼赁居。七月，养父擅自将金之助名下房屋变卖，后因未交出该屋，而被提出必须撤离的告诉。九月，考进大学预备科。同年级的友人有中村是公、芳贺矢一、福原镣二郎、桥本左五郎。入学后不久罹患盲肠炎。

一八八五（明治十八年）十八岁

与中村是公等十人赁居于猿乐町末富屋，过着书生般的生活。

一八八六（明治十九年）十九岁

七月，因腹膜炎无法考试，成绩落后而被留级。因此次留级的教训，从此发奋用功，直至毕业都保持名列前茅。为了自力更生，与中村是公在本所江东义塾任教，并迁居至义塾宿舍。后因罹患急性沙眼，而开始从自家通学。大学预备科改名为第一高等中学。

一八八七（明治二十年）二十岁

长兄大助、次兄荣之助先后于三月、六月去世。

一八八八（明治廿一年）廿一岁

一月，复籍改回本姓夏目。七月，自第一高等中学预科毕业。九月，进入英文科就读。

一八八九（明治廿二年）廿二岁

一月，与正冈子规结交。当时的同学有山田美妙，学长有川上眉山、尾崎红叶、石桥思案等人。五月，寄予子规的信中，首次附了一首俳句。于子规《七草集》的评论文中，初次以“漱石”为笔名。八月，与同学至房总旅行。九月，执笔以汉诗记录此行的游记，写成《木屑录》一书，并邀请松山的子规写书评。

一八九〇（明治廿三年）廿三岁

七月，自第一高等中学本科第一部毕业。九月，进入东京帝国大学文科就读，专攻英国文学。获教育部助学贷款。

一八九一（明治廿四年）廿四岁

夏天，与中村是公、山川信次郎一起攀登富士山。七月，获选为奖学生。从这一年起，认真于写作俳句。他所敬爱的嫂嫂（和三郎之妻）去世。十二月，受I.M.狄克生教授之托，将《方丈记》（镰仓时代的随笔文学）译成英文。

一八九二（明治廿五年）廿五岁

四月，分家。主要是因征兵缘故，将户籍迁至北海道后志国岩内郡吹上町十七番地。五月六日，成为东京专校的讲师。六月，撰写《老子的哲学》（东洋哲学之论文）。七、八月间，至京都堺市旅行，于冈山遭遇大水灾。之后前往子规家乡松山，并结识高滨虚子。十月，于《哲学杂志》发表评论《关于文坛平等主义代表——沃尔特·惠特曼（Walt Whitman）之诗作》。十二月，完成《中学改良策略》论文。

一八九三（明治廿六年）廿六岁

三月至六月，于《哲学杂志》上连载《英国诗人对天地山川的观念》论文。七月，自东京帝国大学英文系毕业。继而进入研究所就读。同月，和菊池谦二郎、米山保三郎共同至日光地区旅游。十月，在帝大文学院长外山正一推荐下，进入东京高等师范当英文教师，年薪四百五十元。

一八九四（明治廿七年）廿七岁

春天，因疑罹患肺病，专心疗养身体。八月至松岛旅行，访瑞严寺。十月，迁居至小石川表町七三法藏院。十二月，至镰仓圆觉寺释宗演门下参禅。为神经衰弱所苦，有厌世主义的倾向。

一八九五（明治廿八年）廿八岁

四月，辞掉高等师范教职，远赴爱媛县松山中学任教。辗转搬了一两次家后，迁居至二番町上野老夫妇家。十二月，返回东京。与当时担任贵族院书记官长的中根重一之长女镜子相亲。从此时开始专事俳句创作，逐渐在俳句文坛崭露头角。

一八九六（明治廿九年）廿九岁

四月，辞掉松山中学教职，转赴九州岛熊本任第五高等学校的讲师。后于室内光琳寺町赁屋而居，六月与中根镜子结婚。七月，升任教授。十月，于五高校友会志《龙南会杂志》上发表《人生》一文。

一八九七（明治三十年）三十岁

三月，于《江湖杂志》发表《圆桌武士》。六月，生父直克去世（八十四岁）。七月，和镜子一同返回东京。镜子于虎门贵族院书记官长官宿舍停留期间流产，为疗养之由，短暂停留镰仓。这期间曾多次去探望病中的子规。九月，独自返回熊本，迁居至大江村四〇一。十月，镜子回到熊本。

一八九八（明治卅一年）卅一岁

开始写作汉诗。四月起，妻子的歇斯底里趋于严重而一度企图投水自尽。十一月，于《杜鹃》发表《不言之书》。学生寺田寅彦经常来访。妻子苦于严重的孕吐，而漱石本身则恼于神经衰弱的毛病。

一八九九（明治卅二年）卅二岁

一月，赴宇佐八幡、耶马溪、丰后日田地区旅行。四月，于《杜鹃》上发表《英国文人与新闻杂志》一文。五月，长女笔子诞生。八月，于《杜鹃》揭载小说《李尔王》评论。九月初，与山川信次郎攀登阿苏山。

一九〇〇（明治卅三年）卅三岁

三月，迁居至市内的北千反畑町。六月，奉命在职留学英国，进行为期两年的英语研究工作。一年的奖助学金为一千八百元。七月，离开熊本返回东京。九月，搭乘德国轮船普罗伊森号出航。同行的留学生有芳贺矢一、藤代祯辅等人。十月，于巴黎停留一周，参观当地所举行的万国博览会。月底抵达伦敦，借住在S.E.伯瑞特夫人的家。

一九〇一（明治卅四年）卅四岁

一月，次女恒子诞生。四月，和房东一同迁居至Tooting。结识长尾半平。五月，池田菊苗自柏林前来探访。五月、六月，于《杜鹃》杂志发表《伦敦消息》。

一九〇二（明治卅五年）卅五岁

三月，执笔撰写《文学论》。与老友中村是公会面。九月，子规在根岸的自宅过世。神经衰弱的症状严重，而尝试学骑单车以转变心情，十月赴苏格兰旅游。同时日本国内谣传他发疯的消息。十二月，自伦敦回国。

一九〇三（明治卅六年）卅六岁

一月，抵达神户港，返回东京。三月，迁居至本乡千驮木町五十七号。辞去第五高等学校教职。四月，就任第一高等学校教授，并兼任东京帝国大学文科大学讲师。讲授“文学形式论”和“沙伊拉斯·玛那”。七月，于《杜鹃》发表《单车日记》。神经衰弱症状愈趋严重，与妻子分居约两个月。九月，开始在东京大学讲授“文学论”，此课程维持了大约两年。另外也教授“莎士比亚”文学。十月，三女荣子诞生。开始学习水彩画。十一月，神经衰弱再度复发。

一九〇四（明治卅七年）卅七岁

一月，在《帝国文学》发表《关于麦克白的幽灵》一文。二月，于《英国文学会丛志》发表译作《索鲁玛之歌》《卡利克苏拉的诗》。四月，兼任明治大学讲师。五月，在《帝国文学》发表《从军行》《征露之歌》。十二月，因高滨虚子建议，在子规门下之文章会“山会”朗读创作而写下作品《我是猫》。

一九〇五（明治卅八年）卅八岁

一月，于《杜鹃》发表《我是猫》第一部深受好评。在《帝国文学》发表《伦敦塔》；《学镫》杂志发表《卡莱尔博物馆》。二月，《我是猫》第二部发表于《杜鹃》。四月，发表《我是猫》第三部及《幻影之盾》。五月，于《七人》之杂志上发表《琴之幻音》；于《新潮》上发表谈话笔记《批评家的立场》。六月，于《杜鹃》上发表《我是猫》第四部。七月，发表《我是猫》第五部。结束“文学论”课堂。九月，在东京大学开了一门“十八世纪英国文学”的课。在《中央公论》发表《一夜》。十月，《我是猫》上集由大仓书店出版。十一月，于《中央公论》上发表《薤露行》一文。十二月，四女爱子诞生。寺田寅彦、铃木三重吉、野上丰一郎、小宫丰隆等开始在漱石住处出入。

一九〇六（明治卅九年）卅九岁

一月，于《杜鹃》发表《我是猫》第七、第八部。三月发表第九部，四月发表第十部。并发表《少爷》在《杜鹃》。五月，出版《漾虚集》。七月，《我是猫》脱稿。八月发表《我是猫》第十一部。九月，于《新小说》发表《草枕》。岳父中根重一去世。

十月，于《中央公论》发表《二百一十日》。十一月，出版《我是猫》中集。十二月，《鹑笼》出版。迁居至本乡西片町十番地。

一九〇七（明治四十年）四十岁

一月，在《杜鹃》发表《野分》。四月，因欣赏朝日新闻主笔池边三山，辞去所有教职，进入朝日新闻社。五月三日，于朝日新闻发表《入社之辞》。同月，由大仓书店出版《文学论》及《我是猫》下集。六月，长子纯一诞生。六月廿三日至十月廿九日，在朝日新闻连载《虞美人草》。十月，于读卖新闻上发表《写生文》。约从此年开始，将和文友见面的日子定在每周四，因而称之为“木曜会”。

一九〇八（明治四十一年）四十一岁

自一月一日至四月六日，在朝日新闻上连载《矿工》。《虞美人草》出版。四月，于《杜鹃》发表《创作家之态度》。六月，在大阪朝日新闻发表《文鸟》。七月廿五日至八月五日，于朝日新闻上连载《梦十夜》。自九月一日至十二月廿九日，于朝日新闻连载《三四郎》。由春阳堂出版《草枕》。十月，于《早稻田文学》发表了谈话笔记《文学杂志》。十一月，于《国民新闻》发表《答田山花袋君》。十二月，次男伸六诞生。

一九〇九（明治四十二年）四十二岁

一月，于朝日新闻上发表《元旦》。连载《永日小品》散文廿四篇。三月，由春阳堂出版《文学评论》。五月，出版《三四郎》。六月至十月于朝日新闻连载《之后》。八月罹患胃疾。九月，应满州铁路总裁中村是公的招待至满州各地旅行。十月，返回东京。十月至十二月，在朝日新闻连载《满韩风光》。十一月，朝日新闻设“文艺栏”，由漱石主持。

一九一〇（明治四十三年）四十三岁

二月，于朝日新闻发表《客观描写与印象描写》一文。三月，五女比奈子诞生。朝日新闻自三月至六月连载小说《门》。五月，由春阳堂出版作品集《四篇》。六月，因胃溃疡而住院，七月底出院。八月六日，至修善寺温泉菊屋本店修养。同月的廿四日晚上，大量吐血，病情一时恶化，陷入昏迷状态。十月十一日返回东京，住进长与医院。自廿九日至二月二十日，于朝日新闻连载《回忆录》。

一九一一（明治四十四年）四十四岁

一月，出版《门》。二月，获颁文学博士学位，但是他坚辞。廿四日于东京朝日新闻发表《博士问题》谈话笔记。二月出院。三月七日，发表谈话录《博士问题之形成》。五月，于朝日新闻发表《文艺委员的任务》。六月，发表《坪内博士与哈姆雷特》。七月，《我是猫》精华版出版。八月，在大阪因胃溃疡旧疾复发，住进汤川医院。九月出院返回东京。十月，因朝日新闻文艺栏被废除，而提出辞呈。后因报社挽留而撤回辞呈。十一月，出版《朝日演讲集》。同月，五女比奈子去世。

一九一一（明治四十五年·大正元年）四十五岁

自一月一日至四月廿九日，于朝日新闻连载《彼岸过迄》。三月，发表《三山居士》。六月，写下《我与钢笔》一文。七月，明治天皇驾崩，更改年号。受中村是公之邀请，至盐原、日光、轻井泽、上林温泉、赤仓等地旅行。九月，《彼岸过迄》出版。在神田佐藤医院接受痔疮手术。此时开始画水彩画并钟情于书法。十二月，于朝日新闻连载《行人》。

一九一三（大正二年）四十六岁

自一月起，连续数月，被神经衰弱之旧疾折磨得相当痛苦。二月，出版《社会与个人》一书。三月，因胃溃疡而缠绵于病榻。《行人》的连载中断。九月，《行人》之续稿再度连载，十一月连载完毕，完稿后因醉心水彩画，与画家津田青枫往来频繁。

一九一四（大正三年）四十七岁

一月七日至十二日，于朝日新闻连载《门外汉与专家》评论文。《行人》一书由大仓书店出版。四月二十日至八月十一日，在朝日新闻上连载《心》一文，十月，由岩波书店出版。因胃溃疡复发，在病榻休养了约一个月。

一九一五（大正四年）四十八岁

一月十三日至二月廿三日，于朝日新闻连载《玻璃门内》。此时醉心于良宽的书法。三月，《辅仁会杂志》上发表《我的个人主义》。游京都时因旧疾复发再度卧床。四月，返回东京。《玻璃门内》由岩波书店出版。六月三日至九月十日，于朝日新闻上连载《道草》，十月由岩波书店出版。十一月，与中村是公至汤和原旅行。经由林原耕三的引荐，久米正雄、芥川龙之介等人入漱石门下。

一九一六（大正五年）四十九岁

自一月一日至廿一日，于朝日新闻上连载《点头录》。十八日至汤河原疗养，约停留至二月。四月经真锅嘉一郎诊断，得知罹患糖尿病，而接受了为期三个月的治疗。五月廿六日至十二月十四日，于朝日新闻上连载《明暗》。十一月廿二日病情恶化，廿八日大量内出血。十二月二日第二次大量内出血后，于九日午后六时